Wichtige Arzneimittel

Wichtige Wirkstoffgruppen
und ihre Anwendungsgebiete
Alphabetisches Verzeichnis
wichtiger Medikamente und Begriffe

Dr. med. Hans Melzer, Brüssel
Internist

Dritte, überarbeitete Auflage

5 Abbildungen

Urban & Schwarzenberg · München–Wien–Baltimore 1977

Die Medikamente wurden in diesem Buch ohne besondere Hinweise auf einen eventuell bestehenden Warenzeichenschutz aufgeführt. Es handelt sich trotzdem häufig um geschützte Warenzeichen, deren Namen nicht mißbräuchlich benützt werden dürfen.

CIP-Kurztitelaufnahme der Deutschen Bibliothek

Melzer, Hans
Wichtige Arzneimittel : wichtige Wirkstoffgruppen u. ihre Anwendungsgebiete ; alphabet. Verz. wichtiger Medikamente u. Begriffe. – 3., überarb. Aufl. – München, Wien, Baltimore : Urban und Schwarzenberg, 1977.
([U-und-S-Fachbuch] U-&-S-Fachbuch)
ISBN 3-541-04953-7

1. Auflage 1971 (ISBN 3-541-04951-0)

ISBN 3-541-04953-7

 Satz: Fotosatz Tutte, Salzweg-Passau. Druck: Georg Wagner, Nördlingen. Printed in Germany.

Vorwort zur dritten Auflage

Die dritte Auflage wurde völlig neu bearbeitet. Neben der Berücksichtigung aller mittlerweile eingetretener Änderungen und Neueinführungen wurde vor allem der Tatsache Rechnung getragen, daß dieses Buch einen größeren Benutzerkreis angesprochen hat als ursprünglich angenommen. Für diese Leserkreise, zu welchen zum Beispiel Pharmareferenten und Medizinstudenten gehören, erfolgte eine wesentliche Erweiterung des ersten Teiles, ohne die Übersichtlichkeit für die ursprünglich angesprochenen Interessenten – Krankenschwestern und medizinische Nebenberufe – zu stören. So enthält Teil 1 nun bei den einzelnen Indikationsgebieten praktisch alle Monosubstanzen, zu welchen jeweils alle dazugehörenden Namen von Handelspräparaten angegeben sind.

Teil 2 mußte eine Auslese bleiben, um den Rahmen nicht zu sprengen. Er wurde sorgfältig auf Verschiebungen und neue Trends hin bearbeitet. 65 Präparate wurden gestrichen, 53 neue eingefügt.

Zahlreiche neue Abschnitte sind hinzugekommen, so ein neues Hauptkapitel »Stoffwechsel« mit den bisher fehlenden Präparaten zur Therapie von Hyperlipidämien, ein Abschnitt über Spasmolytika und eine Zusammenstellung der durchblutungsfördernden Substanzen. Die bisherigen Kapitel Antirheumatika, Psychopharmaka, Antibiotika, Anthelmintika, orale Kontrazeptiva und Diuretika wurden neu gefaßt und erweitert.

Eine wesentliche Ergänzung und Erweiterung erfuhr auch der Abschnitt über Gefahren von Arzneimitteln. Ihm wurden neue Kapitel zugeordnet über »Medikamente und Straßenverkehr« sowie über medikamentenbedingte Symptome. Die allgemeinen Bemerkungen über pharmakokinetische und pharmakodynamische Vorgänge am Anfang des Buches wurden durch eine Aufstellung spezieller Beispiele vertieft.

Bei all dem wurde versucht, dem Grundgedanken treu zu bleiben, den vorhandenen Werken über Pharmakologie und Arzneimittellehre eine Ergänzung nach unten beizusteuern, die es auch weniger speziell ausgebildeten Interessenten ermöglicht, alle wichtigen Tatsachen dieses unübersichtlichen Gebietes kurzgefaßt und überschaubar zu erarbeiten.

Brüssel, im Herbst 1976
Hans Melzer

Die 3. Auflage widme ich meiner Frau und meinen Freunden in Brüssel, die mich wegen der umfangreichen »nebenberuflichen« Korrekturarbeiten lange verständnisvoll unterstützt haben.

Vorwort zur ersten Auflage

Auf dem Arzneimittelmarkt der Bundesrepublik Deutschland gibt es zur Zeit etwa 23000 verschiedene Handelspräparate. Niemand wird im Ernst annehmen, daß jeder Arzt alle diese Medikamente kennt. Er hat, wie Umfragen ergeben haben, einen Stamm von einigen Hundert Arzneimittelspezialitäten, aus denen er seinen therapeutischen Bedarf deckt. Unser Nachbarland Dänemark kommt überhaupt mit nur 1600 Präparaten aus, und es werden in diesem Land die Patienten sicher nicht schlechter behandelt als bei uns. In der Klinik erhöht sich die Zahl der verschiedenen Medikamente durch spezielle Behandlungsmethoden, die größere Anzahl von Ärzten mit wechselndem individuellem Verordnungsspektrum und die intensivere Konfrontation mit neuen und noch wenig verbreiteten Mitteln.

Im Brennpunkt der Verbindung Arzt – Patient steht in der Klinik, was das Austeilen und Anwenden von Medikamenten betrifft, die Krankenschwester. Sie ist durch die Flut von Medikamenten häufig einfach überfordert. Es werden zwar während der Ausbildung pharmakologische Kenntnisse vermittelt, die der Schwester in der Regel aber nicht erlauben, die komplizierten chemischen Bezeichnungen auf den Medikamentenpackungen zu entschlüsseln. Viele Präparate werden zudem in Klinikpackungen oder den üblichen Vorratsbehältern nur mit ihrem Handelsnamen bezeichnet. Gerade diese, auch noch häufig wechselnden Namen vermitteln aber auch erfahrenen Schwestern oft nichts über die Wirkungsweise des Medikamentes. Es erschien deshalb dringend erforderlich, der Schwester, dem Pfleger oder der Sprechstundenhilfe eine kurze Orientierungsmöglichkeit in die Hand zu geben, welche in groben Umrissen ohne viele Einzelheiten aufklärt. Alle Angaben sind bewußt kurz gehalten. Dies gilt auch für die Dosisangaben, die ja keinesfalls eine Verordnungsrichtlinie, sondern nur eine Kontrollmöglichkeit bei Unklarheiten sein sollen.

Eine *Auswahl von Präparaten,* wie sie hier vorliegt, wird immer in einem gewissen Grad subjektiv sein. Die vom Bundesverband der pharmazeutischen Industrie herausgegebene Liste mit Angaben über Marktanteile lag mir nicht vor. Sinn des Buches ist auch nicht, eine Aufzählung der am meisten verordneten Spezialitäten in alphabetischer Reihenfolge zu bringen. Erwähnt werden vielmehr Präparate, die nach folgenden Gesichtspunkten ausgewählt wurden: Zugehörigkeit zu einer wichtigen pharmakologischen Gruppe, wichtiges Spezialtherapeutikum mit seltener Anwendung, Medikament mit Besonderheiten in der Anwendung oder nach der Applikation, und schließlich auch Häufigkeit der Verordnung.

Die pharmazeutische Industrie bitte ich um Verständnis dafür, daß es sich hier um ein Buch für Schwestern und nicht für Ärzte handelt, daß demnach oft eine recht kursorische Erklärung ausreichen mußte und vieles wegblieb, was für Ärzte sehr wesentlich ist. Durch Warenzeichen geschützte Handelsnamen sind mittels einer besonderen Schrifttype gekennzeichnet; irgendwelche warenzeichenrechtlichen Folgerungen können daraus aber nicht abgeleitet werden. Auf chemische Bezeichnungen konnte nicht verzichtet werden. Sie erlauben eine systematische Einordnung in pharmakologische Gruppen und lassen erkennen, daß dieselbe Substanz oft unter verschiedenen Handelsnamen erscheint. Auch ist es beispielsweise bei Arzneimittelallergien wichtig, die Teilkomponenten von Kombinationspräparaten zu kennen, um etwaige Allergene auszuschalten.

Eine *Trennung* in einen mehr *pharmakologischen* und einen *Register-Teil* wurde notwendig, um im alphabetischen Teil Wiederholungen zu vermeiden und übersichtliche Darstellungen zu schaffen. Das Buch ist zwar in erster Linie als Nachschlagewerk gedacht, soll aber auch im Pharmakologieunterricht Verwendung finden können.

Den Kollegen anderer Fachrichtungen, die mich als Internisten beraten haben, sei an dieser Stelle herzlicher Dank gesagt. Besonders erwähne ich Herrn Direktor Dr. F. Köchel von der Würzburger Universitätsapotheke und Herrn Dr. Manz von der Anästhesieabteilung der Chirurgischen Universitätsklinik München.

München, im Sommer 1970
Hans Melzer

Inhalt

1. Teil
Wichtige Wirkstoffgruppen und ihre Anwendungsgebiete

Allgemeine Bemerkungen über Zufuhr, Wirkung und Ausscheidung von Medikamenten

Zufuhr

Es ist allgemein bekannt, daß Arzneimittel dem Körper in verschiedener Art zugeführt werden können. Die geläufigsten dieser *Applikationsformen* sind die Zufuhr durch den Mund (*oral*), die Zufuhr unter Umgehung des Magen-Darm-Traktes (*parenterale Gabe*, z. B. intravenös, intraarteriell, subkutan oder intramuskulär) und die Zufuhr über den Enddarm (*rektal*). Darüber hinaus gibt es zahlreiche weitere Möglichkeiten, über die in den Lehrbüchern der Medikamentenlehre nachgelesen werden kann.

Resorption

Soll ein Arzneimittel nicht am Ort der Zufuhr wirken (wie beispielsweise bei Lokalanästhesie, Instillation in Harnblase oder Pleurahöhle und Auftragen auf die Haut), so muß es vermittels des Blutes im Körper verteilt werden. Am einfachsten erreicht man dies durch direktes Einbringen in die Blutbahn in Form der intravenösen oder auch intraarteriellen Injektion oder Infusion. Nicht alle Stoffe sollen aber sofort wirksam werden, wie es bei diesen Injektionsarten geschieht; andere vertragen sich nicht mit dem strömenden Blut und den Gefäßwänden, ohne Schäden hervorzurufen (ölige Medien, die sich mit Blut nicht mischen oder nach Konzentration und pH-Wert unverträgliche Substanzen). Diese Stoffe werden auf einem Umweg zugeführt; sie müssen erst in das Blut aufgenommen, *resorbiert*, werden. Resorption erfolgt beispielsweise aus dem Magen-Darm-Kanal bei oraler oder rektaler Zufuhr und aus Gewebsdepots bei intramuskulärer oder subkutaner Injektion. Sie kann *rasch* oder *verzögert* und *vollständig* oder *unvollständig* erfolgen. Aus diesen Tatsachen ergeben sich der Depoteffekt mancher intramuskulärer Injektionen, der nach Beifügung eines besonderen Depotfaktors wochenlang anhalten kann, und der Begriff der *Resorptionsquote*. Man versteht darunter die Menge eines Stoffes, die nach Zufuhr tatsächlich zur Wirkung kommt. Sie ist, um ein Beispiel zu geben, bei oraler Gabe von Strophanthin sehr gering (unter 5%), so daß man dieses intramuskulär und subkutan unverträgliche Medikament intravenös anwenden muß.

Verteilung

Gelangt ein Medikament in die Blutbahn, so ist damit noch nicht gesagt, daß es mit seinen Wirkungen den gesamten Organismus erreicht. Bleibt es nur im Gefäßsystem, was selten ist, so kreist es in $^1/_{12}$ bis $^1/_{13}$ des Körpervolumens. Geht es in den Extrazellulärraum über, so erhöht sich das erreichte Gebiet auf ein Drittel, bei Übergang auch in den Intrazellulärraum auf zwei Drittel bis drei Viertel des Körpervolumens. Dabei ist dieser Übergang nicht immer gleichmäßig, so daß meist einige Organe weniger konzentriert mit dem Arzneimittel versorgt werden. Die bekannteste dieser Barrieren ist die Blut-Liquorschranke, die von einigen Medikamenten überhaupt nicht überwunden werden kann. Andere Übergangsstellen sind die Plazenta oder schlecht durchblutete Gewebsschichten, wie z. B. die dicke Wand eines älteren Abszesses. Neben diesen Diffusionsgesetzmäßigkeiten kann die Verteilung eines Stoffes auch durch *Bindung* an bestimmte Substanzen verändert werden. So binden sich Digitaliskörper an die Eiweiße des Serums, und fettlösliche Substanzen (Narkotika) erreichen besonders gut die lipoidreichen Gebiete des Zentralnervensystems.

Wirkung

Die Angriffspunkte der als Arzneimittel verwendeten Substanzen sind zu verschieden und kompliziert, als daß sie in diesem Rahmen näher erörtert werden könnten. Im allgemeinen kann man den Weg eines Stoffes bis zu seiner molekularen Verteilung in die Körperzellen hinein verfolgen, wobei die Zellfunktion charakteristische Änderungen erfährt.

Potenzierung

Werden einem Organismus mehrere Stoffe zugleich zugeführt, so können sich diese in ihrer Wirkung verstärken (z. B. durch bessere Lösungsmöglichkeit, Entstehen eines optimalen pH-Wertes oder Hemmung des Abbaus). Entsteht eine stärkere Wirkung, als sie durch die bloße Addition der Einzelbestandteile zu erwarten wäre, so spricht man von *Potenzierung*. Der Begriff wird vor allem dann gebraucht, wenn es sich um *gleichgerichtete* Wirkungen handelt.

Kompetition

Einem Organismus gleichzeitig zugeführte Stoffe können sich in ihrer Wirkung abschwächen, beispielsweise durch Beeinträchtigung der Resorption, durch chemische Neutralisierung, durch Verdrängung vom Ort der Wirkung, durch Unterbrechung der chemischen Reaktion (*Blockade*) oder durch entgegengesetzten Effekt (*Antagonismus*). Von *kompetitiver Hemmung* oder Kompetition spricht man dann, wenn bei einer bestimmten chemischen Reaktion (als welche letztlich auch jede Arzneimittelwirkung abläuft) eine pharmakologisch wirksame Gruppe durch eine chemisch ähnliche, aber unwirksame, ersetzt wird. Diese »falsche« Gruppe besetzt dann die Stelle der »richtigen«, so daß eine abgeschwächte oder gar keine Wirkung resultiert.

Abbau und Ausscheidung

Einige Substanzen, zum Beispiel Äther oder das Barbiturat BARBITAL, werden unverändert ausgeschieden. Die meisten Stoffe erfahren aber eine Veränderung, bevor sie den Körper wieder verlassen (vor allem über die Niere im Urin, über die Galle und den Darm im Stuhl oder über die Lunge in der Ausatmungsluft). Eine solche Veränderung kann in einem Abbau bestehen (bei Alkohol zu CO_2 und Wasser), oder es findet eine Koppelung an andere Substanzen (oft Glukuronsäure) statt. Eine solche Koppelung wird in manchen Fällen vor Verlassen des Körpers wieder aufgelöst. Oft sind erst Abbau- oder Koppelungsprodukte die pharmakologisch wirksamen Substanzen; von der Geschwindigkeit der entsprechenden Reaktion ist dann die medikamentöse Wirkung abhängig.

Kumulation

Wird eine Substanz so langsam ausgeschieden, daß bei Zufuhr der nächsten Dosis noch ein Wirkungsrest der vorherigen Gabe besteht, so addieren sich die beiden Effekte. Bei Fortführen einer solchen Therapie wird die im Körper wirksame Medikamentenmenge immer größer; sie *kumuliert*, so daß es zu Vergiftungserscheinungen kommen kann (wichtig bei Herzglykosiden und Barbituraten; s. dort).

Für diejenigen Benutzer dieses Buches, welche eine ausführlichere Darstellung der verschiedenartigen Beeinflussung von Medikamenten auf ihrem Weg durch den Organismus vermissen, sei in der folgenden Tabelle auf Seite 4/5 eine kurze Übersicht möglicher Interaktionen gegeben.

Tabelle 1.

Ort des Geschehens	Art des Geschehens	Vorgang	beteiligte Substanzen	Effekt
Vor und nach Aufnahme in den Körper	Mischung in der Spritze	Substanzen reagieren chem. oder physikal. miteinander	HYDROKORTISON + PENICILLIN	PENICILLIN wird inaktiviert
	Darmtätigkeit +	vermehrte Tätigkeit = raschere Passage = verminderte Aufnahme	METACLOPRAMID + PARACETAMOL	M. beschleunigt Darmtätigkeit, dadurch verringerte PARACETAMOL-Aufnahme
	Darmtätigkeit –	verminderte Tätigkeit = langsamere Passage = vermehrte Aufnahme	IMIPRAMIN + DIGOXIN	I. verlangsamt Darmtätigkeit, dadurch vermehrte Resorption von DIGITALIS
	veränderter pH des Magensaftes	veränderte Resorption	TETRAZYKLIN + Antazida	Das saure T. wird vermindert resorbiert nach Erhöhung des pH infolge Antazide-Gabe
	direkt toxischer Effekt auf den Darm	Gegenseitge Beeinflussung der Resorption	PAS + PENICILLIN	PAS vermindert die Resorption von PENICILLIN
Verteilung und Wirkung im Organismus	Bindung an Plasmaeiweiß (nur ungebundene Substanz wirkt)	Stark eiweißgebundene Substanzen verdrängen sich gegenseitig	COUMARIN + PHENYLBUTAZON	erhöhte COUMARIN-Wirkung durch mehr freie Substanz nach Verdrängung, Blutungsgefahr
	Wirkung von Enzymen +	Anregung eines enzymgesteuerte Stoffwechselvorganges	TOLBUTAMID + CHLORPROMAZIN	Verlust des antidiabetischen Effektes von TOLBUTAMID
	Wirkung von Enzymen –	Abschwächung eines enzymgesteuerten Stoffwechselvorganges	TOLBUTAMID + PHENYLBUTAZON	Verstärkung des antidiabetischen Effektes von TOLBUTAMID

(Fortsetzung von Tabelle 1)

Ort des Geschehens	Art des Geschehens	Vorgang	beteiligte Substanzen	Effekt
	Eintritt in die Körperzelle vermittels eines Rezeptors	Andere Substanzen besetzen den Rezeptor	MORPHIN + NALORPHIN	Die MORPHIN-Wirkung wird abgeschwächt
Stoffwechsel, Abbau	Tubuläre Ausscheidung	Substanzen behindern gegenseitig ihre Ausscheidung	PENICILLIN + PROBENECID	PENICILLIN-Spiegel nachhaltig erhöht
	Änderung des Urin-pH-Wertes	Saurer (alkalischer) Urin beeinflußt Ausscheidung schwacher organischer Basen (Säuren)	SALIZYLATE	Bei alkalischem Harn vermehrte Ausscheidung

Anmerkung zu Tabelle 1: Die aufgeführten Beispiele sind nur wenige unter vielen. Beeinflussungen von Medikamenten untereinander kommen weitaus häufiger vor. Siehe dazu auch S. 119 »Unverträgliche Arzneimittelmischungen«.

Die angegebenen Substanzen gehören zu den folgenden Gruppen und können dort nachgeschlagen werden:

Antazida	Magentherapeutika, S. 82	PAS	Chemotherapeutika, S. 28
CHLORPROMAZIN	Neuroleptika, S. 45	PARACETAMOL	Analgetika, S. 11
COUMARIN	Antikoagulantien, S. 116	PENICILLIN	Antibiotika, S. 21
DIGOXIN	Herzglykoside, S. 59	PHENYLBUTAZON	Antirheumatika, S. 9,16
HYDROKORTISON	Nebennierenhormone, S. 99	PROBENECID	Gichtmittel, S. 94
IMIPRAMIN	Antidepressiva, S. 44	SALIZYLATE	Analgetika, Antipyretika, S. 12
MORPHIN	Analgetika, Opiate, S. 50	TETRAZYKLIN	Antibiotika, S. 25
NALORPHIN	Morphinantagonist, S. 51	TOLBUTAMID	orale Antidiabetika, S. 92

Wichtige Hinweise

Namen der Medikamente

Es handelt sich größtenteils um *Handelsnamen*; diese sind halbfett gedruckt und werden in ihrer einfachsten Form wiedergegeben. Zusätze wie »retard« oder »comp.« werden im Text erläutert. Bei Vorsilben wie »Depot-« oder »Novo-« muß auch unter dem Grundpräparat gesucht werden. Selbstverständliche Kombinationen wie »**Belladonna-Masigel**« sind unter ihren Komponenten nachzuschlagen. Präparate aus einfachen Grundstoffen, die im allgemeinen Teil erwähnt werden, sind nicht aufgeführt, zum Beispiel »**Vitamin B_{12} Ankermann**« oder »**Calcium Sandoz mit Vitamin C**«. Bei Substanzen, die unter ihrem chemischen oder Allgemein-Namen auch als Handelspräparat erscheinen, wird meist auf den allgemeinen Teil des Buches verwiesen, wie beispielsweise bei »DIHYDROSTREPTOMYCIN«, »POLYMYXIN B« oder »Insulin«.

CHEMISCHE NAMEN

Diese Bezeichnungen sind als Orientierungshilfen gedacht. In der Regel wird die internationale Kurzbezeichnung verwendet (»Generic Name«), bei bekannteren Stoffen auch eine andere oder gängigere chemische Bezeichnung. Bei Salzen und Abkömmlingen ist häufig nur das Hauptgerüst der Substanz genannt. Als Beispiel: Das Diuretikum **Saltucin** ist chemisch ISOBUTYLHYDROCHLOROTHIAZID, es wird hier als »THIAZID« oder »THIAZID-Abkömmling« klassifiziert. Chemische Bezeichnungen in diesem Buch sind also nur als *Anhaltspunkte* zu verstehen. Werden allerdings unter demselben chemischen Namen mehrere Handelsnamen aufgeführt, so sind dieselben *identisch* und können untereinander ausgetauscht werden, wobei die Übereinstimmung der Dosis sorgsam beachtet werden muß. Beispiel: Die unter »ALPHA-METHYL-DOPA« genannten Präparate **Sembrina** und **Presinol** sind chemisch und in der Wirkung gleich.

Die chemischen Namen sind durch eine BESONDERE SCHRIFTTYPE, sogenannte Kapitälchen, hervorgehoben. Darunter fallen auch die »Generic Names« als internationale Kurzbezeichnungen, nicht aber Gruppennamen:

AMINOPHENAZON
Phenazonverbindung
FERROSULFAT
Eisen
ASCORBINSÄURE
Vitamin C
BARBITAL
Barbiturat
THYROXIN
Thyreotropes Hormon
usw.

Dosierung

Es kann sich hier nur um Richtlinien handeln, da die Dosierung in jedem Fall *vom Arzt* festzulegen ist. Die Dosierangaben erfolgen für einen durchschnittlichen Erwachsenen; Ausnahmen sind angemerkt. Alle Dosierungen sind in Gramm angegeben unter Weglassung dieser Bezeichnung.

Beispiel:	10,0	= 10 Gramm
	1,0	= 1 Gramm
	0,1	= $^{1}/_{10}$ Gramm
	0,01	= $^{1}/_{100}$ Gramm
	0,001	= $^{1}/_{1000}$ Gramm oder 1 Milligramm
	0,0001	= $^{1}/_{10}$ Milligramm

Bei sehr niedrigen Mengenangaben sind diese meist noch in Milligramm erläutert, also 0,000125 (= $^{1}/_{8}$ mg). Angaben über Rauminhalte erfolgen in Milliliter (ml). Beispiel: Amp. zu 0,01 in 5 ml bedeutet: Ampullen mit 5 ml Inhalt und einem Arzneimittelgehalt von $^{1}/_{100}$ Gramm.

Die angegebenen Dosierungen gelten immer für die an *einem Tag* zu verabreichende Menge, wenn nicht ausdrücklich etwas anderes vermerkt ist.

Anwendungsformen

Es wird angegeben, ob die Substanz in Tabletten, Dragées, Ampullen, Suppositorien, Salbe, Puder usw. oder in mehreren dieser Formen vorliegt. Daneben erfolgen Hinweise für die Anwendung. Dabei bedeutet:

i.v.	= in die Vene zu spritzen (= intravenös)
i.m.	= in den Muskel zu spritzen (= intramuskulär)
s.c.	= unter die Haut zu spritzen (= subkutan)
i.c.	= in die Haut zu spritzen (= intrakutan)
i.a.	= in die Arterie zu spritzen (= intraarteriell)
i.v.-Infusion	= als Dauertropf in die Vene
intraartikulär	= in das Gelenk zu spritzen
periartikulär	= in die Umgebung des Gelenkes zu spritzen
intralumbal	= in den Rückenmarkskanal zu spritzen
intrapleural	= in die Pleurahöhle zu geben
intraperitoneal	= in die Bauchhöhle zu geben
instillieren	= in eine Höhle einfüllen (Blase, Kieferhöhle u. ä.)
infiltrieren	= in ein Gewebe einbringen (zum Beispiel in das Unterhautgewebe bei Lokalanästhesie).
oral	= zu schlucken
buccal	= in der Wangentasche zergehen lassen
lingual	= auf der Zunge zergehen lassen
sublingual	= unter der Zunge zergehen lassen
parenteral	= unter Umgehung des Magen-Darm-Kanales
rektal	= in den After einführen.

Besonderheiten

Bei einigen Medikamenten sind Besonderheiten angeführt, die für die Schwester wichtig sind (zum Beispiel Neigung zu Blutdruckabfall, so daß solche Patienten nach der Anwendung des Medikamentes möglichst liegen bleiben sollen). Fehlen solche Besonderheiten, so handelt es sich nicht um ein völlig nebenwirkungsfreies Mittel, sonderen die Nebeneffekte sind vor allem für den Arzt wichtig (beispielsweise EKG-Veränderungen).

1. Teil

Wichtige Wirkstoffgruppen und ihre Anwendungsgebiete

Schmerzstillung

Analgetika

Analgetikum (Mehrzahl: Analgetika) bedeutet *schmerzstillendes Mittel.* Es gibt örtlich und allgemein schmerzstillende Substanzen. Die örtlich wirkenden werden unter den Lokalanästhetika besprochen. Als Angriffspunkt der Medikamente mit allgemein schmerzstillendem Effekt nimmt man eine Wirkung auf das Schmerzzentrum im Gehirn an. Daneben wird meist gleichzeitig das Wärmezentrum beeinflußt. Außerdem entsteht durch Kapillarabdichtung und Entzündungshemmung in der Körperperipherie ein zusätzlicher Effekt. Bei Analgetika ist demnach nebenbei eine *fiebersenkende* und entzündungshemmende, sogenannte *antiphlogistische* Wirkung zu erwarten. Je nach Substanz steht dabei der eine oder andere Effekt im Vordergrund.

Von den folgenden Hauptgruppen der Analgetika werden die Einzelsubstanzen in der Praxis meist zu Kombinationspräparaten zusammengefaßt.

Anilinabkömmlinge

Zentral analgetische, daneben fiebersenkende und leicht sedierende Wirkung. In hohen Dosen, besonders bei Kindern, ungünstige Wirkung auf das Hämoglobin. Bei jahrelanger übermäßiger Anwendung psychische Störungen, Anämie, Zyanose und Nierenschädigung möglich. Wichtigster Vertreter ist das in Kombinationspräparaten verwendete PHENACETIN. Ähnlich, auch als Reinsubstanz verwendet, ist PARACETAMOL.

PHENACETIN

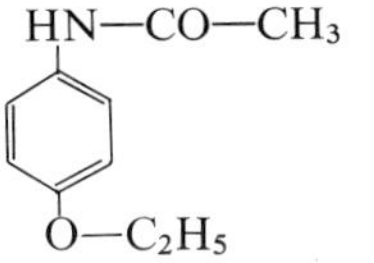

PARACETAMOL

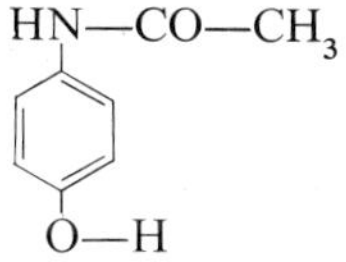

Pyrazolabkömmlinge

Sehr wichtige Gruppe. Wirken gut analgetisch, antipyretisch (fiebersenkend) und antiphlogistisch. Als Nebenwirkungen sind *Blutbildveränderungen* (Leukopenie, Agranulozytose) und *Magen-Darm-Störungen* (Schleimhautblutungen) möglich.

AMINOPHENAZON (= DIPYRIN = DIMETHYLAMINO-PHENYL-DIMETHYL-PYRAZOLON): mit zusätzlich krampflösender (spasmolytischer) Wirkung. Bei Einnahme zusammen mit NITRITEN (z.B. im Pökelfleisch enthalten) können stark krebserregende NITROSAMINE entstehen. Dies wird durch Zusatz von Vitamin C verhindert.
Pyramidon*.

PHENYLBUTAZON: Besonders gute antiphlogistische Wirkung (Antirheumatikum), allerdings auch am meisten mit den obengenannten Nebenwirkungen belastet. Neigung zur Salz- und Wasserretention (Ödeme). Geringe *Kumulationsneigung.*
Butazolidin*.

NORAMIDOPYRIN (= DIPYRON = ANALGIN): Gut wirksam bei Schmerzen, grippalen Infekten, rheumatischen Erkrankungen.
Novalgin*.

Salizylsäuregruppe

Reine Salizylsäure ist schwer wasserlöslich; sie kann örtlich als Antiseptikum und zur Schweißhemmung verwendet werden (3%iger Puder). Oral gibt es leicht Magenunverträglichkeiten. Dosen von 6–10 g/Tag sind jedoch ein ausgezeichnetes Antirheumatikum. Besser wasserlöslich sind folgende Verbindungen:

AZETYL-SALIZYLSÄURE: 1,5–5,0 oral in mehreren Einzelgaben über den Tag verteilt.

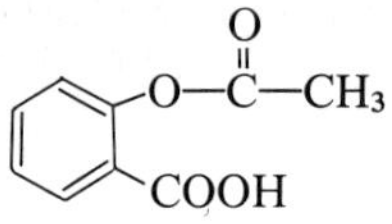

Etwas geringere antirheumatische, gute analgetische und antipyretische, noch gut entzündungshemmende Wirkung. Schweißtreibend. Leicht sedativ und in Überdosis berauschend. Führt außerdem zu einer Hemmung der Thrombozyten-Aggregation (Aneinanderkleben von Blutplättchen) und soll deshalb bei Thrombosen erfolgreich sein.
Mögliche Nebenwirkungen: Ohrensausen und andere zentralnervöse Erscheinungen, Allergien bis zum Asthmaanfall. Bei Langzeitbehandlung kann es zu Schleimhautblutungen aus dem Magendarmkanal kommen.
Aspirin*, Acetylin.
Colfarit Tabl. 0,5 bei Thrombosen

SALIZYLAMID: Leichtes Analgetikum ohne antipyretische Wirkung. Ebenso schlecht magenverträglich wie Salizylsäure. Wirkt vor allem gegen akutes rheumatisches Fieber.
Salizell*.

GENTISINSÄURE (HYDROXY-SALIZYLSÄURE): Analgetikum. Schwächer als AZETYL-SALIZYLSÄURE, dafür auch weniger Nebenwirkungen.
Prigenta*.

Reine Analgetika

Im Gegensatz zu den bisherigen haben die folgenden Substanzen keine wesentlichen antipyretischen und antiphlogistischen Effekte.

TILIDIN
Starkes Analgetikum für mittlere und starke akute und chronische Schmerzen. Schwindel und Benommenheit als Nebenwirkung möglich. Nicht beim akuten Herzinfarkt anwenden. Tropfen wirken so rasch wie die Injektion, nach 5–15 Minuten. Sediert nicht und unterliegt vorläufig nicht dem Betäubungsmittelgesetz.
Valoron*

NEFOPAM
Gegen leichte und starke Schmerzen. Sediert nicht und ist nicht suchterregend. Übelkeit, Mundtrockenheit und Schwindel als Nebenwirkung möglich. Nicht bei Anfallsleiden (wie Epilepsie) geben.
Ajan*

Opiate

Die natürlichen und synthetischen Opiumabkömmlinge, z. B. das MORPHIN, haben eine starke analgetische Wirkung. Häufig gebraucht werden

Dolantin*, **l-Polamidon***, **Cliradon***.

(Genauere Besprechung s. S. 52)

In dieselbe Gruppe gehören auch die

MORAMIDE: **Palfium***, **Jetrium*** sowie

PENTAZOCIN: **Fortral***.

Vitamin B_1

Dieses Vitamin ist in hoher Dosierung (über 0,1/Tag) analgetisch wirksam. Allergiegefahr und Möglichkeit einer Hypervitaminose müssen beachtet werden. Ein vom Vitamin B_1 abgeleitetes Analgetikum ist **Judolor***.

Lokalanästhetika

Lokalanästhetika (Einzahl: Lokalanästhetikum) sind Substanzen, welche die Schmerzempfindung oder -leitung lokal hemmen, so daß keine Nervenimpulse zum Schmerzzentrum des Gehirns gelangen können. Je nach Anwendung unterscheidet man die *Oberflächenanästhesie* (z. B. Besprühen der Mundschleimhaut), *Lokalanästhesie* (Infiltration des Gewebes vor kleinen Eingriffen) und die *Leitungsanästhesie* (zeitliche Blockade eines Nervens durch örtliche Umspritzung, z. B. bei Zahnbehandlungen, so daß das gesamte Ausbreitungsgebiet dieses Nervens empfindungslos wird).

Da einige Lokalanästhetika gefäßerweiternd wirken, werden sie *meist mit gefäßverengenden Stoffen wie* ADRENALIN oder NORADRENALIN versetzt. Dies bewirkt eine örtliche Blutleere und ein langsameres Abfließen des Anästhetikums aus dem Gewebe.

Chemisch typisch sind die Gruppen $>N-$ (tertiäres Amin) und $-O-C(=O)-$ oder $-N-C(=O)-$ (polarer Carboxyl- Sauerstoff).

Nebenwirkungen

Hemmende Wirkung auf das Herz; Gegenmittel: Sympathikomimetika, z. B. ADRENALIN. – Erregende Wirkung auf das Zentralnervensystem von nervöser Angst bis zu Krämpfen und Atemlähmung.

Allergische Reaktionen sind ebenfalls möglich.

PROCAIN: 0,5 – 2%ig für Gewebeinfiltration, kurzwirksam.

Novocain*.

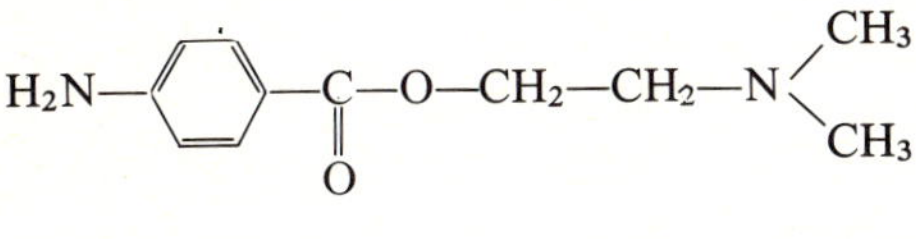

LIDOCAIN: 0,25 – 1%ig, in Sonderfällen 2%ig. Nicht mehr als 0,2 pro Tag, bei Adrenalinzusatz 0,5/Tag.

Für Infiltrations- und Oberflächenanästhesie. Rascherer Wirkungseintritt, langsame-

rer Abbau. Wegen der besonders intensiven Herzwirkung auch gegen Rhythmusstörungen verwendet.
Xylocain*, **Xylestesin***.

BUTACETOLUID: 0,5 – 1%ig für Oberflächenanästhesie. Etwas stärker als LIDOCAIN.
Hostacain*.

MEPIVACAIN: 1 – 2%ig, wirkt ähnlich wie LIDOCAIN.
Scandicain*.

TETRACAIN (= DICAIN): *10fach stärker als* PROCAIN. Möglichst nur zur Oberflächenanästhesie 0,5 – 1%ig. Für Infiltration müßte die 0,1%ige Lösung verwendet werden. Nicht mehr als 0,02 (= 20 mg)/Tag. Wirkung 2–4 Stunden.
Vorsicht bei Allergikern, Herzkranken und Hyperthyreosen.
Pantocain*, **Gingicain***.

KOKAIN: Aus dem südamerikanischen Cocastrauch. Wirkt gut lokalanästhetisch, jedoch Gefahr der KOKAIN-*Sucht* durch angenehme Halluzinationen bei gleichzeitigem Geselligkeitsdrang. Besonders rascher Abbau der Persönlichkeit! Wird deshalb heute nur noch selten verwendet, bestenfalls am Auge. Diese Anwendung erfolgt noch (2%ige Lösung), weil gleichzeitig eine Pupillenerweiterung eintritt. Da Kokain nicht gefäßerweiternd, sondern verengend wirkt, ist ein ADRENALINzusatz in jedem Fall zu vermeiden.
Für KOKAIN gelten besondere Vorschriften der Betäubungsmittel-Verschreibungs-Verordnung (s. S. 53).

Entzündung, Infektion und Infestation

Antipyretika

Antipyretikum (Mehrzahl: Antipyretika) heißt fiebersenkendes Mittel. Da heute im allgemeinen die Grundkrankheit und nicht mehr nur das Symptom »Fieber« behandelt werden, ist die alleinige Verordnung aus dieser Indikationsstellung heraus selten geworden. Häufig verwendet werden dagegen Antipyretika in Kombinationspräparaten gegen Erkältungskrankheiten und Grippe.

Zu den Antipyretika gehören einige bereits erwähnte Gruppen:

Anilinabkömmlinge s. S. 11
Pyrazolabkömmlinge s. S. 11
Salizylsäuregruppe s. S. 12

Wichtig als Antipyretikum ist daneben das

CHININ: als Chininsalz oral 2–3mal 0,05–0,6/Tag

CHININ, aus der Rinde des Chinabaumes, hat schon in kleinsten Dosen einen intensiv bitteren Geschmack und dient deswegen auch als Geschmackskorrigens (tonic water) und zur Appetitanregung. In therapeutischen Dosen hemmt es, oral gegeben, allgemein die Zellfunktion. Zusammen mit einer zentralen Dämpfung des Wärmezentrums wird dadurch die erhöhte Körpertemperatur gesenkt. Kleine Dosen regen die Wehenbereitschaft des schwangeren Uterus an und wirken allgemein leistungssteigernd. Die größte Bedeutung hat CHININ heute zur Bekämpfung bestimmter Formen der Malaria.

Lokal kann man CHININ wegen seiner örtlichen Reizwirkung zur Verödung von Krampfadern verwenden.

Vergiftungserscheinungen: Gehör- und Sehstörungen, Herz-, Kreislaufstörungen, Nierenversagen. Tödliche Menge 6–15 g.

Chininum* verschiedener Firmen.

Antiphlogistika

Antiphlogistikum (Mehrzahl: Antiphlogistika) bedeutet entzündungshemmendes Mittel. Dieser Begriff ist sehr weit gesteckt. Im allgemeinen meint man lokale Gefäßabdichtung im Gewebe und ähnliche Beeinflussungen der Entzündungsreaktion, jedoch ohne Beeinträchtigung eventuell vorhandener Krankheitserreger. Ein kühlender Umschlag auf ein entzündetes Gewebe ist bereits eine antiphlogistische Maßnahme, nicht jedoch der Einsatz eines Antibiotikums.

Zu den stärksten Antiphlogistika zählen die Glukokortikoide, s. S. 100. Außerdem wirken viele Analgetika und die meisten Antipyretika entzündungshemmend.

Zu den Antiphlogistika gehören deshalb ebenfalls die bereits erwähnten Gruppen

Anilinabkömmlinge, s. S. 11
Pyrazolabkömmlinge, s. S. 11
Salizylsäuregruppe, s. S. 12

Antirheumatika

Die Tatsache, daß eine Reihe von Substanzen gleichzeitig schmerzstillend, entzündungshemmend und fiebersenkend wirkt, hat sie zu idealen Mitteln gegen *rheumatische Erkrankungen* gemacht. Diese Gruppe soll wegen ihrer besonderen Bedeutung hier zusammengefaßt werden, obwohl sich Überschneidungen zu den Kapiteln »Analgetika« und »Antipyretika« ergeben.

Im Prinzip wirken alle Antirheumatika gleich. Sie bewirken auch alle mehr oder weniger starke *Magenunverträglichkeiten* die zu leichten Schleimhautblutungen mit lange unbemerktem (okkultem) Blutverlust und zur Entstehung von Magengeschwüren führen können. In der folgenden Aufstellung werden daher nur besondere weitere Merkmale erwähnt.

AZAPROPAZON: **Prolixan***
ALCLOFENAC: **Neoston**
CLOFEZON: **Perclusone**
DICLOFENAC: Relativ niedrige Dosierung
Voltaren*
FENPROFEN: **Feprona**
FLUFENAMINSÄURE: **Arlef 200, Surika**
IBUPROFEN: Etwa so wirksam wie **Aspirin**, relativ wenig Nebenwirkungen
Brufen*
INDOMETACIN: Stark wirksam. Kopfschmerzen und Schwindel als Nebenwirkungen möglich
Amuno*
NAPROXEN: **Proxen***
NIFLUMINSÄURE: **Actol**
PHENYLBUTAZON: s. S. 11
Butazolidin*, Elmedal, Praecirheumin
OXYPHENBUTAZON entspricht im wesentlichen dem PHENYLBUTAZON
Tanderil*, Phlogistol 100/200.

Alle eben erwähnten Antirheumatika wirken *symptomatisch*, das heißt sie beheben die Symptome ohne den zugrundeliegenden Krankheitsprozeß zu heilen. Mit den folgenden Substanzen wird versucht, auch das *Grundleiden* günstig zu beeinflussen. Sie werden oft gleichzeitig mit den oben erwähnten Medikamenten gegeben, sind aber keine Antiphlogistika im engeren Sinne und unterscheiden sich chemisch wie im Wirkungsmechanismus erheblich voneinander.

Goldsalze

Zur i.m.-Injektion ein- bis zweimal wöchentlich in ansteigenden Dosen nach ärzt-

licher Anweisung. Intervall- oder Dauertherapie über Monate bis Jahre. Wegen möglicher Nebenwirkungen müssen Blutbild und Nierenfunktion überwacht werden. Allergien möglich.
Aureo-Detoxin
Aureotan
Tauredon

Antimalariamittel

CHLOROQUIN. Der antirheumatische Effekt dieser, ursprünglich gegen Malaria angewandten, Substanz tritt erst nach wochen- bis monatelanger Gabe von einer Tablette täglich ein. Hautveränderungen und Augenschäden möglich, regelmäßige augenärztliche Kontrollen nötig!
Resochin*

HYDROXYCHLOROQUIN wie CHLOROQUIN, jedoch anfangs 3, dann 2 Dragees täglich.
Quensyl

Sonstige

D-PENICILLAMIN s. S. 96. Diese vielseitige Substanz wird unter anderem zur Basisbehandlung des chronischen Gelenkrheumatismus empfohlen. Nicht mit Gold oder Antimalariamitteln zusammen anwenden. Oral als Kapseln oder Tabletten.
Metalcaptase*, Trolovol.

Glukokortikoide, s. S. 100. Anwendung als Tabletten oder Injektion *systemisch* (den ganzen Organismus einbeziehend) oder *lokal*, z. B. als Injektion von Kristallsuspension in erkrankte Gelenke.

Chemotherapeutika

Seit der Entdeckung des *Penicillins* durch Fleming 1928 und der Sulfonamide durch Domagk 1932/35 ist eine große Zahl von Stoffen gefunden worden, die im Organismus zur Bekämpfung von Krankheitserregern eingesetzt werden können. Alle diese Wirkstoffe werden unter dem Oberbegriff Chemotherapeutika (Einzahl: Chemotherapeutikum) zusammengefaßt. Die größte und wichtigste Gruppe davon sind die *Antibiotika.*

Ursprünglich wurde dieser Name für Substanzen geprägt, die aus der belebten Natur stammen (zum Beispiel aus Schimmelpilzen gewonnen werden), doch kann man heute viele dieser Stoffe künstlich (synthetisch) oder halbsynthetisch herstellen. Die Klasse der Antibiotika umfaßt deshalb chemisch völlig verschiedenartige Stoffe. Zu den Chemotherapeutika, die keine Antibiotika sind, gehören beispielsweise die *Sulfonamide.*

Die Entdeckung der Chemotherapeutika stellte einen der wichtigsten medizinischen Fortschritte dar, die je gemacht wurden. Sie hat die medikamentöse Therapie revolutioniert, früher tödliche Krankheiten heilbar gemacht und ein neues Denken in der Medizin eingeleitet. Antibiotika gehören auch heute noch zu den weltweit am häufigten verordneten Medikamenten. Die Vielfalt der Stoffe und deren weite Verbreitung machen es notwendig, sich mit ihnen ausführlich zu beschäftigen.

Wirkungsweise

Chemotherapeutika greifen meist in einen biologischen Vorgang beim Aufbau oder bei der Erhaltung der *Zellwand* eines Krankheitserregers (meist Bakterien) ein. Sie können die Hülle des Bakteriums zerstören und dieses dadurch abtöten. Durch diese *bakterizide* Wirkund werden die vorhandenen Keime direkt vernichtet. Andere Stoffe greifen hemmend bei der Teilung (Vermehrung) der Bakterien ein. Infolge dieser *bakteriostatischen* Wirkung kann sich die Zahl der vorhandenen Erreger nicht mehr vergrößern, die bereits vorhandenen müssen durch die körpereigenen Abwehrstoffe überwunden werden.

Ob aber nun durch bakterizide (abtötende) oder durch bakteriostatische (Vermehrung hemmende) Wirkung, Krankheitserreger sind in der Regel nur in ihrer *Teilungsphase* angreifbar. Es ist deshalb nicht sinnvoll, bakteriostatisch und bakterizid wirkende Substanzen zu kombinieren: Einerseits werden die Erreger dadurch in ihrer Vermehrung gehemmt, andererseits ist aber nur in dieser Phase eine Einwirkung möglich.

Wirkungsspektrum

Die einzelnen Chemotherapeutika wirken unterschiedlich auf die verschiedenen Krankheitserreger. Denkt man sich alle Erreger nebeneinander aufgeführt, in Form eines Bandes, dann umfaßt die Wirkung einer bestimmten Substanz mehr oder weniger große Teile davon. Man nennt dies das *Wirkungsspektrum* eines Chemotherapeutikums. Ist das Wirkungsspektrum groß, betrifft also viele Anteile des Erregerbandes, so spricht man von *Breitbandantibiotika.*

Bakteriologisch unterscheidet man die Erreger nach ihrer Anfärbbarkeit mit dem sogenannten Gram-Farbstoff und teilt sie danach ein in gram-positive und gram-negative Keime. Antibiotika wirken häufig besonders gut auf die eine oder die andere dieser Gruppen.

Blutspiegel und Hemmkonzentration

Um überhaupt wirksam werden zu können, muß ein Chemotherapeutikum dort in ausreichender Menge vorhanden sein, wo sich die Erreger im Körper befinden. Zu geringe Mengen sind unwirksam. Die kleinste noch wirksame Menge am Ort der Wirkung wird als *minimale Hemmkonzentration* bezeichnet. Diese wiederum ist für jeden Erreger und für jedes Chemotherapeutikum unterschiedlich hoch.

Eine gewisse Zeit nach oraler Gabe oder unmittelbar nach intravenöser Injektion findet sich das Chemotherapeutikum im Blut, die jeweilige Menge wird als *Blutspiegel* bezeichnet. Die Erreger befinden sich aber meist im Gewebe, sodaß die dort verfügbare Menge an Wirksubstanz entscheidend ist. Je nach Gewebe und Medikament ist diese *Gewebegängigkeit* sehr unterschiedlich. So können viele Chemotherapeutika die Blut-Liquor-Schranke nicht passieren und sind daher bei Meningitis unwirksam – obwohl sie hohe Blutspiegel erzielen und die vorhandenen Erreger auf sie empfindlich sind.

Resistenz

In bestimmten Fällen, besonders wenn die Therapie zu kurz durchgeführt wurde oder die Dosis nicht hoch genug war, gelingt es einigen Keimen, einen *Abwehrfaktor* gegen das Chemotherapeutikum zu bilden. Dieser Faktor bleibt bei der Teilung (Vermehrung) erhalten. Dadurch entstehen Bakterienstämme, die auf das entsprechende Medikament nicht mehr ansprechen. Dieser Vorgang wird als *Resistenzbildung* bezeichnet.

Besonders unangenehm ist, daß resistent gewordene Keime diese Eigenschaft *an andere Erreger weitergeben* können. Entwickeln beispielsweise infolge kritikloser Anwendung von Antibiotika die im Darm normalerweise anwesenden Coli-Keime eine Resistenz, so kann diese später an andere, unter Umständen lebensgefährliche Erreger weitergegeben werden. Die Krankheit spricht dann auf das seinerzeit verabfolgte Medikament nicht mehr an. Die Konsequenzen daraus sind klar:

> Chemotherapeutika (Antibiotika) nicht kritiklos oder bei Bagatellfällen anwenden! In jedem Fall *lang genug* und *hoch genug* dosieren!

Auswahl des geeigneten Chemotherapeutikums

Angesichts der riesigen Zahl von Chemotherapeutika steht auch der Arzt oft vor der Frage, welche denn nun die am besten geeignete Substanz für ein bestimmtes Krankheitsbild darstellt. Hier müssen die folgenden Überlegungen angestellt werden:

Manche Erreger verursachen ein *immer gleiches* Krankheitsbild. Das klinische Bild einer Tuberkulose oder Syphilis beweist das Vorhandensein von Koch'schen Stäbchen bzw. Spirochäta pallida. Das geeignete Antibiotikum dagegen ist bekannt und muß angewandt werden.

Anders ist dies bei den häufigen lokalen Infektionen. Eine Nierenbecken- oder Lungenentzündung beispielsweise kann durch eine große Zahl sehr *unterschiedlicher* Keime hervorgerufen werden.

Es muß damit gerechnet werden, daß ein Erreger vorliegt, welcher gegen viele Antibiotika resistent ist. In diesem Fall sollte so rasch wie möglich Untersuchungsmaterial (Urin, Sputum) in das bakteriologische Labor zur *Kultur* gebracht werden. Dort wird der Erreger bestimmt und anschließend festgestellt, gegen welche Chemotherapeutika der oder die Keime empfindlich sind (*Resistenzprüfung*). Fehlen Zeit oder Möglichkeit für diese Prüfungen, so muß aufgrund der Erfahrung des Arztes das vermutlich bestgeeignete Medikament gegeben werden.

In jedem Fall muß natürlich zusätzlich überlegt werden, ob die Substanz oral oder als Injektion verabreicht werden soll, wie oft und wie hoch dosiert werden muß und ob mit anderen Chemotherapeutika kombiniert werden soll. Das folgende Schema soll einen Eindruck von diesen Überlegungen vermitteln.

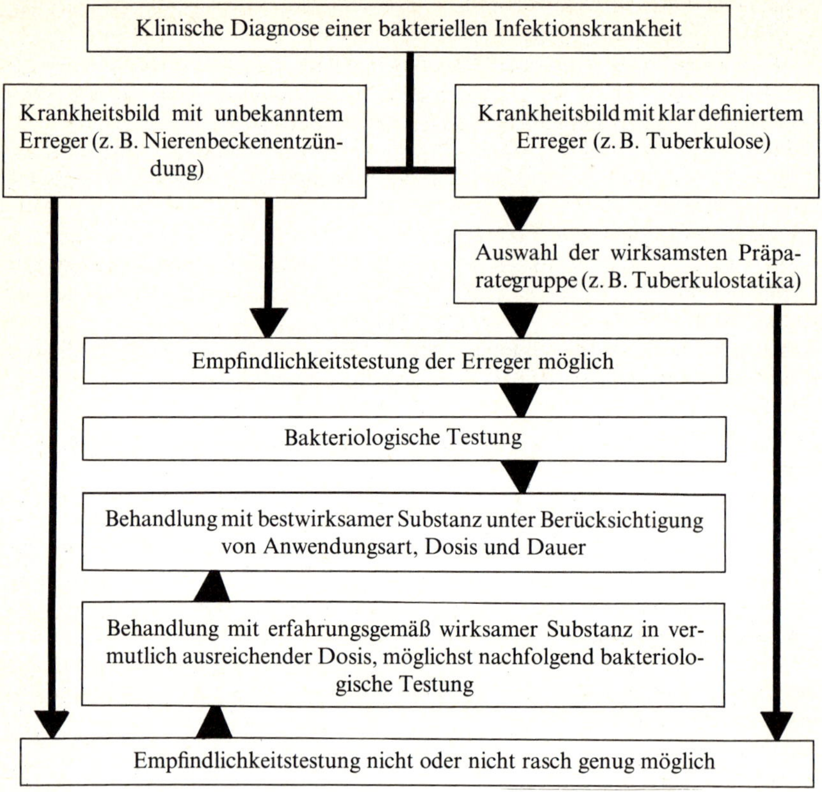

Eine graphische Zusammenfassung der wichtigsten Faktoren in der Auswahl des am besten geeigneten Chemotherapeutikums und der häufigsten Fehlerquellen wird in Abb. 1a und b gegeben.

Zubereitung

Antibiotika liegen meist in Form von Trockensubstanz vor, die mit dem beigegebenen Lösungsmittel (oft destilliertes Wasser) aufgelöst werden muß. Dies geschieht in der Regel in den Fläschchen, in denen die Trockensubstanz geliefert wird. Steriles Arbeiten ist wichtig! Das gelöste Medikament ist vielfach nicht lange haltbar und sollte bald verbraucht werden. Einige Antibiotika werden bereits spritzfertig in Kunststoffampullen geliefert. Sie sind in dieser Form monate- bis jahrelang haltbar. Ein Verfalldatum ist der Packung aufgedruckt; nach dessen Ablauf ist eine Vollwirkung nicht mehr garantiert.

Antibiotika

Penicilline

Das älteste Antibiotikum ist das aus Schimmelpilzen gewonnene PENICILLIN. Nachdem es zunächst jahrelang aus Pilzkulturen hergestellt werden mußte, ist jetzt die halbsynthetische Fabrikation möglich.

Chemische Grundstruktur ist der sogenannte Beta-Lactamring, der auch den *Cephalosporinen* zugrunde liegt. Aus ihm wurden im Lauf der Zeit zahlreiche verschiedene PENICILLINE entwickelt. Zunächst entstanden durch Salzbildung langwirkende (Depot-)PENICILLINE, dann oral wirksame Abkömmlinge und schließlich Breitband-PENICILLINE mit erweitertem Wirkungsspektrum.

PENICILLIN in ausreichender Dosis bakterizid. Seine Hauptanwendungsgebiete sind Streptokokkeninfekte (rheumatisches Fieber, Endokarditis), aber auch die Behandlung der Gonorrhoe sowie die Prophylaxe und Therapie zahlreicher weiterer Infektionen (z. B. Angina). Besonders hervorzuheben ist die gute Verträglichkeit. Allergien sind allerdings nicht allzu selten. PENICILLIN ist nicht stabil gegenüber dem Ferment *Penicillinase*, welches von manchen Bakterien gebildet wird. Diese Erreger können nur durch penicillinase-feste PENICILLINE bekämpft werden.

PENICILLIN ist unbeständig gegenüber Säuren, Alkalien, Oxydationsmitteln, Alkoholen, Schwermetallionen und erhöhten Temperaturen. Der Zusatz weiterer Medikamente zur Penicillin-Infusionslösung sollte daher unterbleiben.

PENICILLIN G und dessen Salze: Das »klassische« PENICILLIN zur intramuskulären Anwendung von 0,8–4 Millionen Einheiten (= Mega) pro Tag und mehr; hohe Dosen (bis 20 Millionen Einheiten) als i.v.-Dauertropf in Elektrolytlösungen.

PENICILLIN als Natrium- oder Kaliumsalz, keine besonderen Handelsnamen.

PROCAIN-PENICILLIN zur i.m.-Injektion, der PROCAIN-Anteil bedingt Schmerzfreiheit, kann aber seinerseits Allergien verursachen. Wirkdauer 9–14 Stunden. In Handelspräparaten meist gemischt mit einem Anteil PENICILLIN G.

Hormocillin*, Hydracillin*, Liquocillin.

CLEMIZOL-PENICILLIN zur i.m.-Injektion, mit Antihistamin-Anteil, Wirkdauer 24 Stunden und länger.

Megacillin*, Prevecillin.

BENZATHIN-PENICILLIN zur i.m.-Injektion, Wirkdauer 7–28 Tage bei allerdings niedrigen Serumkonzentrationen.

Tardocillin*.

Biosynthetische und halbsynthetische Oral-PENICILLINE: Unterscheiden sich in Herstellung und Anwendung von PENICILLIN G, besitzen jedoch dessen antibiotisches Spektrum und alle seine sonstigen Eigenschaften. Wirksam nach oraler Gabe, Dosis 1,2–6 Mill. Einheiten pro Tag und mehr.

PENICILLIN V = PHENOXY-METHYL-PENICILLIN.

Arcasin, Beromycin*, Fenoxypen, Isocillin, Ispenoral*, Ospen, Pencompren, P Mega Tablinen.

PHENETICILLIN: **Pen 200*.**

PROPICILLIN: **Baycillin*, Oricillin*, Pluscillin.**

Penicillinase-feste PENICILLINE: Wirken auch auf Erreger, die andere PENICILLINE durch Bildung des Fermentes Penicillinase unwirksam machen. Spezialpräparat für penicillinasebildende Staphylokokken, bei anderen Keimen zu wenig wirksam. Dosierung oral auf leeren Magen 2,0*)–3,0 pro Tag, i.m. 0,5–1,0 4–6mal täglich, i.v. 1,0–2,0 als Einzeldosis.

OXACILLIN: **Cryptocillin, Stapenor*.**

CLOXACILLIN: **Staphobristol.**

DICLOXACILLIN: **Constaphyl, Dichlor-Stapenor.**

---

* 1,0 bedeutet 1 Gramm, siehe Hinweise auf S. 7.

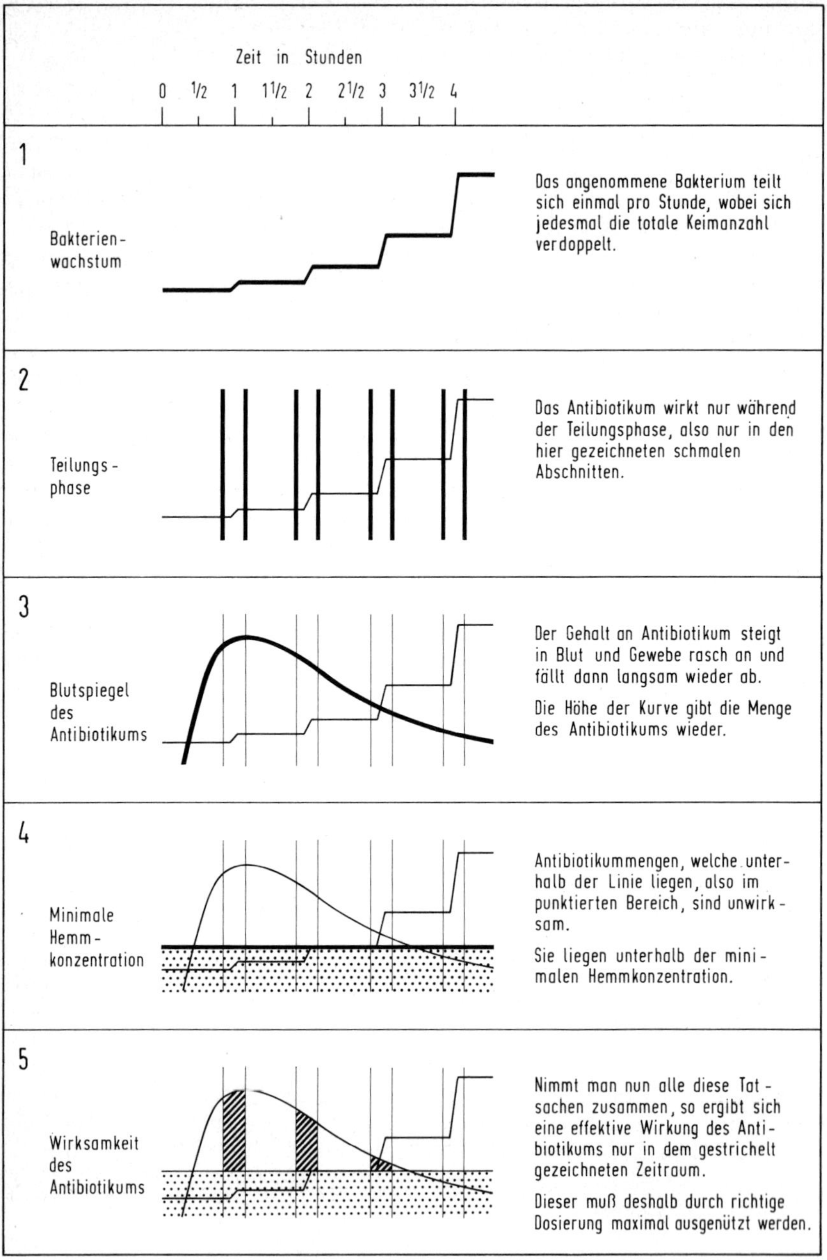

Abb. 1a: Auswahlfaktoren für geeignete Chemotherapeutica

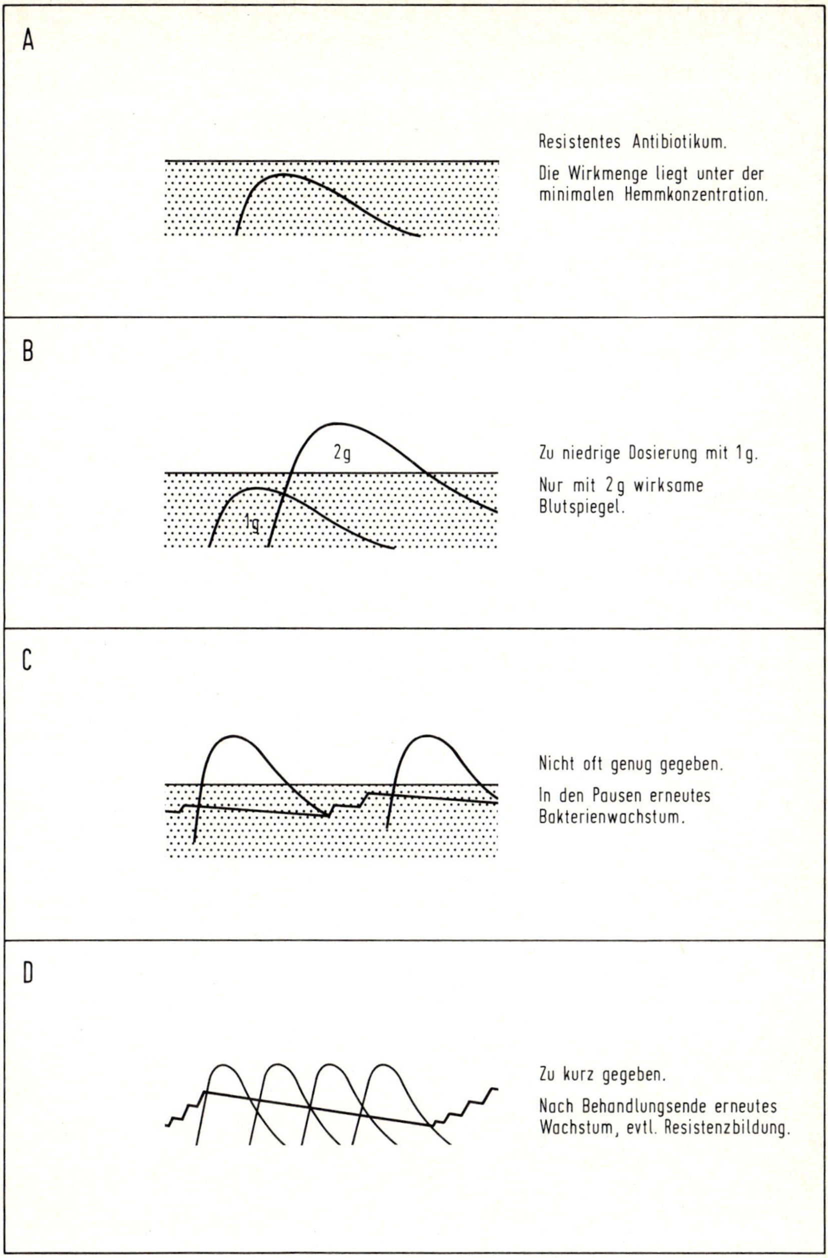

Abb. 1b: Häufige Fehlerquellen bei der Therapie mit Chemotherapeutika.

FLUCLOXACILLIN: **Staphylex**.
METHICILLIN: i.m., in Ausnahmefällen i.v.: **Cinopenyl**.

Halbsynthetische Breitspektrum-PENICILLINE.

AZIDOCILLIN: Erweitert die antibiotische Wirkung von PENICILLIN G auf den Erreger von Atemwegsinfektionen Haemophilus influenzae. Dosierung 1,5 pro Tag oral.

Nalpen, Syncillin.

AMPICILLIN: Erweitert das Wirkungsspektrum von PENICILLIN G auf zahlreiche gram-negative Erreger wie Haemophilus influenzae, Salmonellen (Darminfekte) und einige Stämme von E. Coli und Proteus, ist aber nicht penicillinase-fest. Dosierung oral, i.m. und i.v. 2,0–6,0 pro Tag. Möglichst auf leeren Magen einnehmen, sonst schlechtere Resorption (Aufnahme). Neben den vom PENICILLIN bekannten Allergien kommt es in ungefähr 7% der Fälle zu einem Hautausschlag (»rash«), der jedoch eine Unterbrechung der Therapie nicht unbedingt erforderlich macht.

Amblosin*, Binotal*, Cymbi, Pen-Bristol*, Penbrock*, Suractin.

AMPICILLIN-ähnliche Breitband-PENICILLINE: Antibiotisches Wirkungsspektrum von AMPICILLIN, jedoch durch veränderte chemische Struktur bessere Resorption und dadurch niedrigere Dosierung von 1,0–3,0 und mehr oral.

AMPICILLIN wasserfrei: **Deripen**.

AMOXYCILLIN: **Clamoxyl**.

PIVAMPICILLIN: **Berocillin*, Maxifen***.

EPICILLIN: etwas bessere Wirkung auf Pseudomonas und geringere Rate an Ausschlägen (2%), Dosis oral, i.m. und i.v. 1,5–6,0/Tag **Spectacillin***.

Breitspektrum-PENICILLINE der CARBENICILLIN-Gruppe.

Gute Wirksamkeit bei den gram-negativen Problemkeimen Proteus und Pseudomonas, aber gegenüber den sonst auf PENICILLIN empfindlichen Keimen weniger wirksam.

CARBENICILLIN: Hohe Dosierung von (6–)12–16(–40)Gramm/Tag.

Anabactyl*, Microcillin.

INDANYL-CARBENICILLIN: Zur oralen Anwendung mit hoher Anreicherung in den Hohlwegen der Harnorgane. 2,0–4,0/Tag **Carindapen**.

Cephalosporine

Substanzen dieser Gruppe, ursprünglich aus dem Pilz Cephalosporium gewonnen, sind Breitbandantibiotika mit einer gewissen chemischen Ähnlichkeit zu **Penicillin** – sie besitzen auch dessen beta-Lactam-Ring und führen deshalb in 5–10% zu Überempfindlichkeitsreaktionen bei **penicillin**-allergischen Patienten. CEPHALOSPORINE wirken bei einer Reihe von gram-negativen »Problemkeimen«, nicht allerdings bei bestimmten Proteusarten und bei Pseudomonas. Dagegen werden penicillinasebildende Erreger mit erfaßt. Die Wirkungsweise ist bakterizid, die Toxizität (gefährliche Nebenwirkungen) gering. Geachtet werden muß auf etwaige Nierenschäden.

Im Wesentlichen wirken die zahlreichen CEPHALOSPORINE gleich, kleinere Unterschiede im Wirkungsspektrum sind nur in Sonderfällen wichtig. Es werden hier daher nur die unterschiedlichen Anwendungsarten besprochen.

CEPHALOTIN zur i.v.-Gabe, in Sonderfällen i.m. (schmerzhaft!). 2,0–12,0 pro Tag.

Cephalotin Lilly, Cepovenin*.

CEPHALORIDIN zur i.m.-Gabe von (1,0–)3,0–4,0(–6,0) pro Tag, auch i.v.-Anwendung möglich.
Cepaloridin Glaxo.

CEFAZOLIN 1,5–3,0 pro Tag i.v. oder i.m., hierbei in höheren Dosen schmerzhaft. Aufgrund seiner günstigen Eigenschaften das zu bevorzugende CEPHALOSPORIN
Elzogram*, Gramaxin, Zolicef.

CEPHACETRIL 2,0–6,0(–12,0) pro Tag i.m., i.v.
Celospor*.

CEPHAPIRIN 2,0–6,0(–12,) pro Tag i.m., i.v.
Bristocef*.

CEPHRADIN wird auch oral gut resorbiert, i.m. nur in Ausnahmefällen (langsame Resorption!), i.v. als Kurzinfusion möglich. Dosis jeweils 2,0–4,0 pro Tag.
Sefril*.

CEPHALEXIN: das oral wirksame CEPHALOSPORIN, nicht zur Injektion. 1,0–2,0–4,0 pro Tag.
Ceporex*, Oracef.

Tetrazykline

Breitbandantibiotika mit großem Wirkungsspektrum, wobei allerdings Proteus, Pseudomonas und viele Klebsiellenstämme meist resistent sind. Bakteriostatische Wirkung, werden größtenteils über die Galle ausgeschieden und sind daher für diesen Bereich besonders geeignet. Meist 1 g täglich oral in 4 Einzelgaben, auch i.m. und i.v. je nach Präparat. Vorsicht bei Gabe während der Zahnentwicklung: Substanz kann sich in die Zähne einlagern und diese für immer gelblich verfärben.

TETRACYCLIN: **Achromycin***, **Hostacyclin***, **Supramycin***, **Tetracitro**, **Tetralution**, **Steclin 500**.
OXY-TETRACYCLIN: **Terramycin*** oral, i.m., **Terravenös*** i.v., **Macocyn 250, 500***, **Tetra-Tablinen**, **Vendarcin**.
CHLOR-TETRACYCLIN: **Aureomycin***.
ROLI-TETRACYCLIN: zwei Formen: i.m. und i.v. **Reverin***.
DEMETHYL-CHLOR-TETRACYCLIN: **Ledermycin*** oral.
METHACYCLIN: **Rondomycin***.
DOXYCYCLIN: **Vibramycin***, besonders günstige Anwendungsweise durch niedrigere Dosierung mit anfangs 2 Kapseln 0,1, dann einer Kapsel pro Tag. Auch intravenös als **Vibravenös***.
MINOCYCLIN: halbsynthetisch, wirkt besser auf einige Keime, besonders Staphylokokken, als die anderen TETRAZYKLINE. Dosierung oral 0,1–0,2 pro Tag.
Klinomycin*.

Chloramphenicolgruppe

CHLORAMPHENICOL: Breitbandantibiotikum mit durchschnittlicher Dosierung von 1,5–2 g täglich oral, auch i.v. und i.m., nicht als Supp. Vor allem gegen Keime der Typhus-Paratyphusgruppe, aber auch bei schweren Harn- und Atemwegsinfektionen. Passiert die Blut-Hirn-Schranke, daher auch bei Meningitis angezeigt. Bakteriostatischer Wirkmechanismus. Nicht mehr als 30 g pro Kur. Knochenmarkschäden sind bekannt geworden, daher nur bei strenger Indikationsstellung anwenden.

Catilan*, **Chloramsaar**, **Chloromycetin**, **Fenbiotic**, **Kamaver**, **Leukomycin***, **Nevimycin***, **Pantovernil**, **Paraxin***.

THIAMPHENICOL:
Sehr ähnlich dem CHLORAMPHENICOL, Dosierung und Wirkart gleich, wird aber hauptsächlich mit dem Urin ausgeschieden.
Urfamycina.

Aminoglykosid-Antibiotika

Breitbandantibiotika mit gemeinsamer chemischer Grundstruktur, bakterizid wirksam, vor allem gegen sonst kaum beherrschbare gram-negative Erreger wie *Klebsiellen*, *Coli* und häufig auch *Pseudomonas*. Von Nachteil ist der schmale Bereich zwischen Wirksamkeit und Toxizität (gefährlichen Nebenwirkungen) im Bereich der Nieren und des Hör-Gleichgewichtorgans.

Die drei folgenden Substanzen sind aus klinischer und bakteriologischer Sicht weitgehend vergleichbar, wobei SISOMICIN stärker wirksam ist, wahrscheinlich aber auch mehr Nebenwirkungen hat. Dosierung 0,075–0,08–0,18–0,225 pro Tag i.m., oral werden die Substanzen praktisch nicht resorbiert.

GENTAMYCIN: **Refobacin***, **Sulmycin***.

TOBRAMYCIN: **Gernebcin**.

SISOMICIN: **Extramycin***

KANAMYCIN ist eines der älteren Aminoglykoside mit, unter anderem, guter Wirkung auf Tuberkulosebazillen. Wegen relativ hoher Toxizität (Innenohrschäden) ist die Verwendung zugunsten neuerer Vertreter dieser Klasse eingeschränkt. Dosierung 1,0 pro Tag in mehreren Einzeldosen i.m., außerdem in Salben u.ä. zur äußerlichen Anwendung.
Kanabristol, **Kanamycin***.

AMIKACIN ist eine Tochtersubstanz von KANAMYCIN mit verbesserter Wirkung, besonders gegen *Klebsiellen*. Dosierung und Nebenwirkungen wie KANAMYCIN.
Biklin.

STREPTOMYCIN wird unter Tuberkulostatika, S. 27, besprochen.

NEOMYCIN und PAROMOMYCIN werden unter Lokalantibiotika, S. 27, besprochen.

Makrolid-Antibiotika

Breitbandantibiotika mit bakteriostatischer Wirkung, gut verträglich, wenig Nebenwirkungen. Hauptsächlich anzuwenden bei Infektionen mit grampositiven Keimen (z.B. Angina), wenn Resistenz oder Allergie gegen PENICILLIN und CEPHALOSPORINE besteht. Dosierung 1,0–2,0 pro Tag oral, in Sonderfällen i.v., i.m. zu schmerzhaft.

ERYTHROMYCIN: **Erycinum***, **Neo-Erycinum***, **Erythrocin***, **Paediathrocin**.

OLEANDOMYCIN: **Oleandocyn***.

SPIRAMYCIN: **Rovamycine**, **Selectomycin**.

Antibiotika mit vorwiegend auf grampositive Keime begrenztem Wirkungsbereich

Die beiden folgenden haben ähnliche Eigenschaften wie die Makrolid-Antibiotika, s. dort. Oral nur auf leeren Magen.

LINCOMYCIN: **Albiotic**, **Cillimycin**.

Clindamycin: **Sobelin**.

Novobiocin bakteriostatisch, relativ häufig Allergien, einzusetzen bei bestimmten Problemfällen. Hauptsächlich oral 1,0 pro Tag, auch i.v., i.m. nicht zu empfehlen. **Inamycin***.

Antibiotika mit vorwiegend auf gramnegative Keime begrenztem Wirkungsbereich

Bakterizid nicht nur im Teilungs- sondern auch im Ruhestadium wirksam gegen *Pseudomonas, Klebsiellen, Coli, Salmonellen* u.a., nicht aber gegen *Proteus*. Nach oraler Gabe keine Resorption. Hohe Rate von Nebenwirkungen, besonders auf Nieren und Nervensystem. Dosierung 2–3 Millionen Einheiten und mehr i.m., auch i.v. möglich. Oral für Infektionen im Darm.

Polymyxin B: **Polymyxin B Pfizer***.

Polymyxin E: **Colistin***.

Antibiotika zur lokalen Anwendung

Diese Substanzen werden nach oraler Gabe im Magen-Darm-Kanal nicht resorbiert und erreichen daher keinen ausreichenden Blutspiegel. Sie können aber zur Abtötung von Darmbakterien verwendet oder als Puder usw. auf Oberflächen angewendet werden.

Bei parenteraler Gabe sind unter Umständen schwere Nieren- oder Gehörschäden möglich; man darf diese Substanzen also keinesfalls i.m. oder i.v. verabfolgen.

Dosierung im allgemeinen 2–8 g oral täglich.

Neomycin: **Bykomycin***, **Myacyne***.

Paromomycin: **Humatin***.

Tyrothricin in verschiedenen Kombinationspräparaten (Lutschtabl.)

Bacitracin ebenfalls in zahlreichen Kombinationspräparaten zur örtlichen Anwendung.

Chemotherapeutika mit begrenztem Anwendungsbereich

Die nachfolgenden Substanzen entwickeln ihre Wirkung nur in den Hohlwegen der Harnorgane, da sie im Blut oder Gewebe keine ausreichenden Spiegel erreichen, sondern gleich über die Nieren ausgeschieden werden.

Nalidixinsäure: Gegen gramnegative Bakterien, um 4,0 täglich oral **Nogram***.

Nitrofurane: Gegen grampositive und -negative Bakterien, Magenunverträglichkeit und Brechreiz möglich. 0,1–0,2 oral täglich.

Nitrofurantoin: **Furadantin***, **Ituran***.

Äußerlich gegen umschriebene Hautinfektionen

Nitrofural: **Furacin***.

Antituberkulotika

Die folgenden Medikamente gehören ganz verschiedenartigen chemischen Gruppen an. Sie wirken alle besonders gut oder ausschließlich auf Tuberkuloseerreger, und zwar entweder bakteriostatisch (*tuberkulostatisch*) oder bakterizid (*tuberkulozid*).

---

* Mit einem Stern bezeichnete Mittel sind im 2. Teil (s. S. 129ff.) in alphabetischer Folge mit näheren Angaben aufgeführt.

Behandelt wird die Tuberkulose in der Regel zunächst mit einer Kombination von drei Antituberkulotika über Wochen bis Monate, danach mit zwei Substanzen (Konsolidierungsphase) und schließlich nur noch mit einem Medikament. Die folgenden Arzneimittel sind ihrer Wichtigkeit nach geordnet. Auch die weniger häufig verordneten Stoffe haben jedoch ihre Berechtigung, denn die Austestung der Empfindlichkeit von Tuberkuloseerregern kann Resistenz gegen die üblichen Behandlungsformen zeigen.

Isoniacid (INH): Wichtigstes Basis-antituberkulotikum zur Therapie jeder Form der Tuberkulose, sowohl in Kombinationen als auch allein. Bakterizid in der Teilungsphase, sonst bakteriostatisch. Höhere Dosen zeigen Nebenwirkungen auf das Nervensystem. Dosierung 0,3(–0,6) oral in einer Dosis täglich, auch als i.v.-Infusion möglich. INH wird nicht von allen Menschen gleich schnell abgebaut und wirkt daher unterschiedlich lang.
INH Burgthal, **INH Kabi**, **Isozid***, **Neoteben***, **Rimifon***.
mit Vitaminzusatz: **Tebesium***.
in Verbindung mit Glukuronsäure: **Gluronazid, Isozidoron 444**.

Rifampicin: tuberkulozid wirkendes Antibiotikum, etwa so wirksam wie INH und neben diesem das wichtigste Antituberkulotikum. Vorsicht bei vorgeschädigter Leber. Dosierung 0,45–0,75 oral in einer Dosis, möglichst auf nüchternen Magen.
Rifa*, **Rimactan***.

Ethambutol: tuberkulostatisch wirksam, eignet sich für alle möglichen Kombinationen, sehr gut verträglich. Dosierung 0,025 pro kg Körpergewicht oral in einer Dosis, auch i.v.-Infusion möglich.
EMB-Fatol, **Myambutol***.

Para-Amino-Salizylsäure (PAS): greift in den Stoffwechsel der Bakterien ein, hat also einen anderen Angriffspunkt und eignet sich daher gut als Kombinationspartner. Häufig Nebenwirkungen auf den Magendarmtrakt und in ca. 8% Allergien. Dosierung 12,0 oral oder 20,0–40,0 als i.v.-Infusion, diese muß vor Licht geschützt werden.
Kabipastin, **PAS-Heyl**.

Streptomycin: Antibiotikum, heute praktisch nur noch in der Tuberkulosebehandlung verwendet. In hohen Dosen bakterizid. Wirksam vorwiegend gegen außerhalb der Zellen gelegene Keime. Als Kombinationspartner anderer Antituberkulotika wichtig. Dosierung 1,0–1,5 i.m. täglich, auch i.v. und s.c. Nach Injektion vorübergehend Schmerz und Benommenheit möglich, Antihistaminika geben. Leider mit schwerwiegenden Nebenwirkungen belastet: Hör- und Gleichgewichtsstörungen, Schwindel. Diese treten ab Gabe von 30,0 pro Behandlungsserie vermehrt auf, insgesamt 60,0–80,0 möglichst nicht überschreiten. Zahlreiche Verbindungen sollen die Nebenwirkungsrate senken, haben aber Streptomycin nicht ersetzen können – z.B. Dihydro-Streptomycin, welches weniger Gleichgewichts-, dafür aber mehr Hörstörungen verursacht.
Solvo-strept S, **Streptomycin*** und **-sulfat** versch. Firmen, **Streptothenat***.
in Dihydro-Form: **Didrothenat***, **Dihydrostreptomycin Heyl**, **Solvo-strept**.

Es folgen nun die *Antituberkulotika zweiter Ordnung*, die als Kombinationspartner Verwendung finden bei Resistenz oder Unverträglichkeit der wirksameren Mittel. Sie werden nicht routinemäßig im Dreierschema verwendet und dienen als Reservemedikamente.

VIOMYCIN: Bakteriostatisches Breitbandantibiotikum, wirkt nur auf außerhalb der Zellen gelegene Keime; häufig Nebenwirkungen auf Niere und Nervensystem, Elektrolytstörungen. Dosierung 3mal 1,0 pro Woche tief i.m. und mehr bis zu 6,0, evtl. i.v.-Infusion. Oral praktisch keine Resorption.
Viocin*.

CYCLOSERIN: Bakteriostatisches Antibiotikum zur oralen Anwendung, i.v. und i.m. nicht vorteilhafter. 0,75–1,0 pro Tag. Nebenwirkungen auf das Nervensystem.
Cycloserin, D-Cycloserin.

ETHIONAMID: Tuberkulostatisch, in hohen Dosen tuberkulozid. Hohe Rate von Magendarm-Nebenwirkungen, deshalb einschleichend dosieren, optimal 0,75–1,0 pro Tag oral. Auch zur i.v.-Infusion; Suppositorien werden unterschiedlich gut resorbiert. Wirkt blutzuckersenkend – Insulineinsparung bei Diabetikern!

PROTHIONAMID: entspricht praktisch ETHIONAMID.
Ektebin, Peteha.

CAPREOMYCIN: Tuberkulostatisches Antibiotikum, belastet mit Nebenwirkungen auf Niere und Innenohr. 1,0 pro Tag i.m., Schmerzen an der Injektionsstelle möglich. Auch i.v. als Infusion, oral keine Resorption.
Ogostal.

KANAMYCIN: s. S.26.

Sulfonamide[1])

Die antibakterielle Wirksamkeit der Sulfonamide resultiert aus der Hemmung der Para-amino-benzoesäure, eines Stoffes, den viele Keime zum Wachstum brauchen. Es handelt sich also immer nur um eine bakteriostatische Wirkung. Aus diesem Grund sind Sulfonamide den Antibiotika meist unterlegen, denn diese wirken oft keimtötend (bakterizid) und haben darüberhinaus ein größeres Wirkungsspektrum. Für bestimmte Indikationen (meist leicht beeinflußbare Infektionen) oder lokale Anwendung leisten Sulfonamide jedoch auch heute noch wichtige Dienste.

Ältere Sulfonamide wirkten kurz und mußten hoch dosiert werden (mehrere Gramm). Diese Substanzen werden heute meist äußerlich angewandt als Streupuder, in Salbenform oder als Instillationsflüssigkeit. Neuere Sulfonamide wirken dagegen lang und können niedrig dosiert werden (nur 1–2 Tabletten täglich). Bei jeder Sulfonamidtherapie ist auf reichliche Flüssigkeitszufuhr zu achten, damit die Konzentration an der Niere nicht zu hoch wird und dort eventuell zu Schäden führt. Allergien und Unverträglichkeitsreaktionen von Seiten des Magendarmtraktes sind nicht selten, weitere Nebenwirkungen (Nerven- u. Sehstörungen) möglich.

Kurzzeit-Sulfonamide mit vorwiegend lokaler Anwendung:
Aristamid*, **Cibazol**, **Elkosin**, **Euvernil***, **Gantrisin***, **Irgamid***.

Mittelzeit-Sulfonamide: ca. 4 Tbl./Tag.
Orisul*, **Sulfadiazin Heyl**, **Sulfa-Perlongit**, **Sulfuno***, **Tardamide***.

Langzeit-Sulfonamide: 1–2 Tbl./Tag, zum Teil auch i.m. und i.v.
Davosin*, **Durenat***, **Lederkyn***, **Madribon***, **Pallidin***.

---

[1]) Chemisch genauer ist die Bezeichnung Sulfanilamide, die sich jedoch im klinischen Sprachgebrauch nicht eingebürgert hat.

Ultralang-Sulfonamide: 1 Tablette wirkt ca. eine Woche.
Longum*.

Schwerresorbierbare Sulfonamide: siehe unter Darm, S. 86.

Potenzierte Sulfonamide: Wie erwähnt, hemmen die Sulfonamide einen Stoff, den Bakterien zum Wachstum brauchen. Die Kombination mit TRIMETHOPRIM, einem Hemmstoff der Folsäurebildung, blockiert nun noch einen weiteren Schritt im Aufbau der Bakterien. Dadurch entsteht ein Kombinationspräparat mit breiter Wirksamkeit und bakteriziden Eigenschaften. Anwendung hauptsächlich bei Harn- und Atemwegsinfekten. Gute Verträglichkeit.

TRIMETHOPRIM + SULFAMETHOXAZOL
Bactrim*, **Eusaprim***, **Co-trim-Tablinen**

TRIMETHOPRIM + SULFAMOXOL, niedrigere Dosierung
Supristol*.

Antimykotika

Eine Gruppe von Substanzen verschiedener chemischer Herkunft, die sich zur Behandlung von *Pilzkrankheiten* des Organismus eignen. Vor allem bei Pilzbefall innerer Organe ist auch hier die Austestung auf das am besten wirkende Präparat notwendig. Zahlreiche Substanzen sind nur zur örtlichen, äußerlichen Behandlung geeignet, andere können systemisch (oral oder als Injektion, im ganzen Körper wirkend) angewandt werden. Einen kurzen Überblick gibt Abbildung 2:

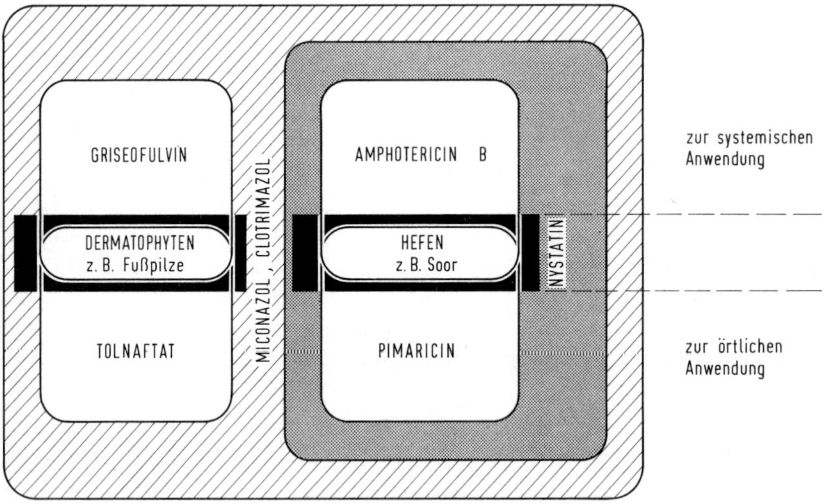

Abb. 2: Wirkungsgrad häufig verwendeter Antimykotika. Die betreffenden Substanzen wirken nur in dem jeweils eingerahmten Bereich – am umfassendsten also MICONAZOL und CLOTRIMAZOL (schraffiertes Feld).

Polyenantibiotika: Ausgezeichnet gegen Hefen, aber schmales Spektrum und praktisch nicht wirksam gegen Pilzkrankheiten der Haut.

AMPHOTERICIN B: Dieses fungistatische Antibiotikum wird als i.v.-Infusion in 5%iger Glucose- oder Sorbitlösung verabreicht (*nicht* in Kochsalz- oder anderen Lösungen; fällt aus!). Venenreizungen mit Thrombosen an der Injektionsstelle sind möglich. Nicht schneller als in 4–6 Stunden eintropfen lassen; lebensbedrohliche Reaktionen sind möglich! Zu beachten ist außerdem eine Nierentoxizität.
Dosierung streng nach ärztlicher Anweisung.
Fungizone.

In Form von Tabletten und zur Lokalbehandlung **Ampho-Moronal** (als Kombination).
NYSTATIN: Dieses Präparat dient vor allem zur lokalen Therapie von Soor-Pilz-Infektionen. Oral gegeben, wird es kaum resorbiert und kann daher zur Bekämpfung von Soor-Erkrankungen des Darmes herangezogen werden.
Biofanal, **Candio-Hermal**, **Moronal***.

PIMARICIN: zur örtlichen Anwendung, sehr gut verträglich. Gewisse Wirkung auch auf Hautpilze.
Pimafucin.

IMIDAZOLabkömmlinge: Breite Wirkung gegen Dermatophyten (Hautpilze), Soor (Candida albicans), Schimmelpilze und grampositive Kokken. *Fungistatischer* Effekt (entspricht dem unter bakteriostatisch Erwähnten), in hohen Dosen *fungizid* (entspricht bakterizid). Orale Anwendung möglich, aber noch nicht ausreichend erprobt.
CLOTRIMAZOL: **Canesten***.
MICONAZOL: **Daktar***, **Epi-Monistat***.
GRISEOFULVIN: Domäne dieses Antibiotikums sind die Dermatomykosen, die durch Fadenpilze versucht werden (»Fußflechte«). Soor und Aktinomykose sprechen nicht an. Oral 0,5–1,0 täglich. Magenunverträglichkeiten sind möglich.
Likuden M*, **Fulcin S***.

TOLNAFTAT: Nur lokal anwendbar bei Fadenpilzbefall der Haut, dort aber sehr gut wirksam, fungizid.
Tonoftal*.

VARIOTIN: Zur örtlichen Anwendung bei verschiedenen Hautpilzen, keine Wirkung auf Soor.
Supral.

TRI-PHENYL-METHAN-Farbstoffe: Stark färbende Lösungen zur örtlichen Anwendung, den obengenannten Substanzen meist unterlegen.
Brillantgrün, Gentianaviolett, Methylviolett, Fuchsin.

Virostatika

Eine ursächliche Behandlung von Viruskrankheiten ist bisher nur vorbeugend mittels Impfung möglich. In neuester Zeit zeichnen sich nun darüber hinaus Möglichkeiten ab, durch Medikamente das Eindringen von Viren in Körperzellen und damit eine Erkrankung zu verhindern. Inwieweit dadurch eine Therapie von Viruserkrankungen möglich wird, läßt sich noch nicht überblicken. Medikamente dieser Art nennt man

Virostika (Einzahl: Virostatikum); sie werden oral angewandt. Die ADAMANTINE wie **Symmetrel** haben sich außerdem als gutwirkende Mittel gegen die *Parkinson'sche* Krankheit erwiesen und werden zunehmend dort angewandt.

Mittel gegen Parasiten (Anthelminthika und Trichomonazida)

Der Befall des menschlichen Organismus mit Parasiten wird *Infestation* genannt. Der Kampf gegen Parasiten, vor allem Würmer, ist uralt. Das auch heute noch gültige Prinzip, den Parasiten zu treffen und den menschlichen Organismus dabei möglichst zu schonen, hat früher beim Hantieren mit gefährlichen Substanzen oft zu Vergiftungen und Todesfällen geführt. Die heutigen Mittel sind demgegenüber relativ gefahrlos, jedoch in der Regel immer noch mit *Nebenwirkungen* behaftet. Die jeweils vorgeschriebenen Dosen sind daher genau einzuhalten, vor allem dürfen die Erwachsenendosen nicht an Kinder verabreicht werden. Die Vorschriften über eventuelles Abführen nach der Anwendung (um das Medikament rasch zu entfernen) sind heute nicht mehr streng, müssen aber gegebenenfalls beachtet werden.

Nematoden (Fadenwürmer), im Darm des Menschen lebende Parasiten

Oxyuren:

PYRVINIUM-PAMOAT: **Molevac***.
Oxyuren und Askariden:
PIPERAZIN-Verbindungen: **Eraverm**, **Stavermol**, **Tasnon***, **Uvilon***.
Askariden und andere Rundwürmer:
PIPERAZIN-Verbindungen: **Hetrazan** (Filaria, Onchozerka, Loa Loa)
Vermicompren (Peitschenwurm)
PAPAIN: **Vermizym** (Trichocephalus).
BEPHENIUM: **Alcopar** (Trichuria).
Breitband-Wurmmittel gegen zahlreiche Rundwürmer:
TIABENDAZOL: **Minzolum**.
PYRANTEL-PHOSPHAT: **Helmex**.

Bandwürmer, ebenfalls im menschlichen Darm lebend.
NICLOSAMID: **Yomesan***.
Echinokokkus:
PALMITINSÄURE-Ester: **Thymoloverm**.

Lamblien, in den Gallenwegen lebend.
ACRIDIN-Verbindung: **Acridin**.

Trichomonaden, befallen die Genitalregion, werden beim Geschlechtsverkehr übertragen, immer auch den Partner mitbehandeln!
METRONIDAZOL: **Clont***, **Sanatrichom**.
TINIDAZOL: **Simplotan 500**.

Entartung und Fehlsteuerung

Zytostatika

Zytostatika (Einzahl: Zytostatikum) sind Medikamente zur Behandlung bösartiger Neubildungen. Sie greifen hemmend in die Teilungsphase von Zellen ein. Da sich Tumorzellen besonders lebhaft teilen, wird dort auch die stärkste Hemmung des Zellwachstums erzielt. Daneben werden aber auch die normalen Körperzellen beeinflußt, vor allem die sich rasch teilenden Zellen des blutbildenden Knochenmarkes. Am Abfall der Zahl von weißen Blutzellen im Blut wird daher der Einfluß einer zytostatischen Therapie ablesbar.

Gut beeinflußbar sind nach dem augenblicklichen Stand der Entwicklung zytostatisch wirkender Medikamente vor allem die akute lymphatische Leukämie, die Hodgkin'sche Krankheit und andere Lymphome, das Choriokarzinom und einige weitere, meist seltene Tumorformen. Andere bösartige Krankheiten sprechen unterschiedlich gut an, am wenigsten natürlich die langsam wachsenden Tumoren. Leider gehören die am häufigsten vorkommenden Geschwülste, wie das Bronchialkarzinom, zu dieser Gruppe.

Häufig wird eine optimale Wirkung erst durch Kombination verschiedener Zytostatika zugleich oder nacheinander erzielt.

Man unterscheidet folgende Gruppen:

Alkylantien

Wichtigste und größte Gruppe, seit vielen Jahren bekannt. Hemmen auf chemischem Weg die Zellteilungsvorgänge. Als *Nebenwirkungen* sind Appetitlosigkeit, Übelkeit, Durchfälle und Haarausfall bekannt. 1–2 Wochen nach Therapiebeginn sinkt die Leukozytenzahl ab. Dosierung (i.v. oder oral) sehr verschieden; Richtwerte sind im Registerteil unter den einzelnen Handelspräparaten aufgeführt.

THIOPHOSPHAMID: **Thiotepa**.

BUSULFAN bei myeloischen Leukämien: **Myleran***.

CHLORAMBUCIL bei lymphatischen Leukämien: **Leukeran.**

CYCLOPHOSPHAMID: **Endoxan***.

TROFOSFAMID vor allem zur Erhaltungstherapie: **Ixoten**

TRIAZIQUON: **Trenimon***.

MELPHALAN: **Alkeran.**

Antimetaboliten

Es handelt sich um Substanzen, die einem wichtigen Zellbaustein ähnlich sind, aber nicht dessen biochemische Wirksamkeit haben. Sie werden, wenn man sie als Medi-

---

* Mit einem Stern bezeichnete Mittel sind im 2. Teil (s. S. 129ff.) in alphabetischer Folge mit näheren Angaben aufgeführt.

kament verabreicht, anstelle der zum Zellaufbau nötigen Substanzen eingefügt (*antagonistische Wirkung*). Die entstehende Zelle – zum Beispiel eine Krebszelle – ist dann nicht funktionsfähig. Man kennt Antagonisten der Folsäure, des Purins und andere.

6-MERKAPTOPURIN Purin-Antagonist: **Purinethol**.

ZYTOSIN-ARABINOSID (= CYTARABIN) Pyrimidin-Antagonist: **Alexan**.

AZATHIOPRIN: **Imurek***.

FLUOROURACIL: **Fluoro-uracil Roche**.
AMETHOPTERIN: **Methotrexat**.

Antibiotika

Einige Antibiotika wurden als zytostatisch wirksam erkannt; zu ihnen gehören
SANAMYCIN
AKTINOMYCIN D: **Lyovac Cosmegen**.
MITOMYCIN
DAUNOMYCIN (= RUBIDOMYCIN): **Daunoblastin**, **Ondena**.
DOXORUBICIN: **Adriblastin**.
BLEOMYCIN besonders gegen Plattenepithel-Karzinome: **Bleomycinum Mack**.

Alkaloide

Viele Pflanzenstoffe, chemisch einer typischen Gruppe, den Alkaloiden, zugehörig, entfalten zytostatische Wirkungen. Es sind Extrakte aus
Herbstzeitlose (nur als Mittel gegen Gicht verwendet): **Colchysat**, **Colchicum-Dispert**.

Immergrün: **Velbe***, **Vincristin**, **Oncovin**.

Podophyllium: **Proresid***.

Sonstige

HYDROXYHARNSTOFF: **Litalir**.

NITROSOHARNSTOFFE wie CARMUSTIN oder LOMUSTIN treten in das Gehirn über und können daher zur Behandlung von Hirntumoren verwendet werden.

IBENZMETHYZIN: **Natulan**.

Hormone

Neben den eigentlichen Zytostatika verwendet man zur Behandlung von Tumoren der Prostata (Vorsteherdrüse) und Mamma (Brustdrüse) gegengeschlechtliche Hormone. Obwohl diese nicht als Zytostatika bezeichnet werden können, sollen sie in diesem Zusammenhang erwähnt werden. Auch bei Leukämien wirken Hormone günstig (Nebennierenrinden-Hormone). Zur Behandlung des Prostatakarzinoms werden angeboten:

Östrogene: **Cyren A***, **Honvan***, **Merbentul***.

und zur Behandlung von Mammatumoren:

Androgene: TESTOLACTON **Fludestrin**.
DROSTANOLON **Masterid**.

Immunsuppressiva

Die Bildung von Antikörpern ist ein natürlicher Abwehrmechanismus des Körpers. In bestimmten Fällen bildet der Organismus aber Antikörper gegen sein eigenes Gewebe. Dadurch entstehen die Autoaggressionskrankheiten. Bei diesen und bei Transplantationen fremden Gewebes soll die Antikörperbildung unterdrückt werden. Dies bringt natürlich gleichzeitig eine verminderte Abwehrkraft gegen Infekte mit sich.
Anti-Humanlymphozyten-Globulin, **Endoxan***, **Imurek***.

Schlaf, Psyche, Motilität

Sedativa

Sedativum (Mehrzahl: Sedativa) heißt *Beruhigungsmittel.* Im Gegensatz zu den Schlafmitteln erfolgt hier nur eine teilweise Reizausschaltung. Der Begriff »Sedativum« ist aber dehnbar, so daß man auch kleine Schlafmitteldosen oder bestimmte Psychopharmaka (die »Tranquilizer«) als Beruhigungsmittel bezeichnet hat. Manche Antihistaminika und Antihypertonika (**Serpasil***) haben ebenfalls deutlich sedative Wirkungen.

Pflanzenauszüge

Baldrian (Radix valerianae, Baldrianwurzel): als Tee, Tinktur oder in Handelspräparaten (mehrmals täglich 1–3 Dragées oder 20–40 Tropfen). Eine Überdosierung ist praktisch nicht möglich, so daß Baldrian zu den harmlosesten Medikamenten zählt.
Baldrian Dispert*, **Valdispert***, **Valmane***.

Hopfen: aus den Blüten gewonnene Extrakte; in einigen Kombinationspräparaten und im Bier enthalten.
Hovaletten*.

Bromverbindungen

Zahlreiche Verbindungen, aus denen das Brom-Ion abgespalten und damit wirksam wird. Neben der sedativen wird auch eine krampflösende Wirkung entfaltet. Wegen langsamer Ausscheidung besteht die Gefahr der Anhäufung im Organismus (Kumulation) und damit der *Bromvergiftung* mit Apathie und Hautsymptomen.
Calcibronat*
Weitere s. unter »Harnstoffderivate« bei Hypnotika (s. S. 37).

Weitere Verbindungen

Chlormethiazol: Von einer Teilkomponente des Vitamin B_1 abgeleiteter Stoff, der besonders bei unruhigen und deliranten Patienten (Alkoholdelir) zur Sedierung führt. Keine Kombination mit Barbituraten oder Psychopharmaka!
Distraneurin* als Tabletten oder zur Infusion; muß individuell dosiert werden.

Hypnotika

Hypnotikum (Mehrzahl: Hypnotika) heißt Schlafmittel. Schlaf entsteht hier durch lähmende Wirkung auf die Großhirnrinde. Kleinere Dosen wirken nur dämpfend nach Art eines Sedativums. Größere Dosen schalten auch Regionen des Stammhirns aus. Die größte Gefahr bei *Überdosierung* ist die Lähmung einer besonders wichtigen Region, des *Atemzentrums.*

Einzelne Schlafmittel wirken ungleichmäßig auf verschiedene Hirnabschnitte und werden dadurch zu »Spezialisten«, zum Beispiel gegen motorische Erregungszustände, wie bei der Epilepsie.

Schlafmittel gehören heute zu den am meisten gebrauchten Medikamenten. Häufig geschieht die Einnahme aus Gedankenlosigkeit oder »zur Vorsorge«. Ein normaler Schlaf wäre dabei oft einfacher durch Einhalten einer vernünftigen Lebensweise zu erlangen.

> Krankenschwestern sollten durch kritikloses Austeilen von Schlafmitteln (oft aus Bequemlichkeit, um Nachtruhestörungen zu vermeiden) diesen Arzneimittelmißbrauch nicht noch vergrößern. Dabei soll ganz davon abgesehen werden, daß die Verordnung ohne ärztliche Anweisung nicht zulässig ist!

Nach der chemischen Verwandtschaft unterscheidet man verschiedene Gruppen von Hypnotika:

Alkohole

ÄTHANOL wirkt bekanntlich in hohen Dosen einschläfernd (»Bierleiche«), hat aber die geläufigen Nebenwirkungen.

CHLORALHYDRAT, abgeleitet vom ÄTHYLALKOHOL (ÄTHANOL), 0,5–1,5 oral zusammen mit Milch wegen schleimhautreizender Wirkung (Übelkeit). Nicht mehr sehr gebräuchlich. Wirkt ungefähr 5 Stunden.

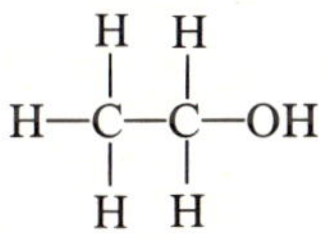

ÄTHANOL

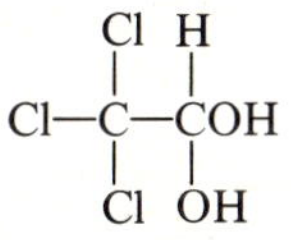

CHLORALHYDRAT

Carbaminsäureabkömmlinge

Die Wirkung ähnelt einem schwachen Barbiturat (s. unten). Einzeldosis ungefähr 1,0 oral. Kurzer und rascher Effekt.

ETHINAMAT: **Valamin***.

Harnstoffabkömmlinge

CARBROMAL (BROMCARBAMID): leichtes Schlafmittel mit wenig Nebenwirkungen. Einzeldosis oral 0,5–1,5, wirkt 3–4 Stunden.

Adalin, Addisomnol, Mirfudorm.

BROMISOVAL (BROM-BALDRIAN-CARBAMID), wie oben: **Bromural***

CARBROMAL + BROMISOVAL: **Sekundal, Halbmond-Tabl**

ACETHYLCARBROMAL ähnlich CARBROMAL: **Abasin.**

Piperidinabkömmlinge

wirken ähnlich wie die Barbiturate (s. unten); Einzeldosis 0,2–0,5 oral.

METHYPRYLON wirkt nach 1/2–1 Stunde für 4–7 Stunden.
Noludar*.

GLUTETHIMID atropinähnliche Begleiteffekte. Wirkt nach 20–30 min. für 6 Stunden.
Doriden.

PYRITHYLIDON gut verträglich: **Persedon**.

In diese Gruppe gehört auch das nicht mehr im Handel befindliche
THALIDOMID: **Contergan**, das – in der Schwangerschaft verabfolgt – schwere Schädigungen der Frucht bedingte.

Chinazolonabkömmlinge

METHAQUALON in höheren Dosen auch muskelrelaxierend. Einzeldosis 0,1–0,2 oral.
Normi-Nox, **Optinoxan**, **Revonal***.

Barbitursäureabkömmlinge (Barbiturate)

Die wichtigste und zahlenmäßig größte Gruppe von Schlafmitteln stellen die Barbitursäureverbindungen, kurz Barbiturate genannt. Sie haben chemisch das Barbituratgerüst gemeinsam.

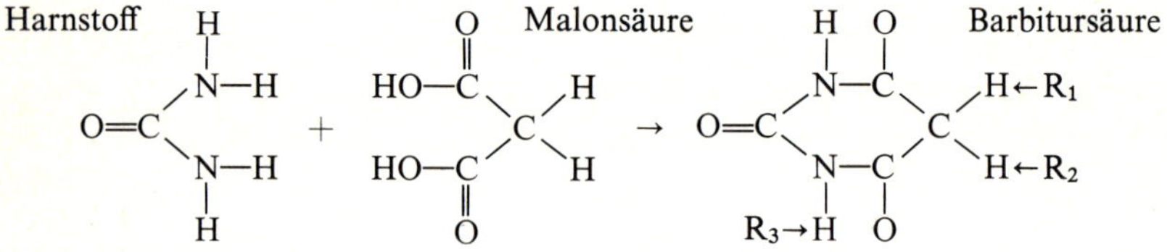

An den mit R_1 und R_2 bezeichneten Stellen können die H-Atome durch andere Gruppen ersetzt (substituiert) werden. Dadurch entstehen zahlreiche verschiedene Barbituratverbindungen. An der Position R_3 kann außerdem statt des Wasserstoffatomes ein CH_3-Rest (Methylgruppe) stehen. Ist dies der Fall, so wird die Verbindung im Organismus besonders rasch abgebaut (kurzwirkende Schlafmittel, sogenannte Einschlafmittel). Alle anderen Barbiturate werden langsam ausgeschieden oder abgebaut. Es besteht deshalb die oft ganz erhebliche Gefahr der *Kumulation*. Abbauorgan ist fast stets die Leber, so daß Vorsicht bei Schädigungen dieses Bereiches geboten ist.

Nicht alle Barbitursäureverbindungen sind Schlafmittel. Einige von ihnen sind besonders stark motorisch dämpfend; sie werden als *Antiepileptika* eingesetzt. Andere finden als unterstützende Komponente in Schmerzmitteln Verwendung, weil sie die Wirkung der Analgetika verstärken.

Einschlafmittel

HEXOBARBITAL oral 0,25–0,5, 1–2 Std. wirksam, als Natriumsalz i.v. nur Minuten.
Evipan.

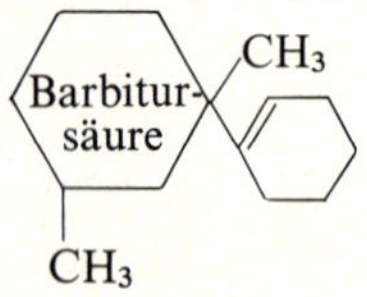

Durchschlafmittel

Wirken oral gegeben nach 30–60 Min. für 5–8 Stunden. Dosierung 0,1–0,2 oral als Einzeldosis.

Kürzer wirkende Barbiturate (bis ca. 5 Stunden)

CYCLOBARBITAL: **Phanodorm**.
HEPTABARBITAL: **Medomin**.
PENTOBARBITAL: **Nembutal***, **Neodorm**, **Repocal**.
PROPALLYLONAL: **Noctal**.

Länger wirkende Barbiturate (über 5 Stunden)

AMOBARBITAL: **Stadadorm**.
APROBARBITAL: **Somnifen*** (Bestandteil).
VINYLBITAL: **Speda**.

Dauerschlafmittel

BARBITAL sehr stark kumulierend, tägliche Abklingquote um 20%; noch nach Wochen im Organismus nachweisbar. Einzeldosis 0,25–0,5.
Somnifen* (zusammen mit APROBARBITAL)

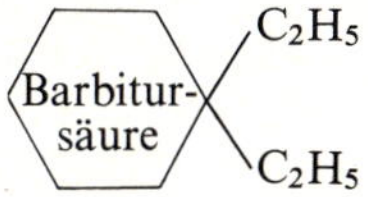

Vorwiegend motorisch dämpfende Barbiturate

Dosierung oral 0,1–0,2 pro Dosis, auch parenteral.

PHENOBARBITAL als Antiepileptikum verwendbar; Wirkung bis zu 20 Stunden.
Luminal*, **Phenaemal**, **Phenobarbyl**.

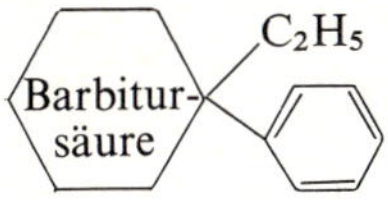

METHYL-PHENOBARBITAL besonders bei Hyperthyreose.
Prominal.

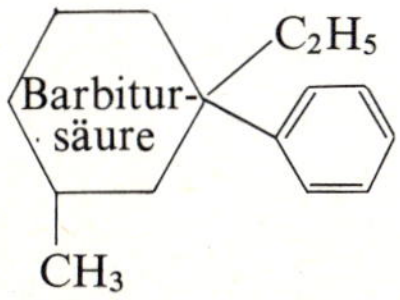

Barbituratvergiftung

Wegen der weiten Verbreitung barbiturathaltiger Schlafmittel kommen Vergiftungen häufig vor. Die tödliche Dosis liegt bei einigen Gramm (meist ungefähr 20 bis 30 Tabletten) und bewirkt eine Lähmung des Atemzentrums. Während man früher Kreislauf- und Atemanaleptika, vor allem **Eukraton***, gab, geht man heute wie folgt vor:

1. *Magenspülung* nur wenn Einnahme kurz zurückliegt und Patient nicht tief bewußtlos ist.
2. Bei erhaltener Spontanatmung *Atemwege freimachen* und freihalten (Lagerung, Absaugen).
3. Bei Störung der Atemfunktion *künstliche Beatmung* (Intubation, Tracheotomie).
4. Beobachtung und Unterstützung des *Kreislaufs* (Infusion).
5. Beschleunigung der *Barbituratausscheidung* durch Infusionen und Diuretika (forcierte Diurese) oder durch Peritonealdialyse, auch Hämodialyse.
6. Abschirmung gegen Aspirationspneumonie durch *Antibiotika*.

Narkotika*[1])

Narkotikum (Mehrzahl: Narkotika) heißt Betäubungsmittel. Narkose ist eine vorübergehende Lähmung lebender Substanz. Aus der früher vom Chirurgen mit ausgeübten Anwendung vor allem betäubender Dämpfe (ÄTHER) ist heute eine eigene Wissenschaft, die Anästhesiologie, geworden. Es ist im Rahmen dieser Schrift natürlich nicht möglich, die moderne Narkose zu beschreiben. Um die wichtigsten Narkosemittel als Medikamente kennenzulernen, ist aber die Erwähnung einiger Grundzüge notwendig.

Kurznarkosen

Diese Narkosen dauern nur einige Minuten bis höchstens Viertelstunden. Sie werden bei kleineren Eingriffen (Abrasio, Inzisionen) angewandt. Im allgemeinen wird nur ein einzelnes Narkosemittel verwendet.

Rauschnarkotika werden über eine Maske ein- und rasch wieder abgeatmet.

ÄTHER, chemisch DIÄTHYLÄTHER $C_2H_5—O—H_5C_2$: Einfach anzuwenden, charakteristischer Geruch, die Dämpfe sind explosibel! Reizt die Schleimhäute und führt zu starker Sekretbildung in den Atemwegen, Abhilfe: vorher Vagus dämpfen, z.B. ATROPIN geben. Wirkung klingt langsam ab, daher wird das Erregungsstadium beim Aufwachen langsam durchlaufen, es kommt zu unangenehmer motorischer Unruhe, Übelkeit, Erbrechen.

CHLOROFORM: Wegen Gefahr der leicht möglichen Überdosierung und evtl. Leberschäden heute praktisch verlassen.

CHLORÄTHYL C_2H_5Cl: höchstens für kurzzeitigen Rausch (einige Minuten); eine eigentliche Narkose ist damit nicht möglich.

Intravenöse Kurznarkotika werden injiziert und wirken wegen ihres raschen Abbaues im Organismus nur kurz. Typische Vertreter sind Barbiturate, die an einem Stickstoffatom (siehe Barbiturate, dort mit R_3 bezeichnet) eine Methylgruppe tragen. Aus Gründen der Löslichkeit liegen diese Substanzen als Natriumsalze vor.

Vorsicht bei Leberschäden! Bei Überdosierung Gefahr der Atemlähmung!

HEXOBARBITAL-NATRIUM: 4–10 ml der 10%igen Lösung i.v.; die Wirkung beginnt unter der Injektion und hält, wenn nicht nachgespritzt wird, 10–20 Minuten an. Lösung stets frisch zubereiten!
Evipan-Natrium*.

---

[1]) Unter Mitwirkung von Dr. *Manz*, Anästhesieabteilung an der Chirurgischen Universitätsklinik München.

THIOPENTAL-NATRIUM: 0,3–1,0 in 2,5–5%iger Lösung i.v. ähnlich Hexobarbital, aber noch rascher im Erwachen. Streng i.v.; bei versehentlicher intraarterieller Injektion treten schwerste Durchblutungsstörungen auf, die zum Verlust der Extremität führen können.
Trapanal, Thiopental-Lentia.

METHOHEXITAL-NATRIUM: ähnlich den obigen. 1%ige Lösung i.v., 2%ige Lösung für i.v.-Dauertropf. 0,05–0,12 ergeben eine 5–7 Minuten dauernde Narkose.
Brevimytal Natrium.

THIOBUTABARBITAL-NATRIUM: ähnlich den obigen. 0,5 in 10 ml und 1,0 in 20 ml i.v. für Kurz- und Basisnarkose. Die Sicherheit im Straßenverkehr kann noch 24 Stunden nach Anwendung beeinträchtigt sein. Nie i.a. spritzen!
Inactin.

PROPANIDID: 5–10 ml der 5%igen Lösung i.v., *kein* Barbiturat. Die Wirkung setzt rapide unter der Injektion ein, hält 4–6 Min. an und wird von einer Hyperventilation und sekundenlangen Apnoe gefolgt. Im Gegensatz zu den Barbituraten kein Nachschlaf. Vorbehandlung mit einem Antihistaminikum erforderlich.
Epontol.

KETAMIN: 0,05–0,3 innerhalb einer Minute i.v., auch in größerer Dosis i.m. **Kein** Barbiturat. Intravenös sehr rascher Wirkungseintritt innerhalb 30 sec., 0,12 i.v. halten ungefähr 5–10 Minuten an. Nachspritzen möglich. Rachenreflexe bleiben erhalten, Blutdruckerhöhung möglich.
Ketanest.

DROPERIDOL: Initialdosis 0,01–0,025 i.v., kein Barbiturat sondern besonders starkes Neuroleptikum (s. S. 32, BUTYROPHENON-Abkömmling) zur erheblichen psychischen und vegetativen Dämpfung.

MORPHINartiges Analgetikum: Initialdosis 0,0003–0,0005 i.v. Bei kompletter Schmerzfreiheit kann der Patient sogar ansprechbar bleiben.
Fentanyl

Längerdauernde Narkose

Der *Verlauf* einer Narkose ist mit zunehmender Tiefe in folgende Stadien unterteilt

1. *Dämpfung der Großhirnrinde:* Schmerzempfindung eingeschränkt oder erloschen, Bewußtsein noch teilweise erhalten.
2. *Erregungsstadium* durch Ausschaltung der bremsenden höheren Zentren: Motorische Unruhe.
3. *Eigentliches Narkose-*(Toleranz-)*Stadium.* Bewußtlosigkeit, Großhirn und einige Rückenmarkszentren ausgeschaltet, Reflexe schwach. Atem- und Kreislaufzentrum nicht beeinträchtigt.
4. *Lähmungsstadium,* das nicht erreicht werden darf: Auch Atem- und Kreislaufregulation erloschen; Lebensgefahr!

Eine gut geführte Narkose hält den Patienten in Stadium 3, was meist durch Kombination verschieden stark und lang wirkender Narkotika erreicht wird. Beim Abklingen der Narkose werden die Stadien rückläufig durchschritten. Eine länger dauernde Vollnarkose spielt sich meist nach folgendem Schema ab:

Prämedikation mit Sedativa einige Stunden vor dem Eingriff, vor allem aber Gabe von Gegenmitteln gegen übermäßige Vagusreize (Schleimsekretion in den Atemwegen, ungünstige Kreislaufreaktionen). Meist verwendetes Parasympathikolytikum: ATROPIN 0,0005–0,001 (= 0,5–1 mg) s.c.

Einleitung mit einem kurzwirkenden i.v.-Narkotikum, z.B. **Evipan** (s. oben), **Inactin** (s. oben), **Trapanal** (s. oben).

Muskelrelaxierung[1]) zur Erschlaffung der quergestreiften Muskulatur. Dabei fällt auch die Atemmuskulatur aus, so daß der Patient unbedingt vorher intubiert und an ein Narkosegerät zur künstlichen Beatmung angeschlossen werden muß. Präparate s. unter Curare, z.B. **Curarin**, **Flaxedil**, auch Succinyldicholin (s.S. 44) dient der Muskelrelaxierung.

Durchführung der Narkose. Man kann hierbei mehrere Narkotika kombinieren. Meist werden *Narkosegase* verwendet, die in die Luftzufuhr des Beatmungs-(Narkose-)Gerätes eingeschleust werden. Da sie zum großen Teil wieder mit ausgeatmet werden, braucht man nur die Ausatmungsluft von CO_2 zu reinigen (»Adsorber«) und kann diese dem Patienten dann wieder zuführen – sogenanntes geschlossenes System. Verwendet werden

ÄTHER s. oben

HALOTHAN: Narkosegas, das mit einem speziellen Verdampfer (über 50°) angewandt wird. Rasches Eintreten der Narkose, rasches Erwachen. Herzbeeinflussungen sind möglich, Leberschädigungen kommen vor. **Fluothane**, **Halothan Hoechst**.

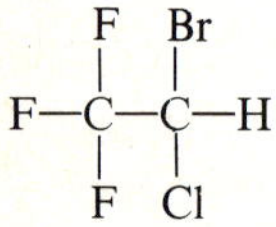

METHOXYFLURAN: Narkosegas mit guter muskelrelaxierender Wirkung und einem analgetischen Effekt, der noch lang nach Ende der Narkose anhält. **Penthrane**.

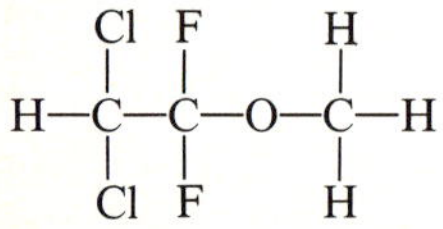

STICKOXYDUL (Lachgas) N_2O: Gut steuerbar. Muß mit einem Anteil von 20% Sauerstoff verwendet werden. Gute analgetische Wirkung, für sich allein aber nicht zur Erreichung einer tiefen Narkose geeignet. Im Exzitationsstadium können Halluzinationen auftreten, vor allem erotischer Art, die der Patient nach dem Aufwachen als tatsächlich empfindet und die zu Anschuldigungen führen können. Für Zeugen bei der Narkose sorgen!

Muskelrelaxantia

Die moderne Narkose, die Elektroschockbehandlung und die Therapie mancher Vergiftungen, die mit Muskelkrämpfen einhergehen (Strychnin), verlangen eine medikamentöse Muskelerschlaffung. Dies gelingt mit den Muskelrelaxantia (Einzahl: Muskelrelaxans). Zu beachten ist, daß dabei das Bewußtsein erhalten bleibt, jede Bewegung

---

1) Relaxierung: Erschlaffung.

aber unmöglich ist. Die Atemmuskulatur wird später als die übrigen Muskeln gelähmt, jedoch ist der Spielraum zwischen beiden Effekten sehr klein. Die Anwendung von Muskelrelaxantien erfordert also große Erfahrung, denn ohne weitere Maßnahmen (Intubation und künstliche Beatmung) kann der Patient ersticken.

Der Impuls, der einen bestimmten Muskel in Bewegung setzen soll, erreicht über den Nerven dessen sogenannte Endplatte, welche dem Muskel aufliegt. Ein einfaches »Überspringen« des Reizes auf den Muskel ist aber nicht möglich. Der Nervenimpuls setzt vielmehr an der Endplatte einen chemischen Stoff, das AZETYLCHOLIN, frei. Sobald dieser Überträgerstoff vorhanden ist, findet eine kurze Muskelzuckung statt. Im Bruchteil von Sekunden wird nun der Überträgerstoff durch einen an der Endplatte immer vorhandenen Gegenstoff, die *Cholinesterase*, unwirksam gemacht. Diese eine kurze Zukkung hat noch *keine merkliche Kraftleistung* des Gesamtmuskels zur Folge. Erst das Wechselspiel dauernder Bildung und Inaktivierung des Überträgerstoffes AZETYLCHOLIN bewirkt die kraftvolle Muskelbewegung.

Will man einen Muskel lähmen, so gibt es nach dem eben Gesagten zwei Möglichkeiten:

- Man kann eine chemische Substanz zuführen, welche die Reaktion des AZETYLCHOLINS mit dem Muskel verhindert; sog. *kompetitive Hemmung.*
- Man gibt Stoffe, die wie das AZETYLCHOLIN wirken, aber nicht so rasch wieder abgebaut werden können. Dabei gibt es anfangs eine kleine Muskelzuckung; alle weiteren Impulse treffen dann aber auf eine sozusagen bereits besetzte Endplatte und können zu keiner erneuten Erregung führen; sog. *depolarisierende Hemmung.*

Eine weitere Möglichkeit, auf die Muskelerregung einzuwirken, ist nicht der Angriff am Muskel selbst, sondern an den Nervenbahnen und Schaltstellen (Synapsen) auf dem Weg vom Gehirn zur Peripherie. Stoffe dieser Gruppe kann man als Hemmstoffe der Nervenleitung bezeichnen.

Kompetitive Hemmstoffe

CURARE, das südamerikanische Pfeilgift, ist der bekannteste Stoff dieser Gruppe. 0,003 bis 0,01 i.v. wirken 20–40 Minuten lang. Für Narkosezwecke nur beim intubierten Patienten anwenden!

Nebenwirkungen: Blutdrucksenkung, Sekretsteigerung in den Bronchen.

Gegenmittel bei Überdosierung oder zur Beendigung der Wirkung: Ein Stoff, der die Cholinesterase hemmt und damit zur Anreicherung des Überträgerstoffes Azetylcholin führt: **Prostigmin***, auch reines AZETYLCHOLIN.

D-TUBOCURARIN: **Curarin***.

DIMETHYL-TUBOCURARIN (doppelt so stark wie CURARIN): **Methyl Curarin HAF.**

Synthetische Stoffe mit CURARE-Wirkung:

GALLAMIN: **Flaxedil**.

HEXACARBACHOLINBROMID: **Imbretil**.

Depolarisierende Hemmstoffe

Entsprechend dem Wirkungsmechanismus gibt es anfangs leichte Muskelzuckungen (Fibrillationen). Die Substanzen wirken so lange, wie zu ihrem Abbau an der motorischen Endplatte nötig ist. Prostigmin ist hier kein Gegenmittel, sondern *verstärkt* die Wirkung!

SUXAMETHONIUM (SUCCINYLDICHOLIN, SUCCICURARIUM): 0,03–0,15 i.v., wirkt nur wenige Minuten.

Nebenwirkung: Muskelkater am nächsten Tag.
Lysthenon, Succinyl-Asta, Succinyl-Vitrum, Pantolax.

Hemmstoffe der Nervenleitung

Meist besteht auch eine geringe hemmende Wirkung auf höhere Zentren in Form von Müdigkeit und Konzentrationsschwäche.

CARISOPRODOL (ISOMEPROBAMAT) dem MEPROBAMAT ähnlich, wirkt nach 30 Minuten für ca. 6 Stunden.
Sanoma.

Pyridinverbindung mit analgetischem Effekt. Oral, i.m.
Cabral.

Psychopharmaka

Psychopharmaka (Einzahl: Psychopharmakon) im engeren Sinn sind Medikamente, die auf krankhafte Wesensveränderungen einwirken. Diese Medikamentengruppe ist erst einige Jahre alt (seit 1952), hat aber in dieser Zeit die Behandlungsaussichten psychiatrischer Erkrankungen völlig verändert und in vielen Fällen Therapiemöglichkeiten geschaffen, wo vorher weder Heilung noch Besserung erwartet werden konnten. Bereits 1966 nannte der Index Psychopharmakorum weit über 1000 chemische Bezeichnungen und Handelsnamen von Psychopharmaka!

Die Behandlung mit so eingreifenden Substanzen, wie es die meisten Präparate dieser Gruppe sind, erfordert Erfahrung und Können. Dosierungsrichtlinien können deshalb in diesem Rahmen nur andeutungsweise gegeben werden. Im allgemeinen werden die Substanzen kurmäßig nach einem besonderen Behandlungsschema verabreicht, und die Wirkung tritt oft erst nach Tagen und Wochen ein, manchmal nach einer anders gearteten Vorphase. Weil einige Psychopharmaka so stark beruhigen, daß der Schlaf eintritt, werden sie häufig anstelle von Schlafmitteln gegeben. Eine solche Verordnung ist aber oft unüberlegt und kann effektiv falsch sein, weil sie nicht dem Indikationsgebiet dieser Medikamente entspricht. Außerdem darf man nicht übersehen, daß oft erhebliche Nebenwirkungen auftreten.

Um die Wirkungen der einzelnen Psychopharmaka übersichtlich voneinander abzugrenzen, werden hier nur die therapeutischen Haupteffekte angegeben. Eine orientierende Übersicht gibt Tabelle 1. Dort sind auch die wesentlichen Handelsnamen aufgeführt.

Tranquilizer (= Ataraktika)

Medikamente dieser Gruppe haben eine abschirmende Wirkung gegen Umwelteinflüsse, so daß besonders Angst und Spannung gemindert werden. Die Abschirmung kann *so* stark sein, daß eine ausgesprochene Beruhigung eintritt, die schlafbahnend wirken kann. Die Therapie mit diesen Mitteln sollte möglichst *kurz* sein; bei längerer Anwendung sollten die Präparate gewechselt werden, um die Gefahr der Sucht und des chronischen Mißbrauchs möglichst gering zu halten.

Patienten, die Tranquilizer erhalten, müssen zur besonderen Vorsicht im Straßenverkehr ermahnt werden. Vor dem Genuß von Alkohol ist zu warnen, da die Folgen nicht übersehbar sind. Die gleichzeitige Verabreichung von Schlafmitteln und Analgetika kann zu unvorhersehbarer Wirkungsverstärkung führen und sollte möglichst unterbleiben.

Neuroleptika

Hier handelt es sich um Psychopharmaka im engsten Sinn, da sie auch zur Behandlung von *Psychosen* verwendet werden können. Sie wirken *entspannend, dämpfend* und *antriebshemmend.* Dadurch eignen sie sich zur Behandlung unruhiger Schizophrener, agitierter Depressionen und manischer Erregungen. Am stärksten ausgeprägt ist die Wirkung bei den piperazinhaltigen PHENOTHIAZINEN, die nur eine geringe sedierend-hypnotische Begleitkomponente haben. Piperazinfreie PHENOTHIAZINE sind stärker sedierend-hypnotisch und weniger eindrucksvoll neuroleptisch. Die Übergangsgruppe der Neurothymoleptika schließlich ist nur mehr für nicht sehr produktive Schizophrenien geeignet. Bei manisch-depressiven Zuständen bewähren sich LITHIUMverbindungen.

Neuroleptika haben stets auch *Nebeneffekte* vegetativer Art (Trockenheit im Mund, Akkomodationsstörungen[1]), Hypotonie) und extrapyramidal-motorische Begleitwirkungen (Tremor [Zittern], parkinsonartige Zustände). Letztere sind besonders bei den piperazinhaltigen PHENOTHIAZINEN zu erwarten. Die Stärke der Nebenwirkungen ist dosisabhängig; bei hoher Dosierung treten sie stets deutlich in Erscheinung.

Die Anwendung hat stets kurmäßig über längere Zeit zu erfolgen. Anfängliche sedierende Begleiteffekte sind möglich. Kombination mehrerer Psychopharmaka ist möglich und üblich. Wie Tabelle 1 zeigt, sind Übergangsformen von neuroleptischer zu thymoleptischer Wirkung gegeben.

Thymoleptika

Auch hier handelt es sich um Psychopharmaka im engen Sinn. Sie wirken *stimmungshebend* und *depressionslösend,* so daß die gehemmte Depression das typische Anwendungsgebiet ist.

Die Anwendung soll kurmäßig über längere Zeit erfolgen. Ein zunächst eintretender sedierender Effekt ist hierbei häufig, während die Hauptwirkung erst später einsetzt. Nebenwirkungen sind vor allem von der anticholinergischen Komponente zu erwarten; das bedeutet atropinartige Effekte. Kombinationstherapie ist möglich, aber nie mit MAO-Hemmern (s. unten).

Thymeretika

Substanzen mit hemmender Wirkung auf die Mono-amino-oxydase (MAO) werden als Antidepressiva in dieser Gruppe zusammengefaßt. Hier ist besondere Vorsicht am Platze: Die Kombination mit Thymoleptika und Reserpin kann zu Todesfällen führen! Hier also keine Kombinationstherapie. Die Substanzen vertragen sich auch nicht mit zahlreichen Lebensmitteln wie Käse und Bohnen (Entstehen der »Käse-Krankheit«). Bei längerer Anwendung sollte die Leberfunktion überprüft werden.

Die von Lebensmitteln drohenden Gefahren der MAO-Hemmer können vermieden werden, wenn der Patient Folgendes vermeidet: Käse in jeder Form, Fleisch- oder Hefeextrakte, übermäßigen Alkoholgenuß, dicke Bohnen und Bananenschalen, eingelegte Heringe und nicht ganz frische Nahrungsmittel (besonders Fleisch, Fisch, Geflügel und Wild).

---

[1]) Akkomodation: Einstellung des Auges auf wechselnde Entfernungen.

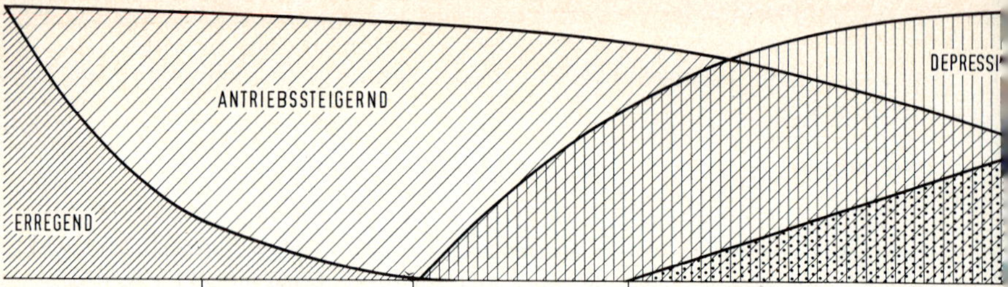

Rauschmittel	Psycho-stimulantien Weckamine und andere	Thymeretika MAO-Hemmer	aktivierende	Thymol psychoneutı trizyklische An
berauschend, erregend	anregend, aufweckend	stimmungs-hebend antriebs-steigernd, depressions-	depressions-lösend, stim-mungsaufhellend aktivierend	depressions-lösend, stim-mungsaufhelle
Alkohol, Psychodrogen	FENETYLLIN **Captagon** METHYL-PHENIDAT **Ritalin** PEMOLIN **Tradon**	TRANYL-CYPROMIN **Parnate** (mit TRIFLUPER-AZIN: **Jatrosom**)	DESIPRAMIN **Pertrofan** NORTRIPTYLIN **Nortrilen** PROTRIPTYLIN **Maximed**	IMIPRAMIN **Tofranil** CLOMIPRAMIN **Anafranil** DIBENZEPIN **Noveril** MELITRACEN **Trausabun** DIMETACRIN **Istonil** NOXYPTILIN **Agedal** MAPROTILIN **Ludiomil**

Tabelle 2: Übersicht über Eigenschaften, Wirkung, chemische Grundstruktur und Handelsnamen der wichtigsten Psychopharmaka. Setzt man die senkrechte Kolonne von Handels- und Freinamen nach oben fort, so ergibt sich aus dem Kopf der Tabelle die sich überschneidende Wirkung. Von links nach rechts gelesen, nimmt die Antriebssteigerung von rauschhafter Erregung ab bis zur milden Stimmungsaufhellung, während die Dämpfung bis zur Einschläferung zunimmt.

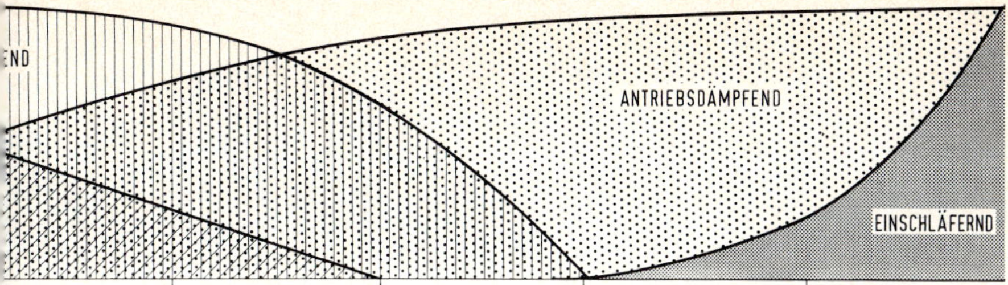

a mpfende pressiva	Neuro- thymoleptika	Neuroleptika	Tranquilizer (Ataraktika)	Schlafmittel (Hypnotika)
	Phenothiazine, Thiaxanthene, Butyrophenone u. a.		Benzodiazepine, Meprobamat u.a.	
pressions- send, stim- ungsaufhellend mpfend	entspannend angstdämpfend depressions- lösend, antriebs- etwas stimm. aufhell.	entspannend angstdämpfend depressions- lösend, antriebs- hemmend	beruhigend abschirmend angstdämpfend schlafbahnend	einschläfernd
MITRIPTYLIN **Laroxyl** **Saroten** **Tryptizol** RIMIPRAMIN **Stangyl** OPEXIN **Aponal** **Sinquan**	OPIPRAMOL **Insidon** BENZOCTAMIN **Tacitin** CHLORPROTHI- XEN **Taractan** LEVOMEPROM- ZIN **Neurocil** THIORIDAZIN **Melleril** CLOPENTHIXOL **Ciatyl**	*Butyrophenone:* BENPERIDOL **Glianimon** HALOPERIDOL **Haloperidol** METHYLPERIDOL **Luvatrena** *Thiaxanthene:* FLUPENTHIXOL **Fluanxol** TIOTIXEN **Orbinamon**	*Benzodiazepine:* MEDAZEPAM **Nobrium** CHLORDIAZEPOXID **Librium** LORAZEPAM **Tavor** OXAZEPAM **Adumbran,** **Praxiten,** **Seresta** CHLORAZEPAT **Tranxilium** PRAZEPAM **Demetrin**	siehe *Schlafmittel*, S. 36
	Ringfreie Phenothiazine: ALIMEMAZIN **Theralene** CHLORPROMAZIN **Megaphen** PROMAZIN **Protactyl** PROMETHAZIN **Atosil** TRIFLUOPROMAZIN **Psyquil** *Phenothiazine mit Piperidinring:* MEPAZIN **Pacatal** PERICIAZIN **Aolept** SULFORIDAZIN **Inofal** *Piperazinhaltige Phenothiazine:* BUTYRYLPERAZIN **Randolectil** FLUPHENAZIN 3 **Dapotum, Lyogen, Omca** IMICLOPACIN **Ponsital** PERAZIN **Taxilan** PERPHENAZIN **Decentan** THIOPROPERAZIN **Mayeptil** TRIFLUOPERAZIN **Iatroneural**		DIAZEPAM NITRAZEPAM **Mogadan** FLURAZEPAM **Dalmadorm** *Meprobamat:* **Aneural** **Cyrpon** **Dabrobamat** **Meprobamat Saar** **Meprocompren** **Meprosa** **Miltaun** **Restenil** **Urbilat** *Sonstige:* HYDROXYZIN **Atarax** **Masmoran**	

Allgemeine *Kontraindikationen* für die Behandlung mit Psychopharmaka sind:

Leber- und Nierenschädigungen
Herz-Kreislaufdekompensation
Thrombosen
Fieberhafte Krankheiten
Glaukom[2])

Eine große Reihe von Substanzen aus dem oben angeführten Bereich der Psychopharmaka hat *Begleiteffekte*, die zu einer hauptsächlichen Verwendung in diesem neuen Gebiet geführt haben. Erwähnt werden sollen hier:

CARISOPRODOL: **Sanoma*** als Muskelrelaxans,

PHENPROBAMAT: **Gamaquil** als Muskelrelaxans,

MECLIZIN: **Bonamine*** als Antiemetikum,

CHLORETHIAZOL: **Distraneurin*** bei Alkoholdelir.

Antiepileptika

Antiepileptika (Einzahl: Antiepileptikum) sind Medikamente gegen die verschiedenen Formen der Epilepsie. Sie stammen aus unterschiedlichen chemischen Gruppen. Wegen ihrer gemeinsamen Verwendungsmöglichkeit werden sie hier zusammen besprochen. Die Dosierung ist individuell verschieden und soll dem Einzelfall angepaßt werden, besonders bei der oft jahrelangen Dauertherapie. Plötzliches Absetzen muß unbedingt vermieden werden, da sonst ein epileptischer Anfall auftreten kann. Blutbild- und Leberfunktionskontrollen sind unbedingt notwendig. Da die Antiepileptika die Krampfbereitschaft des Gehirns herabsetzen, werden sie auch *Antikonvulsiva* (Mittel gegen Krämpfe) genannt.

Barbiturate (s. auch S. 38)

Einige Abkömmlinge der Barbitursäure sind nicht in erster Linie Schlafmittel, sondern wirken motorisch dämpfend. Dosierung ca. 0,1–0,5 oral/Tag.

PHENOBARBITAL: **Luminal***, in kleiner Dosis **Luminaletten**; **Phenaemal**, in kleiner Dosis **Phenaemaletten**.

METHYLPHENOBARBITAL: **Prominal***

PRIMIDON (DESOXYPHENOBARBITAL)
Nebenwirkung: Schläfrigkeit, evtl. Anämie.
Liskantin, **Mylepsinum**.

PHENYL-ÄTHYL-Barbiturat mit ringhaltiger Seitenkette.
Maliasin.

Hydantoine

Wirkung tritt langsam ein. Menge von ca. 0,05/Tag vorsichtig wöchentlich um 0,05 bis 0,1 oral steigern bis auf 0,2–0,6/Tag. Bei Langzeitanwendung ist die Wirkung gleichzeitig eingenommener oraler Kontrazeptiva nicht mehr gesichert. *Nebenwirkun-*

---

[2]) Glaukom, »Grüner Star«: Augenerkrankung mit erhöhtem Innendruck.

gen: Schläfrigkeit, Arzneimittelexantherm[1]), Zahnfleischhyperplasie[2]). Sorgfältige Mundhygiene ist bei diesen Patienten wichtig! Über Herzwirkung bei Rhythmusstörungen s. S. 57.

PHENYTOIN (DIPHENYLHYDANTOIN): **Citrullamon, Epanutin*, Phenhydan, Zentropil***.

PHENYTOIN-NORVALIN: **Neo-Citrullamon**.

MEPHENYTOIN (METHYL-ÄTHYL-PHENYL-HYDANTOIN): **Mesantoin**.

Nebenwirkungen: Schläfrigkeit, Magenbeschwerden, Lichtscheu, Knochenmarksschäden (Blutbildkontrollen!).

TRIMETHADION: **Tridione**.

Succinimidverbindungen

Bei kleineren Anfällen und Absencen. Anfangs oral ca. 0,5; dann langsam steigern, bis der Effekt ohne Nebenwirkungen erreicht ist.

ETHOSUXIMID: **Petnidan**, **Pyknolepsinum**, **Suxinutin**.
METHSUXIMID: **Petinutin**.

Sonstige

SULTIAME:

Bei Temporalepilepsie und Mischformen. Mit niedrigen Dosen einschleichen, ca. 3mal 0,2/Tag. *Nebenwirkungen:* Zu Beginn der Therapie häufig Kribbeln im Gesicht und an den Extremitäten; Atemstörungen und Nierenschädigungen möglich.
Ospolot.

CARBAMAZEPIN: Epilepsien mit motorischen und psychopathologischen Erscheinungen, auch wenn psychische Erscheinungen im Vordergrund stehen. Darf nicht mit MAO-Hemmern kombiniert werden.
Tegretal*.

Anti-Parkinson-Mittel

Die *Parkinsonsche* Krankheit ist gekennzeichnet durch schwere Störungen im Bewegungsablauf des Körpers, mimische Veränderungen und Zittern. Als ein ursächlicher Faktor wurde Mangel an DOPAMIN in bestimmten Hirnregionen festgestellt. Zur Behandlung bieten sich an:

Anticholinergika. Präparate dieser Gruppe hemmen die Reizübertragung vom Nervensystem zur Muskulatur durch Einwirkung auf den Überträgerstoff AZETYLCHOLIN. Übermäßige Bewegungen werden dadurch unterbunden. Nebenwirkungen im Sinn einer ATROPIN-Wirkung (s. S. 73) sind möglich. Nicht anwenden bei Glaukom.
TRIHEXYPHENIDYL: **Artane**.

---

[1]) Exanthem: Hautausschlag.

[2]) Hyperplasie: Vergrößerung, Überentwicklung.

Benzatropin-Verbindung: **Cogentinol**.

Phenglutarimid: **Aturbal**.

Biperiden auch bei spastischen Lähmungen und nicht willkürlichen Muskelbewegungen (extrapyramidale Symptome) anwendbar: **Akineton*** und chemisch ähnlich: **Sormodren**.

Procyclidin chemisch mit den Antihistaminika verwandt:
Osnervan.

L-Dopa. Während Dopamin nicht vom Blut in das Gehirn dringt, ist dies für L-Dopa möglich. Im Gehirn wird dann durch *Dekarboxylation* (Abspalten einer chem. Gruppe) L-Dopa zu Dopamin.
Larodopa*, **Helfo-dopa**, **Brocadopa**.

Bei Gabe von L-Dopa wird dieses auch im übrigen Körper zu Dopamin umgewandelt, welches unangenehme Nebenwirkungen nach sich zieht. Man kombiniert daher neuerdings L-Dopa mit einer Substanz, welche diese Umwandlung im Körper – nicht aber im Gehirn – unterbindet: L-Dopa plus Decarboxylasehemmer. Zahlreiche Vorsichtsmaßnahmen; nicht geben bei Personen unter 25 Jahren, bei Schwangeren und zusammen mit Mao-Hemmern. Langsam einschleichende Dosierung, wöchentlich steigern.

L-Dopa + Benserazid: **Madopar***.

L-Dopa + Carbidopa: **Nacom**.

Amantadine. Stoffe dieser Klasse führen – vereinfacht ausgedrückt – zu einer besseren Verwertung von körpereigenem Dopamin.
Contenton, **Symmetrel**, **PK-Merz**.

Pridinol liegt in zwei verschiedenen chemischen Bindungen vor: Als Chlorhydrat ist es ein Anti-Parkinson-Mittel:
Parks 12,
als Methansulfonat ist es ein Muskelrelaxans:
Lyseen.

Opiumalkaloide

Opiumalkaloide sind starkwirksame Stoffe, die ihren Namen aus dem Vorkommen im Saft der Mohnkapsel (Opium) und ihrem chemischen Charakter (Alkaloid) ableiten.

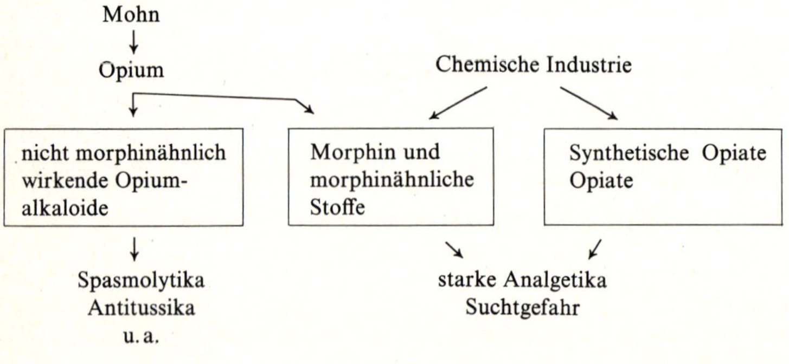

Viele dieser ungefähr 25 Substanzen sind starke *Schmerzmittel*; die bekannteste davon ist das MORPHIN. MORPHIN und alle Opiumalkaloide, die ähnlich wirken, werden unter dem Begriff »Opiat« zusammengefaßt. Stoffe gleicher Wirkung, aber anderer chemischer Zusammensetzung, kann man auch künstlich herstellen. Man nennt diese Substanzen *synthetische Opiate*; sie werden hier mit besprochen.

MORPHIN (MORPHIUM).

Dosierung meist 0,01 s.c., auch oral und i.v. anwendbar. Hauptwirkung hält ca. 6 Stunden an; eine Ausscheidung ist aber 24 Stunden und länger nachweisbar.

Die Hauptwirkung des MORPHIN ist ein *starker schmerzstillender Effekt*. Daneben tritt eine Verbesserung der Stimmungslage (*Euphorie*) auf. Zentral werden das *Husten-*, aber auch das *Atemzentrum* gehemmt; Vagus- und Okulomotoriuszentrum werden gereizt (Bradykardie, oft Übelkeit, vermehrte Darmtätigkeit, sehr enge Pupillen). Peripher *regt* MORPHIN *die Schließmuskeln an*: Harnblase, Gallenausführungsgang u. a. Krampfartige Bauchschmerzen stellen deshalb *keine* Indikation für MORPHIN dar. Die Schmerzen würden zwar gedämpft, der Sekretabfluß aber behindert. Eine Gallenkolik kann durch MORPHIN provoziert werden! Indikationen sind dagegen der schwere Karzinomschmerz oder Schmerzen bei Herzinfarkt.

MORPHIN bewirkt eine *Gewöhnung*, so daß ursprünglich ausreichende Mengen bald keinen Effekt mehr zeigen und gesteigert werden müssen. Dies ist nicht zu verwechseln mit der MORPHIN-*Sucht*. Bei dieser distanziert sich der Süchtige im Gegensatz zu Kokain von der Umgebung; ja er kann sogar durch den Ausfall als lästig empfundener Umweltreize anfangs geistige Hochleistungen erreichen. Recht rasch kommt es dann aber zum ethischen und später körperlichen Verfall, wegen des MORPHINhungers auch zu kriminellen Handlungen (Rezeptfälschung). Die MORPHINsucht ist eine *echte Sucht*, bei der es zu Ausfallserscheinungen kommt, wenn das Suchtmittel plötzlich entzogen wird. Langsame Entwöhnung in Heilanstalten ist notwendig.

> Das gefährlichste Symptom der MORPHIN-*Vergiftung* ist die Atemlähmung.
> Gegengifte (Antidote) sind die morphinähnlich gebauten Sustanzen
> NALORPHIN,
> LEVALLORPHAN, **Lorfan** 0,001 (= 1 mg) i.v., evtl. mehr.

Morphinderivate

Im wesentlichen gilt hierfür das für MORPHIN Gesagte, einschließlich Sucht und Gewöhnung.

HYDROCODON (DIHYDROCODEINON): 0,01 oral, wirkt ca. 6 Std.; hustenstillende Wirkung im Vordergrund, verhältnismäßig geringe Atemdepression.
Dicodid.

HYDROMORPHON (DIMORPHON): 0,002 oral oder s.c., wirkt nach 15 Min. für ca. 5 Stunden. Dem MORPHIN sehr ähnlich.
Dilaudid.

THEBACON (ACETHYL-DIHYDRO-CODEINON): 0,005 oral, $^{2}/_{3}$ so analgetisch wie Morphin, viermal mehr hustenstillend als CODEIN.
Acedicon.

OXYCODON (DIHYDROXY-CODEINON, DIHYDRON): 0,01 s.c. oder oral kann Morphin in der analgetischen Wirkung übertreffen, soll keinen so stark erregenden Effekt auf die Sphinkteren haben.
Eukodal.

In diese Gruppe gehört auch das sehr gut analgetische, aber überaus starke suchterregende und deshalb als Arzneimittel nicht verwendete Heroin (DIAMORPHIN, DIACETYLMORPHIN).

Synthetische Opiate

Auch diese Substanzen unterscheiden sich in der Wirkung wenig vom MORPHIN. Sie haben dieselben Nebenwirkungen und Vergiftungserscheinungen. Als Suchtmittel sind sie gegen MORPHIN austauschbar. Oral gegeben, wirken sie stärker als MORPHIN.

PETHIDIN: 0,05 s.c. oder i.m., auch oral, i.v. und als Supp. Wirkt rascher (nach 10 Min.) und kürzer (2–4 Stunden) als MORPHIN, dem es außerordentlich ähnlich ist. Kann Blutdruckerniedrigung und Gallenwegsspasmen erzeugen. Die oft angenommene spasmolytische Wirkung konnte von vielen Untersuchern nicht bestätigt werden.
Nebenwirkungen: Benommenheit, Schweißausbruch, Mundtrockenheit, Übelkeit u.a.
Dolantin.

METHADON: 0,005 (= 5 mg) s.c. oder i.m., auch oral und i.v. Von dem links- und rechtsdrehenden Gemisch (Racemat) wird bei dem untengenannten Handelspräparat nur die linksdrehende (l-) Form verwendet, die wirkungsvoller ist. Etwas stärker und länger wirkend als MORPHIN, in höheren Dosen sedierend und *spasmolytisch*. Blutdruckerniedrigung bei ambulanten Patienten möglich.
Nebenwirkungen: Vagusreiz ist häufig: Erbrechen, Übelkeit, Schwindel, Bradykardie. METHADON wird daher meist mit einem atropinartigen Körper kombiniert (beigefügter Buchstabe C im Handelsnamen).
l-Polamidon C.

KETOBEMIDON: 0,0075 (= 7,5 mg) s.c., i.m. oder oral, vorsichtig auch i.v. Stärker analgetisch als MORPHIN, aber auch wesentlich größere Suchtgefahr. Hemmt nicht die Darmmotorik; Vaguseffekte sind vorhanden.
Nebenwirkungen: wie PETHIDIN.
Cliradon.

LEVORPHANOL: 0,0015 oral oder s.c. Wirkt länger als MORPHIN (bis zu 8 Stunden); etwas bessere Verträglichkeit.
Nebenwirkungen: wie MORPHIN, besonders oft Schwitzen, Übelkeit.
Dromoran.

DEXTROMORAMID: 0,005–0,01 (= 5–10 mg) oral, s.c., i.m. auch i.v. (0,001) und als Supp. Im wesentlichen wie die obigen, auch deren Nebenwirkungen.
Jetrium, Palfium.

Nicht morphinähnlich wirkende Opiumalkaloide

PAPAVERIN: 0,1 i.m. oder langsam i.v. Krampflösende Wirkung auf die glatte Muskula-

tur; *Spasmolytikum* vom muskulären Typ (im Gegensatz zu dem neural spasmolytischen ATROPIN). Ein suchterzeugender oder analgetischer Effekt fehlt.
Paraverin versch. Firmen.
Chemisch und in der Wirkung ähnlich: **Eupaverin***.

METHYLMORPHIN: 0,01–0,1 pro Tag oral. Im Vordergrund steht die *hustenstillende* Wirkung, daneben schwach analgetisch. In hohen Dosen ungünstige Wirkung auf die Atmung möglich. Keine Sucht oder Gewöhnung.
Codein versch. Firmen.

ÄTHYLMORPHIN: 0,03 oral, 0,05 s.c. Ähnlich dem CODEIN, in der Ampullenform stärker analgetisch.

Opium

Opium, der eingetrocknete Saft der Mohnkapsel, enthält zahlreiche verschiedene Substanzen, die teilweise oben aufgeführt sind.
Hauptkomponenten sind:

MORPHIN	10,0%
NARKOTIN	6,0%
PAPAVERIN	0,8%
CODEIN	0,5%

Die Wirkung des Opiums setzt sich aus den Effekten der Teilkomponenten zusammen. *Diese addieren sich in der analgetischen Richtung; dagegen ist der lähmende Effekt auf das Atemzentrum geringer.* Opium nimmt man heute vor allem zur Erzielung einer Obstipation (Stuhlverhaltung), weil der PAPAVERINanteil die spastische Komponente des MORPHIN ausgleicht und es dadurch zu einer Darmatonie (Darmerschlaffung) kommt.
Opiumzubereitungen sind:

EXTRACTUM OPII	mit 20% MORPHIN (s. S. 36).
TINCTURA OPII	mit 1% MORPHIN (s. S. 36).
Pantopon	mit 50% MORPHIN (s. S. 36).

Aufgrund der Verordnung über das Verschreiben, die Abgabe und den Nachweis des Verbleibs von Betäubungsmitteln (Betäubungsmittel-Verschreibungs-Verordnung) vom 24. Januar 1974 ist der gesetzliche Rahmen für den Umgang mit suchterregenden Stoffen festgelegt. Wichtige Paragraphen aus dieser Verordnung sind folgende:

§6

1) Der Arzt darf für einen Patienten an einem Tag nur eins der folgenden Betäubungsmittel unter Einhaltung der nachfolgend festgesetzten Höchstmengen und sonstigen Beschränkungen über Bestimmungszweck, Gehalt, Darreichungsform und Zusätze verschreiben:

1. Amphetamin
a) zur Anwendung am Auge 500 mg
oder

* Mit einem Stern bezeichnete Mittel sind im 2. Teil (s. S. 129ff.) in alphabetischer Folge mit näheren Angaben aufgeführt.

b) zu anderen Zwecken	200 mg
2. Benzylmorphin	250 mg
3. Cetobemidon	100 mg
4. Cocain	100 mg

a) zur Anwendung am Auge als Lösung oder Salbe bis zu einem Gehalt von 2 vom Hundert oder

b) zu anderen Zwecken als Lösung bis zu einem Gehalt von 1 vom Hundert und unter Zusatz von mindestens 0,1 vom Hundert Atrophinsulfat

5. Diphenoxylat	50 mg
6. D-Moramid	100 mg
7. Hydrocodon	200 mg
8. Hydromorphon	30 mg
9. Levomethadon	60 mg
10. Levorphanol	30 mg
11. Methamphetamin	100 mg
12. Methylphenidat	200 mg
13. Morphin	200 mg
14. Nicocodin	1000 mg
15. Normethadon	200 mg

16. Opium, eingestelltes, 2000 mg oder die entsprechende Menge einer native Opiumalkaloide in ihrem natürlichen Mischungsverhältnis enthaltenden Zubereitung

17. Oxycodon	200 mg
18. Pethidin	1000 mg
19. Phenmetrazin	300 mg
20. Phenmetrazin-8-chlortheophyllinat	600 mg
21. Piritramid	200 mg
22. Propiram	750 mg
23. Thebacon	200 mg

2) In besonders schweren Krankheitsfällen darf der Arzt für einen Patienten an einem Tag jeweils eins der in Absatz 1 Nr. 3, 6, 8 bis 10, 13, 14, 16 bis 18, 21 und 22 genannten Betäubungsmittel über die dort festgesetzten Höchstmengen hinaus, jedoch nicht mehr als die zweifache Höchstmenge verschreiben. In diesen Fällen hat er auf der Verschreibung den eigenhändigen Vermerk „Menge ärztlich begründet" anzubringen.

§ 10

1) Die Verschreibung muß folgende Angaben enthalten:

1. Name, Vorname und Anschrift des Patienten, für den das Betäubungsmittel bestimmt ist; bei tierärztlichen Verschreibungen die Art des Tieres sowie Name und Anschrift des Tierhalters,
2. Ausstellungsdatum,
3. Bestandteile, Gewichtsmengen und Darreichungsform, bei abgeteilten Betäubungsmitteln ferner den Betäubungsmittelgehalt je abgeteilte Form und die Stückzahl; bei Betäubungsmitteln in abgabefertiger Packung die Bezeichnung, die Darreichungsform, den Betäubungsmittelgehalt nach Gewicht je Packungseinheit, bei abgeteilten Formen je abgeteilte Form und
4. Gebrauchsanweisung mit Einzel- und Tagesgabe; bei Verschreibung von Amphetamin oder Cocain für einen Patienten zur Anwendung am Auge ferner die Angabe dieses Bestimmungszweckes,
5. Name des verschreibenden Arztes, Zahnarztes oder Tierarztes, dessen Berufsbezeichnung und Anschrift; im Vertretungsfall ferner die entsprechenden Angaben über den Vertretenden,
6. in den Fällen des §6 Abs. 2 und des §8 Abs. 2 den dort vorgeschriebenen Vermerk,

7. in den Fällen des §6 Abs. 3, §7 Abs. 2 und §8 Abs. 3 den Vermerk »Praxisbedarf« an Stelle der Angaben in den Nummern 1 und 4,
8. in den Fällen des § 6 Abs. 4, §7 Abs. 3 und §8 Abs. 4 die Namen der dort genannten Einrichtungen an Stelle der Angaben in den Nummern 1 und 4,
9. ungekürzte Unterschrift des verschreibenden Arztes, Zahnarztes oder Tierarztes.

2) Die Angaben nach Absatz 1 müssen auf allen Teilen des amtlichen Formblatts übereinstimmen und von dem Verschreibenden eigenhändig mit Tintenstift oder Kugelschreiber vorgenommen werden. Die Angaben nach den Nummern 1, 2, 5, 7 und 8 können auch maschinell oder mit Stempeln erfolgen. Die Mengen sind in arabischen Ziffern anzugeben und in Worten zu wiederholen.

Für Krankenschwestern ist es besonders wichtig, über die korrekte Führung des Betäubungsmittelbuches im Krankenhaus Bescheid zu wissen. Der folgende Absatz regelt dies wie folgt:

Der Nachweis des Verbleibs

§15

1) Über den Verbleib der Betäubungsmittel sind in
1. Apotheken,
2. ärztlichen und tierärztlichen Hausapotheken,
3. ärztlichen, zahnärztlichen und tierärztlichen Praxen,
4. Krankenhäusern,
5. Zahnkliniken,
6. Tierkliniken und
7. zoologischen Gärten

Karteikarten nach amtlichem Formblatt zu führen. Bestehen in den in den Nummern 4 bis 7 genannten Einrichtungen Teileinheiten (Stationen), ist der Nachweis in diesen zu führen. In Teileinheiten (Stationen) können anstelle von Karteikarten auch Bücher mit fortlaufend numerierten Seitenzahlen nach amtlichem Formblatt (Betäubungsmittelbücher) verwendet werden.

2) Der Apothekenleiter und in den Fällen des Absatzes 1 Nr. 2 bis 7 der jeweils verantwortliche Arzt, Zahnarzt oder Tierarzt haben mindestens einmal monatlich die vorschriftsmäßige Führung der Karteikarten oder Betäubungsmittelbücher zu prüfen und, sofern eine Änderung eingetreten ist, ihr Namenszeichen und das Datum anzubringen.

3) Die Karteikarten oder Betäubungsmittelbücher sind drei Jahre, von der letzten Eintragung an gerechnet, aufzubewahren und auf Verlangen dem Bundesgesundheitsamt oder der nach Landesrecht zuständigen Behörde einzusenden oder Beauftragten dieser Behörden zuvorlegen. Während die Karteikarten oder Betäubungsmittelbücher den Behörden vorliegen, sind vorläufige Aufzeichnungen vorzunehmen, die nach der Rückgabe der Karteikarten oder Betäubungsmittelbücher nachzutragen sind.

Antitussika

Antitussikum (Mehrzahl: Antitussika) heißt hustenstillendes Mittel. Damit sind nicht die schleimlösenden Expektorantien gemeint, sondern zentral angreifende Substanzen. Zahlreiche dieser Stoffe gehören den Opiumalkaloiden an.

Morphinabkömmlinge

CODEIN (= METHYLMORPHIN, s. S. 53): besitzt gegenüber dem MORPHIN eine viel schwächere analgetische (schmerzstillende) Wirkung, wirkt hustenreizstillend.
Codeinum phosphoricum*, **Codicept**, **Codimetten**, **Codipertussin**, **Tricodein**.

NORMETHADON aus der Reihe der Opiate, mäßig suchterzeugend, macht Euphorie[1]), Analgesie (Schmerzfreiheit) und Atemdepression. Wegen vegetativer Begleiteffekte parasympathischer Art wird das Handelspräparat im allgemeinen in der Kombination mit einem Sympathikomimetikum (SUPRIFEN) verwendet.
Ticarda*.

HYDROCODON s. S. 51
Dicodid*.

NOSCAPIN
Capral, Lyobex retard.

THEBACON s. S. 52.
Acedicon*.

DIHYDROCODEIN.
Paracodin*, Remedacen.

Sonstige Antitussika

PIPAZETAT ähnlich den PHENOTHIAZINEN, etwas schwächer als CODEIN, keine Atemhemmung. Wirkt nach 10–30 Minuten für 2–4 Stunden.
Selvigon*.

CLOBUTINOL oral, s.c., i.m., i.v. So stark wie CODEIN, ohne Atemdepression, vegative und analgetische Effekte in therapeutischen Dosen.
Silomat.

OXELADIN
dorex-retard, Silopentol.

PENTOXYVERIN: Wirkt zentral, ähnlich wie CODEIN.
Atropinartige Begleitwirkung.
Germapect, Sedotussin.

PRENOXDIAZIN
Lomapect.

ISOMINIL
Peracon.

BUTAMIRAT
Sinecod.

Efeuextrakt: Diesem Pflanzenauszug wird eine hustenreizstillende Wirkung zugeschrieben.
Prospan*.

---

[1])Euphorie: Heitere Gemütslage.

Herz und Vegetativum

Kardiaka

Unter diesem Begriff (Einzahl: Kardiakum) sollen hier im weiten Sinne alle Medikamente verstanden werden, die zur Behandlung der krankhaft veränderten Herzaktion geeignet sind.

Substanzen zur Beeinflussung des Herzrhythmus

Das Herz hat einen Eigenrhythmus, der selbst das isolierte Organ noch schlagen läßt. Dieser Eigenrhythmus wird aber normalerweise nicht benötigt, da die Erregung über die als »Zügel« wirkenden vegetativen Nerven und den Herzvorhof die Herzkammern erreicht und so zur Kontraktion des Organes führt. Dabei hat ein Überwiegen des Sympathikus *raschere* Aktion (Tachykardie), des Vagus *langsamere* Schlagfolge (Bradykardie) zur Folge. Neben dieser Beeinflussung der Frequenz verändert sich auch die Auswurfmenge des Herzens und die Zeit, in der die Erregung vom Herzvorhof zu den Kammern läuft, die sogenannte Überleitungszeit.

Unter bestimmten Bedingungen kann die normale Steuerung der Herzaktion ausfallen und der langsamere Eigenrhythmus zutage treten, oder es können zusätzlich zum normalen Herzschlag weitere Aktionen auftreten, sogenannte Extrasystolen. Alle diese genannten Vorgänge lassen sich medikamentös beeinflussen.

Dosierung und Anwendungsbereich der folgenden Medikamente müssen individuell bestimmt werden; hier können nur Richtwerte genannt werden.

Sympathikomimetika (s. auch S. 66) beschleunigen den Herzrhythmus und verkürzen die Überleitungszeit.

Alupent z. B. oral alle 2 Stunden $^1/_2$ Tbl. oder 1–4 Amp. in 500,0 Kochsalz- oder Zuckerlösung als i.v. Infusion unter dauernder Pulskontrolle. Auch i.m. und s.c.

Parasympathikomimetika (s. auch S. 71) verlängern die Überleitungszeit und verlangsamen den Herzrhythmus. Sie finden nur in besonderen Fällen Anwendung.

Beta-Rezeptoren-Blocker (Beta-Blocker) vermindern die Effekte der am Herzen anregend wirkenden Überträgerstoffe des sympathischen Nervensystems (siehe Seite 66). Dabei werden die auf solche Stoffe reagierenden sogenannten beta-Rezeptoren des Herzens nicht völlig blockiert, so daß der Ausdruck »Rezeptoren-Hemmer« besser wäre. Dank einer chemischen Struktur, die dem beta-Rezeptoren-Stimulator (Anreger) ADRENALIN sehr ähnlich ist, besetzen sie dessen Angriffspunkt im Sinn einer *kompetitiven Hemmung* (siehe Seite 2). Dadurch erklärt sich auch die bei manchen Beta-Blockern vorhandene und scheinbar paradoxe gleichzeitige anregende Wirkung: Adrenalin wird zum großen Teil durch den Beta-Blocker ersetzt, dieser hat aber selbst eine schwache adrenalinartige Wirkung.

Neben dem Herzen werden auch andere Angriffspunkte des sympathischen Systems gehemmt, vor allem die *Bronchien* im Sinn einer weniger starken Erweiterung. Bei Asthmatikern, an welchen jede Einschränkung der Bronchialerweiterung vermieden

werden muß, um keinen Anfall auszulösen, sind Beta-Blocker daher *kontraindiziert.*
Indikationen der Beta-Blocker: Übermäßiger Einfluß des sympathischen Systems auf das Herz, also Rythmusstörungen wie Tachykardien und Extrasystolen; Reduktion des Sauerstoffverbrauches des Herzmuskels (»Sparschaltung«) und damit Anfallsprophylaxe bei Angina pectoris; hoher Blutdruck.
Vorsichtsmaßnahmen: Da Beta-Blocker meist auch die Herzkraft vermindern, muß eine Herzinsuffizienz ausgeschlossen oder sollte der Patient mit Herzglykosiden (s. unten) behandelt sein.

ALPRENOLOL: Einzeldosis 0,05–0,15 oral, 0,005–0,01 i.v.
Aptin.

BUPRANOLOL: Einzeldosis 0,02–0,04 oral
Betadrenol.

OXPRENOLOL: Einzeldosis 0,04–0,8 oral, 0,001–0,002 i.m. (i.v.)
Trasicor*.

PINDOLOL: Einzeldosis 0,0025–0,01 oral, 0,0002–0,0004 i.v.
Visken*.

PROPRANOLOL: Einzeldosis 0,02–0,12 oral, 0,003–0,005 i.v.
Dociton*.

TOLIPROLOL: Einzeldosis 0,01–0,1 oral
Doberol.

Herzglykoside (s. unten) verlangsamen die Herzaktion, besonders Digitoxin. $^1/_2$–2(–4) Amp. i.v. pro Tag. Dauerdosierung s. unten.

CHINIDIN wird, wie auch Chinin, aus der Rinde des Chinabaumes gewonnen. Es setzt die Erregbarkeit des Herzmuskels und die Leitungsgeschwindigkeit herab, verlängert also die Überleitungszeit. Wird bei Extrasystolen und Tachykardien angewendet, zum Teil über Monate und länger. Allergische Reaktionen sind möglich; anfängliche kleine Testdosis (Tbl. 0,2) wird empfohlen.
Dosierung: Meist alle 2–3 Stunden 1 Tbl. 0,1 oder 0,2.
Chinidinum, **Chinidin-Duriles** mit Langzeitwirkung, **Galactoquin** mit Depoteffekt, **Quinicardine**.

PROCAINAMID: Ein Abkömmling des Lokalanästhetikums PROCAIN, bei dem die anästhetische Wirkung verringert und die Herzwirkung verstärkt ist. Hemmt die Erregbarkeit des Herzmuskels und setzt die Leitungsgeschwindigkeit ähnlich wie bei CHINIDIN herab. Wird gegeben bei Kammerflimmern, Extrasystolen und tachykarden Rhythmusstörungen. Dosierung 2–10 ml (= 0,2–1,0) i.m. oder am liegenden Patienten unter EKG-Kontrolle langsam i.v. Auch oral 4–6mal 2 Tbl. Übelkeit, Erbrechen und Durchfälle sind dabei möglich.
Novocamid*.

LIDOCAIN: Ebenfalls ein Lokalanästhetikum; es gilt das unter PROCAINAMID Gesagte. Dosierung: Einleitend 0,05–0,1 i.v., dann 0,002–0,004 pro Minute als i.v.-Infusion.
Xylocain*.

AJMALIN kommt neben RESERPIN in der Rauwolfia-Pflanze vor. Hat die selben Effekte wie CHINIDIN, greift an den Reizbildungsstätten des Herzens an. Intravenöse Injektion nur unter EKG-Kontrolle!
Gilurytmal*.

PRAJMALIUM-BITARTRAT ähnlich AJMALIN, aber mit raschem Wirkungseintritt (25 min. nach oraler Gabe) und langer Wirkungsdauer (ca. 6 Stunden).
Neo-Gilurytmal

DIPHENYLHYDANTOIN, eine auch als Antiepileptikum bekannte Substanz, eignet sich besonders zur Behandlung ventrikulärer Rhythmusstörungen. Gleiche Indikation, aber andere Wirkungsweise als PROCAINAMID oder LIDOCAIN.
Phenhydan Amp. und Infusionskonzentrat.

KALZIUM-*Antagonisten* schränkten den Sauerstoffverbrauch des Herzmuskels über eine Beeinflussung des Kalziumgehaltes an der Zellmembran ein und wirkten daher günstig bei chronischen Durchblutungsstörungen des Myokards und tachykarden Rhythmusstörungen.
Isoptin*

SPARTEINSULFAT: antiarrhytmische Substanz aus Besenginster, bes. bei Sinusarrhythmie.
Depasan*, **Spartein Asal**.

Substanzen zur Beeinflussung der Herzkraft (Herzglykoside)

Aus einer Reihe von Pflanzen lassen sich Stoffe gewinnen, die – als Medikamente verwendet – eine Steigerung der Herzkraft verursachen. Es sind dies die weitverbreiteten Mittel gegen Herzinsuffizienz, die wegen ihrer chemischen Ähnlichkeit und einer Verbindung mit Zuckermolekülen unter dem Begriff der Glykoside zusammengefaßt sind. Sie gehören zu den wichtigsten und ältesten Arzneimitteln überhaupt.

Gemeinsam haben alle Glykoside die Steigerung der Herzkraft. Sie unterscheiden sich aber in folgenden Punkten:

1. *Wirkungsdauer*. Einige Herzglykoside wirken rasch und kurz, andere verzögert und lang. Wie lang die Wirkung anhält, wird durch die *Abklingquote* bestimmt. Dieser Begriff bezeichnet die Menge eines Glykosides, die nach 24 Stunden aus dem Körper ausgeschieden worden ist. Eine Abklingquote von 40%, wie bei Strophanthin, heißt also, daß am Tag nach der einmaligen Gabe noch 60% des Glykosides im Körper wirksam sind, während 40% ausgeschieden oder abgebaut wurden. Bei Digitoxin ist die Abklingquote nur *7%*. Das bedeutet, daß nach Gabe einer Dosis dieses Medikamentes tags darauf noch *93% wirksame Dosis* vorhanden sind. Stoffe mit einer so geringen Abklingquote müssen also in zunehmend niedrigeren Dosen zugeführt werden, da sich sonst die Restwirkungen addieren und schließlich soviel Glykosid im Körper ist, daß es zu Vergiftungserscheinungen kommt. Man nennt diese Anhäufung von Wirkungsresten *Kumulation*.

2. *Resorption*. Gibt man ein Glykosid intravenös, so befindet sich die gesamte Menge im Blutkreislauf und wird am Herzen wirksam. Gibt man ein Glykosid aber oral, so wird nicht immer die gesamte Menge aus dem Magendarmkanal resorbiert und in den Kreislauf eingeschleust. Die Menge, welche resorbiert und daher wirksam ist, wird mittels der *Resorptionsquote* angegeben. Während Digitoxin zu 100%, also vollständig, resorbiert wird, ist dieser Prozentsatz bei Strophanthin fast Null. Dieses Glykosid bleibt also oral unwirksam. Bei schlecht resorbierbaren Glykosiden muß man bei

oraler Behandlung mehr Substanz zuführen als bei intravenöser Gabe, um *dieselben* Mengen im Blut zu erreichen. Ein Teil des Medikamentes geht in diesen Fällen nach oraler Gabe wirkungslos durch den Darm ab.

3. *Wirkungseintritt.* Angestrebtes Zeichen der Wirkung ist die Steigerung der Herzleistung, also der Rückgang der Insuffizienzzeichen. Der Eintritt dieser Wirkung ist von der verabreichten Dosis, von der Resorptions- und Abklingquote abhängig – aber auch von der Schnelligkeit des *Wirkungseintrittes am Herzmuskel.* Diese schwankt zwischen einer Stunde bei Strophanthin und 12 Stunden nach oraler Gabe von Digitoxin.

4. *Nebenwirkungen.* Ein teils erwünschter, teils ungern gesehener Begleiteffekt ist die mehr oder weniger starke Neigung zu Bradykardie. Am stärksten verlangsamt Digitoxin die Herzaktion; der Effekt ist allerdings auch dosisabhängig.

5. *Überdosierung und Vergiftung.* Die Erscheinungen sind bei allen Glykosiden im Prinzip gleich, stellen sich aber je nach Kumulationsneigung und Dosierung verschieden rasch ein.

> Folgende wichtige Symptome, die jede Krankenschwester kennen muß, deuten auf *Überdosierung*:
> Auffallende Verlangsamung und Unregelmäßigkeit des Pulses
> Übelkeit und Erbrechen
> Farbensehen und Flimmern vor den Augen

Dazu treten typische elektrokardiographische Veränderungen ein. Erhebliche Vergiftungen können zum Herzstillstand führen.

Tabelle 3 gibt die wichtigsten Einzeldaten von den geläufigsten Glykosiden wieder (es gibt über 200!). Dazu noch einige Bemerkungen:

STROPHANTIN darf nur intravenös gespritzt werden. Erfolgt die Injektion in das Gewebe (paravenös), so entstehen stark schmerzhafte entzündliche Rötungen. Alkoholauflagen und Umspritzen mit physiologischer Kochsalzlösung bringen Erleichterung. Es ist immer wieder versucht worden, STROPHANTHIN in eine oral resorbierbare Form zu bringen. In neuester Zeit scheinen einige dieser Versuche erfolgreich zu sein, wenn auch die Resorptionsquote noch stark schwankt und damit eine exakte Therapie fraglich wird.

K-STROPHANTHIN
Alvonal MR: Dragees 0,0005

G-STROPHANTHIN
Purostrophan: Dragees 0,001 und 0,002
Strodival: Kapseln 0,003
Strophoperm: Tropfen (auf Zunge träufeln) 1 ml = 0,004

G + K-STROPHANTHIN
Strophoral: Tabletten 0,003.

Ein weiteres Herzglykosid ist

PERUVOSID. Es ist in Wirkung und Abklingquote dem STROPHANTHIN sehr ähnlich, wird aber oral zu 50% resorbiert.

Encordin.

Tabelle 3. Wichtigste Einzeldaten der geläufigsten Glykoside.

Herkunft	Strophanthus-Strauch	Scilla-Zwiebel	Digitalis (Fingerhut)				
Freier Name	STROPHANTHIN	PROSCILLARIDIN	LANATOSID C	DIGOXIN	ACETYLDIGOXIN	METHYLDIGOXIN	DIGITOXIN
Wichtige Handelsnamen	**Kombetin** **Purostrophan****	**Caradrin** **Protasin** **Sandoscill** **Scilla Didier** **Talusin**	**Allocar** **Cedilanid** **Celadigal** **Ceto Sanol** **Lanatosid Hameln** **Lanimerck**	**Digacin** **Lanicor**	**Acylanid** **β-Digoxin Medice** **Dioxanin** **Novodigal*)** **Lanadigin** **Sandolanid**	**Lanitop**	**Digilong** **Digimed** **Digimerck** **Digitaline Navitelle***)** **Lanatoxin**
Wichtigste Darreichungsformen: Amp.	$\frac{1}{8}$ mg i.v. $\frac{1}{4}$ mg i.v.		0,4 mg i.m., i.v.	$\frac{1}{4}$ mg i.v.		0,2 mg i.v.	$\frac{1}{4}$ mg, i.v. i.m.
Drag.		$\frac{1}{4}$ mg $\frac{1}{2}$ mg	$\frac{1}{4}$ mg				
Tabl.			0,2 mg	$\frac{1}{4}$ mg	0,2 mg mite 0,1 mg	0,1 mg	0,1 mg
Tropfen			30 gtt = 1 mg	15 gtt = $\frac{1}{4}$ mg		15 gtt = 0,2 mg	30 gtt = 0,1 mg
Abklingquote	40%	35%	20%	20%	20%	22%	7%
Resorptionsquote	max. 10%	35%	40%	66%	90%	95%	100%
Kumulationsneigung und Bradykardie	GERING		MITTEL				STARK
Richtwerte für tägliche Anfangsdosen	1–2 × $\frac{1}{4}$ mg i.v.	2–5 × $\frac{1}{2}$ mg	1–2 Amp. i.v. 4–6 Drag.	1–2 Amp. 4–6 Tbl.	4–6 Tbl.	4 Tbl.	6–8 Tbl. 1–3 Amp.
Richtwerte für tägliche Erhaltungsdosen	$\frac{1}{8}$–$\frac{1}{4}$ mg i.v.	2–3 × $\frac{1}{4}$–$\frac{1}{2}$ mg	1–3 Drag.	$\frac{1}{2}$–1(–2) Tbl.	1–2(–3) Tbl.	(1–)2–3 Tbl.	$\frac{1}{2}$ – 1–2(–3) Tbl.

*) Die Ampullen enthalten 0,4 mg DIGOXIN (nicht Acetyldigoxin).

**) Ampullen zu $^1/_4$ und $^1/_2$ mg i.v.

***) Ampullen zu 0,2 mg i.v.

Aus Scilla-Zwiebeln extrahiert man außer dem in der Tabelle erwähnten PROSCILLARIDIN auch einige Glykosid-Komplexe, die in der Therapie Verwendung finden:

Scillaren*, Scilloral*, Scilla-Perpurat.

Neben den bisher aufgeführten Glykosiden werden solche auch von zahlreichen anderen Pflanzen gewonnen. Viele davon sind nur milde wirksam; sie werden Digitaloide genannt und sind in vielen Kombinationspräparaten zur Behandlung nicht schwer dekompensierter »Altersherzen« enthalten. Klinische Bedeutung haben sie kaum.

Convallaria (Maiglöckchen): **Convacard***.

Oleander: **Miroton*** (mit anderen zusammen).

Eine ähnlich milde Wirkung auf Herzmuskel und Kranzarterien (Coronarien) haben die zu den FLAVONGLYKOSIDEN gehörenden PROCYANIDINE:

Crataegus (Weißdorn): **Crataegutt***, **Crataegysat**, **Esbericard**, **Oxacant**, **Weißdornsaft**.

Die Behandlung mit Herzglykosiden setzt Erfahrung und Können voraus. Außerdem muß man den individuellen Glykosidbedarf jedes Patienten ertasten, so daß die Dosierung immer dem Einzelfall angepaßt werden muß. Generell gilt: *Hohe Anfangsdosis bis zur Sättigung, dann niedrige Erhaltungsdosis.* Anhaltspunkte gibt Abb. 3.

Geht man davon aus, daß ein Patient erfahrungsgemäß mit einem Gehalt von 1 mg Glykosid im Blut ausreichend behandelt ist, so muß man diesen Blutspiegel *rasch herstellen* und danach ausreichend *erhalten*. Die Kunst des Behandelnden besteht nun darin, die Resorptions- und Abklingquoten des betreffenden Glykosides richtig zu berechnen. In der Tabelle wird am ersten Tag die halbe Wirkdosis erreicht – mehr würde der Patient nicht gut vertragen. Diese Dosis verringert sich – wie an den schwarzen Säulen abgelesen werden kann – täglich um 20% entsprechend der Abklingquote. Auf diese Glykosidreste bauen sich die weiteren Dosen auf, wobei wegen der immer höheren Reste zunehmend *weniger* verabreicht werden muß. Bereits am zweiten Tag wird die angestrebte Wirkstoffhöhe erreicht. Würde man nun nichts weiter tun, so fiele der Gehalt an herzwirksamen Glykosid innerhalb weniger Tage wieder auf unwirksame Mengen ab. Würde man dagegen in der bisherigen Art weiterdosieren, so käme man sehr schnell in eine Überdosierung und damit eine Digitalisvergiftung hinein. Die Zufuhr reduzier-

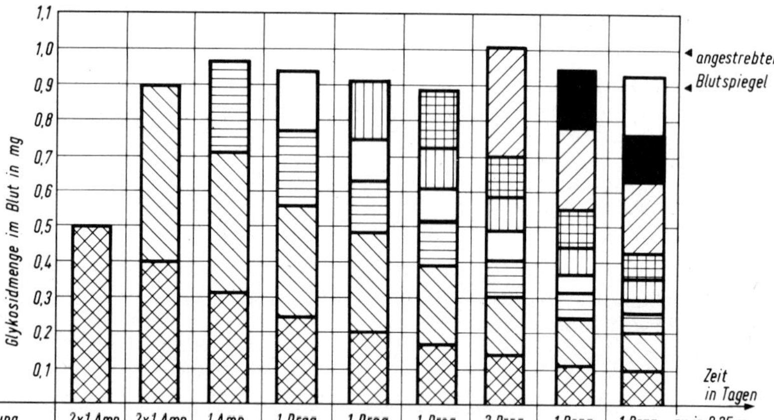

Dosierung	2x1 Amp.	2x1 Amp.	1 Amp.	1 Drag.	1 Drag.	1 Drag.	2 Drag.	1 Drag.	1 Drag.	zu je 0,25 mg
davon resorbiert	100% = 0,5 mg	100% = 0,5 mg	100% = 0,25mg	66% = 0,16mg	66% = 0,16mg	66% = 0,16mg	66% = 0,32 mg	66% = 0,16mg	66% = 0,16mg	
Gesamt-Wirkmenge	0,5 mg	0,9 mg	0,97 mg	0,94 mg	0,91 mg	0,89 mg	1,03 mg	0,96 mg	0,93 mg	

angenommene Resorptionsquote 66%
angenommene Abklingquote 20%

Abb. 3. Beispiel für eine Digitalis-Behandlung.

Obwohl eine Digitalisbehandlung nach obigem Schema ohne weiteres durchführbar ist, enthält die Tabelle aus didaktischen Gründen einige beabsichtigte Besonderheiten.

ter Mengen – in dem aufgeführten Beispiel zwischen einem und zwei Dragées am Tag – führt dagegen zu einem einigermaßen gleich bleibenden Wirkspiegel.

Substanzen zur Verbesserung des Verhältnisses von Koronardurchblutung (= Angebot) und Sauerstoffverbrauch des Herzmuskels (= Bedarf)

Eine ausreichende koronare Durchblutung (= Durchblutung der Herzkranzgefäße) ist die Voraussetzung für eine optimale Leistungsfähigkeit des Herzmuskels. Verschiedene Medikamente greifen hier durchblutungsverbessernd ein. Ob es dabei allerdings immer zu einer *Erweiterung* der Koronararterien kommt, ist *fraglich*. Man sollte daher nicht »koronarerweiternde«, sondern »koronarwirksame« Substanz sagen. Ausdruck einer Durchblutungsminderung ist klinisch die *Angina pectoris*, die sich bis zum *Herzinfarkt* steigern kann.

Rasch – und kurzwirkende Nitrate

NITROGLYCERIN (die Bezeichnung ist chemisch nicht korrekt, aber eingeführt) wirkt innerhalb von Minuten durch Erweiterung der peripheren Blutgefäße. Das Herz wird dadurch in seiner Druckarbeit schlagartig entlastet. Die Präparate liegen in Form von Kapseln vor, die im Anfall zerbissen werden. Flüssigkeit auf der Zunge zergehen lassen, Kapselrest ausspucken.
Gilucor mite, **Nitrangin**, **Nitrolingual***.

Langwirkende Nitrate

NITROGLYCERIN wie oben, jedoch in Zubereitungsformen mit Langzeiteffekt. Nur unzerkaut schlucken!
Klavicordal retard, **Nitroglycerinum Compretten**, **Nitrolingual retard***, **Nitrozell retard**, **Sustac retard**.

ERYTHROL-TETRA-NITRAT (= PENTA-ERYTHRYL-TETRANITRAT, PETN) gleicher Wirkungsmechanismus wie bei NITROGLYCERIN. Wirkt nach 10–30 Minuten für 3–6 Stunden.
Dilcoran 80*.

TROLNITRAT mit Langzeitwirkung, alle 12 Stunden eine Tablette.
Angitrit.

ISOSORBID-DINITRAT-Verbindungen, als raschwirkende Kaukapseln oder zur Langzeitbehandlung. Kopfschmerzen als Nebenwirkung möglich.
Isoket*, **Maycor**, **Sorbidilat**.

Purinabkömmlinge

Sehr häufig angewandte Medikamente aus der Stoffklasse, aus der auch das KOFFEIN stammt. Neben der durchblutungsfördernden Wirkung auf die Herzkranzgefäße werden diese Substanzen auch zu anderen Zwecken gegeben: An der Niere fördern sie die Harnausscheidung (Diurese), an den Bronchen wirken sie erweiternd (Asthma) und im Zentral-Nervensystem kommt es zu einer Anregung. Häufig werden die Purine in Kombinationspräparaten zusammen mit Herzglykosiden angeboten, oft gekennzeichnet durch die Vorsilbe »Theo« für THEOPHYLLIN.

Die chemische Verwandtschaft des häufig verordneten THEOPHYLLIN zu KOFFEIN ist sehr eng: Bei ersterem hängen an einem XANTHIN-Grundgerüst zwei METHYLreste (-CH_3-Gruppen), beim KOFFEIN dagegen drei. Ähnlich ist es mit der pharmakologischen Wirksamkeit: die anregende und wasserausscheidendeWirkung des KOFFEIN ist jedem geläufig.

THEOPHYLLIN: **Euphyllin*** (zusammen mit einem Lösungsvermittler), **Solosin***.

PROXYPHYLLIN (= HYDROXY-ÄTHYL-THEOPHYLLIN): **Spasmolysin**.

OXY-ÄTHYL-THEOPHYLLIN: **Cordalin***.

THEOPHYLLIN-FLAVON-Verbindung: **Aperflavon**.

Sogenannte Koronardilatatoren

Zahlreiche Substanzen ganz unterschiedlicher chemischer Zusammensetzung bewirken eine verbesserte Durchblutung des Herzmuskels. Es ist allerdings nicht völlig erwiesen, daß dieser Effekt auf einer *Erweiterung* der Herzkranzgefäße beruht, möglicherweise ist der Reiz zur *Bildung von neuen Blutgefäßen* (Kollateralen) der wesentlichere Wirkungsmechanismus. Der Ausdruck »Koronardilatatoren« (Erweiterer der Herzkranzgefäße) muß daher mit Zurückhaltung gebraucht werden. Die Anwendung sollte kurmäßig über längere Zeit hinweg erfolgen, bei akuten Zuständen des Durchblutungsmangels (Angina pectoris – Herzinfarkt) ist die Verabfolgung meist sogar schädlich und daher untersagt.

CARBOCROMEN: **Intensain***.
DIPYRIDAMOL: **Persantin***.
ETAFENON: **Baxacor**.
FENDILIN: **Sensit**.
HEXOBENDIN: **Reoxyl**.
PERHEXILINMALEAT: **Pexid**.
PRENYLAMIN: **Segontin***.
OXYFEDRIN: **Ildamen***.

Beta-Rezeptoren-Blocker

Setzen den Sauerstoffbedarf des Herzmuskels herab (s. S. 57) und haben daher neben ihren sonstigen Eigenschaften auch günstige Wirkungen bei Durchblutungsstörungen der Herzkranzgefäße.

Aminosäuren

ADENOSIN spielt bei energieliefernden Prozessen im Stoffwechsel eine wichtige Rolle. Unter anderem hat es eine erweiternde Wirkung auf die Herzkranzgefäße.

ADENOSIN-PHOSPHAT zur Injektion: **Myoston**.

DILAZEP hemmt den Abbau von ADENOSIN, zur oralen Langzeitbehandlung, regt Bildung von Kollateralen an. Wirkt *nicht* im akuten Anfall.
Cormelian*.

Kalziumantagonisten

Die Verschiebung elektrisch geladener Teilchen (*Ionen*) an der Wand (*Membran*) der Herzmuskelzelle führt zur Erregung und damit Zusammenziehung der muskulären Elemente. Kalziumantagonisten hemmen den Einstrom von Kalzium durch die Membran und beeinflussen dadurch zahlreiche Vorgänge am Herzmuskel. Sie vermindern einerseits den Sauerstoffverbrauch und erhöhen andererseits das Sauerstoffangebot.

NIFEDIPIN: **Adalat***.

VERAPAMIL: **Isoptin***.

Die genannten Substanzen werden häufig kombiniert angeboten, wobei oft Barbiturate zur Sedierung (= verringerter Sauerstoffverbrauch) und ATROPIN zur Hemmung des leistungsdämpfenden parasympathischen Systems (siehe folgende Seiten) beigegeben sind. Als weiterer Partner ist das krampflösende und durchblutungssteigernde PAPAVERIN (s. S. 52) beliebt. Hier eine kleine Auswahl:

	Nitroglyzerin	PETN	Theophylline	Adenosin	Papaverin	Atropin	Barbiturate
Adenopurin	●	●	●	●	●		●
Adenovasin	●		●	●	●	●	●
Adocor		●	●		●	●	●
Angiocardyl	●		●			●	●
Dilcoran*		●					●
Myocardon*	●		●		●	●	●
Seda Nitro Mack retard	●						●
Stenomigral	●				●		●

Vegetative Pharmaka[1])

Das vegetative Nervensystem steuert jene Funktionen des Körpers, die dem Willen nicht unterliegen (Atmung, Herztätigkeit, Verdauung und andere). Es gibt hierbei zwei Gegenspieler: das *sympathische* System, das im wesentlichen *leistungssteigernd* wirkt, und das *parasympathische* System, welches die *Erholungsphase* steuert. Die beiden Systeme halten sich normalerweise die Waage. Ruhe im vegetativen Nervensystem bedeutet also nicht, daß beide Systeme abgeschaltet sind, sondern daß beide *gleich stark* wirken und sich so ausgleichen. Der Ausschlag zur einen oder anderen Seite kann demnach, und das ist sehr wichtig für unsere Betrachtung, entweder durch Anregung des einen Systems oder durch Abschwächung des anderen zustande kommen. Zwei Arten von Medikamenten werden daher dieselbe Wirkung haben – diejenigen, die einen Partner im vegetativen Nervensystem anregen, und diejenigen, die seinen Gegenspieler unterdrücken.

Alle anregenden Substanzen nennt man »Mimetika« (mimen = nachahmen), alle abschwächenden »Lytika« (Lysis = Lösung). Noch eines ist sehr wichtig: Auf die hier zu besprechenden Substanzen reagieren nicht immer alle Funktionen des vegetativen

---

[1]) Pharmakon (Mehrzahl: Pharmaka) = Arzneimittel

Tabelle 4. Die wichtigsten Funktionen des vegetativen Nervensystems.

Vegetatives Nervensystem				
Sympathisches System				Parasympathisches System
Sympathikus		*Hauptnerv*		Vagus
Leistung		*Allgemeine Wirkung*		Erholung
Sympathiko-Mimetika Parasympathiko-Lytika		*Medikamentengruppen mit den Effekten des Systems*		Parasympathiko-Mimetika Sympathiko-Lytika
		Wirkung auf Teilbereiche		
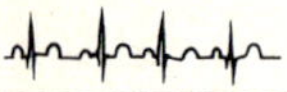	schneller	*Herzfrequenz*	langsamer	
	größer	*Herzvolumen*	kleiner	
150/80 ↑	höher	*Blutdruck*	niedriger	↓ 105/90
	enger	*Blutgefäße*	weiter	
	weiter	*Bronchialsystem*	enger	
	weiter	*Pupille und Lidspalte*	enger	
	verlangsamt	*Funktion des Magen-Darm-Traktes*	angeregt	
	weniger, zäher	*Sekretion der Speicheldrüsen*	mehr, dünner	
	stillgelegt	*Uterus (unter bestimmten Bedingungen)*	angeregt	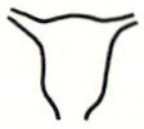

Nervensystems. Dadurch gelangt man zu Spezialitäten, deren Effekt bei normaler Anwendung nur ein Teilgebiet betrifft, in hoher Dosierung dann aber auf alle Organe übergreift und die für das jeweilige System typischen Reaktionen hervorruft.

Die wichtigsten Funktionen des vegetativen Nervensystems sind in Tabelle 4 dargestellt.

Sympathikomimetika (= *Sympathomimetika*)

Zwei körpereigene Substanzen, das ADRENALIN und das NORADRENALIN (BRENZKATECHINAMINE, KATECHOLAMINE), dienen dem Organismus als Überträgerstoffe sympathischer Reize. Vom ADRENALIN werden dabei alle Empfangsorgane (alpha- und beta-Rezeptoren im Körper) erregt, vom NORADRENALIN nur die alpha-Rezeptoren.

ADRENALIN. Rasch und kurz wirkend. Verengt die meisten Blutgefäßbezirke, verschiebt dadurch die Blutmenge in die arbeitenden Gebiete und erhöht den Blutdruck. Am Herzen wird die Frequenz beschleunigt und die Reizbildung gesteigert. Spastisch verengte Bronchien und die Pupillen werden erweitert, das Zentralnervensystem und der Stoffwechsel angeregt. Wegen seines brüsken Effektes ist ADRENALIN als Medikament nur für Notfälle im Gebrauch.
Kontraindikationen: Thyreotoxikose[1]), hochgradige Hypertonie[2]), Zerebral-[3]) und Koronarsklerose[4]), vorausgegangener Digitalisgebrauch.
Suprarenin*.

NOR-ADRENALIN. Wirkt langsamer und länger als ADRENALIN, die Effekte sind insgesamt sehr ähnlich. Herzfrequenz und Minutenvolumen werden im Gegensatz zu ADRENALIN nicht erhöht.
Arterenol*.

Neben diesen physiologischen Substanzen sind zahlreiche weitere, chemisch meist ähnliche, entwickelt worden. Meist steht bei diesen die *Kreislaufwirkung* im Vordergrund, bei einigen auch ein anderer Effekt aus dem Wirkungsspektrum des Sympathikus.

Sympathikomimetika mit vorwiegender Kreislaufwirkung

Wirken blutdrucksteigernd, verursachen oft Tachykardie und haben eine leichte broncholytische (Spasmen lösende) sowie gering zentral erregende Komponente.

HYDROXYPHENYLÄTHANOLAMIN: **Novadral***.

ÄTHYLADRIANOL: **Effortil***.

SYNEPHRIN (die orale Verabreichung ergibt unsichere Wirkung): **Sympatol***.

Sympathikomimetika mit Kreislaufwirkung und zentral erregender Komponente

Wirken später (nach 15–30 Minuten) und länger (3–8 Stunden) als ADRENALIN, die blutdrucksteigernde Wirkung ist weniger stark; dafür besteht ein zentral aufmunternder (analeptischer) Effekt.

L-EPHEDRIN (optisch linksdrehende EPHEDRIN-Form): **Ephedrin***.

RACEPHEDRIN (Gemisch aus rechts- und linksdrehendem EPHEDRIN): **Ephetonin***.

PHOLEDRIN: **Veritol***.

Sympathikomimetika mit vorwiegender zentral erregender Komponente

Starke zentrale Anregung, Müdigkeit verschwindet (Weckmittel), aber Gewöhnungs- und Suchtgefahr! Deshalb besondere Verschreibungsverordnung. Als Appetitzügler

---

[1]) Thyreotoxikose: Überfunktion der Schilddrüse.

[2]) Hypertonie, Hypertension: Hochdruck; gesteigerter Blutdruck.

[3]) Zerebralsklerose: Arteriosklerose der Gehirngefäße

[4]) Arteriosklerose der Herzkrankranzgefäße

verwendbar. Die Kreislaufwirkung mit Blutdrucksteigerung und Tachykardie tritt in den Hintergrund, ist aber noch vorhanden.

AMPHETAMIN (PHENAMIN): nicht mehr im Handel.

METAMPHETAMIN: **Pervitin***.

Sympathikomimetika mit vorwiegend broncholytischer Wirkung

Erweitern spastisch verengte Bronchien, daneben leichte Kreislaufwirkung mit Tachykardie und mäßiger Blutdrucksteigerung. Wirken vorwiegend beta-Rezeptoren-erregend. Zur Inhalation geeignet.

ISOPRENALIN: **Aludrin***, **Bellasthman** (als Aerosol).

ISOPROTERENOL (ORCIPRENALIN, RESORCIN-ÄTHANOLAMIN) **Alupent*** (bezüglich der Herzwirkung s. auch S. 57).

Beta$_2$-Rezeptoren-Stimulatoren

Substanzen dieser Gruppe wirken bevorzugt oder nahezu ausschließlich auf die Rezeptoren (Empfänger) für Sympathikusreize an den Bronchien (*beta$_2$-Rezeptoren*) und nicht an Herz und Kreislauf.

HEXOPRENALIN: **Etoscol***.
SALBUTAMOL: **Sultanol***, **Ventolin**
TERBUTALIN: **Bricanyl**
HYDROXYPHENYL-ORCIPRENALIN (FENOTEROL): **Berotec**.

Sympathikomimetika zur vorwiegend lokalen Anwendung

Wirken schleimhautabschwellend, besonders als Nasentropfen in Gebrauch. Bei hoher Dosis oder bei Kindern treten die Kreislaufeffekte zutage. Kein Dauergebrauch.

NAPHAZOLIN: **Privin***.

PHENYLEPHRIN: **Adrianol***, **Visadron** (Augentropfen).

TETRYZOLIN: **Tyzine***.

XYLOMETAZOLIN: **Otriven***.

Sympathikomimetika mit paradoxer Kreislaufwirkung

Hier tritt eine *Erweiterung* der Blutgefäße ein, so daß diese Stoffe zur Therapie peripherer Durchblutungsstörungen angewendet werden können. Herzklopfen als Begleiterscheinung möglich.

BUPHENIN: **Dilatol***.

BAMETHAN: **Vasculat***.

Sympathikolytika (= *Sympatholytika*)

Eine blockierende Wirkung auf sympathische Reize kann auf deren Weg vom Gehirn über Schaltstellen (Ganglien, Synapsen) in die Peripherie unterschiedlich zustande kommen. Die verschiedenen Wirkungsprinzipien sind im Kapitel der blutdrucksenkenden Substanzen besprochen, weil die Aufhebung des Sympathikuseffektes unter anderem zu erweiterten Blutgefäßen führt und damit zu einer Senkung des Blut-

---

* Mit einem Stern bezeichnete Mittel sind im 2. Teil (s. S. 129ff.) in alphabetischer Folge mit näheren Angaben aufgeführt.

druckes beiträgt. Darüberhinaus bewirken typische Sympathikolytika auch oder nur andere Effekte, teilweise sogar eine Verengerung von Blutgefäßen.

Mutterkornalkaloide

Mutterkorn ist ein Pilz, der auf Getreide vorkommt. Er enthält eine große Zahl pharmakologisch hochwirksamer Stoffe, die wegen ihrer gemeinsamen chemischen Struktur zu den Alkaloiden gerechnet werden.

Die Mutterkornalkaloide, die sich nach Molekülgröße und Seitenketten unterscheiden, haben alle eine zentral sympathikolytische Wirkung. In ihren sonstigen Effekten unterscheiden sie sich aber voneinander; vor allem haben alle Alkaloide ohne Dihydro-Gruppe eine starke Uteruswirkung, während die dihydrierten Vertreter vorwiegend Gefäßwirkungen aufweisen.

ERGOTAMIN: Dieses Alkaloid führt zu starker Uteruskontraktion, besonders am schwangeren Uterus und in der Nachgeburtsperiode. Da eine Dauerkontraktion eintritt, darf ERGOTAMIN nur bei entleertem Uterus gegeben werden. Daneben hat die Substanz eine zentral sympathikolytische Wirkung und einen direkt tonisierenden Einfluß auf die Gefäße. Therapeutisch erfolgt die Anwendung in der Gynäkologie (Nachgeburtsblutung), bei Migräne (wegen der Gefäßwirkungen) und bei Asthma (wegen der sympathikolytischen Komponente).
Gynergen*, **Cafergot*** (zusammen mit COFFEIN), **Ergotamin-Medihaler** zur Inhalation.

METHYLERGOMETRIN: Hier tritt die sympathikolytische Wirkung ganz in den Hintergrund; der tonisierende Effekt auf die Blutgefäße ist schwächer als beim ERGOTAMIN. Hauptwirkung ist eine Uteruskontraktion, die in kleinen Dosen auch wehenartig sein kann. Die Anwendung vor Austritt des Kindes sollte dennoch unterbleiben.
Methergin*.

DIHYDROERGOTAMIN: Wie oben erwähnt, besteht hier keine Uteruswirkung. Die Blutgefäße werden durch direkten Angriff an der glatten Muskulatur tonisiert (verengt), der sympathikolytische, von zentral her kommende Einfluß kann sich nicht durchsetzen. Als Medikament wirkt DIHYDROERGOTAMIN gegen Hypotonie.
Dihydergot*.

DIHYDROERGOCORNIN, -CRISTIN und -CRYPTIN: In dieser Mischung tritt die sympathikolytische Gefäßkomponente hervor; das Präparat wirkt durchblutungsfördernd. Keine Wirkung auf den Uterus (Gebärmutter).
Hydergin*.

Bei der Mutterkorn-*Vergiftung* tritt die direkt verengende Wirkung auf die glatte Gefäßmuskulatur ganz in den Vordergrund. Sie bewirkt langdauernde Spasmen der Gefäße, so daß es an den Extremitäten zu *Gangrän* kommt.

Substanzen zur Förderung der Durchblutung und zur Verbesserung zentraler und peripherer Funktionen

Ausgehend von der Beobachtung, daß Sympathikolytika über eine Gefäßerweiterung zu verbesserter Durchblutung von peripheren Strombahnen (Arme, Beine) führen können, wurden zahlreiche durchblutungsfördernde Substanzen entwickelt. Diese gründen sich nur noch zum Teil auf eine Hemmung des sympathischen Systems, oft sind andersartige Wirkungsmechanismen maßgebend. Alle diese Stoffe haben aber gemeinsam, daß sie die Funktionen der betreffenden Blutgefäßbezirke verbessern – zum Teil *peripher* (z.B. Beine), zum Teil *zentral* (Gehirn), oft bei beiden. Das vermehrte Blutangebot bleibt meist der wesentliche Grund für die Wirkung, daneben spielt aber auch je nach Substanz eine Anregung des Zellstoffwechsels oder eine Verbesserung der Fließeigenschaften des Blutes eine Rolle. Letzteres kann bewirkt werden durch Herabsetzung der Viskosität (Zähflüssigkeit) beispielsweise über verminderten Gehalt an den großen Fibrinmolekülen oder über eine Einwirkung auf die Blutplättchen.

Alle diese Substanzen gleichen sich in ihrem Anwendungsgebiet, den peripheren und zentralen Durchblutungsstörungen. Hierbei wieder ähneln sie den Sympathikolytika und werden daher an dieser Stelle besprochen.

Nikotinsäuregruppe

NIKOTIN hat eine große Zahl verschiedenartiger, erregender und hemmender, Wirkungen auf das vegetative Nervensystem. Die Effekte sind zeit- und dosisabhängig, sie können therapeutisch nicht ausgenützt werden.

NIKOTINSÄURE und ihre Ester haben eine ausgeprägte Gefäßerweiterung zur Folge, die zur Behandlung von Durchblutungsstörungen ausgenützt werden kann. Als *Nebenwirkungen* werden Hautrötung, Wärmegefühl und Hitzewallungen beobachtet. Darauf sollten die Patienten vorher hingewiesen werden. Hohe Dosen können die Harnsäure im Blut erhöhen (Vorsicht bei Gichtpatienten) und beim Diabetiker den Kohlenhydratstoffwechsel stören, wodurch höhere Dosen von Insulin oder oralen Antidiabetika notwendig werden. Außerdem werden erhöhte Cholesterinspiegel gesenkt und das körpereigene fibrinolytische System aktiviert.

NICOTINSÄURE
Niconacid*.

NIKOTINYL-ALKOHOL: Im Organismus erfolgt wahrscheinlich eine Oxidation zu NIKOTINSÄURE, siehe oben.
Ronicol*.

XANTINOL-NIKOTINAT: Eine Verbindung mit den ebenfalls gefäßerweiternden XANTHINEN, siehe Seite 63.
Complamin*.

TOCOPHEROL-NIKOTINAT: Mit dem Wirkstoff des Vitamin E.
Renascin.

INOSITOL-NIKOTINAT
Hexanicit.

NICAMETAT
Nutrin.

NIKOTINSÄURE-BENZYLESTER: Zur örtlichen Anwendung als Einreibung.
Rubriment*.

Zentral und peripher wirkende Verbindungen

Nach Zusammensetzung und Wirkungsmechanismus unterschiedliche Substanzen, die wegen ihrer gemeinsamen Indikationsgebiete hier zusammengefaßt werden.

ADENOSIN-TRIPHOSPHAT (ATP): **Triadenyl ATP**.

BAMETHANSULFAT: **Vasculat***.

BUPHENIN: **Dilatol***.

BUTALAMIN: **Adrevil***.

CINNARIZIN: **Stutgeron***.

CYCLANDELAT: **Spasmocyclon**.

ISOXSUPRIN: **Duvadilan, Vasoplex**.

MOXISYLYT: **Vasoklin**.

NAFTIDROFURYL: **Dusodril***.

PENTOXYFYLLIN: **Trental***.

PIRIBEDIL: **Trivastal***.

RAUBASIN: **Lamuran***.

TOLAZOLIN: **Priscol**.

Substanzen zur Verbesserung der Gehirnfunktion

Trotz verschiedenartiger Zusammensetzung und Wirkungsweise haben auch diese Stoffe gemeinsame Anwendungsgebiete: Beeinträchtigung der geistigen Leistungsfähigkeit, Hirnfunktionsstörungen infolge Alter, Unfällen oder Gefäßveränderungen (– nicht aber Tumoren), Konzentrations- und Gedächtnisstörungen, zum Teil auch Schwindel und Kopfschmerzen. Eine gewisse Skepsis in Bezug auf die Wirksamkeit dieser Substanzen ist sicher am Platze, ein »verjüngender« Effekt ist nicht zu erwarten.

BENCYCLAN: **Fludilat***.

PIRACETAM: **Normabrain***, **Nootrop**.

VINCAMIN: **Vincapront**.

Organpräparate

Den folgenden Extrakten aus Tierorganen werden durchblutungsfördernde Eigenschaften zugeschrieben

Extrakt aus Rinderhirn: **Eutelec**.
Extrakt aus Rinderplacenta: **Inplacen**.
Extrakt aus Blut junger Kälber: **Actihaemyl**.
Giftdrüsensekret von Schlangen: **Arwin**.

Parasympathikomimetika (Parasympathomimetika)

Parasympathikomimetika (Einzahl: -mimetikum) sind Substanzen, welche die Wirkungen des Parasympathikus hervorrufen oder nachmachen.

AZETYLCHOLIN

Diese außerordentlich wichtige körpereigene Substanz hat *zwei verschiedene Aufgaben* zu erfüllen:

AZETYLCHOLIN ist der Überträgerstoff an der motorischen Endplatte aller *quergestreiften* Muskeln; er dient hier der Weiterleitung willkürlicher Reize.

AZETYLCHOLIN ist der körpereigene Wirkstoff parasympathischer Funktionen im *vegetativen* Nervensystem. Er kann hierbei als Gegenspieler des ADRENALIN angesehen werden.

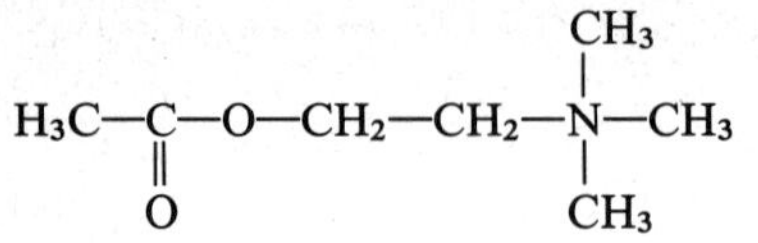

AZETYLCHOLIN

Der im Körper überall vorkommende Wirkstoff *Cholinesterase* baut AZETYLCHOLIN unmittelbar nach seinem Entstehen wieder ab. Soll eine länger dauernde Wirkung erzielt werden, so muß laufend AZETYLCHOLIN neu gebildet werden.
In der Therapie wird reines AZETYLCHOLIN wegen seiner kurzen Wirkungszeit wenig eingesetzt.

Azetylcholin-ähnliche Stoffe

Diese Substanzen wirken wie AZETYLCHOLIN, können aber nicht so rasch abgebaut werden und entfalten daher eine länger dauernde Wirkung. Kein Effekt an der quergestreiften Muskulatur!

PILOCARPIN: vorwiegend zur Anwendung am Auge; es wirkt pupillenverengend.
Pilocarpin.

CARBACHOL: 0,00025 s.c. Es erzeugt starke parasympathische Effekte. Anwendungen am Auge meist in 1%iger Lösung.
Doryl*

Hemmer der Cholinesterase

Hemmt man den Abbau des ACETYLCHOLINS, so wirkt es länger. In dieser Richtung intensivieren die folgenden Substanzen den Effekt am quergestreiften Muskel *und* am vegetativen Nervensystem. Es wirkt dabei nicht die zugeführte Substanz, sondern das AZETYLCHOLIN.

NEOSTIGMIN: synthetischer Stoff. Besonders ausgeprägt sind die Effekte auf den Darm und die abdominellen Hohlorgane (Anregung).
Prostigmin*.

PYRIDOSTIGMIN: synthetischer Stoff. Wie NEOSTIGMIN, aber länger wirkend (4 Stunden). Für alle Zustände, bei denen der Parasympathikus angeregt werden soll: Myasthenia gravis[1]) (hierbei Wirkung an der motorischen Endplatte) und im vegetativen System.
Mestinon*.

Parasympathikolytika (Parasympatholytika, Anticholinergika)

ATROPIN ist der wichtigste Hemmstoff des Parasympathikus. Er wird aus Tollkirsche (Atropa belladonna) und anderen Pflanzen gewonnen. ATROPIN hemmt den Angriff von AZETYLCHOLIN am Erfolgsorgan, zum Beispiel Darmmuskulatur, Herz oder Drüsen. Auch andere Parasympathikomimetika werden in ihrer Wirkung aufgehoben.

---

[1]) Myasthenia gravis: Gesteigerte Ermüdbarkeit und Erschlaffung der Muskulatur.

Besonders stark wird die Sekretion der Speichel- und Schweißdrüsen gehemmt; sehr ausgeprägt ist auch die Wirkung am Auge. Sie führt zu stunden- bis tagelanger Pupillenerweiterung, die der ATROPINhaltigen Pflanze den Namen gegeben hat (bella donna = schöne (großäugige) Frau). Allerdings wird dabei auch die Akkomodation gestört, so daß große glänzende Augen mit einem Verlust an Sehschärfe bezahlt werden müssen.

Therapeutisch wird neben der Augenwirkung die Aufhebung von Bronchial- und Hohlorganspasmen ausgenützt. Man findet daher ATROPIN oder ATROPINartige Substanzen äußerst häufig als Komponenten in Spasmolytika, Antiasthmatika und Magenpräparaten (Aufhebung übermäßiger Sekretion und zu starker Motorik). Meist machen sich allerdings die übrigen Wirkungen wie Mundtrockenheit störend bemerkbar. Dosierung 0,0003–0,0005–0,001 (= 0,3–0,5–1 mg) oral, s.c., i.m. oder vorsichtig i.v. Zur Operationsvorbereitung (Sekrethemmung) s. S. 42. Die wichtigste *Kontraindikation* aller Parasympathikolytika stellt das *Glaukom* dar. Bei dieser Augenkrankheit muß die Pupille eng stehen, um die Strömungsverhältnisse des Kammerwassers günstig zu halten. ATROPIN und die folgenden Substanzen bewirken das Gegenteil.

Atropinum sulfuricum, Atropinsulfat.

Belladonna-Wirkstoffe

SKOPOLAMIN (= HYOSCIN) ähnlich ATROPIN, wirkt besonders auf das Auge und die Speichelsekretion. Während ATROPIN zentral anregt, tritt bei SKOPOLAMIN eine Dämpfung ein. Daher erklärt sich die Verwendung im sehr stark sedierenden **Scophedal*** (als Teilkomponente).

N-BUTYL-SKOPOLAMIN hat eine vorwiegend spasmolytische Wirkung und die sonstigen ATROPINartigen Effekte.
Buscopan*.

SKOPOLAMIN-METHYL-BROMID ähnlich dem ebengenannten
Holopon.

METHYL-SKOPOLAMIN bei Erbrechen und Magenkrämpfen von Kleinkindern
Skopyl.

IPRATROPIUM-BROMID: hier steht die krampflösende Wirkung auf die Bronchialmuskulatur im Vordergrund. Zur Inhalation mit praktisch ausschließlichem Effekt in den Atemwegen: Hebt Vaguswirkung auf, führt zur Bronchialerweiterung.
Atrovent*.

Extrakte aus Belladonna: enthalten verschiedene Wirkstoffe aus der Gruppe der Alkaloide mit ATROPINartiger Wirkung.
Belladonnysat, Bellafolin.

Spasmolytika

Der therapeutisch am häufigsten ausgenützte Effekt der Anticholinergika vom Typ des ATROPIN ist die krampflösende Wirkung auf Spasmen der Hohlorgane (Gallenblase, Harnleiter usw.). Für diesen Anwendungsbereich sind zahlreiche weitere Substanzen entwickelt worden, die chemisch und in der Wirkungsart andersartig sind, wegen der gleichen Indikation als krampflösende Mittel (Spasmolytika) jedoch hier angefügt werden sollen.

Papaverinabkömmlinge

PAPAVERIN, gewonnen aus dem Saft der Mohnkapsel zusammen mit Stoffen wie MORPHIN (siehe S. 52), hat eine stark krampflösende Wirkung.
Eupaverin*, **Papaverin Hameln**.
Preßsaft aus Mohnkapseln mit PAPAVERINwirkung.
Papaverysat.

Synthetische Spasmolytika

BEVONIUM-METILSULFAT: **Acabel**.
CAMYLOFIN: **Avacan***.
DICYCLOVERIN: **Atumin**.
GLYCOPYRRONIUM-BROMID: **Robinul**.
HEXOCYCLIUM-METHYLSULFAT: **Traline retard***.
KHELLIN: **Khelfren**.
METHANTHELIN-BROMID: **Vagantin**.
OXYPHENONIUM-BROMID: **Antrenyl**.
PIPOXOLAN: **Rowapraxin**.
PRAMIVERIN: **Sistalgin**.
TROSPIUMCHLORID: **Spasmex**.
VALETHAMAT: **Epidosin**.

Antihistaminika

HISTAMIN ist ein körpereigener Stoff, der vor allem in Lunge, Darm und Haut vorkommt. Er wird bei Weichteilverletzungen oder im allergischen Schock freigesetzt. Seine Hauptwirkungen sind dann: Starke verkrampfende Wirkung auf die Bronchien (allergischer Asthmaanfall), Gefäßerweiterung (juckende Hautquaddeln, wie zum Beispiel nach dem HISTAMINhaltigen Stich von Insekten) und starke Steigerung der Magensaftsekretion (als Test verwendbar).

Antihistaminika (Einzahl: Antihistaminikum) sind chemisch dem HISTAMIN sehr ähnlich. Verabreicht man sie, so besetzen sie stellvertretend die Angriffspunkte des HISTAMINS. Da sie selbst aber keine HISTAMINwirkung haben, bleibt diese nun aus.

Es gibt zahlreiche Antihistaminika, die zum größten Teil bedeutende Nebeneffekte haben. Der wichtigste davon ist eine starke Ruhigstellung, so daß einige Substanzen dieser Reihe zu Vorläufern der Psychopharmaka werden konnten. Diese Sedierung muß man übrigens bei Verordnung an Autofahrer beachten! Weitere Nebeneffekte machen einzelne Substanzen aus der Antihistaminika-Reihe zu Lokalanästhetika, Antiphlogistika und Spasmolytika. Oft ist der Nebeneffekt die eigentlich beabsichtigte Wirkung und die antihistaminische tritt in den Hintergrund.

Im folgenden sind nur die wichtigsten Nebeneffekte mit angegeben.

ANTAZOLIN sympathikolytisch.
Antistin*.

BAMIPIN (= PIPERAMIN) spasmolytisch, juckreizstillend.
Soventol*.

BROMAZIN.
Ambodryl.

CLEMASTIN-FUMARAT.
Tavegil*.

CHLOROPYRAMIN.
Synpen*.

CHLORPHENAMIN-MALEAT.
Polaronil.

CHLORPHENOXAMIN.
Systral*.

DIMETINDEN-MALEAT juckreizstillend.
Fenistil*.

DIPHENHYDRAMIN (= DIMEDROL) broncholytisch.
Dabylen.

DOXYLAMIN-SUCCINAT sedativ.
Mereprine.

HISTAPYRRODIN mit Kalzium.
Calcistin*.

ISOTHIPENDYL.
Andantol*.

MEBHYDROLIN.
Omeril*.

MECLOZIN antiemetisch.
Bonamine*, **Postafen**.

OXOMEMAZIN: **Imakol**.

PHENIRAMIN (= HISTAPYRIDAMIN) spasmolytisch, anästhetisch.
Avil*.

BROM-PHENIRAMIN.
Ebalin, **Ilvin**.

PIPRINHYDRAT.
Kolton.

PROMETHAZIN (PHENOTHIAZIN-Verbindung, siehe S. 46) eines der psychotropen Medikamente, die antihistaminische Wirkungen aufweisen.
Atosil*.

THENALIDIN.
Sandosten*.

TRIPOLIDIN mit Langzeitwirkung.
Pro-Actidil.

TRITOQUALIN.
Inhibostamin.

Ein dem HISTAMIN ähnlicher Stoff ist SEROTONIN, das besonders hoch konzentriert in der Darmschleimhaut vorkommt und bei Entartung dieser Zellen zu einem charakteristischen Krankheitsbild führt (Karzinoid). In der Entstehung der Migräne (anfallsartiger einseitiger Kopfschmerz) spielt die Substanz ebenfalls eine Rolle. Auch hiergegen gibt es Antagonisten:

METHYSERGID-DIMALEINAT: **Deseril***.

Ein HISTAMIN- und SEROTONIN-Antagonist ist CYPROHEPTADIN, das neben den antiallergischen auch appetitfördernde Eigenschaften hat.

Periactinol, **Nuran** (zur Appetitsteigerung).

Blutdruck, Niere, Wasserhaushalt

Diuretika

Der menschliche Körper besteht zu einem erheblichen Teil aus Wasser, und zwar beim durchschnittlichen Erwachsenen

$3 \times 1 = 3$ l in den Blutgefäßen
$3 \times 3 = 9$ l im Zwischenzellraum (Interstitium)
$3 \times 9 = 27$ l in den Zellen

Dieses Wasser enthält zahlreiche Ionen; es ist eine Elektrolytlösung. Neben Cl , HCO_3 , Mg und Ca kommen K -Ionen, diese vor allem *in* den Zellen, und Na -Ionen vor, letztere vor allem *außerhalb* der Zellen. Über die sonstigen Bestandteile, vor allem im Blut, braucht hier nicht gesprochen werden.

Der Elektrolytgehalt des Körperwassers wird außerordentlich konstant gehalten. Droht durch starke Wasserzufuhr eine Verdünnung, so wird sofort eine verstärkte Ausscheidung eingeleitet (Harnflut bei reichlichem Trinken). Werden dagegen vermehrt Elektrolyte zugeführt, so sucht der Körper dies sofort durch Wasseraufnahme zu kompensieren (heftiger Durst nach stark gesalzenen Speisen). Bei diesen Regulationsmechanismen wird aber die *Gesamtmenge des Körperwassers* verändert, vor allem die zirkulierende Blutmenge. Diese wiederum beeinflußt den *Blutdruck*: Vermehrung des Gesamtgefäßvolumens *steigert* den Blutdruck, Abfall der zirkulierenden Blutmenge *senkt* ihn. Daß dies therapeutische Konsequenzen hat, ist bekannt: So muß beim Kreislaufschock vor allem durch Infusionen die Flüssigkeitsmenge erhöht werden, um den Blutdruck zu stabilisieren. Umgekehrt macht man sich diese Vorgänge bei der Behandlung des erhöhten Blutdruckes zunutze, wobei durch Flüssigkeitsausscheidung das Blutvolumen verringert und damit der Blutdruck gesenkt werden kann. Entwässernde Medikamente haben also auch einen Einfluß auf den Blutdruck. Man kann folgende Gruppen von Diuretika (Einzahl: Diuretikum) unterscheiden:

Mittel zur Erhöhung des Nierendurchflusses

Im einfachsten Fall kann ein erhöhtes Flüssigkeitsangebot zu vermehrter Ausscheidung führen, zum Beispiel Infusion von Elektrolytlösungen bei Vergifteten (forcierte Diurese). Auch die Verstärkung der Nierendurchblutung durch Wärme, Kurzwellenbestrahlung oder die folgenden Medikamente führt zur Diurese.

Purinabkömmlinge

Diese Gruppe hat zahlreiche weitere Wirkungen, unter anderem vermehrte koronare Durchblutung und zentrale Anregung, Vertiefung der Atmung.

Coffeinum (TRIMETHYL-XANTHIN) 0,1–0,5 s.c.

THEOPHYLLINkörper (DIMETHYL-XANTHINE):

Cordalin* 1–3mal 0,25/Tag oral, i.m., s.c. oder i.v.
Euphyllin* 3mal 0,1–0,2/Tag oral; 0,12–0,24 i.v., 0,36 i.m. (besondere Amp.)
Solosin* 0,10–0,20 i.m. oder i.v., auch Tropfenform.

Diuretika mit Angriffspunkt am proximalen Nierentubulus (Salidiuretika)

Beim Ausscheidungsvorgang in der Niere sondern die Nierenkörperchen (Glomerula) zunächst außer Blutkörperchen und Eiweiß alle im Blut enthaltenen Stoffe als *Primärharn* ab. Der größte Teil davon wird im anschließenden Röhrchensystem, den Tubuli, wieder zurückgewonnen (*rückresorbiert*). Im ersten Teil dieses Systems, dem proximalen Tubulus, greifen die Salidiuretika ein. Sie verhindern die Rückresorption von Natrium, welches daraufhin ausgeschieden wird. Gleichzeitig muß aber auch aus Gründen der Löslichkeit ein gewisser Anteil Wasser mit ausgeschieden werden, worauf die diuretische Wirkung beruht. Mit dem Natrium wird gleichzeitig *Kalium* ausgeschieden, dieser Effekt ist unerwünscht und kann zu gefährlichem Mangel an Kalium führen (Müdigkeit, Schwäche, Wadenkrämpfe, Herzrhythmusstörungen u.a.). Viele Kombinationspräparate enthalten daher einen Zusatz von Kalium, dessen Wirksamkeit aber angezweifelt wird.

Die meisten Salidiuretika leiten sich von den Sulfonamiden ab. Sie können die Entstehung einer diabetischen Stoffwechselsituation begünstigen (siehe auch unter orale Antidiabetika, S. 92) und bewirken außerdem eine Erhöhung des Harnsäurespiegels – Vorsicht bei Gichtkranken!

Gruppe der THIAZIDE und BENZOTHIADIAZINE.

CHLOROTHIAZID wirkt nach 2 Stunden für 6–12 Stunden 1–2mal 0,5–1,0/Tag.
Chlotride.

CYCLOPENTHIAZID 0,25/Tag.
Navidrex.

HYDROCHLOROTHIAZID wirkt 12–18 Stunden, 0,025–0,1/Tag, später reduzieren.
Esidrix.

POLYTHIAZID wirkt nach 2 Stunden für 24–48 Stunden, 0,001–0,004/Tag und mehr.
Drenusil.

THIABUTAZID (ISOBUTYL-HYDROCHLOROTHIAZID) wirkt 24–48 Stunden, 0,005–0,015 2–3mal wöchentlich und mehr.
Saltucin.

TRICHLORMETHIAZID täglich 0,002–0,008
Esmarin.

Andere Salidiuretika

CHLORTALIDON wirkt nach 2 Stunden für 2–3 Tage, 3mal wöchentlich 0,05–0,1.
Hygroton.

CLOPAMID wirkt 10–12 Stunden; 1–2mal 0,02/Tag.
Brinaldix.

QUINETHAZONE anfangs 1–2(–4) Tbl. täglich, dann 2–3 Tabl. wöchentlich.
Aquamox.

MEFRUSID 1–2(–4) Tbl. in einer Dosis, bei Daueranwendung 1–2 Tbl. jeden 2.–3. Tag
Baycaron.

XIPAMID Tabl. 0,04, wirkt 2–12 Stunden.
Aquaphor.

Diuretika mit Angriffspunkt am gesamten Tubulussystem

Nicht nur am Anfangsteil, dem proximalen Tubulus, sondern auch an der anschließenden HENLE'schen Schleife und dem folgenden distalen Tubulus greifen die folgenden Substanzen ein, die dementsprechend intensiver wirken. Auch sie ziehen jedoch einen Kaliumverlust nach sich.

ETHACRYNSÄURE: Rascher Wirkungseintritt schon nach 30 Minuten, der Effekt hält für 6–8 Stunden an. Dosierung 0,05–0,15 pro Tag, mit kleineren Dosen einschleichen. Als Nebenwirkungen sind Ausschläge, Seh- und Verdauungsstörungen möglich.
Hydromedin*.

FUROSEMID: ebenfalls rasche, aber auch kurze Wirkung (4–6 Stunden). Anfangs bis zu 6 Tabletten pro Tag, zur Dauertherapie 1 Tablette zu 0,04 alle 2 Tage. Auch 0,04 intravenös, zum Beispiel bei Lungenödem. Hochdosiert (Tabletten zu 0,5 und Ampullen zu 0,25 i.v.) für Spezialfälle unter klinischer Beobachtung. Wirkt auch bei eingeschränkter Nierendurchblutung.
Lasix*.

Diuretika mit Angriffspunkt am distalen Tubulussystem

Im Gegensatz zu den bisher genannten Substanzen führen die folgenden Stoffe *nicht* zu einem Kaliumverlust. Es können sogar Zeichen der Hyperkaliämie auftreten (erhöhter Kaliumgehalt des Serums).

TRIAMTEREN: **Jatropur***.

AMILORID: **Moduretik*** (zusammen mit HYDROCHLOROTHIAZID).

Hormonantagonisten

Das Hormon ALDOSTERON bewirkt eine Rückresorption von Natrium im distalen Tubulus und führt dadurch zu Wasserretention und Blutdruckerhöhung. ALDOSTERONhemmer vom Typ der SPIRONOLAKTONE hemmen diese Wirkung und führen damit zu einer Diurese, wobei es nicht zu Kaliumverlust kommt. Der Kaliumspiegel muß im Gegenteil auf Erhöhungen hin kontrolliert werden. Als *Nebenwirkungen* können vorkommen Potenz- und Menstruationsstörungen sowie Vermännlichungserscheinungen bei der Frau. Dosierung: Anfangs hoch 0,2–0,4, dann zurückgehen auf 0,05–0,2.
Aldactone*, **Osyrol***.

Carboanhydrasehemmer

Präparate dieser Gruppe hemmen das Ferment Carboanhydrase. Damit wird die Reaktion $CO_2 + H_2O = H_2CO_3$ im Nierengewebe beeinflußt, was entsprechende Elektrolytveränderungen und damit ebenfalls eine Diurese zur Folge hat. Außerdem kann durch Einsatz dieser Stoffe eine azidotische Stoffwechsellage günstig beeinflußt werden.

ACETAZOLAMID wirkt oral nach 2 für 8–12 Stunden. Dosierung meist 1 Tbl./Tag, auch i.m. und i.v.;
Nebenwirkungen: Parästhesien, Müdigkeit, Erregungszustände, Verdauungsstörungen, Durst.
Kontraindikationen: Schwere Nieren- oder Nebennierenrindeninsuffizienz.
Diamox*.

Antihypertensiva (=Antihypertonika)

Antihypertensivum (Mehrzahl: Antihypertensiva) heißt blutdrucksenkendes Mittel. Über die Beeinflussung des Blutdruckes durch Änderung der zirkulierenden Flüssigkeits- (Blut-)menge wurde bereits im Kapitel Diuretika gesprochen. Für die Behandlung des Hypertonus bietet sich außerdem die Möglichkeit, durch Weiterstellung des Gefäßsystems einen Abfall des zu hohen Blutdruckes zu erreichen. Weil enggestellte Blutgefäße den Druck erhöhen und die dafür zuständigen Nerven dem sympathischen Nervensystem angehören, kann man durch *Sympathikolytika* diesen Effekt aufheben. Die dafür besonders geeigneten Substanzen werden deshalb nicht unter dem Kapitel der Sympathikus-Hemmstoffe, sondern hier besprochen.

Eine Beeinflussung des sympathischen Systems kann auf verschiedene Weise erfolgen:
- Zentrale Dämpfung,
- Hemmung der Nervenbahn vom Zentrum zur Peripherie (Ganglienblockade),
- Hemmung der Überträgerstoffe (KATECHOLAMINE) vom Nervenende zur glatten Muskulatur des Blutgefäßes,
- Eingriff in die Herstellung der KATECHOLAMINE.

Die Höhe des Blutdruckes hängt außer von der *zirkulierenden Flüssigkeitsmenge* und von der Sympathikus-beeinflußten *Engstellung der Blutgefäße* (peripherer Widerstand) noch von anderen Faktoren ab, hauptsächlich der *Auswurfleistung des Herzens*. Präparate, welche diesen Faktor ändern (zum Beispiel durch Senken der Herzfrequenz), können zwar den Blutdruck senken, setzen aber meist gleichzeitig die lebensnotwendige Versorgung wichtiger Organe (Niere) mit Blut herab.

Eine *blutdrucksenkende Therapie* bedient sich folgender Möglichkeiten, die in der ungefähren Reihenfolge ihres Einsatzes aufgeführt werden:

Allgemeine Grundsätze

Ausgeglichene Lebensweise ohne plötzliche Belastungen oder Aufregungen.
Kochsalzarme Kost (Kochsalzfreiheit kann kaum erzielt werden).
Milde Sedierung.

Rauwolfiaderivate

Die Wurzeln der Rauwolfiapflanze enthalten zahlreiche Substanzen, die zur Behandlung der Hypertonie ausgezeichnet geeignet sind. Diese Stoffe wirken *zentral sedierend*, indem sie vegetative Zentren im Zentralnervensystem hemmen. Teilweise werden sie deshalb als ausgesprochene Sedativa eingesetzt. Außerdem verringern sie aber auch die Speicherfähigkeit der sympathischen Endfaser für die Überträgerstoffe (KATECHOLAMINE). In einer Nervenendigung ohne Überträgerstoff kann aber die ankommende Erregung keinen Impuls auslösen (*periphere Wirkung*).

Nebenwirkungen: parasympathische Effekte, Müdigkeit, parkinsonartige Bilder.

Kontraindikationen: Asthma, Ulcus ventriculi (Magengeschwür), Barbituratrausch.

RESERPIN*: **Reserpin**, **Sedaraupin***, **Serpasil***.

Salidiuretika

Diese Wirkstoffklasse wurde bereits im Kapitel »Diuretika« besprochen.

Beta-Rezeptoren-Blocker

Wie bereits auf S. 57 ausgeführt, wird durch eine Hemmung der über die Beta-Rezeptoren ankommenden sympathischen Erregung die Auswurfleistung des Herzens herabgesetzt und dadurch auch der Blutdruck gesenkt. Präparatenamen s. S. 58.

Weitere Stoffklassen

GUANETHIDINE: Bremsende Wirkung auf die postganglionäre Sympathikusfaser; die Bildung bzw. Freisetzung von Sympathikus-Überträgersubstanzen in der Blutgefäßwand wird gehemmt. Orthostatische (= beim Aufrechtstehen eintretende) Beschwerden bis zum Kreislaufkollaps sind, besonders zu Behandlungsbeginn, möglich. Patienten langsam aufstehen lassen, beobachten, nicht allein lassen. Die Wirkung setzt langsam ein und hält tagelang an.
Ismelin*.

HYDRALAZINE (PHTHALAZINabkömmlinge): Neutralisieren die Überträgerstoffe und sedieren zentral; genauer Wirkungsmechanismus noch nicht aufgeklärt. Wirkung setzt langsam ein und dauert tagelang an. Kopfschmerzen, Herzklopfen und Tachykardie (beschleunigte Herzaktion) können auftreten.
Nepresol*.

CLONIDIN: Wirkt wahrscheinlich über eine Dämpfung sympathischer Substrate im Zentralnervensystem und eine Herabsetzung der Herzfrequenz. Orthostatische (= beim Aufrechtstehen auftretende) Nebenwirkungen sind selten.
Catapresan*.

ALPHA-METHYL-DOPA: Dieser Stoff wird beim Aufbau der Überträgerstoffe in diese eingebaut; die entstehenden Katecholamine sind aber ohne Wirkung (»Einschmuggeln« einer dem Normalbaustein ähnlichen, aber unwirksamen Substanz). Anfänglich etwas sedierend, nur geringe orthostatische Wirkung; Harn kann dunkel werden; vereinzelt sind Depressionen oder Fieber beschrieben worden. Es ist darauf zu achten, daß die Verabreichung von ALPHA-METHYL-DOPA falsch positive Werte bei der Untersuchung des Urins auf KATECHOLAMINE ergibt!
Presinol*, Sembrina*, Aldometil.

Kombinationspräparate

In der Therapie des erhöhten Blutdruckes ist die Kombination mehrerer Substanzen üblich und oft notwendig. Daher gibt es zahlreiche bekannte Kombinationspräparate, von denen einige hier erwähnt werden sollen:

Adelphan*	= **Serpasil***	+ NEPRESOL
Briserin*	= CLOPAMID(**Brinaldix**)	+ RESERPIN + DIHYDROERGOCRISTIN
Ipharon*	= HYDRALAZIN	+ RAUWOLFIA
Modenol*	= THIAZID (**Saltucin**)	+ RAUWOLFIA + Kalium

Über die *Dosierung* wurde absichtlich nichts gesagt, weil die Behandlung Hochdruckkranker genau wie bei der Herztherapie eine individuelle Einstellung erfordert, die von Fall zu Fall stark schwanken kann.

Gastrointestinaltrakt

Magen

Im Bereich des Verdauungskanals bedient sich die Therapie in ganz besonderem Maße der *Kombinationspräparate*. Diese sind zahlreich und wechseln häufig. Es wird daher im wesentlichen auf die Prinzipien der Behandlung eingegangen.

Hyperazidität

Die zu starke Absonderung von *Magensäure*, meist begleitet von einer zu starken *Saftproduktion*, kann auf verschiedene Weise angegangen werden:

Parasympathikolytika: Atropin und atropinähnliche Substanzen hemmen neben der Sekretproduktion auch die übermäßige Peristaltik und haben dadurch einen krampflösenden Effekt. Eine häufige Nebenwirkung ist Mundtrockenheit, Kontraindikation das Glaukom.

Antazida: Fein verteilte Carbonate, Silikate oder Hydroxide, zum Beispiel WISMUTCARBONAT oder ALUMINIUMHYDROXID, binden überschüssige Säure (»Aufsaugeffekt«). Als Nachteil erweist sich eine oft nach Abklingen der Wirkung einsetzende reaktive Mehrproduktion von Sekret.

Schleimhautwirksame Substanzen: Hierher gehören entzündungsdämpfende Kamillenextrakte, »austapezierende« Schleimstoffe wie die METHYLZELLULOSE (die gleiche Substanz wird auch als Tapetenkleister verwendet!) und Metallsalze, die durch Eiweißfällung in den oberflächlichsten Schichten der Magenschleimhaut eine adstringierende Wirkung ausüben (Schutzschicht).

Psychopharmaka: Der Magenleidende reagiert in der Regel besonders stark auf Umweltreize (Ärger, Konflikte). Sedativa und Tranquilizer stellen deshalb einen häufigen Bestandteil von Magenpräparaten dar.

Die *Einnahme* von Magenpräparaten erfolgt, wenn Antazida einen wesentlichen Bestandteil bilden, *zwischen* den Mahlzeiten, da die aufgenommene Nahrung von sich aus eine puffernde Wirkung auf die Hyperazidität (Übersäuerung des Magensaftes) ausübt. Fast alle Präparate können auch als *Rollkur* verwendet werden, wobei der psychische Effekt dieser Therapie den pharmakologischen übertreffen mag.

Sub- und Anazidität

Fehlt Magensäure oder liegt zu wenig vor, so muß sie ersetzt (substituiert) werden. Dies geschieht durch Zufuhr von Salzsäure oder anderen Säuren. Bei den folgenden Präparaten ist eine Enzymkomponente beigefügt (Pepsin).

Acidol-Pepsin*, Citropepsin*, Enzynorm*, Helo-Acid*.

Die Einnahme erfolgt zu Beginn der Mahlzeit. Wichtig ist eine ausreichende Substitution.

Tabelle 5. Präparate gegen Hyperazidität (verstärkte Säureabsonderung) und Hypersekretion (gesteigerte Magensaftproduktion).

	Im Präparat sind enthalten			
	Antazida	Parasympathikolytika	Sedativa, Tranquilizer	schleimhautwirksame Substanzen
Actonalt	×			
Aludrox	×			×
Atucombin	×	×		×
Azulon* (comp.)	(×)			×
Biogastrone*				×
Gastripan	×	×	×	×
Gastrosil	×			
Gelusil*	×			
Kompensan*	×			
Helogastrid	×	×		×
Librax*		×	×	
Masigel*	×			
Mazur A*	×	×	×	×
Nervogastrol	×	×		×
Neo-Palmicol	×			
Neutralic*	×			
Minelcin		×		
Otreon	×	×		
Palliacol* (comp.)	×	(×)		
Paspertin*		×		
Phosphalugel	×			
Rabro*	×			×
Riopan	×			
Rennie	×			
Solugastril	×			
Targesin				×
Tepilta	×			×
Traline retard*		×		
Ulcumel*	×	×	×	
Ulgastrin	×			
Ultin	×			
Ulgastrin	×			
Ventrivert	×	×	×	×

(Zahlreiche dieser Präparate gibt es auch als Zubereitungen mit Milch oder Milchpulver, oft gekennzeichnet durch die Beisilbe »Lac«)

Ulkusbehandlung

Das Geschwür des Magens (*Ulcus ventriculi*) und des Zwölffingerdarmes (*Ulcus duodeni*) ist eine sehr häufige Erkrankung, die in der Regel im Gefolge von Spannungs- oder Erregungssituationen auftritt (familiäre oder berufliche Probleme, Umweltveränderung u.a.). Auch unbehandelt heilen die Geschwüre im allgemeinen rasch ab, neigen aber zu *Rezidiven*. Einen Sonderfall stellen die Magengeschwüre infolge Gastrinproduzierender Tumoren dar, hierbei wird ein stimulierendes Magenhormon im Übermaß ausgeschüttet. Medikamentös bedingt können Geschwüre auftreten nach Gabe von *Kortikosteroiden* (auch in Spritzenform) oder von *Antirheumatika.*

Da die Ulzera im allgemeinen mit einer erhöhten Magensäuresekretion einhergehen, gilt für die Behandlung im Prinzip das unter »Hyperazidität« Gesagte. Einen anderen Wirkmechanismus hat

CARBENOXOLON, welches die Schleimsekretion im Magen anregt und dadurch zu rascher Ulkusheilung führt. Als Nebenwirkungen treten Kaliumverlust und Natriumretention mit Hochdruck- und Ödemgefahr auf.

Biogastrone*.

Galle

Choleretika (Einzahl: Choleretikum) sind Stoffe, welche die Gallesekretion in der Leber steigern. Meist wird gleichzeitig auch der Abfluß der Galle angeregt.

ANETHOLTRITHION: **Felviten***.

CYCLOVALON: **Beveno**.

CYNARIN: **Listrocol**.

DEHYDROCHOLSÄURE: **Decholin***.

HYMECROMON: **Mendiaxon**.

NICOTINSÄUREverbindung: **Bilamid**.

PHENYLPROPANOL: **Felicur***.

Cholagoga (Einzahl: Cholagogum) regen den Abfluß der Galle an. Eigelb (zur Entleerung der Gallenblase bei Röntgenuntersuchung). MAGNESIUMSULFAT $MgSO_4$, Bittersalz, gleichzeitig ein Abführmittel. **Cholagogum Nattermann**, Pflanzenextrakte. Kapseln, Tropfen, Tee.

Enzyme

Zum Ersatz ungenügender Fermentproduktion aus Magen, Darm und Pankreas werden zahlreiche Enzympräparate angeboten (die Begriffe Ferment und Enzym sind gleichbedeutend). Im wesentlichen sind folgende Enzyme darin enthalten:

Eiweißverdauende Enzyme (Proteasen): Pepsin, Trypsin, Kathepsin.

Fettverdauendes Enzym: Lipase

Kohlenhydratspaltendes Enzym: Amylase

Pankreatin ist eine Mischung aller Pankreasenzyme (Lipase, Amylase, Proteasen).
Bromelin aus der Ananas hat eine verdauungsfördernde Wirkung.
Fel tauri (getrocknete Ochsengalle) ist unter anderem wichtig zur Emulgierung der Fette. Dieses pulverisierte Tierprodukt ist kein eigentliches Ferment.

Fermentinhibition

Bei Pankreatitis (Entzündung der Bauchspeicheldrüse) können die austretenden Enzyme, welche zur Selbstverdauung der Bauchspeicheldrüse führen, durch einen speziel-

Tabelle 6. Zusammensetzung einiger Enzympräparate (vereinfacht).

Handelsname	Pankreasenzyme (Pankreatin)	Galle (meist Fel tauri)	Pepsin	Sonstige
Bilipeptal forte	×	(×)		Cellulase
Combizym* (comp)	×			Polysiloxan
Eupeptum	×	×		Hemizellulose
Fermento duodenal	×	×		Bromelin
Festal	×	(×)		
Nutrizym	×	(×)		
Pankreatan (comp)	×			
Pankreon* (comp)	×	×		
Panpeptal	×	×	×	Kathepsin, Intrinsic factor
Panpur	×	×		Cellulase
Panzynorm	×	×	×	
Trizymal	×	×	×	Magenextrakt u.a.

len Hemmstoff gebremst werden. Dieser *Proteinaseninhibitor* wirkt aber nicht nur auf die Pankreasfermente Kallikrein und andere sog. Kinine, sondern auch auf Enzyme, die bei der Blutgerinnung und Fibrinolyse eine wichtige Rolle spielen. Er kann daher auch bei bestimmten Störungen in diesem Gebiet und außerdem postoperativ zur Ödemverhütung angewandt werden.

Trasylol*.

Leber

Die Leber hat zahlreiche Aufgaben zu erfüllen: Eiweiß-, Fett- und Kohlenhydratstoffwechsel, Entgiftung, Speicherung und andere. Ist sie erkrankt, dann sind viele oder alle dieser Vorgänge gestört. Aus dieser Tatsache erklären sich die Schwierigkeiten der Therapie, die von vielen Seiten her versucht, in die veränderten Stoffwechselabläufe einzugreifen. Die meisten Präparate bestehen deshalb aus Kombinationen verschiedener Substanzen. Die wichtigsten von ihnen sind im alphabetischen Teil dieses Buches aufgeführt. An dieser Stelle können nur die Wirkungsprinzipien erklärt werden. Es soll nicht unerwähnt bleiben, daß der Effekt einer medikamentösen Therapie chronischer Leberleiden zum Teil recht skeptisch beurteilt wird.

Angebot von Grundstoffen

Vor allem ist hier der Einfachzucker LAEVULOSE als Grundsubstanz des Kohlenhydratstoffwechsels zu nennen. Er liefert Energie, ohne bestimmte Abbauvorgänge der sehr ähnlichen Glucose zu belasten. Im Eiweißstoffwechsel werden *Aminosäuren*, vor allem Methionin oder Cholin, angeboten.

Angebot von Teilprodukten

Um der Leber die Synthesearbeit zu ersparen bzw. zu erleichtern, werden Teilprodukte zugeführt, welche das Organ sonst selbst herstellen müßte. Ein solcher Baustein ist OROTSÄURE für die Purinsynthese. Es wird auch versucht, durch *Gesamtextrakte* aus Tierlebern möglichst viel Material zugleich anzubieten. Diese Leberextrakte dürfen nur im chronischen Stadium gegeben werden.

Erleichterung des Abbaues

Zur Unterstützung der Entgiftungsfunktion werden diejenigen Substanzen zugeführt, derer sich die Leber zum gleichen Zweck bedient. ORNITHIN und ASPARAGINSÄURE bewirken beispielsweise eine Entgiftung des aus dem Eiweißabbau stammenden Ammoniaks.

Anregung des Stoffwechsels

Vitamine sind wichtige Katalysatoren des Stoffwechsels. Von ihnen werden besonders Vitamin C und die Vitamine des B-Komplexes als Therapeutika verwendet. ATP ist eine energieliefernde Substanz, die ebenfalls in der Behandlung von Leberkrankheiten verwendet wird. Für den Fettsäurestoffwechsel schließlich hat sich die Zufuhr von Estern vorwiegend ungesättigter Fettsäuren bewährt (»essentielle Phospholipide«).

Die Behandlung der akuten Leberinsuffizienz erfordert darüber hinaus besondere Maßnahmen. Folgende Punkte sind wichtig:

- Verhütung von Ammoniakbildung (NH_3) aus dem Eiweißstoffwechsel; NH_3 kann nicht mehr entgiftet werden. Deshalb
  eiweißfreie Kost,
  Lokalantibiotikagabe in den Darm zur Abtötung ammoniakbildender Darmbakterien,
  Abführen,
  entgiftungsfördernde Substanzen, z. B. Arginin.
- Überwachung des Elektrolythaushaltes und des Kreislaufs.
- in bestimmten Fällen Gabe von Nebennierenrindenhormonen.

Darm

Bei Enteritis oder anderen Diarrhöen finden folgende Substanzen Anwendung:

Adsorbentien saugen infolge großer Oberfläche der fein verteilten Stoffe viel Flüssigkeit auf. Stuhl wird schwarz! Tierkohle (Carbo medinalis) 3–6mal 1 Teelöffel oral.
Kohle-Compretten*.

Adstringentien: Aus einer Gerbsäure-Eiweißverbindung wird im Darm Gerbsäure abgespalten, die innerhalb einiger Stunden das entzündete Oberflächenepithel ablöst. Es wächst gesundes Granulationsgewebe nach.
Tannalbin*.

Chemotherapeutika: Bei Infektionskrankheiten wie Typhus, Salmonellose oder Ruhr werden *Antibiotika* gegeben, diese wirken aber in erster Linie von der Blutbahn her (»von innen«) und nicht durch direkten Kontakt vom Darminhalt her. Siehe besonders unter AMPICILLIN und CHLORAMPHENICOL, Seite 24/25.

Lokalantibiotika (Seite 27) vernichten stickstoffbildende Darmkeime und werden daher vorwiegend bei Leberkrankheiten angewandt.

Schwerresorbierbare Sulfonamide eignen sich zur Behandlung bakterieller Darminfektionen, wenn die oben angegebenen Antibiotika nicht indiziert sind. Sie werden praktisch nicht in die Blutbahn aufgenommen und kommen daher nur im Darm zur Wirkung. Dosierung: anfangs hoch (10 Tabletten), dann reduzieren.

FORMO-SULFATHIAZOL: **Formo-Cibazol**.

SULFOGUANIDIN: **Resulfon***.

SALICYL-AZO-SULFAPYRIDIN wirkt besonders an kollagenreichen Geweben und wird daher vorwiegend zur Behandlung der Colitis ulcerosa eingesetzt.
Azulfidine*.

Darmantiseptika: Rasch und gut helfende Mittel gegen akute unspezifische Gastroenteritis:

CHINOLIN- und CHINONverbindungen zu hohe Tagesmengen oder zu lange Anwendungsdauer können gelegentlich zu Nervenschädigungen und Sehstörungen führen (SMON-Krankheit in Japan).

Mexaform S* jodhaltig, stört noch monatelang den Radiojodtest.
Mexaform Plus*, **Intestopan*** chlor- bzw. bromhaltig, stören den Schilddrüsentest nicht.

Bei *Störungen der Darmflora*, zum Beispiel nach länger dauernder Antibiotikaabgabe, können folgende Substanzen zum Aufbau einer normalen Keimbesiedlung beitragen:
Hylak: milchsäurehaltiges Stoffwechselprodukt von Bakterien, 3mal 40 Tropfen in Flüssigkeit (keine Milch!).

Bactisubtil: Subtilis-Bazillen (Heubazillen), die gegen Sulfonamide und orale Antibiotika resistent sind, 2–5 Kapseln täglich.

Entschäumende Präparate setzen die Oberflächenspannung des Darminhaltes herab. Dadurch wird der schaumbedingte Druck gemindert. Angezeigt bei vermehrter Gasansammlung im Darm (Meteorismus).

POLYSILOXANverbindungen 1–2 Tbl. nach den Mahlzeiten zerkauen.

Bicolon, **Ceolat**, **Sab simplex***.

Lefax (mit SILICIUMDIOXID).

Pankreoflat (mit Pankreatin).

Paractol (mit **Aluminiumhydroxid**).

Laxantien

Laxans (Mehrzahl: Laxantien) heißt Abführmittel. Weil diese Mittel vom Patienten besonders oft verlangt werden, ist es für die Schwester sehr wichtig, hier klare Vorstellungen zu haben.

Laxantien werden zweifellos zu häufig und oft gedankenlos angewandt.

Schlackenreiche Kost (Gemüse), Bewegung und eine geregelte Lebensweise hätten oft denselben Effekt. Krankenschwestern sollten den Laxantienabusus nicht noch unterstützen. Zu häufiges oder zu starkes Abführen kann zu Störungen im Elektrolythaushalt und damit zu schweren Krankheitsbildern führen.

Gleitmittel

Paraffin (das wegen möglicher Nebenwirkungen nicht gegeben werden sollte) und ähnliche Stoffe machen die Fäzes besser gleitfähig, wahrscheinlich durch Hemmung der Wasser-Rückresorption, und erzielen dadurch eine milde Abführwirkung.

Obstinol mild, Salus-Öl, Sanato-lax.

Agarol* aus Mineralöl, Agar-Agar und PHENOLPHTHALEIN. Abends und evtl. morgens $^1/_2$–1 Eßlöffel mit oder in Wasser.

Reizmittel der Darmschleimhaut

Durch örtliche Reizwirkung auf die Schleimhaut des Darmes wird die Peristaltik angeregt. Die verstärkte Darmtätigkeit kann als leichter Schmerz empfunden werden.

Rizinusöl wirkt auf den Dünndarm. 1–4 Stunden nach Einnahme von 10–30 ml kommt es zuverlässig zum Stuhlgang.

ANTHRACHINON: Derivate aus Pflanzen wie Sennesblätter (Folia Sennae), Aloe und Rhabarber (Rhizoma rhei) wirken auf den Dickdarm. Effekt nach 5–10 Stunden. 1–3 Tbl. bzw. Dragées nach dem Abendessen. Nicht bei Schwangeren, da der Uterus (Gebärmutter) angeregt werden kann und Fehlgeburten möglich sind.
Bitulax, Colonorm, Floripuran, Glucanal, Kräuterlax, Kytta-lax, Lax-opt, Plantoletten, Pursennid*, Sennpurgin, Wörisetten.

PHENOLPHTHALEIN: Ein Indikator-Farbstoff, wirkt auf den Dickdarm.
Darmol*.

BISACODYL: Kontaktlaxativum, wirkt durch Kontakt mit der Dickdarmschleimhaut, ohne daß Reizungen auftreten. Abends 2 Dragées unzerkaut mit oder ohne Flüssigkeit. Morgens nüchtern genommen, tritt die Wirkung nach ungefähr 5 Stunden ein.
Dulcolax*, Eulaxan, Laxagetten, Laxbene, Stadalax.

ISATIN-Abkömmlinge: wirken ähnlich wie BISACODYL. Gelbsucht als Nebenwirkung möglich.
Bisco-Zitron, Darmoletten, Laxatan forte, obstilax, Schokolax, Vinco-Abführperlen.

Volumenvergrößernde Mittel

Durch Wanddehnung wird der Entleerungsreflex ausgelöst. Diese Art des Abführens gleicht den physiologischen Vorgängen.

Salinische Abführmittel sind Salze, die durch Wasseranziehung das Volumen erhöhen, selbst aber nicht durch die Darmwand resorbiert werden. Sichere und rasche Wirkung.
MAGNESIUMSULFAT $MgSO_4$, Bittersalz, 1–2mal 10,0 in $^1/_4$ l Wasser.
NATRIUMSULFAT.
NATRIUM-PICO-SULFAT: **Laxoberal.**

Quellstoffe Verschiedene leicht quellende Substanzen, meist pflanzlicher Herkunft. Müssen mit reichlich Flüssigkeit eingenommen werden.
Agiolax, Normacol.

Zahlreiche weitere *Kombinationspräparate* bedienen sich einer oder mehrerer der oben angegebenen Möglichkeiten.

Stoffwechsel

Alle dem Organismus zugeführten Stoffe werden zunächst mechanisch, dann chemisch verarbeitet und, soweit sie nicht unverändert ausgeschieden werden, im Stoffwechsel umgesetzt. Unter den zahlreichen Stoffwechselvorgängen sind einige besonders hervorzuheben, wie der *Kohlenhydratstoffwechsel*, der *Fettstoffwechsel* und die verschiedenen Abbauvorgänge des *Eiweißstoffwechsels*. Dort auftretende Störungen können in vielen Fällen medikamentös behoben werden. Da die oft vielfältigen, an zahlreichen Organen auftretenden Symptome eine gemeinsame Ursache haben, werden die infrage kommenden Medikamente hier zusammengefaßt.

Kohlenhydratstoffwechsel

Zahlreiche Faktoren beeinflussen den Abbau der verschiedenen Zucker, vor allem die Hormone Insulin, Glukagon und die Glukokortikosteroide, aber auch Adrenalin, Wachstumshormon und andere. Medikamentös werden vor allem eingesetzt Insulin und die oralen Antidiabetika.

Insulin

Die β-Zellen in den *Langerhans*'schen Inseln der Bauchspeicheldrüse produzieren das Hormon Insulin, welches eine zentrale Stellung im Kohlenhydrat- und Fettstoffwechsel einnimmt. Fehlt Insulin, so entsteht ein Diabetes mellitus.

Verabreichung

Insulin ist ein Eiweißkörper, der zur Verwendung als Medikament aus Bauchspeicheldrüsen von Schweinen oder Rindern gewonnen wird. Hierin liegt der Grund, warum Insulin nicht oral gegeben werden kann, denn Eiweiß wird im Verdauungskanal aufgespalten. Insulin muß also gespritzt werden. In der Regel verabreicht man es s.c. (auch i.m. möglich), wobei sich als Injektionsfelder Oberarme, Oberschenkel und Bauchhaut anbieten. Man wechselt diese Gebiete regelmäßig.

> Krankenschwestern sollten nicht in Gedankenlosigkeit immer am Arm spritzen, weil dieser am leichtesten erreichbar ist.

Insuline, die keinen Depot-Charakter haben (Alt-Insulin), können auch i.v. oder in einer i.v.-Infusion mit beliebigen Trägerlösungen gegeben werden. Bewährt hat sich eine Lösung aus $^1/_3$ 0,9%iger NaCl, $^1/_3$ Natriumbicarbonat und $^1/_3$ aqua dest.

> Sehr wichtig ist, daß die Insuline vor Entnahme aus der Vorratsflasche *geschüttelt* und dann bald verabfolgt werden. Geschieht dies nicht, so kann unter Umständen der Bodensatz wesentlich konzentrierter an Insulinkristallen sein und eine erhebliche Überdosierung erfolgen.
> Auf steriles Arbeiten ist selbstverständlich zu achten.

Allergie und Resistenz

Trotz größtmöglicher Reinheit ist aufgrund des Eiweißcharakters von Insulin eine Allergiemöglichkeit gegeben. Solche Allergien, die selten sind, machen sich in einer Rötung und Schwellung an der Injektionsstelle bemerkbar. Tritt eine solche Erscheinung auf, so ist allerdings zunächst an eine Überempfindlichkeit gegenüber dem verwendeten Desinfektionsmittel (Alkohol) zu denken und dieses zu wechseln. Ist eine Allergie gegen Insulin sicher, so muß auf Insuline einer anderen Tierart übergewechselt werden. Dabei kann eine Dosisänderung notwendig werden. Ist die Allergie gegen den Depotkörper gerichtet (s. unten), so muß ein anderes Depot-Insulin genommen werden. Allergien sind auch möglich gegenüber kleinen Begleitmengen von Pro-Insulin. Einige Insuline sind daher speziell Proinsulin-gereinigt (Novo-Insuline).

Die sehr seltene *Insulin-Resistenz* bedeutet, daß die Hormonwirkung erst mit den 10–100fachen Mengen erreicht wird.

Dosierung

Die Insulindosierung muß in jedem einzelnen Fall vom Arzt bestimmt werden.

Bei durchschnittlichen Diabetesfällen liegt sie um 16–40 E. pro Tag, im Koma werden mehrere hundert Einheiten verabreicht. In Deutschland sind praktisch alle Insuline auf einen Gehalt von 40 Einheiten (E.) pro ml eingestellt. In der 1-ml-Spritze, die in 10 Teilstriche unterteilt ist, entspricht deshalb ein Teilstrich 4 E. Vorsicht! Größere Spritzen haben andere Einteilungen, so daß 1 Teilstrich nicht immer $^1/_{10}$ ml und damit nicht immer 4 E. bedeutet!

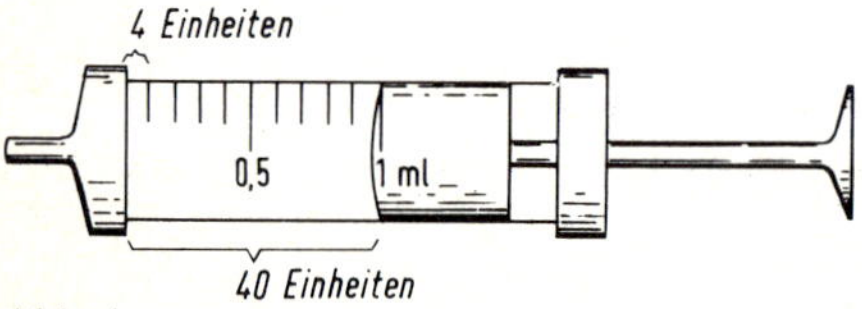

Abb. 4

Depotwirkung

Reines Insulin (Alt-Insulin) wirkt nur einige Stunden. Zur Erzielung einer längeren Wirkungsdauer wird das Insulinmolekül mit verschiedenen Körpern verbunden (Zink-Protamin, *Surfen*); auch spielen die Kristallisationsform des Moleküls und die Löslichkeit eine Rolle für die Wirkdauer. Bei Allergien gegen den Depotkörper kann auf HG-Insulin übergegangen werden, das als Verzögerungskörper gereinigtes menschliches Eiweiß (Human-Globulin, = HG) enthält.

Abb. 5 zeigt die Wirkungsdauer und -stärke aller geläufigen Insuline als schraffierte Flächen. An der oberen Kante kann die Zeitdauer der Insulinwirkung bei s.c.-Injektion abgelesen werden. Die Skala am Unterrand gibt die Zeitwerte der Wirkung für den Fall an, daß das betreffende Insulin morgens um 7 Uhr verabreicht wurde.

Die kurzen Erklärungen zu den einzelnen Insulinen geben die Tierart und für die De-

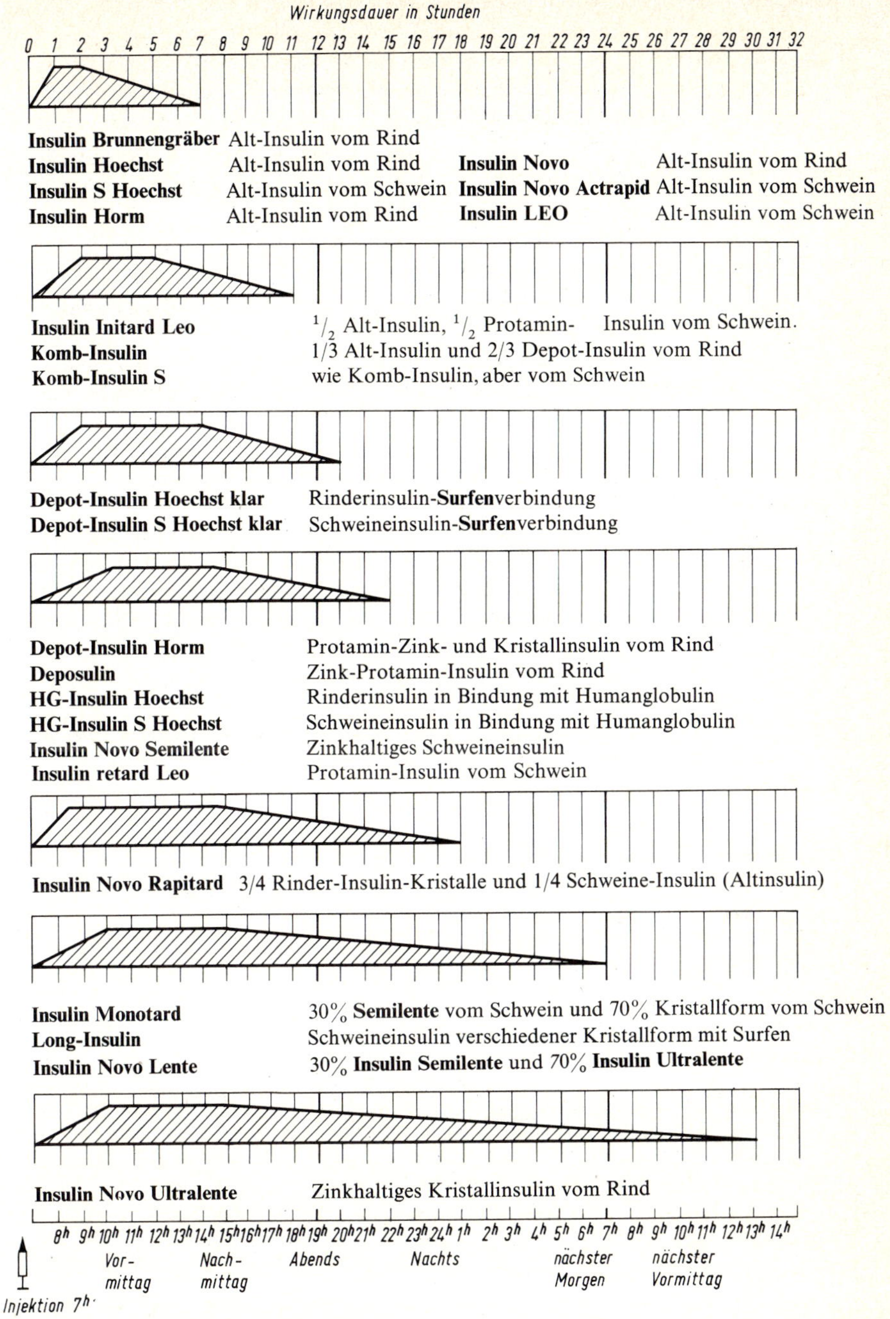

Abb. 5. Insulinformen und Wirkungsdauer.

Der Zusatz »CS« und »CR« steht für besonders von Proinsulin und Begleitproteinen gereinigte Schweine-Insuline (»S«) und Rinder-Insuline (»R«).

potinsuline den Depotkörper an. Obwohl auch gleichlang wirkende Insuline nicht gegeneinander ausgetauscht werden sollen, kann für besondere Fälle aus der Tabelle ein entsprechendes anderes Insulin abgelesen werden. Damit sind, wenn keine Besonderheiten (Allergie) bestehen, alle Insuline aus den einzelnen Spalten mit gleichlanger Wirkungsdauer gegeneinander auswechselbar.

Orale Antidiabetika

Stoffe dieser Klasse sind *keine* Hormone, sie werden nur des Zusammenhanges wegen hier angeführt.

Beim Altersdiabetes ist die Bauchspeicheldrüse oft noch in der Lage, Insulin zu bilden, schüttet es aber ungenügend aus. Für diese Fälle stehen die oralen Antidiabetika (Einzahl: Antidiabetikum) bereit. Sie regen die Insulinausschüttung aus dem Pankreas an. Überdosierungen mit eventuellen Hypoglykämien[1]) sind hierbei in der Regel nicht zu erwarten, sie sind jedoch bei GLIBORNURID, GLIPIZID und GLYBENCLAMID möglich.

Viele orale Antidiabetika leiten sich von den Sulfonamiden ab; zum Teil haben sie sogar antibakterielle Eigenschaften. Sie können bei längerem Gebrauch ungünstig auf die Niere wirken und dürfen daher bei schweren Nierenschäden nicht gegeben werden.

Dosierung: Diese orientiert sich an der diabetischen Stoffwechsellage. Meist genügen 1–2 Tabletten, die morgens auf einmal genommen werden sollen. Sind höhere Dosen erforderlich, so erfolgt die restliche Einnahme abends. Mehr als 3 Tabletten pro Tag versprechen in der Regel keinen weiteren Erfolg – eine Bauchspeicheldrüse, die dadurch nicht angeregt wird, liefert auch bei stärkerer Dosierung kein Insulin.

Eine Kombinationstherapie mit Insulin oder verschiedenen oralen Antidiabetika untereinander ist möglich und oft nötig.

Sulfonamidabkömmlinge (Sulfonyl-Harnstoff-Verbindungen)

TOLBUTAMID: Tabletten 0,5 und 1,0. Ampullen 1,0 i.v. zur Durchführung des Tolbutamidtestes. Tabletten können aufgelöst oder ins Essen gemischt werden.
Artosin*, Rastinon*, Tolbutamid-Tablinen.

CARBUTAMID: Tabletten 0,5, ähnlich dem obigen.
Dia-Tablinen, Invenol, Nadisan.

GLYKODIAZIN: Tabletten 0,5 und als **Redul** *28* zu 1,0.
Redul.*

CHLORPROPAMID für bestimmte Indikationen. Tabletten 0,25.
Chloronase, Diabetoral.

GLYBENCLAMID: Tabletten 0,005. Ohne antibakterielle Eigenschaften; Hypoglykämien möglich.
Euglucon 5.

TOLAZAMID Tabletten 0,25.
Norglycin.

---

[1]) Hypoglykämie: Verminderter Blutzuckergehalt.

GLIBORNURID: Tabletten 0,025, ähnlich wie GLYBENCLAMID.
Glutril*.

GLIPIZID Tabletten 0,005, ähnlich GLYBENCLAMID
Glibinese.

GLISOXEPID Tabletten 0,004, ebenfalls ähnlich den obigen.
Pro-Diaban.

Äquivalenzdosen
die folgenden Dosen von oralen Antidiabetika sind wirkungsgleich:

CHLORPROPAMID	0,25
GLIBENCLAMID	0,005
GLIBORNURID	0,025
GLIPIZID	0,005
TOLBUTAMID	1,0

Biguanide

Diese Form der oralen Antidiabetika ist vor allem zur *Kombinationstherapie* geeignet; die alleinige Verabreichung ist besonders dann indiziert, wenn es sich um den übergewichtigen, stabilen Erwachsenendiabetes handelt. Beim jugendlichen Diabetes gelingt es gelegentlich, durch Gabe von BIGUANIDEN zusammen mit INSULIN dessen Menge zu reduzieren und die Stoffwechsellage zu stabilisieren. Die Präparate liegen in der Regel in einer Depotform vor; Dosierung wie oben erwähnt.

BUTYLBIGUANID (BUFORMIN) retard-Tabletten 0,1
Sindiatil, Silubin retard*

PHENYL-ÄTHYL-BIGUANID (PHENFORMIN)
DB Retard Tabletten 0,05
Dipar Dragées 0,05

DIMETHYL-BIGUANID (Metformin)
Glucophage retard* Tabletten 0,85

Blutzuckererhöhende Stoffe

Glukagon: Hormon der Bauchspeicheldrüse, medikamentös einsetzbar zur raschen und kurzfristigen Anhebung des Blutzuckerspiegels. Als s.c., i.m. oder i.v.-Injektion von meist 0,001.
Glucagon Novo, Glukagon Lilly.

DIAXOCID: zur oralen Gabe, individuelle Dosierung.
Proglicem.

Harnsäurestoffwechsel

Harnstoff als ein Endprodukt des Eiweißstoffwechsels wird durch die Niere ausgeschieden. Dauernde Erhöhung des Harnstoffs im Blut, auch ohne klinische Symptome, wird als Hyperurikämie bezeichnet und ist ab 10 mg/ml behandlungsbedürftig. Akute Zustandsbilder des gestörten Harnsäurestoffwechsels mit Ausfall von Harnsäurekristallen im Gewebe werden als *Gichtanfall* bezeichnet.

Erhöhte Harnsäurewerte, die akut zum *Gichtanfall* und chronisch zur *Gichtkrankheit* führen, können wie folgt behandelt werden:

Diät

Die Zufuhr PURINhaltiger Nahrungsmittel und von Alkohol muß eingeschränkt werden. PURINE sind ein Hauptvorläufer der Harnsäure und vor allem in zellkernreichen Stoffen enthalten (Leber, Bries, Hirn und viele andere). Reichliche Flüssigkeitszufuhr ist wichtig. Urin soll im sauren Bereich gehalten werden.

COLCHIZIN

Als Sofortmittel gegen den sehr schmerzhaften Anfall ist dieser, aus der Herbstzeitlose gewonnene Stoff schon seit Jahrhunderten bekannt. Ein Gichtanfall, der darauf nicht anspricht, ist meist kein Gichtanfall! Leider mit erheblichen Nebenwirkungen belastet, so tritt regelmäßig Durchfall auf.

Colchicum-Dispert*, **Colchysat**.

Verbesserte Harnsäure-Ausscheidung

Durch erhöhte Ausscheidung können die Harnsäurewerte im Blut gesenkt werden. Dies geschieht durch Hemmung der Rückresorption von Harnsäure aus dem Primärharn in den Nierentubuli.

PROBENECID hemmt gleichzeitig die Ausscheidung verschiedener Antibiotika, vor allem PENICILLINE, und erhöht bzw. verlängert dadurch deren Wirkspiegel.
Benemid*

SULFINPYRAZON beeinflußt die Wirkung gleichzeitig gegebener oraler Antidiabetika und Antikoagulantien.
Anturano.

Verminderte Harnsäure-Produktion

Substanzen dieser Reihe greifen in die körpereugene Harnsäure-Synthese (Bildung) durch Hemmung des Enzyms Xanthin-Oxydase ein. Der Organismus baut seine stickstoffhaltigen Abbauprodukte nicht mehr zu Harnsäure auf, sondern zu leicht auszuscheidenden Vorläufern wie Hypoxanthin und Xanthin.

ALLOPURINOL

Epidropal, **Foligan**, **Urosin***, **Zyloric***, (Tbl. zu 0,1, teilweise auch als »**300**« in Tbl. zu 0,3).

Mehrfacher Angriffspunkt

Sowohl vermehrte Ausscheidung von Harnsäure (urikosurische Wirkung) als auch eine Hemmung der Synthese (Bildung) erzielen die BENZOFURAN-Derivate.

BENZBROMARON

Uricovac.

Fettstoffwechsel

Erhöhte Blutwerte von Neutralfetten (Triglyceriden) und Cholesterin können zur Arteriosklerose (Arterienverkalkung) führen. Sie stellen einen Risikofaktor dar in der Entwicklung von Durchblutungsstörungen mit so schwerwiegenden Folgen wie Herzinfarkten oder Schlaganfällen. Die einfachste, aber vom Patienten oft nicht eingesehene, Behandlungs- und Vorbeugemöglichkeit besteht im *Einhalten einer Diät*, während der Nutzeffekt medikamentöser Behandlungen zumindest fraglich ist und solche Langzeittherapie oft auch mit erheblichen Nebenwirkungen belastet ist. Die unten angeführten Medikamente sind unter diesen Gesichtspunkten zu betrachten.

Diät

Einschränkung übermäßiger Fett- und Kohlenhydrataufnahme, besonders tierischer Fette und stark cholesterinhaltiger Nahrungsmittel wie Eier, Butter, Käse, Leber. Idealgewicht anstreben.

CLOFIBRAT

Hemmt den Aufbau von Cholesterin in der Leber und beeinflußt den Triglycerid-Stoffwechsel, dadurch Senkung der entsprechenden Blutwerte. Dosierung 1,5–2,0 pro Tag über Monate. Vorsicht bei gleichzeitiger Gabe von Antikoagulantien, deren Wirkung verstärkt wird (Dosis um ca. $^{1}/_{3}$ herabsetzen).

Atheropront 500*, Clofibrat Stada 500, Regelan N 500*, Skleromexe 500.

CLOFIBRINSÄURE

Entspricht CLOFIBRAT.

Atherolipin.

NIKOTINSÄURE und deren Verbindungen.

NIKOTINSÄURE hemmt den Aufbau von Cholesterin und die Freisetzung von Fetten, deren Abbau überdies enzymatisch gefördert wird. Sie unterstützt die Auflösung von Fibrin und besitzt gefäßerweiternde Wirkungen, weshalb NIKOTINSÄURE auch zur Behandlung von *Durchblutungsstörungen* eingesetzt wird. Die Gefäßerweiterung tritt auch als Nebenwirkung in Form von Hitzewallungen und Hautrötungen auf. Bei Diabetikern auf Beeinflussung des Zuckerhaushaltes achten!

BETA-PYRIDYL-CARBINOL wird in der Leber zu NIKOTINSÄURE umgewandelt. Dosierung 0,9–1,5 pro Tag oral, niedrig beginnen und langsam steigern.

Ronicol*.

INOSITOL-NIKOTINAT, Verbindung zwischen NIKOTINSÄURE und INOSIT, Dosierung 0,6–2,4 pro Tag oral.

Hexanicit forte.

ETOFIBRAT, Verbindung zwischen NIKOTINSÄURE und CLOFIBRAT, hat Eigenschaften aber auch Nebenwirkungen beider Substanzen (Hautrötungen und Verstärkung der Antikoagulantien), Dosierung 0,9(– 0,18) pro Tag oral.

Lipo-Merz.

THYROXIN

Schilddrüsenhormone steigern allgemein den Stoffwechsel und setzen den Cholesteringehalt des Serums herab. Diese Wirkung, vor allem des rechtsdrehenden (D-)THYROXINS, wird therapeutisch ausgenützt. Beeinflußt den Blutzuckerspiegel (Diabetiker!), verstärkt Antikoagulantien-Wirkung und kann Nervosität und Herzklopfen verursachen. Dosierung 0,004 pro Tag oral.

Dynothel, Nadrothyron D.

CHOLESTYRAMIN

Es handelt sich hierbei um ein Harz, das Gallensäuren bindet und dem Körper entzieht. Der Organismus bildet neue Gallensäuren aus Cholesterin, dessen Menge im Blut dadurch sinkt. Neben dem cholesterinsenkenden Effekt ist CHOLESTYRAMIN auch wirksam gegen *Juckreiz* bei Gallengangsverschluß (der durch Gallensäuren verursacht wird). Magendarmbeschwerden als Nebenwirkung in ca. 20%.

Dosierung: 4,0 dreimal täglich vor den Mahlzeiten.

Quantalan 50.

Appetitzügler

Der Abbau von Übergewicht gehört zu den wichtigsten Maßnahmen in der Behandlung von Fettstoffwechselstörungen. Neben vernünftiger Diät, Fastenkuren und körperlicher Aktivität kann gelegentlich die Anwendung eines appetitzügelnden Medikamentes sinnvoll sein. Stoffe dieser Klasse leiten sich von Sympathikomimetika (s. S. 66) ab wie AMPHETAMIN oder EPHEDRIN. Sie haben deshalb meist noch Nebenwirkungen wie Unruhegefühl, Schlaflosigkeit oder Herzklopfen. Einige Substanzen dieser Wirkstoffklasse haben in der Vergangenheit schwerwiegende Nebenwirkungen gezeigt. Strenge ärztliche Kontrolle bei der Anwendung ist daher notwendig.

AMFEPRAMONUM: **Regenon retard***, **Tenuate**.

FENFLURAMIN: **Ponderax*** (kein Sympathikomimetikum).

PENTOREX: **Modatrop**.

PHENTERMIN: **Mirapront N***, **Netto Longcaps**.

PROPYLHEXEDRIN: **Eventin**.

Sonstige

D-PENICILLAMIN ist eine Substanz, die zwar aus PENICILLIN gewonnen werden kann aber keine antibiotischen Wirkungen mehr hat. Aufgrund einer -SH Gruppe im Molekül kann sich PENICILLAMIN an verschiedene Stoffe anlagern, was seine sehr unterschiedliche Verwendung als Medikament erklärt.

Bei Cystinurie wird krankhafterweise zu viel des schwerlöslichen CYSTIN ausgeschieden, was in der Niere zu Steinbildung führen kann. PENICILLAMIN bildet mit CYSTIN gut lösliche Komplexe, die leicht ausgeschieden werden.

Bei Wilsonscher Krankheit fängt PENICILLAMIN überflüssiges Kupfer ab.

Bei Schwermetallvergiftungen wird ebenfalls Metall gebunden und ausgeschieden.

Bei rheumatoider Arthritis (PCP) wirkt PENICILLAMIN entnetzend auf große Eiweißmoleküle und beeinflußt dadurch immunologische Vorgänge.

Anwendung: Oral 1,0 auf mehrere Gaben verteilt, anfangs weniger.

Infolge hemmender Wirkung auf das Bindegewebe kann es zu erhöhter Hautbrüchigkeit kommen.

Trolovol, **Metalcaptase**.

Hormone und Vitamine

Hormone

Grundkenntnisse über Hormone, deren Wirkungen, Produktionsstätten sowie die Erscheinungen bei Ausfall oder Überangebot werden in den Lehrbüchern der Anatomie, Physiologie und Krankheitslehre vermittelt. Sie werden hier vorausgesetzt. Nur die *wichtigsten Effekte,* vor allem in therapeutischer Hinsicht, können im Rahmen dieses Buches kurz wiederholt werden. Hormone, die in der Therapie nicht oder nur sehr selten verwendet werden, sind nicht aufgeführt.

Hormone der Hypophyse

Hypophysenvorderlappen

Hier wird eine Reihe von Hormonen produziert, die als *Steuerhormone* auf endokrine Drüsen des Körpers einwirken (Schilddrüse, Nebennierenrinde und andere). Führt man Vorderlappenhormone therapeutisch zu, so veranlassen sie die entsprechende Körperdrüse zur Hormonausschüttung. Klinisch decken sich also die Wirkungen der Steuerhormone mit denen der zugehörigen endokrinen Drüse – allerdings nur solange, wie diese intakt ist. Man kann diesen Effekt regelrecht zu einem Test auf die Funktionsfähigkeit der hypophysenabhängigen endokrinen Drüsen verwenden. Teste dieser Art sind der *Thorn*-Test und der Schilddrüsen-Stimulationstest.

Die Steuerhormone ihrerseits werden durch die *Releasing-Faktoren* des Zwischenhirnes zur Sekretion angeregt

Umgekehrt führt ein erhöhter Hormongehalt im Blut zu einer *Drosselung* der Steuerhormone. Künstlich zugeführte Hormone *bremsen* also die Tätigkeit der Steuerdrüsen und damit deren stimulierende Aktivität auf die davon abhängigen Hormondrüsen.

ZWISCHENHIRN

↓ Releasing-Faktoren

HYPOPHYSENVORDERLAPPEN

↓ Steuerhormone

ENDOKRINE DRÜSEN
z. B. NEBENNIERENRINDE

↓ periphere Hormone

KÖRPERZELLE
(ERFOLGSORGAN)

ACTH (adrenocorticotropes Hormon)

Steuerhormon der Nebennierenrinde. Anwendung bei Asthma, Schock, Allergie und zur Diagnostik der Nebennierenrindenfunktion.

20–120 Einheiten/Tag i.m., i.v. oder als i.v. Infusion in verschiedenen Trägerlösungen. Die Ampullen liegen als Trockensubstanz vor und müssen vor Gebrauch mit dem beigegebenen Lösungsmittel aufgelöst werden (meist aqua dest.).

Die Einheiten verstehen sich nach dem III. Internationalen Standard; eine der früher gebräuchlichen Einheiten entspricht zwei dieser neuen.

ACTH, **Acethropan***, **Depot-Acethropan** (nur i.m.), **Actid 1–28**, **Acortan** (simplex und prolongatum), **Cortrophin-S***, **Synacthen***.

Thyreotropes Hormon

Steuerhormon der Schilddrüse. Zur Anregung der Schilddrüse bei bestimmten Fällen im Rahmen des Radiojodtestes[1])

Thyratrop*, Thyreostimulin.

Gonadotropine

Steuerhormone der Keimdrüsen. Substanzen mit der Wirkung der keimdrüsensteuernden Vorderlappenhormone kann man auch aus Schwangerenharn gewinnen (Choriongonadotropine). Sie werden bei Unterfunktion der weiblichen und männlichen Keimdrüse eingesetzt. Dosierung: 100–300 Einheiten und mehr täglich i.m.

Anteron, Humegon, Pregnesin, Predalon, Primogonyl.

Wachstumshormon

Führt nur bei Kindern zum Längenwachstum. Hat zahlreiche weitere Wirkungen (z. B. Blutzuckererhöhung), Anwendung nur in Spezialfällen.

Crescormon, Somacton.

Hypophysenhinterlappen

Hormone aus dieser Region sind im Gegensatz zu den Vorderlappenhormonen *keine* Steuerhormone, sondern wirken ohne Umweg über andere endokrine Drüsen.

VASOPRESSIN

Dieses Hormon erzeugt eine Kontraktion der glatten Muskulatur der Gefäße, des Darmes und der Harnwege. Außerdem wird die Wasserausscheidung gehemmt. Indikationen sind postoperative Darmlähmungen, Kollapszustände und der Diabetes insipidus. Da auch die Herzkranzgefäße verengt werden, ist die Anwendung beim Koronarkranken kontraindiziert. Dosierung: 5–10 Einheiten i.m. oder in der i.v.-Infusion.

Pitressin*, **Pitressin-Tannat**.

Postacton*

Vasopressin-Sandoz (als Nasenspray)

OXYTOCIN

Wirkt kontrahierend auf die Uterusmuskulatur und wird deshalb in der Geburtshilfe angewandt, jedoch nur, wenn die Geburt jederzeit beendet werden kann und *nie*, wenn ein zu enges Becken oder andere Geburtshindernisse vorliegen.

---

[1]) Radiojodtest: Zur Prüfung der Funktion der Schilddrüse mit Hilfe oral gegebenen radioaktiven Jods (J^{131}).

Dosierung: $^{1}/_{2}$–2 internationale Einheiten, I.E. (früher Voegtlin-Einheiten, V.E.) i.m. während der Geburt; nach der Geburt 5–6 IE i.m. oder 3–5 IE i.v. Es gibt 1 ml-Ampullen zu 3 und zu 10 IE.
Orasthin*, **Oxytocin**, **Partocon** (Amp. 5 I.E.), **Syntocinon***.

Zur nicht parenteralen Anwendung:
Partocon I.N. 2 ml mit 200 I.E. intranasal.
Pitocin buccal Tabl. 200 I.E. im Mund zergehen lassen.

Gesamtextrakte

Diese enthalten Vasopressin und Oxytocin, Anwendung bei Diabetes insipidus.
Pituigan zur intranasalen Anwendung.

Hormone des Nebennierenmarkes

ADRENALIN: **Suprarenin***.

NOR-ADRENALIN: **Arterenol***.
Beide Substanzen werden wegen ihrer ausgeprägten sympathikotonen Wirkung bei den Sympathikomimetika besprochen.

Hormone der Nebennierenrinde

Die lebenswichtige Nebennierenrinde (Abkürzung: NNR) produziert eine große Anzahl von Hormonen. Sie werden nach ihrem chemisch ähnlichen gemeinsamen Gerüst

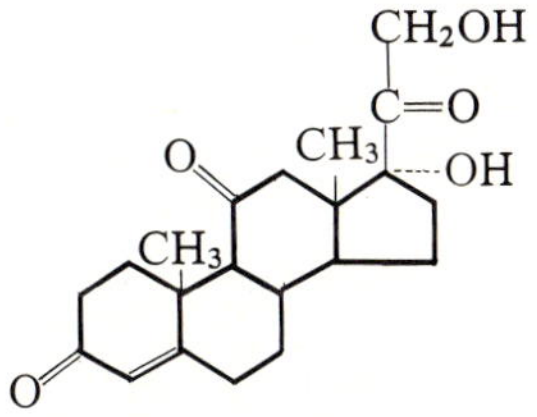

CORTISON
NNR-Hormon

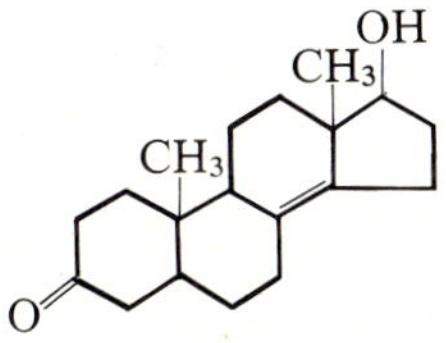

TESTOSTERON
männliches
Keimdrüsenhormon

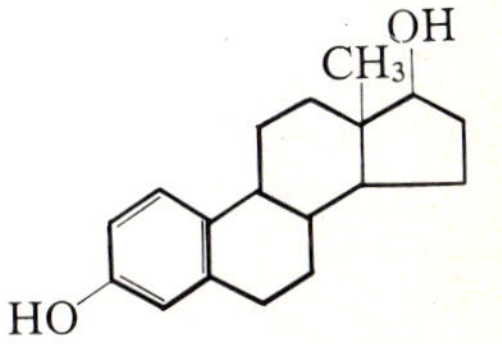

ÖSTRADIOL
weibliches
Keimdrüsenhormon

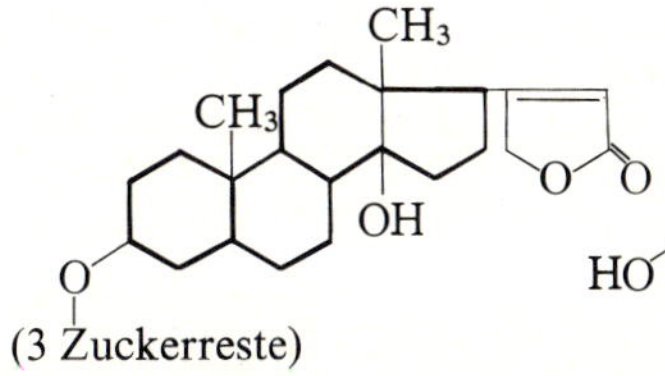

DIGITOXIN
Herzglykosid

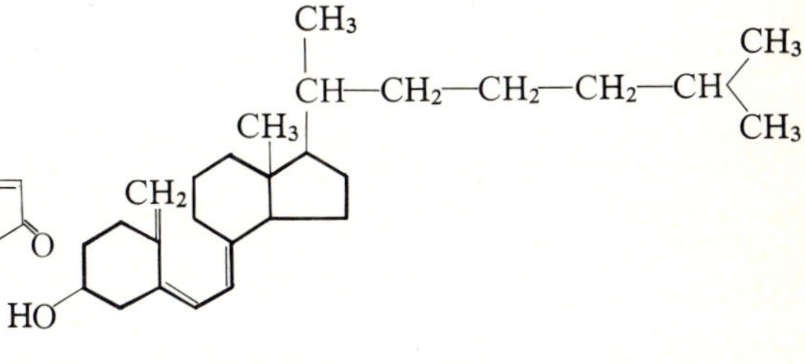

Vitamin D_3

Steroidhormone genannt. Dieselbe chemische Grundstruktur haben allerdings auch die Keimdrüsenhormone, die also auch Steroide sind. Zur Unterscheidung bezeichnet man die NNR-Hormone als »*Kortiko*-Steroide« (Cortex = Rinde). Auch Herzglykoside und bestimmte Vitamine haben das gleiche chemische Gerüst, obwohl sie völlig andere Wirkungen haben. Die Ähnlichkeit soll in einigen Formeln demonstriert werden.

Die NNR-Hormone teilt man ihrer Wirkung nach in drei Gruppen ein:
- Mineralokortikoide: Steuern vor allem den Mineralhaushalt, besonders den Natriumgehalt des Blutes.
- Glukokortikoide: Haben zahlreiche Wirkungen (s. unten); der Name kommt von ihrer Einwirkung auf den Zuckerhaushalt. Sie sind hierbei Gegenspieler des Insulins.
- Androgene: Geschlechtshormone vom männlichen Typ.

In der Therapie finden praktisch ausschließlich die Glukokortikoide Anwendung.

Glukokortikoide

Die klassische Anwendung eines Hormons besteht in seiner Zufuhr, wenn die körpereigene Produktionsstätte ausgefallen ist. Tatsächlich behebt die Gabe von Glukokortikoiden die Symptome der *Addison*schen Krankheit[1]), bei der die Nebennierenrinden zugrunde gehen.

Sehr viel häufiger werden Glukokortikoide als wichtigste Vertreter der NNR-Hormone aber aufgrund ihrer *bindegewebshemmenden, entzündungsdämpfenden* und *antiallergischen* Wirksamkeit gegeben. Indikationen sind Asthma, Gelenkrheumatismus, allergische und Schockzustände, Hepatitiden, bestimmte Blutkrankheiten und viele andere.

Kontraindikationen sind vor allem Magen-Duodenalulzera, auch ältere und vernarbte. Diese können unter der bindegewebshemmenden Wirkung aufbrechen und bluten. Vorsicht ist geboten bei der Tuberkulose, wenn nicht gleichzeitig tuberkulostatisch behandelt wird.

Nebenwirkungen sind dieselben, wie sie bei einer Krankheit infolge körpereigener Überproduktion auftreten: Symptome der *Cushing*schen Krankheit mit Gewichtszunahme infolge Natrium- und damit Wasserretention (»Mondgesicht«), Blutdrucksteigerung, Osteoporose[2]), Diabetes mellitus und psychischen Veränderungen. Darüber hinaus tritt nach systemischer (nicht örtlicher) Anwendung eine Abschwächung der körpereigenen Abwehrkräfte ein, die bei nachfolgenden Infektionen bedrohliche Verläufe herbeiführen kann. In solchen Fällen ist dann erneut ein Kortikosteroid zuzuführen.

Dosierung: Wir greifen hier das PREDNISON heraus. Die Dosierung ist individuell zu handhaben. Im allgemeinen beginnt man mit höheren Dosen um 0,05–0,15 oral, i.v. oder i.m. (= 50–150 mg) und geht dann langsam auf eine Erhaltungstherapie von 0,005 bis 0,01 (= 5–10 mg) zurück.

---

[1]) *Addison*-Krankheit: Hautverfärbungen, Kraftlosigkeit, Schwäche bei Ausfall der Nebennierenrinde.

[2]) Osteoporose: Minderung des Kalkgehalts des Knochens.

Cushing-Schwelldosis: Diejenige Erhaltungsdosis, die gerade noch *keine* Symptome der *Cushing*schen Krankheit hervorruft, bezeichnete man früher als Cushing-Schwelldosis. Im Verhältnis zur Wirksamkeit eines Präparates soll diese Schwelle natürlich möglichst hoch sein. Der Begriff wurde wieder aufgegeben, da individuelles Ansprechen und effektiv wirksame Dosis zu stark schwanken.

Zirkadianer Rhythmus. Die körpereigene Produktion von Glukokortikoiden ist in den frühen Morgenstunden am stärksten. Erfolgt zu diesem Zeitpunkt eine Zufuhr künstlicher Hormone, so wirkt sie kaum bremsend auf den natürlichen Zyklus. Logischerweise sollten Glukokortikoide deshalb *frühmorgens gegeben* werden.

Handelspräparate: Im Bestreben, bei gleicher Wirkung die Nebeneffekte immer geringer zu halten und die Cushing-Schwelldosis hinaufzusetzen, sind neben den körpereigenen Glukokortiokoiden immer neue synthetische hergestellt worden. Die Unterschiede interessieren nur den Arzt. Wichtig für die Verordnung ist ein Vergleich der Wirkdosis und der Cushing-Schwelldosis mit dem oben erwähnten PREDNISON, einem typischen Glukokortikoid. Dazu s. Tabelle 6.

Anwendung: Glukokortikoide können oral, i.m., i.v., s.c. und in die Gewebe gespritzt angewandt werden – es stehen dafür von den verschiedenen Präparaten allerdings unterschiedliche Zubereitungsformen zur Verfügung. Tabletten sind immer oral anzuwenden, Ampullen dagegen müssen daraufhin geprüft werden, ob es sich um eine *Lösung* oder eine *Kristallsuspension* handelt. Lösungen können i.v., i.m., s.c. und zur Instillation verwendet werden, Suspensionen zur intraartikulären Injektion oder zu besonderen anderen Zwecken. Darüber hinaus stehen zahlreiche lokale Zubereitungsformen zur Verfü-

Tabelle 7. Glukokortikoide und Abkömmlinge.

Substanz	Handelsnamen (die Handelsformen können im Registerteil nachgeschlagen werden)	Menge in mg, die in der Wirkung 10 mg Prednison entspricht	Tägliche Menge in mg, die bei Dauertherapie gerade noch keine Nebenwirkungen hervorruft
CORTISON	**Cortison**	50	50
HYDROCORTISON (CORTISOL)	**Actocortin** **Hydrocortison** **Scheroson F**[1]) **Ficortil**[1])	40	40
PREDNISON	**Decortin** **Erftopred** **Hostacortin** **Prednilonga** **Predniment** **Prednison** **Predni-Tablinen** **Rectodelt** (Suppositorien) **Ultracorten**	10	10

[1]) nur in lokaler Anwendungsform.

Tabelle 7. Fortsetzung

Substanz	Handelsnamen (die Handelsformen können im Registerteil nachgeschlagen werden)	Menge in mg, die in der Wirkung 10 mg Prednison entspricht	Tägliche Menge in mg, die bei Dauertherapie gerade noch keine Nebenwirkungen hervorruft
PREDNISOLON (DEHYDRO-HYDROCORTISON, DEHYDRO-CORTISOL)	**Decortin H** **Ketocort H,** **Predni-Coelin** **Predni-H** **Prednisolon** **Solu Decortin H** **Ultracortenol** **Deltacortril** **Hostacortin H** **Scherisolon** **Ultracorten H**	10	10
6-METHYL-PREDNISOLON	**Urbason** **Medrate** **Depo-Medrate**	8	8
TRIAMCINOLON	**Delphicort, Volon**	8	8
PARAMETHASON	**Monocortin**	4	5
DEXAMETHASON	**Decadron** **Auxiloson** **Dexamed** **Dexamethason** **Predni-F-Tablinen** **Dexa-Scheroson** **Fortecortin** **Millicorten**	1,5	2
BETAMETHASON	**Celestan** **Betnesol**	1	2
16-METHYLEN-PREDNISOLON	**Decortilen**	15	20
FLUOCORTOLON	**Ultralan**	10	20
DIFLUCORTOLON	**Nerisona**	nur zur örtlichen Anwendung	

gung, wie Salben, Puder, Lotio, Augen-, Ohren- oder Nasentropfen und -salben sowie viele Kombinationen mit Antibiotika. Der Wirkstoffgehalt (meist 0,5–1–2%ig) und die Grundsubstanz sind aus den Packungen ersichtlich.
Nach Injektion von Kortikoiden können örtliche Gewebsdefekte auftreten.

Mineralokortikoide

Aufgrund der Wirkung auf den Elektrolythaushalt mit Natriumretention werden diese Substanzen als blutdruckstabilisierende Kreislaufmittel verwendet.

ALDOSTERON: **Aldocorten**.

DESOXY-CORTICOSTERON-Verbindungen: **Cortiron***, **Cortiron*-Depot**, **Percorten***.

Gesamtextrakte

Diese Medikamente enthalten sowohl Gluko- wie Mineralokortikosteroide. Sie dienen zur Behandlung der Nebennierenrindeninsuffizienz bei chronischen Infektionen, allgemeinem Abbau und zur Therapie von Leberschäden.

Männliche Keimdrüsenhormone

Androgene

Testosteron und einige chemisch ähnliche Substanzen werden Androgene genannt. Sie prägen die sekundären männlichen Geschlechtsmerkmale aus, führen aber auch zu vermehrtem Eiweißansatz (zum Beispiel Muskelwachstum). Diese Wirkung wird als *anaboler* Effekt bezeichnet.

Die Therapie mit Androgenen kann Ausfallserscheinungen der männlichen Keimdrüsen beheben. Sie muß kunstgerecht durchgeführt werden, da es sonst über eine Hemmung der Hypophyse zum gegenteiligen Effekt kommen kann. Diese hypophysenhemmende Wirkung scheint dagegen ein wesentliches Moment in der Anwendung von Androgenen bei Mamma-Karzinom der Frau zu sein (gegengeschlechtliche Behandlung). Allerdings kann es unter der Anwendung von Androgenen bei der Frau zu Nebenwirkungen kommen in Form einer Vermännlichung mit tiefer Stimme, Bartwuchs, Akne und Klitoriswachstum.

TESTOSTERON täglich oder in größeren Abständen 0,005–0,05 i.m.

TESTOSTERONderivate sind im Gegensatz zu TESTOSTERON auch oral wirksam und halten länger an.
Testosteron, **Testoviron***, **Proviron***, **Masterid**.

FLUOXYMESTERON: **Ultandren**.

Gesamtextrakt aus Tierhoden:
Orchibion* zur Behandlung leichterer Störungen.

Anabolika

Verändert man das TESTOSTERON-Molekül in besonderer Weise, so tritt die Wirkung als männliches Geschlechtshormon ganz in den Hintergrund. Haupteffekt ist dann ein vermehrter Eiweißanbau, die sogenannte anabole Wirksamkeit. In hohen Dosen tritt bei Frauen die vermännlichende Komponente zutage.

Dosierung: Im allgemeinen 1 Depot-Ampulle alle 2–4 Wochen i.m. oder 1–3mal täglich 1 Tablette oral. Indikationen sind Kachexie, chronische Leiden mit Hinfälligkeit, Osteoporose und andere.

Kontraindikationen: Schwangerschaft, Prostatakarzinom.
Anadur, Dianabol*, Durabolin*, Deca-Durabolin, Primobolan*, Primobolan-Depot, Steranabol, Stromba.

Antiandrogene

Bei krankhaft verändertem Sexualverhalten hat man lange nach »Gegen«-hormonen gesucht, welche z. B. bei Triebtätern eingesetzt werden konnten. Dafür wurden nun Anti-Androgene entwickelt, die bei krankhaft gesteigerter Sexualität des Mannes und Pubertas praecox von Kindern beiderlei Geschlechtes eingesetzt werden können.
CYPROTERONACETAT
Androcur

Weibliche Keimdrüsenhormone

Östrogene

Östrogene sind die in der ersten Hälfte des Menstruationszyklus wirksamen weiblichen Geschlechtshormone. Sie werden in den Ovarien unter Einfluß des follikelstimulierenden Hormons (Hypophysenvorderlappen) gebildet. Östrogene wirken genital und extragenital. Wichtige genitale Wirkungen sind das Wachstum der Genitalorgane, besonders des Uterus, der Uterusschleimhaut und der Brustdrüsen. Extragenital ist eine psychische Stimulierung neben einer allgemeinen Gefäßerweiterung der wichtigste Effekt.

Die gleichen Wirkungen haben die chemisch andersartigen *Stilbene*. Über die blutstillende Wirkung s. unter »Blut und Blutgerinnung«.

Therapeutisch werden Östrogene angewandt, wenn bei Unterfunktion der Ovarien keine funktionsfähige Uterusschleimhaut aufgebaut werden kann. Sie müssen zyklusgerecht, das heißt in der ersten Hälfte des Menstruationszyklus, gegeben werden. Auf diese Weise kann in Kombination mit Gestagenen (s. unten) sogar bei völligem Ausfall der Ovarien ein regelrechter Zyklus erzeugt werden.

Östrogene werden auch zur Überbrückung der altersentsprechenden Ausfallserscheinungen im Klimakterium verabreicht. Hier soll die psychische Komponente im Vordergrund stehen; ein Aufbau von Uterusschleimhaut mit nachfolgender Abbruchblutung ist unerwünscht. In solchen Fällen bewähren sich die »weichen« konjugierten Östrogene, eine Form, in der Östrogene auch im Harn ausgeschieden werden. Im Zusammenhang mit zu langer Gabe oder zu hoher Dosierung wird hierbei allerdings die Möglichkeit des gehäuften Auftretens von Gebärmutterkrebs diskutiert.

Ein weiteres Anwendungsgebiet der Östrogene ist die gegengeschlechtliche Behandlung des Prostatakarzinoms[1]). Hierdurch kann, auch bei fortgeschrittener Knochenmetastasierung, häufig Schmerzfreiheit erreicht werden. Da es sich um eine Dauertherapie handelt, kommen verweiblichende Erscheinungen (Gynäkomastie) vor.

ÖSTRIOL, ÖSTRADIOL: Follikel-Reinhormone, natürliche Östrogene. Dosierung nach ärztlicher Angabe, buccal oder i.m., zyklusgerecht.

---

[1]) Prostatakarzinom: Krebs der männlichen Vorsteherdrüse.

Farmacyrol, Gynolett, Hormomed, Lynoral, Oestrogynal sine, Ovestin, Ovocyclin, Progynon*-B, -C, -Drageés, -Depot 10 und 40 mg. **Progynova, Synapause.**

QUINESTROL: **Estrovis.**

Konjugierte Östrogene: Dosierung 0,0003–0,0012 (= 0,3–1,2 mg) täglich oral; nach drei Wochen Einnahme eine Woche Pause.
Presomen (nur Dragées, Ampullen haben keine Hormonwirkung und dienen zur Blutstillung).
Menrium (in Verbindung mit einem Tranquilizer).

STILBENE: Dosierung nach ärztlicher Anweisung.
Östrogen Holzinger*, Oestromon (als Salbe).
Dimethylöstrogen Holzinger (in Depotform).

Östrogene zur gegengeschlechtlichen Behandlung: Dosierung mit größeren Mengen, als bei der Östrogentherapie der Frau. Angegeben sind die Dosierungen für die Behandlung des Prostatakarzinoms. In anderen, meist geringeren, Dosen auch für gynäkologische Zwecke geeignet.
Cyren* A ein- bis zweimonatlich ein Preßling in die Bauchhaut zu implantieren.
Ovocyclin M 1–2 Amp. pro Woche.
Depot-Oestromon alle 3–4 Wochen 1 Amp. i.m., anfangs mehr.
Progynon*-Depot 100 mg alle 2–3 Wochen 1 Amp. i.m.
Progynon M Tabletten 0,0002 = 0,2 mg; anfangs 3mal 1–2 Tabl., später reduzieren bis auf 1 Tabl.

Östrogenartig Wirkende Stoffe ausschließlich zur Behandlung des Prostatakarzinoms:
CHLOROTRIANISEN: **Merbentul***.
TETRANATR. FOSFESTROL.: **Honvan***.

Gestagene

Gestagene sind die Hormone der zweiten Zyklushälfte und der Schwangerschaft, Hauptvertreter ist das PROGESTERON. Es wird vom Gelbkörper (Corpus luteum) unter Einwirkung des luteinisierenden Hormons (Hypophysenvorderlappen) gebildet, in der Schwangerschaft auch von der Plazenta. PROGESTERON führt die Gebärmutterschleimhaut in die Sekretionsphase über, bereitet die Einnistung des Eis vor und ist während der Gravidität das »Schwangerschaftsschutzhormon«.

Dosierung nach ärztlicher Anweisung.

PROGESTERON und Verbindungen
Clinovir, Duphaston, Proluton*.

CHLORMADINON-ACETAT: **Gestafortin.**

LYNESTRENOL: **Orgametril.**

MEDROGESTON: **Prothil 5.**

Hormonkombinationen

Die Kombination bestimmter Mengen von Östrogenen mit Gestagenen wird für folgende Zwecke herangezogen:

Schwangerschafts-Diagnostika

Beim Ausbleiben der Periode kann auf eine Schwangerschaft geschlossen werden, wenn nach Einnahme von je 1 Dragée der folgenden Substanzen an zwei aufeinanderfolgenden Tagen nach 3–5 (–10) Tagen keine Regelblutung eintritt.

Duogynon (auch als einmalige Injektion), **Gynäkosid**.

Orale Kontrazeptiva

Die Zufuhr kleiner Mengen Gestagen und Östrogen in einem bestimmten Verhältnis verhindert über eine Hemmung des Hypophysen-Zwischenhirnsystems den Eisprung (die Ovulation) und damit eine Befruchtung. Außerdem spielen aber noch andere Mechanismen eine Rolle, sodaß man besser nicht mehr von »Ovulationshemmern« spricht sondern von *oralen Kontrazeptiva* (Einzahl: Kontrazeptivum). Über den unterschiedlichen Gehalt an Follikelhormon (Östrogen) und Gelbkörperhormon (Gestagen) siehe Tabelle 7. Man dosiert diese »Anti-Baby-Pillen« im allgemeinen ab dem 5.–7. Tag nach Eintritt einer Regelblutung mit täglich einem Dragée für drei Wochen; danach wird eine Woche Pause eingelegt und ohne Rücksicht auf eine eingetretene oder fehlende leichte Abbruchblutung die erneute Einnahme begonnen. Bei den sogenannten »2-Phasen-Präparaten« unterscheiden sich die Tabletten für die beiden Zyklushälften in ihrem Hormongehalt, meist wird dies durch unterschiedliche Farbgebung hervorgehoben. Wird die Einnahme einmal vergessen, so kann sie noch innerhalb 24 Stdn. nachgeholt werden; danach ist ein Konzeptionsschutz nicht mehr gewährleistet. Die Einnahme kann fortgesetzt werden. Tritt dabei eine Abbruchblutung auf, so ist im allgemeinen eine Woche Pause mit danach erneuter Einnahme anzuraten. In solchen Fällen sollte ärztlicher Rat eingeholt werden.

> Die Einnahme von oralen Kontrazeptiva soll nicht ohne ärztliche Untersuchung und Kontrolle stattfinden.

Tabelle 8. Hormongehalt von oralen Antikonzeptiva.

Handelsname	ÖSTROGEN						GESTAGEN					
	wenig		mittel		viel		wenig		mittel		viel	
alfames E			×							×		
Anacyclin					×				×			
Anovlar			×									×
Edival			×						×			
Etalontin			×								×	

Tabelle 8. Fortsetzung

Handelsname	ÖSTROGEN						GESTAGEN					
	wenig		mittel		viel		wenig		mittel		viel	
Eugynon			×							×		
Lyndiol			×								×	
Microgynon		×					×					
Neogynon			×							×		
Neorlest		×						×				
Noracyclin			×								×	
Orlest			×						×			
Ortho-Novum 1/50			×						×			
Ortho-Novum 1/80				×					×			
Ortho-Novum 2 MG					×					×		
Ovysmen 0,5/35		×						×				
Ovysmen 1/35		×								×		
Ovanon			×								×	
Ovoresta					×				×			
Ovulen					×					×		
Perikursal		×						×				
Sequilar		×						×				
Sinovula			×								×	
Stediril			×								×	
Stediril-D			×						×			
Stediril D 30/150		×					×					
Yermonil		×								×		

Nebenwirkungen gefährlicher Art sind zwar nicht bekannt, doch sind unter anderem Leberschäden und Thromboseneigung eine Kontraindikation. Dazu gehören weiter: Sichelzellanämie, hormonabhängige Tumoren und Störungen der Gallensekretion. Bei Schwangerschaft oder früherer Schwangerschafts-Gelbsucht dürfen orale Kontrazeptiva nicht gegeben werden. Zunahme des Körpergewichtes unter der Einnahme wird wohl häufiger behauptet, als es der Fall ist, dies kann auch psychische Gründe haben. Bei Migräne, starken Kopfschmerzen, Sehstörungen, ersten Anzeichen von Venenentzündungen oder Thrombosen, Auftreten von Gelbsucht, Blutdruckanstieg, epileptischen Reaktionen, erkennbarem Myomwachstum sowie vor Operationen und nach Unfällen mit Bettlägrigkeit sind orale Kontrazeptiva sofort abzusetzen und der Arzt zu informieren.

Orale Kontrazeptiva werden außer zur Konzeptionsverhütung zur *Behandlung schmerzhafter Regelblutungen* eingesetzt. Da sie nach längerer Einnahme beim Absetzen der Therapie zu gehäuften Ovulationen führen können, verordnet man sie eine Zeitlang bei Kinderlosigkeit infolge mangelnder Tätigkeit der Eierstöcke.

Mit oralen Kontrazeptiva kann auch die Regelblutung verschoben werden. Man hört mit der Einnahme eine Woche früher auf oder setzt sie eine Woche länger fort, wenn der Eintritt der Menstruation um die entsprechende Zeit verlegt werden soll. Solche Manipulationen sollten jedoch eine Ausnahme sein.

Kalenderpackungen erleichtern die tägliche Einnahme von oralen Kontrazeptiva. Oft wird die Zahl der Dragées an den Handelsnamen angehängt, zum Teil enthalten die Packungen wirkstofffreie Dragées für die Zeit der Menstruation (z. B. **Microgynon** 21, aber **Microgynon 28** mit 7 wirkstofffreien Dragées).

Östrogenfreie Kontrazeptiva

Neben den in Tabelle 8 aufgeführten Kombinationspräparaten sind auch orale Kontrazeptiva erhältlich, die *kein* Östrogen enthalten. Die Wirkung beruht hauptsächlich auf einer Undurchlässigkeit des Zervixschleimes für das Sperma. Der normale Zyklus bleibt erhalten. Die Präparate enthalten nur Gestagene.

LYNESTRENOL: 0,5 mg **exlutona**.

NORETHISTERON 0,35 mg **Micronovum**.

Hormone und Hemmstoffe der Schilddrüse

Schilddrüsenhormone

Unter Einwirkung des thyreotropen Hormons des Hypophysenvorderlappens sezerniert die Schilddrüse das THYROXIN, ein vierfach jodiertes THYRONIN. Auch die Vorstufe, das dreifach jodierte THYRONIN (TRI-JOD-THYRONIN), hat Schilddrüsenhormonwirkungen. Therapeutisch erfolgt der Einsatz bei Unterfunktion und einigen besonderen Indikationen. Die Dosierung ist individuell zu handhaben. Im Alpenvorland sind meist höhere Dosen als an der Küste nötig.

TRIJOD-THYRONIN in der optisch linksdrehenden Form, schnell wirkendes Schilddrüsenhormon; Tabletten zu 20 und 100 Gamma.
Thybon*.

THYROXIN in seiner optisch linksdrehenden Form hat langsam einsetzende, aber konstant anhaltende Hormonwirkungen, bremst das thyreotrope Hormon des Hypophysenvorderlappens.

l-Thyroxin, Euthyrox*, Levothyroxin.

Mischpräparate aus TRIJODTHYRONIN und THYROXIN.

Novothyral, Thyroxin T_3 Henning (Verhältnis der Komponenten 1 : 5).

Schilddrüsenextrakte aus getrockneten und pulverisierten Tierdrüsen mit den Effekten des Schilddrüsenhormons.

Thyreoidin*, Thyreoid Dispert.

Kontraindikationen sind tachykarde Herzinsuffizienz, Myocarditis (Entzündung des Herzmuskels) und Angina pectoris.

Hemmstoffe der Schilddrüse

Diese werden hier aufgeführt, obwohl es sich bei der Mehrzahl der Substanzen *nicht* um Hormone handelt. Hormoncharakter haben nur die als Zusatztherapie notwendigen Schilddrüsenwirkstoffe. Es klingt zunächst paradox, daß bei Überfunktion solche Hormone gegeben werden müssen. Dies ist aber notwendig, weil bei zu niedrigem Serum-Hormonspiegel das thyreotrope Hormon des Hypophysenvorderlappens vermehrt produziert wird. Die Schilddrüse, die unter der Wirkung der Hemmstoffe nur noch wenig Hormon herstellen kann, würde ohne Zugabe von Schilddrüsenwirkstoffen durch das thyreotrope Hormon solange angetrieben werden, bis sich eine Vergrößerung des Organs einstellt. Eine solche Kropfbildung unter der Therapie mit Hemmstoffen ist also auf die Dauer immer zu erwarten, wenn nicht gleichzeitig nebenher etwas L-THYROXIN oder ein ähnlicher Stoff gegeben wird. Man wählt natürlich Hormone, die zwar die Hypophyse bremsen, im Körper aber nur wenig als Schilddrüsenhormon wirksam werden.

In ähnlicher Wiese dämpft auch *Jod* die Aktivität der Schilddrüsen. Es sollte allerdings nur *kurzzeitig* gegeben werden, zum Beispiel als Operationsvorbereitung (»Plummerung«). Eine Dauertherapie mit kleinen Jodgaben erfordert große Erfahrung und ist nicht ungefährlich.

PERCHLORAT hemmt die Aufnahme und Speicherung von Jod in die Schilddrüse. Als Nebenwirkung sind Blutbildveränderungen möglich. Dosierung: 3–5mal 20 Tropfen pro Tag, stets mit Wasser verdünnt, später reduzieren.

NATRIUM-PERCHLORAT: **Irenat.**

KALIUM-PERCHLORAT: **Thyronorman.**

THIOURACIL hemmt den Einbau von Jod in das Molekül und damit den Thyroxinaufbau. Überwachung des Blutbildes notwendig. Dosierung: 0,05/Tag, anfangs mehr.

METHYL-THIOURACIL: **Thyreostat.**

PROPYL-THIOURACIL: **Propycil, Thyreostat II.**

THIAMAZOL (MERCAPTOIMIDAZOL) wirkt wie PROPYLTHIOURACIL. Dosierung: 2–3 (-5) Tabletten oder 3–4 (-8) Amp./Tag i.v., notfalls auch i.m. oder s.c. Ebenfalls Blutbildkontrolle!

Favistan.

MERCAPTOBENZIMIDAZOL wirkt ebenfalls wie PROPYLTHIOURACIL. Hat nebenbei einen ausgesprochen sedativen und analgetischen Effekt. Wenig Knochenmarksbeeinflussung. Dosierung: 1–3 Tabletten, dann steigern bis 10 Tbl./Tag.

Thyreocordon.

CARBIMAZOL: Wirkung und Nebenwirkungen wie oben. Dosierung: anfangs 0,02–0,04–0,06, Erhaltungsdosis 0,005–0,01.
neo-morphazole: Tabletten 0,005.
Neo-Thyreostat: Tabletten 0,01.

Jod als JODIDverbindung. 1 Amp. (2 ml) enthält 0,236 Jod. Zur Operationsvorbereitung oder im Basedow-Koma $^1/_2$–1 Amp./Tag s.c., i.m. oder langsam i.v. Bei i.v.-Injektion flüchtiges Hitzegefühl möglich.
Endojodin.

Radioaktives Jod. Seine Anwendung zur Hemmung der Schilddrüsentätigkeit bleibt Spezialabteilungen vorbehalten.

Sedativa. Obwohl diese keine eigentlichen Hemmstoffe darstellen, sind sie zur Therapie leichter Überfunktionen gut geeignet, besonders das Barbiturat
Prominal*.

Vitamine

Vitamine sind lebensnotwendige Substanzen, die der Körper nicht oder nicht ausreichend selbst herstellen kann. Auf ihre Wirkungen und die Symptome beim Mangel kann hier nur in Stichworten eingegangen werden. In der Therapie ist eine echte Indikation nur bei *Vitaminmangel* gegeben; dieser ist aber recht selten. Ob Vitamine leistungssteigernd und anregend wirken können, ist nicht bewiesen. Daher wird die Wirkung von Vitaminpräparaten im Alter und bei Krankheiten, die nicht durch Vitaminmangel hervorgerufen wurden, häufig überschätzt.

Vitamin A (RETINOL, AXEROPHTHOL, Vorstufe: CAROTIN)

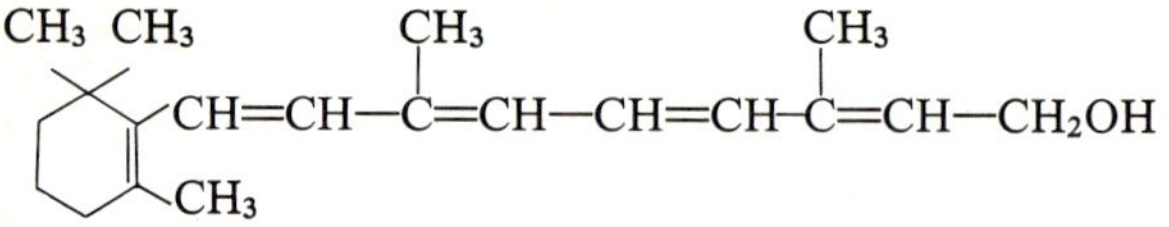

Wichtigste Funktionen: Bildung des Sehpurpurs, Aufbau und Schutz von Haut und Schleimhäuten.

Wichtigste Vorkommen: Als Vorstufe (Provitamin) in allen grünen Pflanzen, Gemüsen, Karotten, Spinat, Hagebutten, Niere, Leber, Milch. Als Vitamin in Fischlebertran, Eingeweiden, Milch, Butter, Eigelb.

Ausfallserscheinungen: Nachtblindheit, Lichtscheu, Austrocknung von Haut und Schleimhäuten.

Tagesbedarf: 25000–50000 E.

Therapeutische Dosis: 50000–200000 E./Tag. oral oder i.m.

A-Mulsin, A-Vicotrat, Arovit*, Vitamin A Saar, Vogan*.

Vitamin B_1 (ANEURIN, THIAMIN)

Wichtigste Funktionen: Koenzym[1]) der Carboxylase, das an wichtigen Reaktionen im Kohlenhydratstoffwechsel teilnimmt.

---

[1]) Koenzym = Koferment: Anteil eines zusammengesetzten Fermentes, für die spezifische Wirkung wichtig.

Wichtigste Vorkommen: Reis, Getreide, Hefe, Gemüse, Kartoffeln, Leber, Milch.
Ausfallserscheinungen: Beri Beri.
Tagesbedarf: 0,0015–0,0025.
Therapeutische Dosis: Hängt vom Kohlenhydratgehalt der Nahrung ab, Kohlenhydratreiche Nahrung und Alkoholgenuß erhöhen den Bedarf.
0,005–0,03 oral oder i.m.
B_1-Vicotrat, Benerva*, Benfotiamin, Betabion*, Betaxin*, Thianeuron* (im Gegensatz zu den anderen genannten B_1-Vitaminen fettlöslich), **Vitobun**.

Vitamin B_2 (RIBOFLAVIN, LACTOFLAVIN)

Wichtigste Funktionen: In zahlreichen Fermenten, besonders der inneren Atmung, enthalten.
Wichtigste Vorkommen: Hefe, Gemüse, Hülsenfrüchte, Tomaten, Leber, Getreide.
Ausfallserscheinungen: Wachstumsstörungen an Haut und Schleimhäuten (Mundwinkelrhagaden), Lichtscheu und andere Augensymptome.
Tagesbedarf: 0,0015–0,0025.
Therapeutische Dosis: 0,01–0,03 oral, i.m.
Beflavin*.

NIKOTINSÄUREAMID, NIKOTINAMID, *Vitamin PP*.

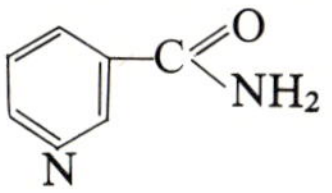

Wichtigste Funktionen: Bestandteil von Fermenten in zahlreichen Stoffwechselvorgängen. Auch Nikotinsäure hat die entsprechende Vitaminwirkung (neben ihrem gefäßerweiternden Effekt).
Wichtigste Vorkommen: Weit verbreitet, Hefe, Körnerfrüchte, Früchte und viele andere.
Ausfallserscheinungen: Pellagra[1])
Tagesbedarf: 0,012–0,016
Therapeutische Dosis: 0,04–0,4 oral, i.m., s.c., i.v.
Nicobion.

Vitamin B_6 (PYRIDOXIN)

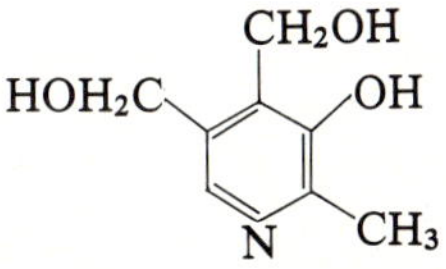

[1]) Pellagra: Vitaminmangelkrankheit mit Hautveränderungen, psychischen Störungen und Durchfällen.
[2]) Transaminasen: Für die Übertragung von Aminogruppen wichtige Enzyme.
[3]) Intrinsic Factor: Im unteren Magenabschnitt gebildetes und für die Blutbildung wichtiges Ferment.

Wichtigste Funktionen: Bestandteil zahlreicher Fermente, z. B. Transaminasen[2]).

Wichtigste Vorkommen: Hefe, Körnerfrüchte, Gemüse, Muskulatur, Innereien, Eigelb, Milch.

Ausfallserscheinungen: Uncharakteristisch, epileptiforme Krämpfe, brennende Füße.

Tagesbedarf: 0,001–0,002

Therapeutische Dosis: 0,08–0,3 oral, i.m., s.c., i.v., gegen Reisekrankheit, Erbrechen, Strahlenkater.

B_6-Vicotrat, Benadon*, Hexobion*.

Vitamin B_{12} (CYANOCOBALAMIN, *synthetisch und mit Depotwirkung:* AQUOCOBALAMIN)

Wichtigste Funktionen: Zusammen mit dem in der Magenschleimhaut gebildeten »Intrinsic Factor«[3]) zur Reifung normaler Erythrozyten nötig. Wichtig für die Weitergabe von Methylgruppen im Stoffwechsel.

Wichtigste Vorkommen: Leber, Niere, Herz, Hirn, Fischextrakte.

Ausfallserscheinungen: Perniziosa.

Tagesbedarf: 1–3 mcg (= Gamma).

Therapeutische Dosis: Je nach Indikation entweder 30–150 mcg (= Gamma) täglich oder innerhalb bis zu 3 Wochen oral, i.m., s.c., i.v. oder hochdosiert bis zu 1000 mcg (= Gamma) täglich (bei Perniziosa, Leberkrankheiten, Neuralgien).

Aquo-Cytobion, Axlon, B_{12} versch. Firmen, **B_{12}-Depot-Vicotrat, B_{12}-Vicotrat, Berubi, Colbalparen, Cytobion*, Depogamma*, Docivit, Erftamin, Millevit*, Pernicipur, Petzo-Vit-B_{12}, Pharmatovit B_{12}.**

Vitamin C (ASCORBINSÄURE)

Wichtigste Funktionen: Redox-System[1]), das in den zellulären Stoffwechsel eingreift.

Wichtigste Vorkommen: Frische Früchte (Zitrone, Apfelsine, Hagebutte), darüber hinaus in allen lebenden Geweben.

Ausfallserscheinungen: Skorbut

Tagesbedarf: 0,075–0,1

Therapeutische Dosis: 0,05–1,0 täglich oral, i.v., i.m., in kleineren Dosen auch s.c. Mischspritzen nicht liegen lassen, da Vitamin C eine oxydierend-reduzierende Wirkung hat. Die Gabe zur Prophylaxe von Erkältungskrankheiten und als Infektionsschutz wird in ihrer Wirksamkeit sehr stark angezweifelt.

Cebion*, Cedoxon*, Ce-Fortin, C-Vicotrat, Taxovit, Vitamin C versch. Firmen, **xitix Vitamin C**.

Vitamin D

Es gibt mehrere Vitamine D, die aus ihren Vorstufen, den *Provitaminen*, durch ultraviolette Bestrahlung entstehen. Diese Provitamine sind zum Teil in der Haut enthalten, weshalb lichtarm aufwachsende Kinder Mangelerscheinungen bekommen. Die in der Therapie ausschließlich verwendeten D-Vitamine sind Vitamin D_2, ein Bestrahlungsprodukt der Vorstufe Ergosterin, und Vitamin D_3 (COLECALCIFEROL), das durch UV-Bestrahlung aus Dehydrocholesterin entsteht. Formel s. S. 99.

---

[1]) Redox-System = Reduktions-Oxydationssystem: Chemisches System von Wichtigkeit für den Energiehaushalt der Körperzellen.

Wichtigste Funktionen: Förderung der Calciumresorption aus dem Darm und Regelung des Calciumgehaltes der Knochen, Erhöhung des Serum-Calciumspiegels.

Wichtigste Vorkommen: Provitamine in Pilzen und tierischen Materialien, fertige Vitamine im Lebertran.

Ausfallserscheinungen: Rachitis.

Überdosierung: Während eine Überdosierung bei den anderen Vitaminen nicht oder noch nicht nachgewiesen werden konnte, kann es bei Vitamin D durch zu starke Erhöhung des Serum-Calciumspiegels zu Vergiftungserscheinungen und Todesfällen kommen.

Tagesbedarf: 400 E. (100 E. = 0,0025 mg).

Therapeutische Dosis: Hier kommt vor allem die Anwendung beim Kind infrage, weshalb ausnahmsweise Kinderdosen genannt werden: Zur Prophylaxe wird eine tägliche Gabe von 400–1000 E. ab der 2. Lebenswoche für 2 Jahre angeraten. Da dies von den Müttern oft nicht konsequent genug durchgeführt wird, kann auch die weniger günstige Stoßprophylaxe mit 200000 E. (= 5 mg) ein- dreimal in Abständen oder die Gabe kleinerer Dosen verteilt auf eine Woche gewählt werden. Therapeutisch (also nicht zur Vorbeugung) wesentlich höhere Dosen. Alle folgenden Präparate enthalten Vitamin D_3.

D-Mulsin, D-Tracetten, Provitina D_3, D_3-Vicotrat, Vigantol*, Vigantoletten, Vigantol 10000, Vigantol Forte, Vigorsan* D_3, Vigorsan 500, Vigorsan Forte D_3.

Sonderform: Bei der Bestrahlung von Ergosterin, dem Provitamin D_2, entsteht neben diesem Vitamin noch eine andere Substanz, das

DIHYDROTACHYSTERIN. Diese Substanz hat nur $^1/_{500}$ der antirachitischen Wirkung, erhöht dabei aber den Serumcalciumspiegel wie das Vitamin. Dadurch ergibt sich eine therapeutische Einsatzmöglichkeit bei Zuständen mit Calciummangel, vor allem der Tetanie. Die Wirkung setzt langsam ein und flaut langsam ab, trotzdem soll eine laufende Gabe wegen Tetaniegefahr nicht plötzlich unterbrochen werden. Dosierung: Erhaltungsdosis 1–15 mg/Tag (1 ml = 30 Tropfen = 1 mg). Anfangsdosis höher. Zur Erleichterung der Einnahme in heiße Getränke oder in das Essen mischen. Zeichen der Überdosierung: Appetitlosigkeit, Übelkeit, Erbrechen, Blässe, Müdigkeit, Durst, Polyurie[1]), Kopfschmerzen, Herzklopfen.

AT 10.

Vitamin E (TOCOPHEROL)

Zahlreiche Stoffwechselwirkungen, unter anderem fördernde Wirkung auf die Fruchtbarkeit.

Tagesbedarf: 0,025

Therapeutische Dosis: 0,1–0,6

E-Mulsin, E-Vicotrat, Ephynal*, Evion.

Vitamin P (RUTIN)

Wirkt kapillarabdichtend und wird deshalb bei Blutungen und Gefäßschäden angewandt.

Therapeutische Dosis: 0,1–0,3 (–0,6) pro Tag i.m. oder i.v.

Birutan*.

---

[1]) Polyurie: Harnflut.

Vitamin K

Wichtig zur Bildung von Gerinnungsfaktoren, besonders Prothrombin. Bei Mangel ist die Thromboplastinzeit (Quick-Wert) herabgesetzt. Wird Vitamin K zur Behandlung einer Überdosierung von Cumarolen (gerinnungshemmende Therapie) eingesetzt, so kann die Wirkung erst über eine Prothrombinbildung, also langsam, einsetzen.

Tagesbedarf: 0,001

Therapeutische Dosis: 0,01–0,02, maximal 0,04 pro Tag i.v., auch oral.

Konakion*.

Weitere Vitaminpräparate

Es gibt noch weitere Vitamine, vor allem aber zahlreiche Handelspräparate und Vitaminkombinationen. Die Zusammensetzung ist meist leicht ersichtlich, da im Präparatenamen oft das Vitamin und die Firmenbezeichnung erscheinen. In Tabelle 7 sind einige der bekanntesten Kombinationen, aus deren Namen die Zusammensetzung nicht ersehen werden kann, angeführt.

Tabelle 9. Vitamingehalt einiger Vitaminkombinationen pro Kapsel oder Tablette.

	A E.	B_1 mg	B_2 mg	Nicotinamid mg	B_6 mg	B_{12} mcg	C mg	D E.	E mg	P mg	Spurenelemente
Multibionta*	2000	1	1,5	15	2	1	50		2	10	
Multivicotrat	3000	1,5	1,5	15	0,5	3	50	500	2		
Multivitamin Lappe	2500	1,2	1,5	10	1	2	50	200	5	5,25	[1])
Obron	2500	1	1	10	0,25		15	200			+
Multibionta forte	7500	10	12,5	60	15	10	200		10		
Pregnavit Brausetabl.	3000	1,5	2,5	15	5	5	75	200	10	10	+
Supradyn Brausetabl.	25000	20	5	50	10	5	150		10		+
Viterra	5000	1	1,5	10	1	2	50	500			+

[1]) para-amino-Benzoesäure

Blut und Blutgerinnung

Hämostyptika

Hämostyptika (Einzahl: Hämostyptikum) sind blutstillende Mittel. Sie beruhen entweder auf einer »Abdichtung« der Gefäßwände oder auf der Gerinnungsfähigkeit des Blutes. Die Blutgerinnung ist ein komplizierter Vorgang mit zahlreichen Einzelkomponenten. Sie kann, allerdings sehr grob vereinfacht, in drei Phasen unterteilt werden:

```
                  Thromboplastin
                        ↓
Prothrombin      → Thrombin
                            ↓
                 Fibrinogen → Fibrin
```

Die nachfolgenden Substanzen greifen an verschiedenen Angriffspunkten in diesen Gerinnungsvorgang beschleunigend ein.

Gerinnungsaktive Hämostyptika

Thrombokinase: Aus tierischem Lungengewebe gewonnenes Enzym, fördert die Bildung und aktiviert Thromboplastin. Wirkt nur am Ort der Blutung!
Clauden*.

Thrombin: aus Rinderplasma. Darf niemals i.v. gegeben werden, da es sonst zu sofortiger Blutgerinnung kommen würde! Zur äußerlichen Anwendung als Pulver, auch oral 1 Beutel in $^1/_2$–1 Glas warmem (nicht heißem) Wasser bei Magenblutung.
Akrithrombin, Thrombinum purum, Topostasin, Velin (zum Schlucken).

Organextrakte: Verschiedene Organe enthalten Stoffe, welche die Gerinnungsfähigkeit des Blutes steigern.
Tachostyptan* Thromboplastinhaltiger Extrakt aus dem Hirn von Schlachttieren.
Epsilon-Tachostyptan* = Tachostyptan + EPSILON-AMINOCAPRONSÄURE (s. unten).

Gerinnungsfaktoren: Sollen bestimmte Faktoren der Gerinnung statt zahlreicher Vollblutkonserven konzentriert zugeführt werden, können die entsprechenden Konzentrate angewandt werden, z. B. **Prothrombinkonzentrat der Faktoren II, VII, X, IX.**

Fibrinogen: In bestimmten Fällen besteht ein Mangel an Fibrinogen, so daß dessen Zufuhr notwendig wird. Es handelt sich hierbei nicht um ein routinemäßig einsetzbares Hämostyptikum.
Human-Fibrinogen 2–4,0/Tag i.v.

Fibrinolyse-Hemmstoffe: Neben dem System der Blutgerinnung gibt es auch ein gerinnselauflösendes System. Wird diese Fibrin-Auflösung (Fibrinolyse) gehemmt, so entspricht dies einem blutstillenden Effekt.
Epsilon-Aminocapronsäure: Verschiedene Firmen und Zubereitungsformen. Man gibt täglich 4,0–6,0 i.v. oder als i.v.-Dauertropfinfusion in phys. NaCl oder 5%iger Glukose (pro Stunde 1,0–1,5).

Vitamin K: regt die Prothrombinbildung in der Leber an, wird vor allem als Gegenmittel bei CUMARINüberdosierung verwendet.

Konakion: Ampullen zu 0,001 und 0,01 i.v., i.m., auch Tropfen (1 Tropfen = 0,001) und Kaudragées.

Kapillarwirksame Hämostyptika

Substanzen dieser Gruppe führen zu einer Abdichtung der Kapillarwand, sie sind dementsprechend nicht für schwerere Blutungen geeignet. Indikationsgebiet sind diffuse, parenchymatöse Blutungen.

Vitamin P: s. unter »Vitamine«. In einigen Kombinationspräparaten
Styptobion* (+ Vitamine C und K)
Ruticalzon* (+ Vitamin C, D und Calcium).

Östrogene: Intravenös gegeben, entwickeln diese Stoffe keine Hormonwirkung, wirken aber über die Gefäßwand und zusätzlich über eine Beeinflussung von Gerinnungsfaktoren blutstillend.
Presomen*.

Hämostatisches Ferment: Aus getrocknetem Schlangengift brasilianischer Otternarten wird ein blutstillendes Ferment gewonnen.
Reptilase 1–2 Stunden vor chir. Eingriffen 1 Amp. s.c., i.m., auch i.v.

Antikoagulantia und Fibrinolytika

Bei einigen thrombotischen und embolischen Krankheiten wird als Therapie oder Prophylaxe die Gerinnungsfähigkeit des Blutes herabgesetzt oder versucht, ein entstandenes Blutgerinnsel aufzulösen. Für diese beiden Behandlungsformen stehen die folgenden Substanzen zur Verfügung.

Antikoagulantia

Antikoagulantia sind Substanzen, die in den Vorgang der Blutgerinnung hemmend eingreifen. Die teilweise komplizierten Angriffspunkte können hier nur angedeutet werden.

Heparin: Eine Substanz, die in den Mastzellen des Körpers vorkommt. Außer der gerinnungshemmenden Wirkung (Dauer ungefähr 6 Stunden) haben kleine Dosen auch einen günstigen Effekt auf erhöhte Blutfettwerte. Heparin wird wegen seiner kurzen Wirkungsdauer zur leicht steuerbaren Anfangsbehandlung bei Herzinfarkt, Lungenembolie und anderen Krankheiten verwendet. Die Dosis ist möglichst i.v. zu geben. Anfangs sind auch s.c.-Injektionen, evtl. sogar eine erste i.m.-Gabe möglich. Wegen der zunehmenden Blutungsneigung dürfen aber während der weiteren Therapie mit Heparin keine i.m.-Injektionen mehr gegeben werden.
Dosierung: 6stündlich ca. 15000 E. i.v.
Heparin: 5000–25000 E pro Ampulle.
Depot-Heparin Vitrum: 25000 E in 1 ml zur s.c.-Injektion.
Liquemin*: 2500 E in 1 ml bis 25000 E in 5 ml.
Liquemin-Depot*: 40000 E in 1 ml + EPHEDRIN, langwirkend, zur s.c.-Injektion.
Thrombophob: 5000 E in 1 ml.
Depot-Thrombophob: 40000 E in 1 ml + EPHEDRIN, langwirkend, zur s.c.-Injektion.
Calciparin: 12500 und 20000 E KALZIUMHEPARINAT in 0,5 bzw. 0,8 ml zur s.c.-Injektion.

Vetren, 200 E in 2 ml und **Thrombo-Vetren**, 4000 E in 2 ml.
Hirudoid: Heparinwirkstoff in Salbenform zum vorsichtigen, messerrückendicken Auftragen auf Thrombophlebitiden (Venenentzündungen) u.a.; nicht reiben!

Heparinartige Wirkstoffe: Bestimmte Mukopolysaccharid-Schwefelsäureester haben eine heparinähnliche Wirkung. Sie hemmen Thrombin, Thromboplastin und Prothrombin und können ebenfalls gegen erhöhte Blutfettwerte eingesetzt werden. Verabreichung und Dosierung wie bei Heparin.

Eleparon 10000 E in 2 ml
Depot-Eleparon 25000 E in 1 ml
Thrombocid und **Depot Thrombocid**.

Gegenmittel (Antidot) gegen Heparin und heparinähnliche Substanzen:

Protamin: Verbindet sich mit Heparin zu einem unwirksamen Salz. Dosierung nach ärztlicher Anweisung, meist ein- oder mehrmals 1 Ampulle i.v. im Abstand von wenigen Minuten.

Protamin 1000 Roche (i.v.), 1 Amp. (5 ml) inaktiviert 5000 E Heparin.
Protamin 5000 Roche (i.m.), 1 Amp. (5 ml) inaktiviert 25000 E Heparin
Protaminsulfat Novo (i.v.), 1 Amp (10 ml) inaktiviert 10000 E Heparin
Protaminchlorid Vitrum (i.v.), 1 Amp (5 ml) inaktiviert 5000 E Heparin.

Cumarinverbindungen: Substanzen dieser Gruppe hemmen die Gerinnung durch Verdrängung von Vitamin K aus einem Fermentsystem; deshalb tritt die Wirkung *langsam* ein. Beeinflußt wird vor allem das Prothrombin, so daß eine Kontrolle der Wirkung über die Höhe der Thromboplastinzeit (Quick-Wert) möglich ist. Der Wert sollte zwischen 15 und 30% vom Normalwert (100%) gehalten werden. Zur Erzielung eines solchen Wertes sind ungefähr folgende Dosen notwendig:

Beträgt der Quickwert	70 – 100%,	sind 4 – 6 Tbl. zu geben
	45 – 60%	2 – 5
	30 – 40%	1 – 2
	20 – 30%	$^1/_2$ – $1^1/_2$
	15 – 25%	$^1/_4$ – $1^1/_2$

> *Die Dosierung darf aber nur nach ärztlicher Anweisung erfolgen.* Liegt der Wert um oder unter 10%, so ist die Gefahr einer Blutung gegeben (Zähneputzen, Stuhlgang, Urin, kleine Verletzungen usw.).
> Unter der Therapie mit Cumarinverbindungen dürfen wegen der Gefahr einer Hämatombildung *keine i.m. oder s.c.-Injektionen* verabfolgt werden!

Kontraindikationen sind hämorrhagische Diathesen, schwere Leber- und Nierenschädigungen, Magen-Darm-Ulzera, Gravidität, schwere Hypertonie und ausgeprägte Zerebralsklerose. Ein Alter über 60 Jahre stellt keine ausgesprochene Kontraindikation dar, sollte jedoch zu erhöhter Vorsicht veranlassen.

Viele Medikamente, manche Speisen und andere Faktoren können die Reaktion des Patienten auf Cumarinverbindungen verändern.

Salizylate, Pyrazole, PHENYLBUTAZON	verstärken die Wirkung (Quickwert geht herunter).

Barbiturate, Digitalis, Diuretika, Kortikoide	schwächen die Wirkung ab (Quickwert geht hinauf).

Die Wirkungsdauer ist bei den einzelnen Präparaten unterschiedlich, im allgemeinen wird das Optimum nach 1–2 Tagen erreicht. Nach Absetzen dauert es noch 1–2 Wochen, bis die Wirkung abgeklungen ist. Ein Absetzen sollte nicht schlagartig erfolgen, es muß »ausgeschlichen« werden.

ACENOCOUMAROL: **Sintrom**.
ÄTHYL-BIS-COUM-AZETAT: **Tromexan**.
PHENPROCOUMON: **Marcumar**.
WARFARIN: **Coumadin**.

Gegenmittel (Antidot)

Vitamin K, das allerdings nicht sofort wirkt. Geläufigstes Handelspräparat ist **Konakion**.

> Bei jeder Behandlung mit Antikoagulantien ist neben der Kontrolle durch Laboruntersuchungen, jeweils nach ärztlicher Anordnung, auf *Blutungen jeder Art* sorgsam zu achten (zum Beispiel beim Zähneputzen).
> Die *Harnfarbe* ist ständig zu kontrollieren; braune Verfärbung ist auf Hämaturie verdächtig und sofort dem Arzt zu berichten.

Fibrinolytika

Fibrinolytika (Einzahl: Fibrinolytikum) sind Substanzen, die ein Blutgerinnsel in einem Blutgefäß (intravasaler Thrombus) zur Auflösung bringen können. Dazu ist es wichtig zu wissen, daß es nicht nur ein kompliziertes System der Blutgerinnung gibt, sondern auch eines zur Auflösung von Gerinnseln. Dieses fibrinolytische System läuft ebenfalls in drei Stufen ab:

```
               Aktivator
                   ↓
Plasminogen        →  Plasmin
                          ↓
               Fibrin     →  Fibrinbruchstücke
```

Streptokinase: Dieses Ferment ist ein Produkt der hämolysierenden Streptokokken, welche auch das Streptolysin herstellen. Streptokinase vermag, innerhalb eines bestimmten Zeitraumes gegeben (Stunden bis Tage), embolische oder thrombotische Verschlüsse aufzulösen. Die Anwendung erfolgt als i.v.-Infusion in physiologischer NaCl-, Glucose- oder Plasmaexpanderlösung.

Da der menschliche Organismus laufend mit Streptokokkeninfekten fertig zu werden hat, besteht dauernd ein gewisser Antikörperspiegel gegen Streptokokkenprodukte, so auch gegen Streptokinase. Dieser muß entweder ausgetestet werden, oder man behandelt von vorneherein mit sehr hohen Dosen, damit in jedem Fall nach der Abbindung eines Teiles des zugeführten Stoffes durch die vorhandenen Antikörper noch genügend freie Streptokinase zur Verfügung steht. Diese aktiviert den oben angegebenen Mechanismus der Fibrinauflösung.

Anfangsdosis 350000–750000 E in der ersten halben Stunde, danach 100000 E stündlich über 24 Stunden und länger.

Kabikinase, Streptase.

Arzneimittel und ihre Gefahren

Unverträgliche Arzneimittelmischungen[1])

> Das *gemeinsame Aufziehen* mehrerer Medikamente in einer Mischspritze oder einer Mischinfusion birgt Gefahren, da sich nicht alle Substanzen miteinander vertragen. Es kann zu verschiedenartigen Unverträglichkeiten (Inkompatibilitäten) kommen. Diese Unverträglichkeiten können
> - *sichtbar* sein: Trübungen, Farbänderungen, Ausfällungen.
> - *unsichtbar* sein: Abschwächung, Verstärkung oder Änderung der Arzneimittelwirkung.
>
> Zu ihrer *Vermeidung* sollten folgende Hinweise beachtet werden.
> - Nur mischen, wenn ärztliche Anweisung dazu gegeben ist!
> - Nach dem Mischen einige Minuten warten und Lösung beobachten!
> - Bei manchen Infusionen Zusätze nicht in die Infusionsflasche, sondern in den Infusionsschlauch spritzen!
> - Infusionen mit Zusätzen nicht schon längere Zeit vorher (am Abend vorher) zubereiten!
> - Bei i.m.-Injektionen grundsätzlich nicht oder nur auf besondere Anweisung mischen, besser ist es, an zwei Stellen zu injizieren!

Außer den Mischungen, die durch direktes Zusammenbringen der Wirkstoffe in einer Spritze unverträglich werden, ist auch auf diejenigen zu achten, die durch *gleichzeitige Verordnung verschiedener Medikamente* entstehen. Es kann beispielsweise eine Injektion oder eine Tablette unverträglich sein oder eine Wirkungsveränderung zeigen, wenn der Patient zur selben Zeit unter dem Einfluß eines anderen Arzneimittels steht. Es ist zwar Sache des Arztes, keine unverträglichen Substanzen miteinander zu kombinieren. Die Schwester muß die Zusammenhänge aber ebenfalls kennen, damit ein aushilfsweise zugezogener Arzt (Nachtdienst) rechtzeitig informiert werden kann.

Prinzipiell können folgende Arten von Unverträglichkeiten vorkommen:

Physikalische Unverträglichkeiten

Nichtmischbarkeit von Lösungen, zum Beispiel von öligen und wässerigen.
Überschreitung der Löslichkeit, so daß es zum Ausfallen von Substanzen kommt (»zuviel« Substanz für »zuwenig« Lösung).

Chemische Unverträglichkeiten

Änderung des pH-Wertes durch die Mischung, so daß einzelne Beimengungen unlöslich werden.

---

[1]) Nach Unterlagen von Dr. F. Köchel, Direktor der Apotheke der klinischen Universitätsanstalten Würzburg.

Reaktion der Substanzen untereinander, so daß ein neuer Stoff entsteht (Salzbildung aus Säuren und Laugen).

Auflösung bestehender chemischer Bindungen durch Zusammenmischung.

Wirkungsbedingte Unverträglichkeiten (siehe auch S. 4/5)

Wirkungsminderung (Antagonismus) eines Arzneimittels durch gleichzeitige Verabreichung eines anderen.

Wirkungsverstärkung (Potenzierung); der Effekt zweier Stoffe ist dabei stärker, als die beiden Einzelwirkungen zusammengenommen.

Toxische Wechselwirkungen; hierbei wirkt ein Stoff anders (unter Umständen gefährlich), sobald gleichzeitig ein anderer zur Anwendung kommt.

Es ist im Rahmen dieses Buches nicht möglich, alle denkbaren Unverträglichkeiten aufzuführen. In der folgenden Aufstellung wird der Versuch unternommen, die wichtigsten dieser Beziehungen aufzuzeigen.

Aldactone (s. S. 79): Verdünnung zur Infusion nur mit physiolog. Kochsalzlösung oder 5% Glucose auf höchstens 200 ml; fällt sonst aus.

Alkohol:
- verstärkt die blutzuckersenkende Wirkung der oralen Antibiotika vom Sulfonylharnstoff-Typ
- steigert in nicht vorauszuberechnender Weise die Wirkung von Antihistaminika, Barbituraten und einigen Sedativa (z. B. **Noludar***).
- wird in seiner Wirkung gesteigert durch CHININ und die meisten Psychopharmaka.

Alupent*: wird zersetzt durch alkalische und oxydierende Lösungen.

Amphotericin B (s. S. 31): sehr pH- und lichtempfindlich, zur Infusion nur mit 5% Zukkerlösung (z. B. SORBIT) von pH 5 mischen und die mit schwarzem Papier abgedeckte Lösung sofort verwenden.

Anabolika: steigern die Wirkung von Antikoagulantien des Cumarin-Typs bis zur Blutung.

Anästhetika können mit Sympathikomimetika zu Herzrhythmusstörungen führen.

Analeptika: (**Cardiazol***, **Coramin***, **Lobelin***, **Micoren***) werden durch PHENOTHIAZINE (**Megaphen***) in der Kreislaufwirkung abschwächt; die krampfsteigernde Wirkung wird erhöht.

Atosil* zersetzt sich in der Mischspritze mit CHLORAMPHENIKOL, **Euphyllin*** und HYDROKORTISON.

Antidiabetika (Sulfonylharnstoffe) werden in ihrem blutzuckersenkendem Effekt verstärkt durch Alkohol, manche Pyrazolone (**Butazolidin***), Salizylate und manche Sulfonamide, anabole Steroide, orale Antikoagulantien, CHLORAMPHENIKOL und PROPRANOLOL (**Dociton**).

Antikoagulantien siehe Cumarin.

Barbiturate:
- fallen aus beim Mischen mit sauren Lösungen, **Ampicillin**, **Megaphen***, **Papaverin**.
- erhöhte Toxizität bei Kombination mit Corticoiden.
- reduzieren den Antikoagulantien-Effekt der Cumarine (Quickwert unter **Marcumar***, **Sintrom*** und **Tromexan** steigt).
- werden durch verschiedene Psychopharmaka in ihrer Wirkung unvorhersehbar gesteigert.

Blutkonserven möglichst nie mischen; nichts anderes durch das Transfusionsbesteck einlaufen lassen.

Blutdrucksenkende Substanzen werden in ihrer Wirkung verstärkt durch NEOMYCIN, STREPTOMYCIN, **Presinol***, **Sembrina**, PHENOTHIAZINE und Diuretika vom THIAZID-Typ.

Buscopan kann in der Mischspritze ausfallen mit alkalischen und oxydierenden Lösungen.

Butazolidin* kann in der Mischspritze ausfallen mit sauren und oxydierenden Lösungen.

Calcium kann mit Herzglykosiden toxische Effekte geben, keinesfalls in der Mischspritze.

CEPHALORIDIN: erhöhte Nierentoxizität bei Kombination mit **Lasix** oder **Hydromedin**.

CHLORAMPHENIKOL fällt in der Mischspritze aus mit stark sauren oder alkalischen Lösungen, **Atosil***, Vitamin B-Komplex, HYDROKORTISON und anderen.

Cumarin-Antikoagulantia
- werden in ihrer Wirkung gesteigert (Quickwert sinkt) durch manche Antirheumatika und Gichtmittel (**Butazolidin***, **Irgapyrin**, **Tanderil**, **Zyloric**, **Anturano***), Anabolika auf Steroidbasis, CLOFIBRAT (**Regelan***) und Salizylate, CHLORAMPHENICOL, Schilddrüsenhormon und langwirkende Sulfonamide.
- werden in ihrer Wirkung abgeschwächt (Quickwert steigt) durch orale Kontrazeptiva, **Doriden**, Barbiturate und GRISEOFULVIN. Blutungen sind möglich!

Digitalisglykoside
- geben toxische Effekte in der Mischspritze mit Calcium- und Magnesiumsalzen, **Reverin** und THIAZIDEN. Toxische Wirkung auch bei Verabreichung dieser Stoffe bei bereits unter Digitalis stehenden Patienten. Auch CORTICOSTEROIDE und PHENOTHIAZINE können durch Kaliumentzug toxisch wirken.
- werden abgeschwächt durch DIPHENYLHYDANTOIN, PHENOBARBITAL, **Butazolidin**, **Tanderil** und CHOLESTYRAMIN.

Dolantin* nicht in der Mischspritze mit alkalischen Lösungen.

Euphyllin* fällt aus beim Mischen mit stark sauren Lösungen, **Atosil***, **Haemaccel***, **Neurobion***, Papaverin und Vitamin B-Komplex.

Evipan-Natrium* fällt aus beim Aufziehen mit sauren Lösungen.

Heparin fällt aus oder bildet Komplexe beim Mischen mit **Atosil***, ERYTHROMYCIN, **Eupaverin***, **Megaphen***, Hyaluronidase, PENICILLIN, **Persantin***, STREPTOMYCIN und TETRAZYKLINEN.

Hypertensin* wird in Blut- und Plasmakonserven unwirksam.

Hypnotika werden in vielen Fällen durch Neuroleptika in ihrer Wirkung verstärkt.

Insuline nicht mischen, da pH-Verschiebung den Wirkungsablauf verändern kann.

Isoptin* nicht gemeinsam aufziehen mit **Novalgin*** oder **Marcumar***.

Kontrazeptiva, orale (»Anti-Baby-Pille«). Die empfängnisverhütende Wirkung ist nicht mehr gesichert bei gleichzeitiger Anwendung von RIFAMPICIN sowie Dauerbehandlung mit Barbituraten oder DIPHENYLHYDANTOIN (bei Epilepsie).

Kortikosteroide: – geben mit Barbituraten manchmal toxische Effekte.
- Hyperglykämiegefahr bei gleichzeitiger Verordnung von THIAZID-Diuretika.

LAEVODOPA kann mit MAO-Hemmern zu Hochdruckkrisen führen, PHENOTHIAZINE und Vitamin B_6 schwächen die Wirkung ab.

Lasix* fällt in saurer Lösung aus.

Lipostabil* fällt in Elektrolytlösungen aus.

Luminal* nicht mischen; fällt in der Mischspritze aus mit **Atosil***, **Megaphen***, TETRAZYKLINEN und anderen.

Macrodex* nicht mischen mit **Ronicol* comp.** und Vitamin B_1.

MAO-Hemmer (bestimmte Psychopharmaka)
- geben gefährliche Blutdruckerhöhungen bei Genuß von Käse, Fleischextrakt, Heringssalat, Joghurt, Rotwein und Wildbret, sowie dicken jungen Bohnen mit Hülsen.
- verstärken den blutzuckersenkenden Effekt der Antidiabetika vom Sulfonylharnstofftyp.
- steigern die meisten übrigen Psychopharmaka in ihrer Wirkung oder erzeugen gefährliche Nebenwirkungen.
- verstärken die Wirkung von **Sembrina**, **Presinol*** und NORADRENALIN.
- geben mit Opiaten gefährliche Blutdruckerhöhungen.

Megaphen* wird inaktiviert oder fällt aus in der Mischspritze mit alkalischen Lösungen, **Euphyllin***, CHLORAMPHENIKOL, DEXAMETHASON, HEPARIN, PENICILLIN und Vitamin B-Komplex.

METHYLDOPA (**Presinol***, **Sembrina**) wird durch MAO-Hemmer, PHENOTHIAZINE und THIAZIDE in der blutdrucksenkenden Wirkung verstärkt.

Narkotika:
- geben mit manchen Antibiotika Kreislaufregulationsstörungen.
- können in ihrem Narkoseeffekt verlängert werden und Blutdruckabfall auslösen bei gleichzeitiger Verabfolgung von Antiepileptika, manchen Antihistaminika, Antihypertonika, MAO-Hemmern,

Opiaten, PHENOTHIAZINEN, RESERPIN, Steroiden und Sympathikomimetika.
- werden in ihrer Wirkung gesteigert durch manche Psychopharmaka (**Librium***, **Valium***, **Adumbran***, **Mogadan***).

Neurogrisevit* verträgt nicht die Mischung mit Vitamin C.

Opiate werden durch manche Psychopharmaka (Tranquilizer) in ihrer Wirkung verstärkt.

PAS
- fällt aus in der Mischspritze oder Mischinfusion mit sauren Lösungen, Methionin, Pantothensäure und Schwermetallsalzen.
- kann durch **Benemid** so stark an der Ausscheidung gehemmt werden, daß es toxisch wirkt.

PENICILLIN wird in der Mischspritze ausgefällt oder inaktiviert durch pH-Veränderungen, **Atosil***, Eiweißhydrolysate, EPHEDRIN, Heparin, **Soventol***, Schwermetallsalze, TETRACYCLINE, Vitamin B_1 und C; am besten nie mischen! s. auch S. 21.

Persantin* verträgt sich nicht mit HEPARIN in der Mischspritze.

PHENOTHIAZINE (**Megaphen*** u. a.):
- hemmen die erregende Wirkung der Weckamine (**Pervitin***).
- steigern die Wirkung von RESERPIN und **Psyquil***.

Piperazine (Wurmmittel) können bei gleichzeitiger Einnahme von Psychopharmaka zu Krampfanfällen führen.

PROCAIN zersetzt sich in der Mischspritze mit alkalischen Lösungen, **Osadrin*** und STREPTOMYCIN.

Pyrazolone (**Butazolidin***, **Tanderil***) und Salizylate:
- verstärken den blutzuckersenkenden Effekt der Antidiabetika vom Sulfonylharnstofftyp.
- verstärken die Wirkung der Cumarin-Antikoagulantia (**Marcumar***, **Sintrom***, **Tromexan**), der Quickwert sinkt, Blutungen sind möglich.

Reducdyn* nicht mischen mit Vitamin B-Komplex und Schwermetallsalzen; sonstige Zusätze bei Infusionen erst 30 Min. vor Beendigung zugeben.

Reverin* nicht mit Digitalisglykosiden zusammen in der Mischspritze; Kumulation durch die Magnesium-Ionen des **Reverin*** möglich.

Ronicol* nicht in der Mischspritze mit **Eupaverin***.

Salizylsäure-Verbindungen:
- verstärken die blutzuckersenkende Wirkung der oralen Antidiabetika vom Typ der Sulfonylharnstoffe.
- verstärken die Wirkung von Cumarin-Antikoagulantien (**Marcumar***, **Sintrom***, **Tromexan**), der Quickwert sinkt, Blutungen sind möglich.

Sedativa werden manchmal durch Alkohol, MAO-Hemmer und einige Psychopharmaka in ihrer Wirkung gesteigert.

Solu-Decortin H (s. S. 102) nicht in der Mischspritze mit **Megaphen***.

Somnifen* nicht in der Mischspritze mit **Megaphen*** und **Taractan***.

Soventol* nicht in der Mischspritze mit PENICILLINEN.

Streptokinase wegen rascher Inaktivierung möglichst nicht mischen.

STROPHANTHIN kann bei unvorsichtiger Kombination mit Calcium toxische Reaktionen bis zum Herzstillstand geben.

Sulfonamide nicht in der Mischspritze mit sauren Elektrolytlösungen, EPHEDRIN oder PROCAIN.

Tachostyptan* nicht in der Mischspritze oder Mischinfusion mit großmolekularen Lösungen.

TETRAZYKLINE
- werden durch zahlreiche Ionen inaktiviert und viele Antibiotika gefällt; deshalb am besten nie als Mischinjektion geben.
- können mit dem Narkosemittel METHOXYFLURAN Nierentoxizität auslösen.

THIAZIDE (orale Diuretika):
- verstärken die blutdrucksenkende Wirkung von Antihypertonika.
- erhöhen die Gefahr der Hyperglykämie bei gleichzeitiger Gabe von Kortikosteroiden.
- können durch Kaliumentzug Digitalis-Glykoside in ihrer Wirkung toxisch steigern.

Trasylol* möglichst nicht mit anderen mischen.

Ulcumel* nicht als Mischinjektion.

Valium* nicht als Mischinjektion.

Vitamin B_1 wird zersetzt durch pH-Veränderung zum neutralen und alkalischen Bereich, reduzierende Lösungen und Eisensalze, wenn es gemischt wird.

Vitamin B_2 zersetzt sich unter Lichteinfluß und mit einigen Antibiotika, sonst wie Vitamin B_1.

Vitamin B_6 und B_{12} zersetzen sich unter Lichteinfluß, alkalischen Lösungen und mit Eisensalzen. Vitamin B_{12} wird durch Vitamin B_1 inaktiviert (gilt alles für die Mischspritze)

Vitamin C nicht mischen mit alkalischen und oxydierenden Lösungen, ADRENALIN, Sulfonamiden und Eisensalzen.

Hier liegen die größten Risiken

Während einer Therapie mit den folgenden, häufig gebrauchten Präparategruppen ist die Anwendung zusätzlicher Medikamente am ehesten mit Unverträglichkeiten und Gefahren belastet:

Antikoagulantien: Die gerinnungshemmende Wirkung kann bis zum Verbluten gesteigert werden durch Schmerz- und Entzündungshemmende Mittel.

Antidiabetika: Der blutzuckersenkende Effekt oraler Präparate kann bis zum Eintreten von Bewußtlosigkeit gesteigert werden durch Antirheumatika und einige Chemotherapeutika.

Herzglykoside: Gleichzeitige intravenöse Kalziumgabe kann zum Herzstillstand führen. Diuretika können über einen Kaliumverlust tödliche Rhythmusstörungen verursachen.

Haltbarkeit von Lösungen

Auch ohne das Zumischen eines weiteren Medikamentes sind manche Arzneilösungen bei Zimmertemperatur nur verhältnismäßig kurze Zeit haltbar, wie folgende Beispiele zeigen:

Aldactone	sofort verwenden.
Ampicillin (s. S. 24)	ca. 5 Stunden
ARTERENOL	innerhalb 12 Stunden verwenden
Arwin	nicht über 8 °C lagern
Bactrim* und **Eusaprim**	6 Stunden
Cinopenyl	sofort verwenden
Endoxan*	ca. 3 Stunden
Evipan-Natrium*	ca. 8 Stunden
Furadantin*	sofort verwenden
Luminal-Natrium*	$1^1/_2$ Stunden
Sefril*	8–12 Std. in Infusionslösungen
Sigmamycin*	3 Stunden
Sigmamycin*	3 Stunden
Spectacillin*	innerhalb 1 Stunde verwenden
Streptokinase	12 Stunden
Terramycin-Depot*	3 Stunden nach Anbruch
Terravenös*	3 Stunden nach Anbruch
Trapanal*	5 Stunden

Durch manche Zusatzmedikamente erfolgt eine Zersetzung und Inaktivierung in wesentlich größerem Umfang und in erheblich kürzerer Zeit als angegeben.

Arzneimittel und Straßenverkehr

Nicht nur an Kraftfahrer, sondern auch an Radfahrer und Fußgänger werden im Straßenverkehr Anforderungen gestellt, die Aufmerksamkeit und Konzentration erfordern. Zahlreiche Medikamente beeinflußen diese Funktionen ungünstig, vor allem die am Zentralnervensystem angreifenden Arzneimittel. Es ist dabei gleichgültig, ob es sich um die *erwünschte* therapeutische Wirkung handelt (z. B. Sedativa, Schlafmittel) oder um *Nebenwirkungen* (z. B. Antihistaminika). Im folgenden sollen die wichtigsten Gruppen erwähnt werden, wobei Einzelsubstanzen im Teil I des Buches nachgeschlagen werden können. Die Aufzählung erhebt keinen Anspruch auf Vollzähligkeit.

Sedativa und Hypnotika (Seite 36 und folgende).

Schon milde Sedativa können die Fahrtüchtigkeit ungünstig beeinflussen. Wiederholte Gabe mit Kumulation, hohe Dosierung und Kombination mit Alkohol wirken verstärkend. Während Schlafmittel wohl kaum unmittelbar vor einer Autofahrt genommen werden, ist hier die lange Wirkungsdauer mancher Präparate zu berücksichtigen. Besonders BARBITAL und PHENOBARBITAL zeigen bei abendlicher Gabe noch eine Restwirkung am nächsten Morgen. Kumulation und Kombination mit Alkohol wirken auch hier verstärkend.

Narkotika (Seite 40 und folgende).

Bei intravenösen Narkosen, auch bei Kurznarkosen mit raschem Erwachen, ist wegen der langsamen Ausscheidung des Narkosemittels noch bis zu 24 Stunden nach Anwendung Fahruntüchtigkeit gegeben. Patienten sollen nach einer Narkose grundsätzlich *nicht unbegleitet* nachhause gehen. Der Arzt kann für Unfälle haftbar gemacht werden, die aus Nichtbeachtung dieser Vorschrift entstehen. Auch die Krankenschwester oder das Pflegepersonal kann hier ein Verschulden treffen.

Psychopharmaka (Seite 44 und folgende).

Vor allem Tranquillizer, aber auch Neuroleptika können zu Müdigkeit und Störungen der Aufmerksamkeit führen. Dies kann bei einigen Präparaten 12–24 Stunden anhalten. Besonders langwirkend sind NITRAZEPAM und FLURAZEPAM. Alkohol und Sedativa können die Wirkung verstärken.

Antiepileptika (Seite 48).

Alle in Betracht kommenden Substanzen wirken auf Funktionen des Zentralnervensystems. Eine Beeinträchtigung der Verkehrstüchtigkeit kann nie ausgeschlossen werden. Da fast alle Mittel als Dauertherapie gegeben werden, bedeutet dies praktisch den Ausschluß von behandelten Epileptikern aus dem Führen von Kraftfahrzeugen. Hier werden im Einzelfall individuelle Regelungen zu treffen sein.

Antihistaminika (Seite 74).

Alle diese Substanzen haben eine mehr oder weniger sedierende (müdemachende) Wirkung. KOFFEIN kann diese zum Teil ausgleichen, wirkt aber kürzer. Besonders beachten bei Behandlung von Reisekrankheit (Überfahrten!), da die entsprechenden Medikamente in der Regel auf Antihistaminbasis aufgebaut sind.

Antihypertensiva (Seite 80 und folgende).

Wie bereits im Text von Teil I angegeben, wirken zahlreiche dieser Substanzen sedierend, zumindest in der ersten Zeit der Einnahme. Außerdem beeinflussen sie die Kreislaufreaktion bei plötzlichen Streßsituationen ungünstig. Individuelle Auswahl des Mittels und Einstellung der Dosis kann die Gefahr verringern.

Sympathikomimetika (Seite 66).
Zentral erregend wirkende Substanzen, z. B. EPHEDRIAN, oder auch Appetitzügler, können eine ausreichende Fahrtüchtigkeit vorspiegeln während tatsächlich Aufmerksamkeit und Konzentrationsfähigkeit herabgesetzt sind.

Krankheitssymptom oder Arzneimitteleffekt?

Nahezu alle Medikamente haben nicht nur Wirkungen auf die Symptome einer Krankheit (Analgetika – Schmerzlinderung) oder deren Ursachen (Antibiotika – Erregerhemmung), sondern verursachen ihrerseits nachweisbare Wirkungen auf den Organismus. Diese werden teilweise wegen der im Vordergrund stehenden günstigen Effekte inkauf genommen, können aber auch so ausgeprägt auftreten daß das Medikament abgesetzt werden muß. Im folgenden sollen einige dieser medikamentenbedingten Symptome erwähnt werden. Die Liste ist naturgemäß nicht vollständig, sie berücksichtigt einerseits häufig vorkommende, andererseits besonders typische Arzneimitteleffekte.

Tachycardie (beschleunigter Puls): Häufig bei Sympathikomimetika, wie Kreislaufmitteln oder Appetitzüglern. Bei hohen Dosen der meisten Antiasthmatika. Nach Gabe von Schilddrüsenhormonen und Anticholinergika (Parasympathikolytika). Bei manchen trizyklischen Antidepressiva, gesteigert bis zu Rhythmusstörungen.

Bradycardie (verlangsamter Puls): Kann hervorgerufen oder bis zum Herzstillstand verstärkt werden durch Antiarrhythmika wie CHINIDIN, LIDOCAIN und PROCAIN, Antihypertensiva wie RESERPIN, CLONIDIN und GUANETHIDIN, Beta-Rezeptoren-Blocker und Digitalispräparate.

Herzinsuffizienz (verringerte Herzleistung): Kann bei bestehender Neigung ausgelöst werden durch PHENYLBUTAZON (**Butazolidin**), Kortikosteroide, CARBENOXOLON (**Biogastrone**), Beta-Rezeptoren-Blocker, MAO-Hemmer und stark natriumhaltige Medikamente wie PENICILLIN-Natrium, PAS und zahlreiche Antazida.

Hypertonie (Hoher Blutdruck): Bei bestehendem Bluthochdruck kann ein weiterer und manchmal gefährlicher Anstieg ausgelöst werden durch Kortikosteroide, PHENYLBUTAZON (**Butazolidin**), orale Kontrazeptiva (Östrogen-Progesteronkombinationen) und Sympathikomimetika. Bei Phäochromozytom durch Ganglienblocker, MAO-Hemmer und FLUPHENAZIN (Psychopharmaka).

Hypotonie (niedriger Blutdruck): Antihypertensiva, besonders Ganglienblocker, manche Psychopharmaka wie PHENOTHIAZINE (besonders **Megaphen** parenteral), Sympathikolytika und Parasympathikomimetika.

Trockenheit im Mund: Kann hervorgerufen werden durch manche Psychopharmaka wie trizyklische Antidepressiva und PHENOTHIAZINE, durch Antihistaminika und blutdrucksenkende Mittel, besonders METHYLDOPA und Ganglienblocker, sowie Parkinsonmittel aus der Gruppe der Parasympathikolytika.

Atemstörungen: Können durch Opiate und Sedativa verstärkt bzw. ausgelöst werden. Beta-Rezeptoren-Blocker können beim Asthmatiker Anfälle auslösen.

Depressionen: Bei Neigung zu Depression können akute Zustände ausgelöst werden durch RESERPIN, METHYLDOPA, CLONIDIN (alles Antihypertensiva) und LAEVODOPA (Antiparkinson-Mittel).

Magenbeschwerden: Können durch außerordentlich viele Medikamente hervorgerufen werden, eine psychische Überlagerung kommt oft dazu. Relativ häufig ist das Auftreten nach Antirheumatika, GRISEOFULVIN (Antimykotikum) und den meisten Wurmmitteln (Anthelminthika).

Diarrhöen (Durchfälle): Ebenfalls häufig, besonders typisch nach dem Gichtmittel COLCHIZIN. Die meisten Antibiotika führen durch Störung der Darmflora zu Durchfällen.

Kaliummangel (Schwäche, Wadenkrämpfe, Diurese, Herzrhythmusstörungen): kann verursacht oder verstärkt werden durch THIAZID-Diuretika, Kortikosteroide, das Magenmittel CARBENOXOLON und Abführmittel.

Dies soll, wie gesagt, nur eine kurze Übersicht über häufige oder besonders typische Wirkungen sein. Um einen Eindruck von der Mannigfaltigkeit der Arzneimitteleffekte zu geben, seien die folgenden Symptome kurz erwähnt:

Das Antiepileptikum HYDANTOIN kann Wucherungen des Zahnfleisches auslösen, TETRAZYKLINE führen bei Kindern zu bleibender gelber Verfärbung der Zähne, Sympathikomimetika können Glaukomanfälle verursachen, Antihistaminika können beim Epileptiker einen Anfall zum Ausbruch bringen und BARBITURATE eine akute Porphyrie aufflammen lassen. Die viel verordneten Diuretika vom Typ der THIAZIDE können eine Zuckerkrankheit verursachen und die häufig verwendeten AMINOGLYKOSID-Antibiotika schwere Hörstörungen nach sich ziehen.

2. Teil

Alphabetisches Verzeichnis wichtiger Medikamente und Begriffe

Das Verzeichnis enthält auch die Begriffe und wichtigen Stichworte für den ersten Teil; es kann zugleich als Sachregister benutzt werden.

Abbau und Ausscheidung S. 2.

Abklingquote S. 59, 61.

Ablacton Abstillmittel mit kräftigender Komponente aus Östrogenen, Gestagen und Androgen (rasch und verzögert wirkende Substanzen kombiniert). *Dos.:* Zum primären Abstillen möglichst noch vor Plazentageburt 1 Citole i.m., nicht später als 24 Std. nach der Geburt. Zum sekundären Abstillen 1 Citole i.m. und zusätzliche Maßnahmen. Kind nicht anlegen, Milch nicht abpumpen!

Acedicon Hustenmittel der Opiat-Reihe, S. 56. *Dos.:* 1 Tabl. zu 0,005 oder Tablongette zu 0,0075 pro Tag, wirkt ca. 10 Stunden. *Besond.:* Unterliegt der Betäubungsmittelordnung.

Acethropan ACTH, S. 98. Flasche mit 20, 50 und 80 E (3. Int. Stand.), mit aqua dest. auflösen.

ACETYLCHOLIN S. 71.

Acetylin Analgetikum, Antipyretikum, Antiphlogistikum. Entspricht **Aspirin***.

Achromycin Antibiotikum, Tetracyclin, S. 25. Drag. 0,25, Amp. 0,1 i.m.; 0,25 und 0,5 iv., Kapseln 0,05 und 0,25; Tropfen 0,1 pro ml; Suspension, Salbe mit Hydrocortison, Augentropfen, Augensalbe. Sonderformen, bes. i.m. forte 0,25 i.m. und SV mit Vitaminzusatz.

Acidol-Pepsin Magensäure- und Enzympräparat. S. 82. *Dos.:* 2–4 Pastillen in Wasser während oder nach der Mahlzeit einnehmen.

Acranil Wurmmittel, *Dos.:* 3mal 1 Tbl. 5 Tage lang nach den Mahlzeiten unzerkaut mit reichlich Flüssigkeit. Keine besondere Vorbereitung. Abführen nur bei Bandwurmkur. *Besond.:* Gelbfärbung der Skleren und Übelkeit möglich.

ACTH Hypophysenvorderlappenhormon, S. 98.

Actihaemyl Eiweißfreier Extrakt aus Kälberblut gegen Durchblutungsstörungen. *Dos.:* 1–2 Amp. zu 2 oder 5 ml täglich i.m, i.v. oder i.a.; auch als Infusion, Salbe, Gelee und Creme.

Adalat, NIFEDIPIN, Koronartherapeutikum, S. 64. *Dos.*: 3mal 1(–2) Kaps. 0,01 unzerkaut. Kopfdruck und Gesichtsrötung möglich.

Adalin Beruhigungs- und Schlafmittel, S. 37. *Dos.:* 1–2 Tabl. (vor dem Schlafengehen) in warmer Flüssigkeit.

Adelphan Blutdrucksenkendes Mittel aus Rauwolfia-Alkaloid SERPASIL und PHTHALAZIN-abkömmling **Nepresol**, S. 81. *Dos.:* 2–3mal 1 Tabl., Steigerung bis 3mal 3 möglich. Leichte Sedierung und Bradykardie (Pulsverlangsamung) möglich.

Adelphan-Esidrix s. die beiden Einzelbestandteile.

Adrenalin Nebennierenmarkhormon, S. 99.

Adrevil, BUTALAMIN, durchblutungsfördernde Substanz. *Dos.*: anfangs 3mal 2 Tabl., nach 1–2 Wochen auf 3 × 1 reduzieren.

Adrianol Schleimhautabschwellendes Schnupfenmittel, S. 68. *Zus.:* Drag. »C« mit PHENYLEPHRIN, Phenazonkörper und Vit. C, Nasenspray »S« mit IMIDAZOLIN und PHENYLEPHRIN, Nasentropfen »T« für Kinder. *Dos.:* 2–3mal 1 Drag. oder mehrmals täglich 1–2 Sprays.

Adsorbentien S. 86.

Adstringentien S. 86.

Adumbran Psychopharmakon, Tranquilizer, s. 47. *Dos.:* 1–4 Tbl. zu 0,01 oder 1–3 Tabl. »50« zu 0,05 pro Tag.

Agarol Mildes Abführmittel, S. 88. *Dos.:* 1/2–1 Eßlöffel abends mit oder in Wasser, evtl. auch morgens zusätzlich.

Agedal trizyklisches Antidepressium, NOXIPTILIN, S. 47. Tabl. 0,025 und 0,05; Injektionsflasche 0,05 in 2 ml tief i.m. *Dos.*: Individuell, anfangs 0,05–0,15(–0,4), zur Erhaltungstherapie 0,05–0.2.

Agiolax Abführmittel, S. 88.

Ajan, ANALGETIKUM, S. 12. *Dos.:* 3 × 1–2 Tbl. zu 0,03 und mehr; 1–3mal 1 Amp. zu 0,02 in 1 ml i.m. oder i.v. *Besond.:* Nicht bei Autofahrern.

AJMALIN S. 58.

Akineton Antagonist gegen ACETYLCHOLIN und NIKOTIN zum Einsatz bei Parkinsonis-

---

Wenn nichts anderes vermerkt ist, gelten alle Dosisangaben in Gramm pro Tag für einen durchschnittlichen Erwachsenen.

Hier fehlende Angaben sind aus dem 1. Teil ersichtlich.

mus[1]), gedeckten Schädel-Hirn-Traumen, NIKOTINvergiftung u. a. *Dos.:* 1/2–1 Amp. zu 0,005 (1 ml) i.m. oder langsam i.v., 3mal 1–2 Tbl. zu 0,002 oder 1 Dragée retard zu 0,004. *Besond.:* Mundtrockenheit, Müdigkeit und Schwindel möglich. Miktionsstörungen und Blutdruckabfall können auftreten. Nicht auf nüchternen Magen.

Akrinor Blutdrucksteigernde Substanzen als Theophyllinsalz gegen Kreislaufversagen. *Dos.:* 1–2mal 1–2 Tbl.; 1/2–1 Amp. (2 ml) i.m. oder langsam i.v. Amp. 10 ml pro infusione (1–2 Amp. auf 500 ml).

AKTINOMYCIN D S. 34.

Aktivanad Leber-, Hefe- und Hagebuttenextrakt mit 0,375 KOFFEIN pro 100 ml und Hämatoporphyrin, gegen Erschöpfung und Hypotonie. *Dos.*: 3mal 1 Eßlöffel oder 1 Dragée; auch als **Dia-Aktivanad** ohne Glukose für Diabetiker.

Albothyl Kondensationsprodukt aus METAKRESOLSULFONSÄURE und FORMALDEHYD zur lokalen Anwendung bei Portioerosion, Fluor vaginalis, Verbrennungen u. a. Wirkt adstringierend, bakterizid und hämostyptisch. Besonders krankes und totes Gewebe wird angegriffen. *Dos.:* Konzentrat unverdünnt zum Betupfen, verdünnt 1:1 bis 1:5 für Scheidenbäder. Vaginalkugeln zum Einführen; Gel.

Aldactone 25, 50, 100 Aldosteronhemmer, Diuretikum, S. 79. *Dos.:* Beginn mit 2–3mal 1 Kapsel »100« oder 4–6mal 1 Dragée 50 oder 8–12mal 1 Dragée 25, zur Erhaltungstherapie nach 3–6 Tagen reduzieren, z. T. bis auf jeden 3. Tag 1 Dragée 50. **pro injectione** Amp. i.v. zu 0,2 in 20 ml. *Dos.*: 2–4 Amp. langsam i.v. oder als Infusion, nicht rascher als 1 Amp. in 2–3 Minuten. Amp. werden mit beigegebenem Lösungsmittel aufgelöst, nicht mischen, sofort verwenden! Deutlich trübe Lösungen verwerfen.

Aldosteronhemmer S. 79.

Aldosteronantagonisten s. Aldosteronhemmer, S. 79.

Alkaloide Stoffklasse, der zahlreiche verschiedenartige Medikamente angehören.

Alkohol oxidierter Kohlenwasserstoff; meist gemeint ist ÄTHYLALKOHOL (ÄTHANOL), S. 37.

Alkylantien S. 33.

Allional Analgetikum, Antipyretikum, Sedativum aus Barbiturat und Pyrazolverbindung. *Dos.:* 1–2–4 Tbl. oder 1–2 Supp. Keinen Alkohol dazu! Verhalten im Straßenverkehr kann beeinflußt werden.

Allopurinol retard 300 mg, Gichtmittel, S. 94.

Alorbat s. Grippe-Impfstoff (Astawerke).

ALPHA-METHYL-DOPA S. 81.

Altinsulin S. 90, 91.

Aludrin Sympathikomimetikum, S. 68. *Dos.:* 3mal 1/2–1 Tbl. perlingual (nicht lutschen, wenig Speichel!), bei Überleitungsstörungen des Herzens 4–8mal 1/4–1/2 Tbl. Zum Inhalieren als Lösung 1:10 mit Wasser verdünnen. Tachykardien[2]) und leichte Blutdrucksteigerung möglich.

Aludrox Antacidum, S. 83.

Alupent Sympathikomimetikum, S. 68. Vorwiegend gegen Asthma und bei Rhythmusstörungen des Herzens. *Dos.:* Individuell, z. B. 4mal 1/2–1 Tbl. oder 1–2 Amp. (1 ml) i.m., s.c. bzw. 1/2–1 Amp. langsam i.v. oder 1–4 Amp. als i.v.-Infusion in GLUCOSE, LAEVULOSE, NaCl o. a. Auch als 2%ige Lösung zum Inhalieren und als 5%ige Lösung für den Handvernebler (ca. 10 Atemzüge nehmen).

Alupent-Asthma-Pulver Alupent mit Pyrazolkörper und COFFEIN.

Alvonal MR Orales STROPHANTHIN, S. 60. *Dos.:* Anfangs 3–4, dann 1–2 Dragées einnehmen.

Amblosin Antibiotikum, Ampicillin, S. 24. Kaps. 0,25, Oblong Tabl. 0,5 und 1,0; Saft 0,05 in 1 ml; Inf.Fl. 0,5, 1,0, 2,0, 5,0. Die Injekt.-Flaschen müssen pro 1,0 mit 5 ml Aqua dest. aufgelöst werden zur i.m. oder i.v.-Injektion. I.m. unter Umständen bei mehrmaliger Gabe lokaler Schmerz. Bei i.v. Infusion pro 1,0 100 ml Glucoselösung (5%ig). *Dos.*: 4mal 0,25 bis 4mal 1,0 oral und mehr, i.v. nach Anweisung.

Aminofusin Aminosäurehaltige Infusionslösungen in zahlreichen Handelsformen.

---

1) Parkinsonismus: Syndrom mit Zittern, verlangsamten Bewegungen, starrer Körperhaltung usw.

2) Tachykardie: Beschleunigte Herzaktion.

aminomel ähnlich **Aminofusin,** siehe Firmenprospekt.

AMINOPHENAZON S. 11.

Aminosteril aminosäurehaltige Infusionslösungen.

Amphotericin B Antimykotikum, S. 31. Nur unter strengster ärztlicher Kontrolle anwenden!

AMPICILLIN Antibiotikum, S. 24.

Amuno Antirheumatikum, Antiphlogistikum, Analgetikum bei entzündlichen und degenerativen Erkrankungen des Bewegungsapparates. *Dos.*: 2–3mal 1 Kapsel 0,025 oder 0,05 (bis zu 0,2 pro Tag). Suspension (1 Teelöffel, 5 ml, entspricht 1 Kapsel zu 0,025). Supp. 0,05 und 0,1.

Analgetika S. 11.

Amylase S. 84.

Anabolika S. 103.

Anacyclin, Ovulationshemmer. Auch als »28« mit 6 wirkstofffreien Dragées.

Anaesthesin Lokales Anästhetikum gegen örtliche Schmerzen, besonders der Mundschleimhaut. Als Bonbons, Dragées, Haemorrhoidal-Supp., **Rivanol***-Pastillen, Salbe und Streupuder.

Anazidität Fehlen von Magensäure, S. 82.

Andantol Antihistaminikum. *Dos.:* 3–4mal 1–3 Dragées oder 2–3mal 1–2 Dragées »forte«. Auch als Gelee zur lokalen Anwendung. Vorsicht bei Autolenkern: Müdigkeit möglich.

Androgene Männliche Keimdrüsenhormone, S. 103.

Anilinabkömmlinge S. 11.

Antabus Entwöhnungsmittel bei Alkoholismus. Kur nach ärztlicher Anweisung. Tbl. 0,5 und kleine Tbl. 0,1.

Antazida Mittel gegen Magenübersäuerung, S. 82.

Anthelminthika Mittel gegen Würmer und Darmparasiten, S. 32.

Antiallergika Mittel gegen allergische Reaktionen, s. Antihistaminika S. 74.

Antiasthmatikum Mittel gegen Asthma.

Antibabypillen S. 106.

Antibiotika S. 20.

Antidiabetika S. 92.

Antiemetikum Mittel gegen Brechreiz.

Antiföhnon Mittel gegen Föhnbeschwerden EPHEDRIN, KOFFEIN, PHENAZETIN, BROMCARBAMID, ERYTHRITTETRANITRAT und Convallaria. *Dos.:* 2–3mal 1–2 Dragees.

Antihistaminika Mittel gegen allergische Reaktionen, S. 74.

Antihydral Salbe gegen zu starkes Schwitzen, 13,0 HEXAMETHYLENTETRAMIN auf 100,0 Salbe »M« mit 10,0 auf 100,0 und Schwefelzusatz, dünn auftragen, nicht auf Wunden.

Antihypertensiva Mittel gegen Bluthochdruck, S. 80.

Antihypertonika s. Antihypertensiva, S. 80.

Antikoagulantia S. 116.

Antikonvulsiva Mittel gegen Krämpfe, Antiepileptika, S. 48.

Anti-Lymphozyten-Globulin S. 35.

Antimetaboliten s. Zytostatika S. 33.

Antimykotikum Mittel gegen Pilzerkrankungen, Fungistatika, S. 30.

Antineuralgicum Compretten Schmerz- und Fiebermittel aus PHENAZETIN, KOFFEIN, Pyrazolabkömmling und SALIZYLAMID. *Dos.:* 2–3mal 1–2 Compretten.

Antiphlogistika S. 15.

Antiphlogistische Wirkung S. 11, 15.

Antipruriginosum Juckreizstillendes Mittel.

Antipyretika S. 15.

Antirheumatika S. 16.

Antiseptikum Äußerlich anwendbares keimtötendes Mittel.

Antistin Antihistaminikum, S. 74. *Dos.:* 2–4mal $^1/_2$–2 Tbl.; 1 Amp. 0,1 (2 ml) i.m. oder langsam i.v.; Creme. Müdigkeit kann auftreten; nicht für Autofahrer!

Antistin-Privin abschwellende Nasen- und Augentropfen, s. die Einzelbestandteile.

Antitussika Mittel gegen Husten, S. 55.

Antrachinonderivate S. 88.

Antriebshemmung s. Psychopharmaka S. 45.

Antriebssteigerung s. Psychopharmaka S. 45.

Anturano Gichtmittel, Pyrazolidin-Abkömmling. Führt zu einer Steigerung der renalen Harnsäureausscheidung. Reichlich trinken lassen, damit sich keine Nierensteine bilden. *Dos.:* 2–4mal 1 Tbl. zu 0,1 unzerkleinert (bitter!). *Besond.:* Keine SALICYLSÄURE gleichzeitig! Nicht bei Magen-Darmulzera, schweren Leber- und Nierenschäden oder Pyrazolüberempfindlichkeit.

Aphrodisiakum sexuell stimulierendes Mittel.

Aplona Apfelpräparat gegen Durchfälle. *Dos.:* 20,0–40,0 in einem halben Liter Wasser, oral.

Apomorphinum Brechmittel, *Dos.:* 1 Amp. 0,01 s.c. (1 ml).

Aponal, DOXEPIN, trizyklisches Antidepressivum, S. 46. Dragées **5** zu 0,005, **10** zu 0,01 und **25** zu 0,025, Tabletten **forte** zu 0,05 und Amp. zu 0,025 in 2 ml i.m. oder langsam i.v.

Apoplectal Gefäßwirksames Mittel aus THEOPHYLLINsalz und Roßkastanienextrakt, zusätzlich Adenosin als Kapseln oder BUPHENIN als Retardkapseln, bei Apoplex u. a. *Dos.:* 1–6 Amp. pro Tag i.v., 2–3mal 1–2 Kapseln, 2mal 1 Retardkapsel.

Appetithemmer S. 96.

Aquacillin Comp. Depot-PENICILLIN, Antibiotikum, S. 21. Inj.-Flasche zu 400000 E mit 2 ml Aqua dest. auflösen; zu 2 Millionen E mit 5 ml. Zur i.m. Injektion.

Arbid Orales Schnupfenmittel mit antiallergischen, analgetischen und gefäßabdichtenden Wirkstoffen sowie Vit. C. *Dos.:* Bei den ersten Symptomen stündlich 1 Dragée für 3 Stunden, dann 3–4mal 1 Drag. Auch 1–2 Retarddragees täglich oder 4–5mal 30 Schlucktropfen.

Arctuvan Harndesinfizienz aus HEXAMETHYLENTETRAMIN, Salizylat, Bärentraubenblätter und Ol. Santali. *Dos.:* 3mal 2–4 Tbl.

Aristamid Chemotherapeutikum, Sulfonamid, S. 29. Als Amp. zu 3 ml (1,0) und 10 ml (3,0) langsam i.v., auch i.m., Tbl. 0,5 und Saft 5 ml = 0,5. Vor allem aber in zahlreichen lokalen Zubereitungsformen wie Gel, Lösung, Augen- und Ohrentropfen und Augensalbe.

Aristoplomb Aristamid in zähflüssiger Lösung für Instillationen.

Arovit Vitamin A, S. 110. 1 ml = 30 Tropfen = 150000 E, 1 Kau-Dragée = 50000 E

Arterenol Sympathikomimetikum, Kreislaufhormon NORADRENALIN, S. 99. Hochwirksame blutdrucksteigernde Substanz. *Dos.:* 0,3–0,5 ml der Lösung 1:1000 s.c. oder i.m., i.v. nur zur Infusion. Dabei muß eine Infusion mit 3 ml der Lösung 1:1000 mindestens eine Stunde laufen.

Artosin Orales Antidiabetikum, S. 92. Tbl. zu 0,5 und Oblong-Tbl. 1,0; Ampullen 1,0 in 20 ml für den i.v.-Tolbutamidtest.

ASCORBINSÄURE s. Vitamin C, S. 112.

Askariden Spulwürmer.

Aspirin Fieber- und Schmerzmittel, ACETYLSALICYLSÄURE, S. 12. *Dos.:* 2–3mal 1–2 Tbl. zu 0,5; bei rheumat. Fieber bis 10 Tbl.

Aspisol lösliche ACETYLSALIZYLSÄURE-Verbindung zur i.v.- und i.m.-Injektion.

Asthma-Frenon Antiasthmatikum, Kombinationspräparat in zahlreichen Anwendungsformen. Besteht im wesentlichen aus GUAJAKOL, Pyrazolon, KALIUM RHODANANT., EPHEDRIN, Kampfer und THEOPHYLLIN, in einigen Formen auch aus PAPAVERIN und Barbiturat. Liegt vor als Aerosol, forte Aerosol, Dragées, Amp. i.v., Supp., Supp. forte, Tropfen, Tropfen forte und in Kombination mit zahlreichen anderen Stoffen, vor allem PREDNISOLON.

Asthmo-Kranit Antiasthmatikum aus PAPAVERIN-THEOPHYLLIN, Isochinolinderivat, ATROPIN, EPHEDRIN, AMINOPHENAZON, Pyrazolon und Barbiturat. *Dos.:* 3–4mal $^1/_2$–1 Tablette oder Pulver.

Asthmolysin Antiasthmatikum aus EPHEDRIN, THEOPHYLLINsalz, KOFFEIN und Barbiturat als Tablette und in anderen Formen mit z. T. anderer Zusammensetzung wie Supp., Inhalat, s.c. und i.m. Injektion. Als Corte-Tabletten mit PREDNISOLON, als M und C-Form magen- bzw. dünndarmlöslich.

A. T. 10 Antitetanisches Präparat, DIHYDROTACHYSTERIN, S. 113.

Atemlähmung S. 36, 39.

ÄTHER S. 40.

Atheropront 500 zur Senkung erhöhter Fettwerte im Serum, CLOFIBRAT. S. 95, *Dos.:* 3–4 Kaps. anfangs weniger.

ÄTHYLALKOHOL (ÄTHANOL) S. 37.

Atosil PHENOTHIAZINderivat, vegetativ dämpfende und antihistaminische Substanz. Wirkt außerdem spasmolytisch und potenziert die Wirkung von Analgetika und Hypnotika. Dragées 0,025, Sirup 1 ml 0,001, Tropfen 1 Tr. = 0,001, Supp 0,05, Amp. 2 ml 0,05 i.m. oder langsam i.v., *Dos.:* Oral 0,025–0,15 – tags niedriger, nachts höher dosieren. *Besond.:* Benommenheit und Schwindel möglich, dagegen: Kaffee. Nicht bei akuter Alkohol- oder Barbituratvergiftung, weil es die dämpfende Wirkung auf das Zentralnervensystem steigern kann.

ATROPIN S. 40, 72.

Atrovent Antiasthmatikum, ATROPINabkömmling, S. 73. *Dos.:* 3–4mal täglich 2 Sprays inhalieren.

Aureomycin Antibiotikum, TETRAZYKLIN, S. 25. Kapseln 0,25, Salbe, Augensalbe, Schokoladenpulver 0,05 in einem gehäuften Teelöffel, Vaginal-Tabl. »N« mit Nystatin und Wundpuder.

Aureotan Goldpräparat zur Behandlung des chron. Rheumatismus, ölige Lösung für i.m.-Injektion mit 50% Goldgehalt. Amp. in verschiedener Stärke zur langsamen Steigerung der Dosis: (1) 0,01 in 1,5 ml (2) 0,025 in 1,5 ml (3) 0,05 in 1,5 ml (4) 0,1 in 2,0 ml. Ampullen gut schütteln; sie enthalten kleine Kugeln als Mischhilfe. Diese werden natürlich nicht mit injiziert. *Besond.:* Regelmäßige Urin- und Blutbildkontrollen notwendig!

Auxiloson DEXAMETHASON, S. 102, zur Asthmabehandlung mit Nebennierenhormon. *Dos.:* Aerosol 5mal täglich 1–2 Stöße einatmen, dabei Öffnung in den Mund nehmen, Gerät senkrecht halten. Bei Tabl. zu 0,0005 (= 0,5 mg), Lokalinjektion 0,002 in 1 ml (Kristallsuspension zur lokalen Injektion) und bei Depot-Inj. 0,01 in 2 ml i.m. ärztl. Dosisanweisung beachten.

Avacan, Spasmolytikum, CAMYLOFIN. *Dos.:* 2–3mal 1–2 Drag.; 3mal 12–18 Tropfen; 1–2 ml i.m., s.c. oder langsam i.v.

Avafortan Spasmolytikum und Analgetikum aus **Avacan** und PYRAZOLON. *Dos.:* 2–3mal 1–2 Drag. oder Supp.; 2–5 ml i.m. oder langsam i.v. am liegenden Patienten.

Avil Antihistaminikum, Antiallergikum, S. 75. Tbl. 0,05 und **Aviletten** 0,01; Sirup 0,003 in 1 ml, Amp. 0,05 in 2 ml i.m. oder langsam i.v. *Dos.:* 2–3mal $^1/_2$–1 Tbl. oder 1–2 Meßlöffel Sirup. In höheren Dosen Müdigkeit, auch leichter Blutdruckabfall möglich. Nicht an Autofahrer!

AZETYLCHOLIN S. 71.

AZETYL-SALIZYLSÄURE S. 12.

Azulfidine, Sulfonamidverbindung gegen Colitis ulcerosa, S. 87, *Dos.:* 8–16 Tbl. 0,5 pro Tag und mehr, auch 2mal 1–2 Supp.

Azulon Haut- und Schleimhautschützendes Magenpräparat auf Kamillenbasis, S. 83. *Dos.:* 10–20 Tropfen oder 1–2 Tbl. auf $^1/_2$ Glas lauwarmes Wasser, Zahlreiche Handelsformen und Kombinationen, z. B. **Azulon comp.** Tbl. mit Antazida, zerkaut oder unzerkaut schlucken, auch mit Wasser als Rollkur. Ferner Puder, Salbe und Nasentropfen.

Bactisubtil Bakterien (Bact. subtilis) zur Erneuerung und Ergänzung der Darmflora. *Dos.:* 3–5mal 1 Kapsel.

Bactrim Chemotherapeutikum, Antibiotikum, S. 30. Tabl. und Amp. 5 ml enthalten jeweils 0,08 TRIMETHOPRIM und 0,4 SULFAMETHOXAZOL. *Dos.:* 2mal 2 Tabl.; Amp. nach Anweisung, nie unverdünnt injizieren, auflösen mit 0,9% NaCl, 0,45 NaCl + 2,5% Glukose, Ringerlösung, 5 und 10% Glukose oder 5% Laevulose. Pro Amp. auf mindestens 125 ml auffüllen.

Badional Sulfonamid, Chemotherapeutikum, S. 29. Gel für äußerliche Anwendung.

Bakteriostatische Wirkung s. Chemotherapeutika S. 18.

Bakterizide Wirkung s. Chemotherapeutika S. 18.

Baldrian S. 36.

Baldrian-Dispert Baldrianhaltiges Beruhigungsmittel. *Dos.:* 1–4mal 1–3 Dragées.

Baralgin Spasmolytikum und Analgetikum mit **Novalgin*** und PAPAVERINartiger sowie ATROPINartiger Komponente. Dos.: 1 Amp. alle 6–8 Std. i.m. oder langsam i.v. (sonst Kollapsgefahr); 3mal 1–2 Tbl., 2–2 Supp. Drag. und Supp. »comp.« zusätzlich mit CODEIN und ETHENZAMID.

BARBITAL S. 39.

Barbiturate Abkömmlinge der BARBITURSÄURE, S. 39.

Barbituratvergiftung S. 39.

BARBITURSÄURE S. 39.

Baycillin Antibiotikum, S. 21, orales halbsynthetisches PENICILLIN. Tbl. pro infantibus zu 200000 E und Tbl. »400« zu 400000 E; Oblong-Tabletten 1000000 E; 1 Meßlöffel Saft = 100000 E.

BCG Vaccine Behringwerke lebende, getrocknete Tb.-Kultur z. Impf. *Dos.:* 0,1 ml des gelösten Impfstoffes streng intrakutan. Vorher Reaktionslage austesten!

Beflavin Vitamin B_2, S. 111. Amp. 0,01 (2 ml) i.v., i.m., Drag. 0,01.

Belladonna s. unter ATROPIN, S. 73.

Bellafolin Parasympathikolytikum, Gesamtalkaloide aus Folia Belladonna, S. 73. *Dos.:* 2–3mal 1–2 Tbl. oder 1–2 Amp. zu 1 ml s.c. oder i.m., auch als Tropfen.

Bellergal Vegetativ dämpfendes Kombinationspräparat aus Sympathiko- und Parasympathikolytika sowie Barbiturat. *Dos.:* 3–5mal 1 Drag. oder 1–2 Tbl. **Bellergal Retard** mit langsamerer und längerer Wirkung.

Benadon Vitamin B_6, S. 112, Drag. 0,04 und 0,3; Amp. 2 ml zu 0,1 s.c., i.m. und i.v. sowie zu 0,3 i.m. und i.v. Supp. 0,1.

Benadryl, Antihistaminikum, DIPHENHYDRA-

MIN plus CODEIN. *Dos.:* 2mal 1 Hustenkapsel. Auch als Expectorans und Hustentropfen mit weiteren Zusätzen.

Bendigon Langzeitantihypertonikum aus INOSITOLNICOTINAT, RESERPIN und einem Saluretikum.

Benemid Gichtmittel, PROBENECID. Erhöht die Ausscheidung von Harnsäure im Urin; Flüssigkeitszufuhr wegen der Gefahr von Steinbildung erhöhen! Verzögert die Ausscheidung verschiedener Antibiotika, bes. PENICILLIN, erhöht daher deren Blutspiegel. *Dos.*: 1. Woche 2mal 1/2 Tbl., ab 2. Woche 2mal 1 Tbl., maximal 4 Tbl.

Benerva Vitamin B_1, S. 111. Tbl. 0,3; Drag. 0,05 und 0,1; Amp. 1 ml 0,1 i.m., i.v.

Benexol Vitaminkombination, 1 Tbl. = 0,25 Vit. B_1 u. 0,25 Vit. B_6

BENZATHIN-PENICILLIN S. 21.

Bepanthen Haut- und Schleimhautschutzstoff in zahlreichen lokalen Anwendungsformen sowie als Tbl. und Amp. 2 ml s.c., i.m. und i.v.

Beriglobin Gammaglobulin, siehe dort.

Berocillin, Antibiotikum, PIVAMPICILLIN, s. S. 16. *Dos.*: 3–4 mal 1 Kapsel 0,35 oder Oblong-Tbl. »**forte**« zu 0,7. Kapseln K mit 0,175 für Kinder.

Berolase Stoffwechselwirksame Substanz, Cocarboxylase. Diese bildet mit einem bestimmten Eiweiß das Ferment Carboxylase, das die weitere Verwertung der im Körper entstehenden BRENZTRAUBENSÄURE veranlaßt. Besonders wichtig im diab. Koma, wo die erhöhte BRENZTRAUBENSÄURE Azidose bewirkt. *Dos.:* 1–2 Amp. mit je 2 ml Lösungsmittel auflösen, i.v., i.m. (s.c.).

Beromycin Antibiotikum, orales PENICILLIN. S. 15 Suspension mit 50000 E in 1 ml; Tabletten »400« zu 400000 E. und »Mega« zu 1000000 E. *Besond.:* Keinesfalls lutschen, am besten mit Wasser schlucken. Dosis gleichmäßig über den Tag verteilen.

Betabion Vitamin B_1, S. 111. Tbl. 0,05 und 0,3; Amp. 0,1 in 2 ml i.m.

Betaxin Vitamin B , S. 111, Tbl. 0,3.

Betazol Stimulans für die Magensekretionsanalyse, histaminähnlich wirkend ohne wesentliche Kreislaufregulationen. Gesichtsrötung möglich. *Dos.:* 0,05–0,1 (= 1–2 Amp. zu 1 ml) s.c., danach mit der Ausheberung beginnen. Vorher Nüchternsaft abziehen.

Betnesol, BETAMETHASON, S. 102. Tbl. 0,0005 (= 0,5 mg), Kristallsuspension 0,0005 in 1 ml lokal oder tief i.m. Örtlich als V-Creme, Lotio, Salbe 0,1% und andere, sowie mit NEOMYCIN als VN-Creme und Salbe 0,05%.

Biguanide orale Antidiabetika, S. 93.

Bilicombin Kombinationspräparat gegen Funktionsstörungen der Gallenwege, auch mit Schmerzen, aus Gallensäure, Pankreatin, PAPAVERIN und ATROPIN. *Dos.:* 2–3-mal 1–2 Drag.

Biligrafin Röntgenkontrastmittel für Gallendarstellung, jodhaltig. *Dos.:* 1 Amp. (20 ml) oder 1 Amp. 20 ml »forte« körperwarm am liegenden Patienten i.v.; Aufnahme zur Darstellung der Gallenwege 20–45 Min. danach, für die Gallenblase 2–2 1/2 Stunden nach Injektion. *Besond.:* Hohe Dosen (zu rasche Injektion) bewirken vorübergehend zentralen Brechreiz. Bei paravenöser Injektion vorübergehender Schmerz ohne Nekrosegefahr.

Bilivistan Jodhaltiges Röntgenkonstrastmittel zur Gallendarstellung. *Dos.:* 1 Amp. zu 20 ml körperwarm i.v. am liegenden Patienten. Aufnahme von Gallengängen und Gallenblase zugleich 90–120 Min. danach. *Besond.:* Hitzegefühl und Übelkeit möglich, Erbrechen selten. Geschmacksstörungen und Urtikaria (Nesselsucht) können auftreten. Bei paravenöser Injektion keine Nekrosegefahr.

Biloptin Orales jodhaltiges Gallenkontrastmittel. *Dos.:* Am Vorabend der Untersuchung 6 Kapseln unzerkaut nach dem Abendessen, nach 10–14 Stunden Röntgenaufnahme. In der Zwischenzeit nichts essen, nicht trinken, nicht rauchen.

Binotal Antibiotikum, Breitspektrum-PENICILLIN, AMPICILLIN S. 24. Kapseln 0,25; Tabletten »500« und Kapseln »500 K« zu 0,5; Tabletten 1,0; 1 Meßlöffel Saft 0,35; Injektionsflaschen zu 0,5, 1,0, und 2,0 i.v. und i.m. sowie zu 5,0 für i.v.-Infusion (mit Aqua dest. auflösen).

Biogastrone, CARBENOXOLON, zur Heilung von Magenduodenalulzera über eine Wirkung auf die Schleimbildung. *Dos.:* 3 × 2 Tabletten oder Kapseln »Duodenale«, nach der 1. Woche auf die Hälfte reduzieren. *Besond.:* Kaliumverlust und Natriumretention mit Ödembildung möglich.

Birutan Gefäßabdichtende Substanz, Vitamin P, S. 113. Tbl. 0,05, Amp. 2 ml 0,1 i.m., i.v.

Bismogenol Wismutverbindung zur Behandlung chron. Infektionen und der Lues. *Dos.:* Anfangs 3, danach 1 (–2) Supp.

Bisolvon Broncho-Sekretolytikum, bromhaltige AMMONIUMCHLORIDverbindung. *Dos.:* 3mal 1 Tbl. oder 2 ml Lösung oral, 2 ml derselben Lösung zur Inhalation, 3mal 1 Teelöffel Linctus oral; auch Amp. 0,004 in 2 ml s.c., i.m. oder langsam i.v. (2–2 min.).

Bisolvonamid Bisolvon mit Sulfonamidzusatz, 3mal 1 Tbl.

Bisolvomycin Bisolvon mit Antibiotikum (TETRACYKLIN, 0,25 pro Kapsel) *Dos.:* 3mal 1–2 Kapseln.

Bonamine Antiemetikum. *Dos.:* 1–2 Tbl. oder 1 Supp. 1 Stunde vor Reiseantritt bei Reisekrankheit oder abends bei Schwangerschaftserbrechen.

Botulismus-Antitoxin. Zur Prophylaxe und Therapie von Konserven-, Fleisch- und Fischvergiftungen. Amp. 50 ml i.v., i.m.

Boxazin S Analgetikum, Antipyretikum aus 0,5 AZETYLSALIZYLSÄURE und 0,2 Vitamin C. *Dos.:* 1–3mal 1 Brausetablette.

Breitbandantibiotika S. 18, 24.

Brinaldix Diuretikum, Saluretikum, S. 81. *Dos.:* 1/2–1 Tablette, anfangs mehr.

Briserin Antihypertensivum. Kombinationspräparat aus **Brinaldix***, RESERPIN und dem Sympathikolytikum DIHYDROERGOCRISTIN. *Dos.*: 1 Drag., in Ausnahmefällen mehr. Auch als **„mite"** mit halbem Gehalt an **Brinaldix** und RESERPIN sowie reduziertem Anteil von DIHYDROERGOCRISTIN.

Bristocef, Antibiotikum, Cephalosporin, CEPHAPIRIN, S. 25. Flasche mit 0,5 in 2 ml und 1,0 in 3 ml i.m. sowie 1,0 in 10 ml, 2,0 in 20 ml und 4,0 in 40 ml i.v. *Dos.:* 1,0–6,0 (–12,0) täglich.

Bromelin S. 84.

Bromthalein auch als BROMSULFOPHTHALEIN oder BROMSULFALEIN bezeichnet, bromhaltiger Farbstoff zur Leberfunktionsdiagnostik. Nach Abnahme eines Leerwertes wird 0,1 ml pro kg Körpergewicht aus der 10 ml Ampulle entnommen und i.v. gespritzt. Nach 45 oder 60 Minuten wird durch erneute Blutentnahme geprüft, wieviel die Leber inzwischen abgebaut hat. *Besond.:* Ist im sauren und neutralen Bereich farblos, im alkalischen rot (Waschbecken mit Seifenresten werden rot!). Bei paravenöser Injektion: Wärme, mit 1%iger PROCAINlösung umspritzen. Thrombose an der Injektionsstelle und allergische Reaktionen sind nicht selten.

Bromural Beruhigungsmittel, S. 37. *Dos.:* 3–4mal 1–2 Tbl. in etwas Wasser.

Bromverbindungen S. 37.

Broncholytika Mittel gegen Asthma.

Bronchosekretolytikum Bronchialschleim lösendes Mittel.

Brondilat Antiasthmatikum. *Dos.:* Täglich 1 Amp. 10 ml i.v. für 2–4 Wochen. Keine Sympathikomimetika zugeben!

Brondiletten Antiasthmatikum, zur Unterstützung und Weiterführung der **Brondilat**-Therapie ca. 3mal 2 Dragées, 2 × 1 retard-Dragée oder 2–3mal 1 Supp.

Brufen, Antirheumatikum, S. 16. *Dos.:* 3mal 2 Drag. 0,2 nach den Mahlzeiten zur Langzeitbehandlung evtl. reduzieren.

Buccosperin Harnwegstherapeutikum aus Pflanzenextrakten, als Dragées und Tee, ohne Antibiotika.

Buscopan Spasmolytikum, SCOPOLAMINkörper, S. 73. Wirkt krampflösend auf glattmuskuläte Hohlorgane, besonders des Abdomen. *Dos.:* 3–5mal 1–2 Drag. oder 1 Supp.; 3–4mal 1 Amp. zu 0,02 s.c., i.m. oder langsam i.v.

Buscopan compositum Buscopan mit **Novalgin**. Im Gegensatz zu einfachem **Buscopan** Amp. zu 5 ml tief i.m. oder langsam i.v., aber nie s.c.! Dragées und Supp. wie **Buscopan**.

Butazolidin Antiphlogistikum, Antirheumatikum, S. 11, 16. Amp. zu 3 ml mit 0,6 PHENYLBUTAZON und Zusatz von CINCHOCAIN i.m., Dragées 0,2, Supp. 0,25 und Salbe. *Dos.:* Individuell, meist 3mal 1 Dragée oder Supp., insgesamt 0,2–0,8 oral pro Tag. *Besond.:* Auf Magen-Darmsymptome achten. Wirkung von Antikoagulantien wird verstärkt. Nicht geben bei Magen-Duodenalgeschwüren, Blutkrankheiten, schweren Leberschäden und Ödemen.

BVK Roche Kombinationspräparat der B-Vitamine. *Dos.:* 3mal 1 Drag. oder »forte« Dragée, 3mal 15–20 Tropfen; 1–2 Amp. i.m. oder langsam i.v.

Bykomycin Lokalantibiotikum, NEOMYCIN,

S. 27. *Dos.:* Meist 2,0–4,0 aus der Flasche zu 0,5 oder als Kapseln zu 0,25.

Cabral Analgetisches Muskelrelaxans gegen Muskelverspannungen und -schmerzen. *Dos.:* 3mal 1–2 Drag. (bei hohen Dosen Müdigkeit) oder 1 Amp. 3 ml i.m., nach Inj. Pat. wegen Gefahr der Benommenheit $^1/_2$ Stunde beobachten. Auch als Suppositorien.

Cafergot Kombinationspräparat aus Sympathikolytikum ERGOTAMIN (S. 69) und Koffein, in der »PB« Form zusätzlich Barbiturat und Belladonnaextrakt. *Dos.:* 2 Drag. bzw. Kapseln oder 1 Supp., pro Tag nicht mehr als 6 Drag./Kapseln bzw. 3 Supp.; pro Woche nicht mehr als 10 Drag./Kapseln bzw. 5 Supp.!

Calcibronat Sedativum aus einer Calcium-Bromid-Verbindung. *Dos.:* 1–3 Eßlöffel Granulat; 2–6 Brausetabl., 1–3 Eßlöffel Sirup oder 1–2 Amp. 10 ml i.m. oder i.v.

Calcipot Kalkpräparat, 2–3 Tbl. zu 1,0 oder 1–2 Teel. Pulver. Zahlreiche Kombinationen mit Vitaminen u. a.

Calcistin Antiallergikum, kalziumhaltig, S. 75. *Dos.:* 3mal 1–2 Dragées; örtlich Salbe und Gel; *Besond.:* Gering sedierender Begleiteffekt.

Calcium Im Handel sind verschiedene Calciumsalze in unterschiedlicher Konzentration, meist 10%ig, aber auch 5,5 und 20%ig. *Dos.:* Meist 10 ml der 10%igen Lösung i.m. oder langsam i.v., bei zu rascher Injektion tritt Wärmegefühl auf. *Besond.:* Nicht mit Herzglykosiden mischen.

Calcium-Sandoz-fortissimum hochdosiert als Brausetablette mit 5,854 Calziumsalzen = 1,0 ionisiertes Calcium.

Campolon Leberextrakt und Vitamin B_{12} Amp 60 Gamma in 2 ml, Inj.Fl. 300 Gamma in 10 ml i.m. *Dos.:* 2–3mal pro Woche 2 ml und mehr.

Canesten, Antimykotikum, S. 31, CLOTRIMAZOL. Crème und Lösung zur örtlichen Anwendung.

Captagon Analeptikum, THEOPHYLLINverbindung, gegen Ermüdung und Antriebsarmut. *Dos.:* $^1/_2$–1 Tbl. morgens, evtl. auch mittags, unzerkaut mit etwas Flüssigkeit. Nicht mehr als 2 Tbl. auf einmal!

Caradrin Herzglykosid, PROSCILLARIDIN, S. 61. Drag. 0,00025 und 0,0005 (= $^1/_4$ und $^1/_2$ mg). *Dos.:* siehe Glykosidtherapie S. 62.

CARBENICILLIN S. 24.

Carboanhydrasehemmer S. 79.

Cardiazol Analeptikum, besonders für Atmung und Kreislauf, zur Anwendung bei Kollapszuständen, Vergiftungen u. ä. *Dos.:* 3–4mal 20 Tropfen oder 1 Tbl.; Amp. 1 ml s.c., i.m. oder i.v.

Carnigen Kreislaufanregendes Mittel, Extrakt aus Warmblüterorganen mit Kreislaufmittel. *Dos.:* 3–6mal 15 Tropfen oder 1–2 Dragées.

Catapresan Blutdrucksenkendes Mittel, S. 81. *Dos.:* Anfangs ca. 1–2mal 1 Tbl. **Catapresan** *150*, später weniger. In besonderen Fällen **Catapresan** *300* (doppelt so stark) oder Amp. 1 ml s.c., i.m. oder langsam i.v. *Besond.:* Sedativer Effekt und Mundtrockenheit besonders zu Beginn der Behandlung möglich. Beruhigungs- und Schlafmittelwirkung wird verstärkt.

Catilan Antibiotikum, Chloramphenicol, S. 25. Kapseln zu 0,25 und 0,5 mit Vitamin B-Zusatz; Saft pro Meßlöffel 0,125; Amp. (mit 5 ml Aqua dest. auflösen) zu 1,0.

Cebion Vitamin C, S. 112. Tabletten zu 0,05, 0,2, 0,5 und Brausetabletten zu 1,0 Amp. 5 ml 0,5 und 5 ml 1,0 i.m. und i.v., kleine Dosen auch s.c. Tropfen (20 Tropfen = 1 ml = 0,1). Mischspritzen gleich verbrauchen, weil Vitamin C oxydierende und reduzierende Eigenschaften hat. *Dos.:* 0,1–1,0 und mehr.

Cedilanid Herzglykosid, LANATOSID C, S. 61. Drag. 0,00025 (= $^1/_4$ mg); Tropfen 1 ml = 30 Tropfen = 0,001; Amp. 2 ml 0,0004 (= 0,4 mg) i.v., i.m.; Supp. 1,0. Als **Cedilanid cum Theophyllino** mit THEOPHYLLINzusatz, sonst gleich.

Cedoxon Vitamin C, S. 112. Brausetabletten 1,0 farblos und orange mit Orangengeschmack; Amp. 0,1 s.c., i.m., i.v. *Dos.:* 0,1–1,0 und mehr. Anmerkung s. unter **Cebion**.

Ce-Ferro Eisenpräparat mit Vitamin C. *Dos.:* 3–4mal 2–3 Pillen oder Teelöffel Saft, zu 0,022 Eisen, auch Tropfen (20 Tropfen = 0,05 Eisen). *Besond.:* Stuhl färbt sich lehmschwarz, nicht mit Teerstuhl verwechseln!

Celadigal Herzglykosid, alle Angaben wie unter **Cedilanid**.

Celestan Nebennierenrindenhormon, DEXAMETHASON, S. 102. Tbl. 0,0005 (= 0,5 mg),

Tropfen 1 ml = 35 Tropfen = 0,0005. Retard-Drag. 0,001 und Kristallsuspension 0,0057 in 1 ml zur Infiltration und i.m.-Injektion.

Celospor, Antibiotikum, Cephalosporin, CEPHACETRIL, S. 24 Flaschen zu 1,0, 2,0 und 4,0 als Trockensubstanz zum Auflösen für i.v.-Anwendung, Flaschen zu 1,0 mit 2,5%igem LIDOCAIN für i.m.-Gabe (enthält Lokalanästhetikum). *Dos.*: 2,0–6,0(–12,0) täglich.

CEPHALOSPORINE S. 24.

Cephalotin S. 24.

Ceporex Antibiotikum, CEPHALEXIN, S. 25. Kapseln 0,25 und 0,5 (**Ceporex** 250 bzw. 500). Simp 1 Meßlöffel = 1 ml = 0,25. *Dos.*: 1,0–6,0 täglich auf mehrere Gaben verteilt.

Cepovenin Antibiotikum, CEPHALOTIN, S. 24 Flaschen zu 1,0, 2,0 und 4,0 als Trockensubstanz zum Auflösen, i.m. und i.v. *Dos.*: Nach ärztlicher Angabe. *Besond.*: i.m.-Injektion schmerzhaft, **Novocain**-Gabe wird empfohlen.

Chemotherapeutika S. 17

CHINIDIN S. 58.

Chinidin-Duriles Langzeitform von CHINIDIN, S. 58.

Chinidinum siehe CHINIDIN S. 58.

CHININ S. 15.

Chininum Mittel gegen Fieber, Grippe, Malaria, S. 15. *Dos.*: 0,4–1,0 pro Tag als Tbl., Compretten oder Dragées zu 0,1, 0,2 und 0,25. Nicht in den letzten Schwangerschaftsmonaten, wirkt wehenanregend.

Chinosol Desinfektionsmittel zur äußerlichen Anwendung in verschiedenen Formen. Die Tbl. zu 0,5 und 1,0 werden in 1 l Wasser aufgelöst.

Chloräthyl Narkosemittel, leicht verdunstende Flüssigkeit in Sprühflaschen, S. 40. Wird über ein Tuch eingeatmet oder lokal zur »Vereisung« aufgesprüht.

CHLORALHYDRAT S. 37.

CHLORAMPHENIKOL S. 25.

Chlorisept Äußerlich anzuwendendes Antimykotikum[1]), Chinolinverbindung mit SALIZYL- und BENZOESÄURE.

CHLOROFORM S. 40.

Chloromycetin S. 26.

CHLOR-TETRAZYKLIN S. 25.

Cholagoga S. 84.

Cholagogum Gallentreibendes Mittel aus vorwiegend pflanzlichen Wirkstoffen; verschiedene Firmen und Anwendungsformen.

Cholera-Impfstoff Vakzine aus Choleravibrionen, Amp. 1 ml s.c. *Dos.*: 1. Inj. 0,5 ml, im Abstand von 5–10 Tagen; 2. und 3. Inj. zu 1,0 ml.

Choleretika S. 84.

Cholinesterase S. 72.

Cholipin Choleretikum[2]) und Lebertherapeutikum mit Spasmolytikum und Vitaminen der B-Gruppe. *Dos.*: 3mal 1–2 Drag. unmittelbar vor den Mahlzeiten.

Ciatyl, sedierendes Antipsychotikum, S. 46. Drag. 0,01, Tbl. 0,025, Amp. 0,025 in 1 ml i.m. oder i.v. *Dos.*: vom Arzt individuell festzulegen, um 0,075–0,15. *Besond.*: i.m. nur tief intraglutäal injizieren, niemals s.c. oder i.a., kann schwere Gewebeschäden machen.

Cibalgin Analgetikum aus AMINOPHENAZON und Barbiturat. *Dos.*: 1–2mal 1–2 Tbl. oder 20–40 Tropfen, auch Supp. und Amp. 5 ml i.m. oder langsam i.v., nicht s.c.!

Cibazol Sulfonamid, Chemotherapeutikum, S. 29.

Cional Mundwasser aus Kamille, Salvia und Arnika.

Circupon RR, blutdrucksteigende Substanz, ETILEFRIN. *Dos.*: 1 (–2)Kapseln 1–2mal täglich.

Citropepsin Substitutionspräparat aus Pepsin und Zitronensäure, S. 82. *Dos.*: 1–2 Tbl. oder 1/2–1 Teelöffel in Wasser oder 2–3 Dragée unzerkaut während oder nach d. Essen. Dragées forte mit erhöhtem Wirkstoffgehalt.

Clauden Blutstillendes Mittel, Thrombokinase, S. 82. *Dos.*: 1–2 Amp. zu 10 ml i.v., i.m. oder s.c. oder entspr. viele Amp. zu 2,5 ml. Tabletten; Pulver zur äußerlichen Anwendung. Bei Magenblutung auch oral.

CLEMIZOL-PENICILLIN S. 21.

Cliradon Starkes Analgetikum, Opiat, S. 52. *Dos.*: 1/2–1 Amp. zu 1 ml 0,0075 s.c., i.m. oder langsam i.v., wirkt nach 10–15 Min.

---

[1]) Antimykotikum: Arzneimittel gegen Pilzerkrankungen.

[2]) Choleretikum: Mittel, das die Galleabsonderung anregt.

für 2–10 Stunden. Auch Supp. 0,01 und Tabletten 0,005 oder Tropfen 0,01/ml (1–2 Tbl. oder 10 Tropfen), orale Wirkung nach 20–30 Min. *Besond.:* i.v. nur im Liegen wegen Bradykardiegefahr. Bei Überdosierung Atemlähmung! Suchtgefahr! Unterliegt der Betäubungsmittelordnung.

Clont Wirkstoff gegen Trichomonaden[1]), METRONIDAZOL, S. 32. *Dos.:* 6 Tage 2mal 1 Tablette oral, bei Frauen zusätzlich abends 1 Vaginaltablette einführen. *Besond.:* Wegen Re-infektionsgefahr Partner mitbehandeln!

CLOXACILLIN S. 23.

Cobed Mittel gegen Bronchialerkrankungen aus Kampfer, Guajakol, Eukalyptus u.a.; *Dos.:* 3mal 1 Supp.

Cobediamin Cobed mit THEOPHYLLIN.

COCAIN S. 14, 51.

CODEIN S. 53, 55.

Codeinum Phosphoricum Compretten Hustenstillendes Mittel. Compretten zu 0,03 und 0,05. *Dos.:* 1–3mal 1 Compr. (S. 53).

Codyl-Sirup Hustenstillendes Mittel mit CODEIN, NARKOTIN und PAPAVERIN. *Dos.:* 1–4mal 1 Teelöffel.

COFFEIN S. 64.

Coffeinum Compretten Koffein, Analeptikum. Regt Atmung und Kreislauf an, fördert die Nierendurchblutung. *Dos.:* 1–5mal 1 Comprette zu 0,2 in etwas Wasser (auch 1–3mal 1 Amp. 1 ml s.c. zu 0,2 oder 0,25).

Colchicum-Dispert, Gichtmittel, Alkaloide aus Herbstzeitlose entspr. 0,0005 (= 0,5 mg) COLCHICIN pro Dragée. *Dos.*: Im Anfall bis zu 7 Drag. täglich in stündlichem Abstand, im Intervall 1–3 Drag. an 3–7 Tagen der Woche. *Besond.*: Durchfälle als Anzeichen hoher Dosierung.

Colfarit AZETYLSALIZYLSÄURE, Tbl. 0,5 S. 12.

Colistin Chemotherapeutikum, Antibiotikum, POLYMYXIN E, S. 27. 1 Flasche 1 Million E. i.m., Flaschen mit 3 Millionen E. i.v., in Sonderfällen i.v. als Infusion mit GLUCOSElösung. Tbl. 500000 E. Oral keine Resorption.

Combizym Verdauungsenzyme: Pankreatin (Lipase, Protease, Amylase) Cellulase u.a. *Dos.:* 2–3 Drag. unzerkaut zu den Mahlzeiten.

Combizym compositum wie oben, aber verstärkt und mit Fel tauri. *Dos.:* 1 Drag. zu den Mahlzeiten, auch mehr.

Comital Antiepileptikum aus Hydantoin und **Prominal**, als **Comital L** auch mit **Luminal**. Einschleichend dosieren: 3mal 1/2–5mal 1 Tbl. *Besond.:* Absolutes Alkoholverbot! Kochsalzarme Kost, wenig Flüssigkeit. S. 48.

Commotional Analgetikum aus PAPAVERIN, Barbiturat, KOFFEIN, Pyrazolon und PHENAZETIN. *Dos.:* 3–6mal 1 Tbl.; auch Supp.

Complamin Durchblutungsförderndes Mittel, NIKOTINSÄUREverbindung. *Dos.:* 3mal 1–3 Tabletten (zu 0,15) oder Tabletten «**300**» zu 0,3; 1–2mal 1 Amp. zu 2 ml i.m. oder i.v. und mehr; 1–3 Amp. zu 10 ml in die i.v. Infusion, Infusionsdauer 2–4 Stunden; 3mal 1 Tablette »retard« zur Langzeittherapie. *Besond.:* Der gefäßerweiternde Effekt macht sich häufig in starker Rötung, besonders des Gesichtes, bemerkbar.

Compretten s. unter der jeweiligen Zusatzbezeichnung.

Conray Jodhaltiges Röntgenkontrastmittel in verschiedenen Stärken; im allgemeinen wird 1 Amp. i.v. gegeben und nach 5–12 Minuten geröntgt. **Conray 30** (Amp. 10 ml) für retrograde Pyelographie[2]) u.a., **Conray 60** (Amp. 10 und 20 ml) für i.v. Pyelogramm, Phlebogramm u.a., **Conray 70** (Amp. 20 ml) für i.v.-Pyelogramm, Extremitätenarteriographie, Phlebographie[3]) u.a., **Conray 80** (Amp. 20 ml) für Angiographie, i.v. Urographie[4]), u.v.a. **Conray FL** und **EV** für Spezialzwecke. *Besond.*: Alle Lösungen sind licht- und kälteempfindlich. Auskristallisierte Lösungen langsam erwärmen, keine Wirkungsminderung.

Contradol Analgetikum aus BROMCARBAMID, PHENAZETIN, AZETYLSALIZYLSÄURE und KOFFEIN. *Dos.:* 1–4mal 1 Lutschtablette im Mund zergehen lassen.

Convacard Herzglykosid, Maiglöckchenaus-

---

[1]) Trichomonaden: Einzeller, verursachen Erkrankungen des Urogenitaltraktes.
[2]) Pyelographie: Röntgendarstellung des Nierenbeckens.
[3]) Phlebographie: Röntgendarstellung von Venen.
[4]) Urographie: Röntgendarstellung der Harnwege.

zug (Convallaria), S. 62. *Dos.:* 3mal 1 bis 4mal 3 Drag. vor dem Essen, Tropfen (0,5 ml entsprechen 1 Dragée).

Convallaria Maiglöckchen, S. 62.

Coramin Analeptikum, NICETHAMID. Regt Atmung an, erhöht den Blutdruck und erweitert die Koronarien. Tropfen 0,25 pro ml; Amp. zu 1,7 ml mit 0,25 pro ml s.c., i.m. oder i.v. Auch in Kombinationen mit ADENOSIN.

Cordalin Purinkörper, OXYÄTHYL-THEOPHYLLIN, S. 64. *Dos.:* 2–3mal 1/2–1 Amp. zu 2 ml i.v., i.m. oder s.c.; oral 3mal 1–2 Dragées oder 8–15 Tropfen mit Flüssigkeit nach dem Essen. Supp.

Cordalin-Strophanthin siehe die Teilbestandteile. Amp. zu 0,000125 (= 1/8 mg) mit rotem Aufdruck und zu 0,00025 (= 1/4 mg) mit gelbem Aufdruck i.v. Bei paravenöser Injektion Salbenauflagen und Umspritzung mit physiol. NaCl-Lösung.

Coritrat Kombinationspräparat gegen Herzrhythmusstörungen aus PROCAINAMID, AJMALIN, CHINIDIN, MEPROBAMAT, PHENYLÄTHYLBARBITURSÄURE und THEOPHYLLIN *Dos.*: 3mal 1–2 Dragées.

Cormelian, koronarwirksames Präparat, S. 64. *Dos.*: 3mal 1 Dragée als Langzeittherapie. *Besond.*: Nicht mit Kaffee oder Tee einnehmen.

Coronardilatatoren S. 63.

Coronardurchblutung S. 63.

Cortigarant Nebennierenrindenextrakt mit Gluko- und Mineralokortikoiden, S. 103. Ölige Lösung Amp. 5 ml i.m. und wässerige Lösung Amp. 20 ml i.v. oder zu i.v. Infusionen. *Dos.:* 2–4ml i.m., 5–20 ml i.v.

Cortiron Nebennierenrindenhormon, Mineralokortikoid, S. 103. *Dos.:* Pro Woche 1–2 Amp. zu 1 ml mit 0,01 i.m.; auch Tabletten 0,001.

Cortiron-Depot wie **Cortiron**, aber in Langzeitform. *Dos.:* Alle 3 Wochen 2–3 Amp. zu 1 ml mit 0,05 i.m.

Cortison Nebennierenrindenhormon, Glukokortikoid, S. 101.

CORTISON s. unter KORTISON, S. 101.

CORTICOSTEROIDE s. unter KORTIKOSTEROIDE, S. 100.

Cortrophin S-Depot Hypophysenvorderlappenhormon ACTH in Depotform, S. 98. Inj.-Flaschen zu 0,0005 (= 0,5 mg) in 1 ml und 0,001 in 2 ml i.m. *Dos.*: 1 ml i.m.

Crataegus Weißdorn, Digitaloid, S. 62.

Crataegutt Weißdornextrakt, Digitaloid für die »kleine Herztherapie«. *Dos.:* 3mal 10–15 Tropfen oder 1–2 Drag.; 1 Amp. zu 2 ml i.v. oder i.m.; Kombinationen mit 1/4 und 1/10 mg Strophanthin zur i.v.Injektion.

Cumarinverbindungen S. 117.

Cuprex Mittel gegen Läuse, Lösung zur äußerlichen Anwendung. Tötet Läuse durch Eindringen in die Atemöffnungen, vernichtet auch die Nissen. Kopfläuse: 50 ml unverdünnt in die Haare einreiben und nach 1–2 Stunden mit warmem Seifenwasser waschen, auskämmen. Filzläuse: Schamhaare brauchen nicht rasiert zu werden. 25 ml im Abstand von 10 Min. unverdünnt einreiben, nach 1 Std. mit Seifenwasser auswaschen, nicht auf Schleimhäute! Im Freien anwenden, sonst für einige Tage grünlicher Urin möglich.

Curare S. 43.

Curarin Muskelrelaxans, S. 43. Zur i.v. Gabe, 1 ml = 0,003 = 3 mg = 20 E.

Cushing-Schwelldosis S. 101.

CYANOCOBALAMIN Vitamin B_{12}, S. 112.

Cyren A Synthetischer, in der Wirkung östrogenartiger Stoff mit den Wirkungen des Follikelhormons, S. 105. Preßlinge zur Implantation, 0.025.

Cyrpon Psychopharmakon, Tranquilizer. S. 47. Tbl. und Drag. 0,2; Supp. 0,4; Drag. **Cyrpon forte** 0,4. *Dos.:* niedrig beginnen und ansteigen, individuell, ca. 0,4–1,6 pro Tag. In höherer Dosis Schläfrigkeit möglich; nicht an Autofahrer und nicht mit Alkohol! Stoffklasse, von der andere Abkömmlinge als Muskelrelaxantien benutzt werden.

Cysto-Myacyne O.W.G. Lokales Antibiotikum mit Sulfonamid (NEOMYCIN + **Euvernil**, s. dort) zur Instillation ca. 1mal täglich.

Wenn nichts anderes vermerkt ist, gelten alle Dosisangaben in Gramm pro Tag für einen durchschnittlichen Erwachsenen.

Hier fehlende Angaben sind aus dem 1. Teil ersichtlich.

Cytobion Kristallisiertes Vitamin B_{12}, S. 112. Drag. zu 5 gamma mit Intrinsic Factor (S. 112); Tropfen 1 ml = 30 Tropfen = 30 gamma; Ampullen s.c., i.m. und i.v. zu 30 gamma in 1 ml und 1000 gamma in 1 ml; Injektionsflaschen mit 1000 und 5000 gamma pro 5 ml. **Aquo-Cytobion** ist eine Depotform mit 500 gamma pro Amp. zu 1 ml für i.v. oder i.m. Injektion; hält bis zu 6 Wochen an.

Dacomid Lebertherapeutikum aus Vitaminen, Anabolikum und Methionin, *Dos.:* 3mal 1 Kapsel.

Daktar, Antimykotikum, MICONAZOL, S. 31. Örtlich als Crème und Puder.

Daluwal Abführmittel aus Rhabarber, Aloe u. a., in der »forte«-Form durch eine Isatinverbindung verstärkt. *Dos.:* 2–3mal 1 Comprette oder 1–3 vor dem Schlafengehen.

Daraprim PYRIMETHAMIN, gegen Toxoplasmose[1]), zur Malariaprophylaxe u. a.

Darebon Antihypertensivum aus CHLORTALIDON **(Hygroton)** und RESERPIN, s. dort *Dos.:* 3mal wöchentlich $^1/_2$–1 Tbl., anfangs mehr. Auch als Tabl. »mite« mit halbem Wirkstoffgehalt. *Dos.:* 1 Tbl. pro Tag.

Darmantiseptika S. 87.

Darmol Abführmittel, PHENOLPHTHALEIN in Schokoladentäfelchen, S. 88. *Dos.:* $^1/_2$–1 Täfelchen oder 1–2 Dragées.

Darmtherapeutika S. 87.

Dauerschlafmittel S. 39.

DAUNOMYCIN S. 34.

Davosin, Langzeitsulfonamid, SULFAMETHOXYPYRIDAZIN. *Dos.*: Anfangsdosis 1,0 = 2 Tbl. oder 4 Meßlöffel Suspension, anschließend die Hälfte.

DB Retad Orales Antidiabetikum, BIGUANID, mit Langzeitwirkung, S. 93. *Dos.:* 1–2 Dragées zu 0,05.

D-Cycloserin Tuberkulostatikum, S. 29. *Dos.:* ca. 3–4mal 1 Tbl., am besten einschleichend. Zu Beginn der Therapie gelegentlich Müdigkeit, Fieber, Husten u. Leukozytose.

Decadron Nebennierenrindenhormon, DEXAMETHASON, S. 102. Tbl. 0,0005'0,5 mg; Amp 1 ml zu 0,004 als Phosphat i.v. und i.m., intraartikulär und zur Gewebsinfiltration.

Deca-Durabolin Anabolikum, S. 104. Amp. zu 0,025 und 0,050 i.m. *Dos.:* Alle 3–4 Wochen 1 Amp. i.m.

Decentan Neuroleptikum, PHENOTHIAZIN, S. 47. Drag. 0,004 und Tbl. 0,008 (= 4 bzw. 8 mg); Tropfen 1 ml = 0,004; Amp. zu 1 ml mit 0,005 (= 5 mg) i.m. oder i.v. am Liegenden, wegen Gefahr des Blutdruckabfalles.

Decholin Choleretikum, Cholagogum, S. 84. Tabletten und Amp. zu 5 und 10 ml i.v. *Dos.:* 3mal 1–2 Tbl. *Besond.:* Bitterer Geschmack, auch nach i.v. Gabe.

Decortilen Nebennierenrindenhormon, 16-METHYLEN-PREDNISOLON, S. 102. Tabletten zu 0,006 und 0,06 (= 6 bzw. 60 mg); retard-Tabletten zu 0,012; Tabletten »24« mit 0,024 (= 24 mg); Ampullen »solubile« als Trockenampullen zu 0,03 und 0,06 zur Auflösung mit beigegebenem Lösungsmittel, für alle Injektionsarten.

Decortin Nebennierenrindenhormon, PREDNISON, S. 101 Perlen zu 0,001, Tbl. zu 0,005 und 0,05 (= 5 bzw. 50 mg), retard-Tbl. zu 0,01 (= 10 mg) mit verzögerter Wirkstoffabgabe, unzerkaut schlucken.

Decortin-H Nebennierenrindenhormon, PREDNISOLON, S. 102. Tbl. zu 0,005 und 0,05 (= 5 bzw. 50 mg), Kristallsuspension 0,5 ml zu 0,01 und 1 ml zu 0,025 für Infiltration, aber nicht zur i.v. Injektion. Vor Gebrauch aufschütteln! Lokale Anwendungsformen als fetthaltige Salbe mit NEOMYCIN und TRICHLORPHENOL und nicht fettende Creme ohne Zusätze.

Delmeson Nebennierenrindenhormon und Antibiotikum für äußerliche Anwendung als Haupttherapeutikum als Creme, Salbe, Schaum und andere.

Delphicort Nebennierenrindenhormon, TRIAMCINOLON, S. 102. Tbl. zu 0,002, 0,004 und 0,008 (= 2,4 und 8 mg); Kristallsuspension 0,025 und 0,04 in 1 ml für alle Injektionsformen außer i.v. Gabe, Amp. 0,8 in 2 ml zur i.m.-Depot-Behandlung sowie zur intraartikulären Inj. und zur Infiltration. Lokal als Salben und Cremes.

Delta – häufig gebrauchte Vorsilbe zur Bezeichnung eines Zusatzes von PRED-NISOLON oder eines anderen Kortikoides zu einem Medikament.

---

[1]) Toxoplasmose: Mensch und Tier befallende Infektionskrankheit.

Deltacortril Nebennierenrindenhormon, PREDNISOLON, S. 102. Tbl. zu 0,001 und 0,005 (= 1 bzw. 5 mg); Amp. mit 0,02 Trockensubstanz und Lösungsmittel zur i.v. Injektion, auch i.m. anwendbar. Suspension (1 ml mit 0,01 und 0,02 = 10 bzw. 20 mg) zur Infiltration.

Depasan Spartein (Besenginster), gegen Sinustachykardien. *Dos.:* 3mal 1–2 Tbl. zu 0,05 oder 0,1; Amp. zu 0,1 in 2 ml i.m. oder i.v.

Depogamma Vitamin B_{12}-Depot, S. 112. Amp. zu 1 ml mit 500 und 1000 gamma i.m. oder i.v.

Depolarisierende Hemmung S. 43.

Deposulin Depot-Insulin, S. 91.

Depot... siehe auch unter der jeweiligen Zusatzbezeichnung.

Depot-Acethropan Depot-ACTH, S. 98. Flasche zu 20 und 80 Einheiten II. Int. Standard mit 2 ml Aqua dest. aufzulösen zur i.m. Injektion.

Depot-Heparin Gerinnungshemmende Substanz, S. 116. Flasche zu 2 ml mit 50000 E Stilbenverbindung, S. 105. Amp. zu 2 ml mit

Depot-Impletol Langwirkendes Lokalanästhetikum aus Procain (s. dort) und KOFFEIN in Amp. zu 2 und 5 ml für i.m., tiefe s.c. und Gewebsinjektion.

Depot-Insulin S. 90, 91.

Depot-Novadral Kreislaufmittel in langwirkender Form (5–7 Std.), Amp. zu 1 ml mit 0,01 für i.m. und s.c.-Injektion, S. 67.

Depot-Östromon Östrogenes Depotpräparat, Stilbenverbindung, S. 105. Amp. zu 2 ml mit 0,012 i.m.

DEPOT-PENICILLIN s. S. 21 unter PENICILLIN.

Deseril retard Serotonin-Antagonist gegen Krankheiten, an deren Entstehung Serotonin beteiligt ist (Migräne, Allergie, Karzinoid). *Dos.:* 2mal 1/2, später 2 mal 1 Tbl. Brechreiz und Schwindel möglich.

Desferal Eisenbindende Verbindung gegen Eisenvergiftung und Hämosiderose. Das gebundene Eisen wird im Urin als rötliche Substanz ausgeschieden. Flasche zu 0,5 mit 5 ml Aqua dest. auflösen zur i.m. Injektion oder zum Trinken bei akuter Eisenvergiftung. Therapie bei chronischen Leiden monatelang mit täglich 0,5 i.m. durchführen. Schmerz nach Injektion ist möglich.

Desmoidpillen Methylenblau, das in Kapselform morgens nüchtern unzerkaut geschluckt wird (1 Pille). Bei vorhandener Magensäure löst sich die Hülle auf, und der Farbstoff wird im Urin ausgeschieden (grün) Kontrolle nach einigen Stunden. Versager möglich.

Dexa-, häufig gebrauchte Vorsilbe zur Kennzeichnung eines Zusatzes von DEXAMETHASON.

DEXAMETHASON S. 102.

Dexa-Rhinospray Nasenspray aus vasokonstriktorischen Substanzen, NEOMYCIN und DEXAMETHASON. *Dos.:* 1–6mal täglich in die Nase sprühen.

Dexa-Scheroson Nebennierenrindenhormon, DEXAMETHASON, S. 102. Tbl. zu 0,0005 und 0,0015.

Dextropur Reiner Traubenzucker (GLUCOSE, DEXTROSE). Oral als Substanz oder in 10–50%iger Lösung i.v., bis 10%ig auch i.m., bis 5%ig auch s.c.

Diabetoral Orales Antidiabetikum, S. 92.

Diacard Herz- und Kreislaufmittel aus homöopathischen Pflanzenauszügen.

Diamox Diuretikum, Carboanhydrasehemmer, S. 79. Tbl. 0,25 und Amp. 0,5 zur i.m. und i.v. Injektion (mit 5 ml Aqua dest. auflösen, 4 Tage haltbar). **Diamox** retard Kapseln 0,5. Parästhesien und Schläfrigkeit möglich.

Dianabol Anabolikum, METHANDROSTENOLON, S. 104. Tbl. 0,001 und 0,005; Tropfen mit 0,001 in 1 ml; Crème. *Dos.:* 0,005 täglich, später reduzieren. Als Amp. auch 2mal wöchentlich 0,0025 in 1 ml (nur i.m.!).

Dibromol Desinfektionsmittel aus Bromverbindung, Thymol und Rhodanid in farbloser, gefärbter und stark gefärbter Form zur Hautdesinfektion.

Dicodid Hustenmittel aus der Opiat-Reihe, S. 51, 56. *Dos.:* Bis 3mal 1 Tbl. zu 0,005 oder 0,01, Tageshöchstdosis 0,05; Amp. zu 1 ml mit 0,015 s.c. *Besond.:* Suchtgefahr! Unterliegt der Betäubungsmittelordnung! In höheren Dosen Atemhemmung. Nicht auf leeren Magen!

Didrothenat Tuberkulostatikum, S. 28. Flasche mit 1,0 und 5,0 zum Auflösen oder spritzfertig zu 1,0 i.m. oder im i.v. Dauertropf. *Besond.:* Nebenwirkung auf Hörnerven möglich.

Digacin Herzglykosid, DIGOXIN, S. 61. Drag. 0,00025 (= 1/4 mg).

Digicor Herzglykosid, DIGITOXIN + Herzmuskelextrakt, S. 61. DIGITOXINgehalt pro Drag. 0,00005 (= 0,05 mg), pro ml Tropfen (30 Tropfen) 0,00015 (= 0,15 mg).

Digilong Herzglykosid, DIGITOXIN, S. 61. Tbl. 0,0001 (= 1mg), Tropfen (1 ml = 0,0001).

Digimerck Herzglykosid, DIGITOXIN, S. 61. Tbl. und Drag. 0,0001 (= $^1/_{10}$ mg); Tropfen (1 ml = 30 Tropfen = 0,0001 = 0,1 mg); Amp. 0,00025 (= $^1/_4$ mg) in 1 ml i.v., notfalls i.m.; Supp. 0,00025.

Digipersantin Kombination aus 0,000125 (= $^1/_8$ mg) oder 0,00025 (= $^1/_4$ mg) DIGOXIN und **Persantin** pro Dragée; s. die Einzelbestandteile.

DIGITOXIN S. 61.

Digitoxin Herzglykosid, S. 61. Tbl. zu 0,00001 (= $^1/_{10}$ mg) und Amp. zu 0,00025 (= $^1/_4$ mg) i.v., notfalls i.m.

DIGOXIN S. 61.

Dihydergot Sympathikolytikum, Mutterkornalkaloid, S. 69. *Dos.*: 3mal 1–2 Tbl. zu 0,001 oder 10 Tropfen (= 0,001); 1–2 Amp. zu 0,001 in 1 ml s.c., i.m. oder langsam i.v. Dabei sind Übelkeit und ziehende Beinschmerzen möglich. Auch als Tabletten »retard« zu 0,0025. *Besond.*: Verstärkt die Barbituratwirkung.

DIHYDROERGOTAMIN S. 69.

DIHYDROSTREPTOMYCIN S. 28.

Dihydrostreptomycin als Sulfat, Tuberkulostatikum, S. 28. Meist als Inj.-Flasche zu 1,0 zum Auflösen mit beigegebenem Lösungsmittel, i.m.

Dijozol Desinfektionsmittel, Alkohol-Wasser-Gemisch mit Jodsalzen und Thymol zur lokalen Anwendung. In verschieden gefärbten Lösungen lieferbar.

Dilatol Gefäßerweiterndes Mittel, S. 71. *Dos.*: 6mal 1–10 Tropfen; 1–6mal $^1/_2$ Tbl; Amp. 1 ml für i.m. oder s.c. Injektion sowie zur i.v. Infusion in phys. NaCl-Lösung.

Dilaudid Analgetikum, Spasmolytikum aus der Opiatreihe, S. 51, 54. *Dos.*: $^1/_2$–1 Tbl. zu 0,0025; 1 Supp. oder $^1/_2$–1 Amp. zu 0,002 in 1 ml s.c., notfalls langsam i.v. *Besond.*: Unterliegt der Betäubungsmittelordnung. Tagesdosis maximal 0,012.

Dilaudid-Atropin Dilaudid mit ATROPIN (s. die Einzelbestandteile). Supp. 0,002 **Dilaudid** mit 0,0005 ATROPIN; Amp. zu 1 ml mit 0,002 **Dilaudid** (»schwach«) und 0,0003 ATROPIN sowie 0,004 **Dilaudid** (»stark«) und 0,0005 ATROPIN zur s.c. oder langsamen i.v. Injektion. Zur Operationsvorbereitung $^1/_2$–1 Stunde vor dem Eingriff.

Dilcoran Mittel gegen koronare Durchblutungsstörungen, PETN, S. 63. Tabletten mit Barbiturat, Depottabletten mit 12stündiger Wirkungsdauer mit Barbiturat (»prot.«) »80« Tbl. mit erhöhtem Wirkstoffgehalt, »80 S« mit erhöhtem Wirkstoffgehalt und Barbiturat. Die letzteren lassen sich – farbige Schicht nach oben – durch festen Druck auf harter Unterlage mit Daumendruck teilen. Tbl. »prot« müssen unzerkaut und unaufgelöst gegeben werden. *Dos.*: meist 2mal 1 Tbl., v. einfachen **Dilcoran** 3mal 1–2 Tbl.

DIMETHYLAMINOPHENAZON Fieber und Schmerzmittel, S. 11. *Dos.*: 1–3 Compretten.

Dipar Orales Antidiabetikum, Biguanid, S. 93.

Diphtherie-Toxoid Diphterie-Formol-Impfstoff zur aktiven Immunisierung, Amp. 0,5. Auch mit anderen Impfstoffen kombiniert.

Diphterie-Serum hochgereinigtes Fermo-Serum vom Rind und Hammel zur passiven Immunisierung. Amp. mit 10000 und 20000 E. *Dos.*: Vorbeugend 3000 E i.m., therapeutisch 30000–100000 E i.m. oder i.v.

Distraneurin (CHLORMETHIAZOL, CHLORETHIAZOL), Mittel gegen alkoholbedingte und andere Erregungszustände, Tbl. zu 0,5; Kapseln zu 0,192; Lösung mit 0,8 in 100 ml. *Dos.*: Individuell. *Besond.*: Nicht gleichzeitig mit Barbituraten oder Meprobamat geben!

Ditenate Depot-Antiasthmatikum aus sympathikomimetischen, antihistaminischen u. THEOPHYLLIN-Verbindungen. *Dos.*: 1–2 Tbl. unzerkaut schlucken, wirken 12 Stunden. Auch Sirup, 3–4mal 1–2 Teelöffel und als »**Tetra**«-Tabletten mit 0,25 TETRAZYKLIN.

Diudorm Schlafmittel aus CHLORPROXITHEN, GLUTHETHIMID und METHAQUALON, barbituratfrei. Ein- und Durchschlafmittel. *Dos.*: $^1/_2$–2 Tbl. abends. Gleichzeitiger Alkoholgenuß erhöht die Wirkung.

Diuretika S. 77.

Dociton Beta-Rezeptoren-Blocker, S. 58. Tbl. zu 0,01, 0,04 und 0,08 (= 10 bzw. 40 bzw. 80 mg); Amp. zu 0,001 (1 mg) in 1 ml langsam i.v. Individuell dosieren. Nicht bei unbehandelter Herzinsuffizienz!

Dodecatol Vitamin B_{12} mit NICOTINSÄURE und

PROCAIN. Amp. zu 2 ml mit 1000 gamma Vit. B_{12} i.m., Dragées 250 Gamma mit NICOTINSÄURE und PROCAIN.

Dolantin Analgetikum, Opiat, S. 52, 54. *Dos.:* 1–3mal 1 (–2) Tbl. zu 0,0025 (= 25 mg) in etwas Flüssigkeit aufgelöst oder 1–3mal 10–20 Tropfen der 5%igen Lösung; 1–3 Supp. zu 0,1; 1–3mal 1–1 1/2–2 ml aus der Amp. zu 2 ml s.c., i.m. (Wirkung nach 5–20 Min. für 6 Std.) oder langsam i.v., hierbei ist Blutdruckabfall möglich. *Besond.:* Unterliegt der Betäubungsmittelordnung!

Dolantin Spezial Dolantin mit LEVALLORPHAN gegen mögliche atemdepressorische Effekte. Amp. zu 2 ml mit 0,1 **Dolantin**; Dosierung wie unter **Dolantin** angegeben. Es gilt das unter **Dolantin** Gesagte.

Dolo-Buscopan Analgetikum, Spasmolytikum aus **Buscopan** (s. dort) und Barbiturat sowie CODEIN. *Dos.:* 1–2 Supp.

Dolviran Analgetikum aus **Aspirin**, PHENAZETIN, CODEIN, KOFFEIN und **Luminal**. *Dos.:* 2–3mal 1–2 Tbl.; 1–2 Supp.

Dominal Psychosedativum, S. 45. *Dos.:* 2–4-mal 1–2 Drag. zu 0,02 oder 0,04 (»forte«); 2–4mal 1 Amp. zu 0,04 in 2 ml i.m.; außerdem Tropfen (10 Tropfen = 0,02), Supp. und Saft (5 ml = 0,015). Tbl. zu 0,2 für Sonderzwecke. *Besond.:* Nicht bei Alkohol- oder Barbituratvergiftung.

Doriden Schlafmittel, S. 38. Kein Barbiturat. Gegen Ein- und Durchschlafstörungen. 1 Tbl. wirkt nach 20–30 Min. für 6 Stunden. Auch Tbl. »forte«. *Dos.:* 1 Tbl.

Doryl Parasympathikomimetikum, S. 72. *Dos.:* 1–3mal 1/2–2 Tbl. oder 1/2–1 Amp. zu 1 ml s.c. oder i.m. *Besond.:* Bei hoher Dosis Schweißausbruch, Übelkeit, Erbrechen, Kollapsgefahr.

Dosulfin Chemotherapeutikum, Kombination aus zwei Sulfonamiden, S. 29.

DOXYCYCLIN, S. 25.

DPT-Impfstoff Diphterie-Keuchhusten-Tetanus-Kombinations-Impfstoff. *Dos.:* 3mal 0,5 ml i.m. im Abstand von 4–6 Wochen.

Drenusil Diuretikum, THIAZID, S. 78. Auch als Kombination mit RESERPIN.

Dromoran Starkes Analgetikum, Opiat, S. 52. *Dos.:* 1–2 Tbl. zu 0,015 oder Amp. mit 1 ml zu 0,002 1–2mal täglich; auch Supp. Zur Narkosevorbereitung 1/2–1 Amp. s.c. 1–1 1/2 Std. vor Beginn. *Besond.:* Unterliegt der Betäubungsmittelordnung. Schwindel und Schwitzen können auftreten.

Dulcolax Abführmittel, S. 88. *Dos.:* 2 Drag. abends unzerkaut mit oder ohne Flüssigkeit für morgendliche Entleerungen, sonst Wirkung am nüchternen Pat. nach ca. 5 Std. Supp. wirken nach 1/2 Std. **Dulcolax-spezial** als Zugabe zum Kontrastbrei bei Röntgenuntersuchungen.

Duogynon Hormonkombination aus PROGESTERON und Follikelhormon zur Schwangerschaftsdiagnostik. *Dos.:* An zwei aufeinanderfolgenden Tagen je 1 Dragée oder 1 Amp. zu 1 ml i.m., bei **Duogynon simplex** einmalig 1 Citole i.m. – Tritt nach 2–6 (– 10) Tagen keine Blutung ein, so ist mit einer Schwangerschaft zu rechnen.

Durabolin Anabolikum, S. 104. *Dos.:* alle 7–10 Tage 1 Amp. zu 0,025 oder 1 Amp. Flasche mit 2 ml zu 0,05 i.m. Auch Tabletten »O« zu 0,002 (= 2 mg).

Durchschlafmittel S. 26.

Durenat Chemotherapeutikum, Sulfonamid, S. 29. *Dos.:* Am ersten Tag 2, dann 1 Tbl. Auch Saft, Tropfen und Amp. i.v. Reichlich trinken lassen!

Dusodril Durchblutungsfördernde Substanz, NAFTIDROFURYL, S. 71. *Dos.*: 3mal 1–2 Drag. oder 2–3 Drag. retard täglich, 1–2 Amp. i.m., i.v. oder i.a., Amp. »Pl« mit 5fachem Gehalt zur i.v.- oder i.a.-Infusion.

Echinacin Mittel zur unspezifischen Reiztherapie aus frischen Echinacaeen-Pflanzen bei chron. Infekten. *Dos.:* 3mal 20–50 Tropfen oder kurmäßig Amp. zu 1 ml i.v.

Effortil Kreislaufmittel, ETILEFRIN, S. 67. *Dos.:* 3mal 5–10 Tropfen oder 1/2–1 Tbl. zu 0,005; 1–2 Amp. zu 0,001 in 1 ml s.c., i.m. oder i.v. Infusionsamp. zu 5 ml i.v. sowie Saft 0,001 in 1 ml.

Effortil-Depot wie **Effortil**, aber Langzeitwirkung über ca. 8 Std. *Dos.:* 1–2 Drag. zu 0,025 oder 1–2 Amp. zu 0,015 in 1 ml s.c. oder i.m. Dragées nicht zerkauen.

Eichenrinden-Extrakt ca. 150,0 für 1 Vollbad. wirkt gerbend bei Ausschlägen, Schweißneigung u. a.

Einschlafmittel S. 38.

Eksalb Hauttherapeutikum gegen Ekzeme u. a. aus Stoffwechselprodukten und Zellbestandteilen von verschiedenen Hautkeimen. »simplex« fetthaltig, »lotio« fettfrei.

Eleparon Heparinähnliches Mittel, S. 117.

Elfanex Antihypertensivum aus RESERPIN, **Nepresol**, THIAZID und Kalium. *Dos.:* 3mal 1–2 Dragées; nach den Mahlzeiten.

Elzogram Antibiotikum, Cephalosporin, CEPHAZOLIN, S. 25. Inj.Flaschen mit Trokkensubstanz zum Auflösen, 1,0 und 2,0 i.v.; 0,5 mit LIDOCAIN in Lösungsmittel zur schmerzlosen i.m.-Injektion (nie i.v.!). *Dos.:* 2,0–4,0(–6,0) pro Tag.

Encephabol Hirnstoffwechsel anregendes Mittel, Vitamin B_6-Abkömmling, gegen zerebrale Leistungsschwäche. *Dos.:* 3mal 1 Dra-

Encephabol Hirnstoffwechsel anregendes Mittel, Vitamin B_6-Abkömmling, PYRITHIOXIN, gegen zerebrale Leistungsschwäche. *Dos.:* 3mal 1 Dragée oder Dragée »forte« (doppelter Wirkstoffgehalt) unzerkaut mit Flüssigkeit. 5 ml Saft entspricht 1 Dragée. Trockenamp. zur Infusion nur mit beigegebenem Lösungsmittel (2 ml) auflösen. Nur in 5% Glukose verdünnen. *Dos.*: 1–2(5) Amp.

Encordin Herzglykosid, S. 61.

Endojodin Jodpräparat zur Operationsvorbereitung und bei Basedow-Koma. *Dos.:* 1/2–1 Amp. zu 2 ml mit 0,236 Jod s.c., i.m. oder langsam i.v. (flüchtiges Hitzegefühl möglich).

Endoxan Zytostatikum, S. 33. Dragées zu 0,05; Inj.-Flaschen zu 0,1, 0,2, 0,5 und 1,0 zur i.v. und i.m. Injektion oder zur Instillation, aufzulösen mit NaCl-Lösung. *Dos.:* Entweder Dauertherapie ca. 0,2 täglich oder Stoßtherapie mit mehreren Gramm nach ärztlicher Anweisung. *Besond.:* Leukozyten sinken ab, kontrollieren! Appetitlosigkeit und Haarausfall möglich, die Haare wachsen wieder nach.

Endrine Nasentropfen aus EPHEDRIN, Eukalyptus, Menthol und Kampher in Öl gelöst. »mild« geringere Dosis ohne Menthol. *Dos.:* mehrmals 4–6 Tropfen in die Nase geben.

Enelbin Umschlagpaste für fingerdicke kalte oder warme Umschläge aus ALUMINIUMSILIKATEN, Alkoholen, BORSÄURE, SALIZYLSÄURE, ZINKOXID und ätherischen Ölen. Lindert bei Rheuma, fieberhaften Infektionen, Verstauchungen u.a. Auch Salbe.

Entspannende Wirkung S. 41, 45.

Entzündungshemmende Mittel s. Antiphlogistika S. 15.

Enzyme S. 84.

Enzynorm Magenextrakt mit Fermenten und Säure, S. 82. *Dos.:* 1–2 Bohnen oder 5 ml Saft, auch Pulver, nach den Mahlzeiten oder zum Essen. Auch als «forte» mit Aminosäuren und als «Dia»-Form ohne GLUKOSE für Diabetiker.

Epanutin Antiepileptikum, PHENYTOIN S. 49. Kapseln 0,1 und Suspension 0,03 in 5 ml; parenteral. Ampullen 0,25 für i.m. oder i.v. Injektion. Individuell dosieren.

Ephedrin Sympathikomimetikum, S. 67. *Dos.:* 2–3mal 1/2–1 Tbl. zu 0,05.

Ephetonin Sympathikomimetikum, synthetisches EPHEDRIN, S. 67. *Dos.:* 1–3mal 1/4–1 Tbl. zu 0,05; Hustensaft, Nasensalbe; Hustensaft mit Dionin und Thymian.

Ephynal Vitamin E, S. 113. Kaudragées 0,1. Amp. 2 ml 0,1 tief i.m.

Epi-Monistat, Antimykotikum, MICONAZOL, S. 31. Äußerlich als Crème und Puder.

Epontol Kurznarkotikum, S. 28.

Epsilon-Aminocapronsäure Hemmstoff der gesteigerten Fibrinolyse, S. 115.

Epsilon-Tachostyptan Blutstillendes Mittel aus **Tachostyptan** (s. dort) und EPSILON-AMINOCAPRONSÄURE (s. dort). *Dos.:* 1 Amp. langsam i.v. oder als Infusion mit NaCl-, Ringer- oder Glucoselösung.

Ergo-Sanol Kopfschmerzmittel aus ERGOTAMIN, Vit. B_1, KOFFEIN und AMINOPHENAZON. *Dos.:* 1–3mal 1–3 Drag. oder 1 Supp.; Sublingualtabletten »SL« unter der Zunge zergehen lassen; »spezial« mit Toloxaminverbindung.

ERGOTAMIN S. 69.

Erycinum Chemotherapeutikum, Antibiotikum, S. 26. Drag. 0,25 und Fl. zu 0,25 i.v. Auch als **Neo-Erycinum**-Kaps. 0,25 in chemisch andersartiger Bindung.

Eryfer, orales Eisenpräparat. *Dos.*: 2mal 1 Kapsel oder mehr auf leeren Magen. *Besond.*: Schwarzfärbung des Stuhles, Benzidinprobe wird positiv.

Erythrocyn Chemotherapeutikum, Antibiotikum, S. 26. Filmtabl. zu 0,1 und 0,25; Suspesnion oral 60 ml zu 1,2 und 2,4; Amp. zu 2 ml mit 0,1 i.m. und Fl. zu 0,3 i.v. (mit 10 ml Aqua dest. auflösen).

ERYTHROLTETRANITRAT S. 63.

Esberitox Pflanzenauszüge zur unspezifischen Reizkörpertherapie. *Dos.:* 3mal 20–50 Tropfen oder 1–3 Tbl.; Amp. zu 2 ml i.m. oder i.v.; Supp.

Esdesan Mittel gegen Herzbeschwerden aus Baldrian, PAPAVERIN, STROPHANTHINtinktur und CHLORALHYDRAT. »cum nitro« und »cum nitro forte« ähnlich, zusätzlich Nitroglycerin. *Dos.:* 3mal 20–30 Tropfen einnehmen.

Esidrix Diuretikum, Saluretikum, S. 78. *Dos.:* 1–3 Tbl. oder weniger; Supp.

Essaven Präparat gegen Venenerkrankungen aus Kastanienextrakt, Phospholipiden, Vitaminen u. a. *Dos.:* 3mal 30 Tropfen oder 2 Kapseln vor den Mahlzeiten in Wasser einnehmen, nach einigen Tagen Dosis reduzieren. Kapseln »ultra« mit erhöhtem Wirkstoffgehalt: 2mal 2 nach den Mahlzeiten mit reichlich Flüssigkeit.

Essentiale 303 Stoffwechselwirksame Substanz aus essentiellen Phospholipiden und Vitaminen zur Therapie von Leberkrankheiten, S. 85. *Dos.:* 3mal 1–2 Teelöffel oder Kapseln; Amp. 5 ml i.v. und 10 ml zur i.v. Infusion.

Etalontin 21 Ovulationshemmer, S. 106. Auch als **28-Fe** mit 7 hormonfreien, aber eisenhaltigen Tbl. zu je 0,075 Eisenfumarat.

Etoscol, Sympathikomimetikum, HEXOPRENALIN, S. 68. *Dos.*: 3mal $^1/_2$–1 Tbl., nur nach ärztlicher Verordnung.

Euflat Mittel gegen Darmstörungen aus Angelikawurzel, PAPAVERIN, Aloe, Pankreatin, Ochsengalle und Kaffeekohle. *Dos.:* 3mal 1–2 Drag. nach dem Essen.

Euglucon 5 Orales Antidiabetikum, S. 92.

Eugynon 21 Ovulationshemmer, S. 107. Als **Eugynon 28** in einer einnahmesicheren Pakkung mit 7 wirkstoffreien Dragées in anderer Größe.

Eukodal Analgetikum, Narkotikum, Opiat, ähnlich MORPHIN oder CODEIN, S. 51. *Dos.:* $^1/_2$–1 Tbl. zu 0,005 oder Amp. zu 1 ml mit 0,01 oder 0,02 s.c. bzw. langsam i.v. *Besond.:* Unterliegt der Betäubungsmittelordnung. Alkohol verstärkt die Wirkung.

Eukraton Atemanaleptikum, BEMEGRID, besonders bei Barbituratvergiftung, ist aber kein spezifisches Gegengift! *Dos.:* 1–10 Amp. zu 0,05 in 10 ml bis zur Erreichung der Krampfgrenze langsam i.v. oder Ampullenflaschen mit 0,5 in 100 ml zur i.v.-Infusion, s. auch unter Barbituratvergiftung.

Eupaco Spasmolytikum, Analgetikum aus Isochinolinverbindung, **Luminal,** PYRAZOLON und ATROPIN (je nach Anwendungsart verschieden). *Dos.:* 1–2 Tbl., Supp. oder 1 Amp. zu 1 ml i.m., auch langsam i.v.

Eupaverin Spasmolytikum, Isochinolinverbindung. *Dos.:* 1–3mal 1–2 Tbl. oder 1 Amp. zu 0,03 (1 ml) i.m. oder i.v. bzw. 1 Amp. «forte» zu 0,15 i.v.

Euphyllin Gefäßaktive und atmungsanregende Substanz, THEOPHYLLIN mit ÄTHYLENDIAMIN (dies wegen der Löslichkeit und zur Verstärkung der Wirkung), S. 77. *Dos.:* Meist 1–3 Amp. zu 1 ml mit 0,12 oder zu 10 ml mit 0,24 i.v., auch in Amp. zu 2 ml mit 0,36 i.m. (mit Lokalanästhetikum); Ampullenflaschen mit 0,72 in 5 ml zum Herstellen einer i.v.-Infusionslösung, auflösen in 250–500 ml Glukose, NaCl o.a. Lösung; 3mal 1–2 Tbl.; 3mal 15–20 Tropfen; 3mal 1–2 Supp. *Besond.:* Nicht zu rasch injizieren, sonst Atmungsveränderungen.

Euphyllin-Calcium, bestehend aus den beiden Komponenten, zur langsamen i.v. Injektion bei Astma. Auch als Tbl. und Supp. *Dos.:* wie **Euphyllin.**

Euphyllin-Strophanthin s. die Einzelbestandteile. Amp. zu 0,000125 und 0,00025 (= $^1/_8$ bzw. $^1/_4$ mg) STROPHANTHIN, *Dos.:* wie STROPHANTHIN.

Euphyllinat Euphyllin mit 0,00025 (= $^1/_4$ mg) LANATOSID C pro Dragée, *Dos.*: wie letzteres S. 61.

Euraxil Juckreizstillende Salbe oder Lotio, äußerlich.

Eusaprim Chemotherapeutikum, Antibiotikum, S. 30. Dosierung und Handelsformen wie bei **Bactrim**.

Eusedon Beruhigungsmittel aus BROMIDEN, Baldrian, Barbiturat, Pyrazolon, Hopfen u. a. *Dos.:* 1–2 Teelöffel; 2–3mal 1 Dragée.

Euthyrox Schilddrüsenhormon, L-THYROXIN, Tbl. 100 µg. *Dos.*: individuell, $^1/_2$–4 Tabletten.

Euvernil Chemotherapeutikum, Sulfonamid, SULFCARBAMID, S. 29. *Dos.:* 3mal 2 Dragées zu 0,5, reichlich trinken lassen. Auch Saft mit 0,1 in 1 ml.

Evipan In Tablettenform kurzwirksames Einschlafmittel, Barbiturat, S. 38. *Dos.:* 1–2 Tbl. vor dem Schlafengehen.

Evipan-Natrium wasserlösliches Natriumsalz des Barbiturates **Evipan** zu Narkosezwekken, S. 38, 40. Amp. zu 0,5 mit 5 ml Aqua dest. auflösen, gut durchmischen! 6–8 Std. haltbar.

Expectal Expectorans. Balsam aus Kampfer, Eukalyptus und anderen ätherischen Ölen, Sirup aus Kampfer, Eukalyptus und anderen ätherischen Ölen, Sirup und Tropfen aus CODEIN, Barbitursäure, Guajakol und Thymian. *Dos.:* Balsam auf Brust und Rücken auftragen (Dämpfe werden dann eingeatmet), 3mal 1 Teelöffel Sirup oder 15–20 Tropfen.

EXTRACTUM OPII S. 53.

Extramycin, Breitbandantibiotikum, S. 26. Ampullen »20« mit 0,02 in 2 ml, »50« mit 0,05 in 1 ml, »75« mit 0,075 in 1,5 ml und »100« mit 0,1 in 2 ml zur i.m. oder langsamen i.v.-Injektion. *Dos.:* 0,075–0,225 i.m. *Besond.:* Nicht mit anderen Medikamenten mischen. Zur i.v.-Infusion verträglich mit phys. NaCl, 5% und 10% Glukose und 5% Fruktose-Lösungen. Haltbar 24 Std. in Lösung. Vorsicht bei eingeschränkter Nierenfunktion.

Favistan Thyreostatikum, Hemmstoff der Schilddrüse, S. 109.

Felicur Choleretikum, leichtes Spasmolytikum gegen Gallenwegserkrankungen. *Dos.:* 1–2 Perlen unzerkaut zu den Mahlzeiten, nachtrinken.

Fel tauri Ochsengalle

Felviten Choleretikum, Lebermittel. *Dos.:* 2–3mal 1–2 Drag. Leicht diuretisch. Dünne Stühle möglich.

Felsol Antiasthmatikum aus Pyrazolon, Jodpyrazolon, PHENAZETIN, KOFFEIN, Digitalin und **Lobelin**. *Dos.:* 3–4mal 1–2 Pulver oder Tabletten.

Fenistil Antihistaminikum, juckreizstillendes Mittel. S. 75. *Dos.:* 3mal 1 Dragée oder 20–40 Tropfen; 2mal 1 »retard« Tabl. unzerkaut für Langzeiteffekt. Kann müde machen, Vorsicht bei Autofahrern.

Fermentinhibitoren S. 85.

Ferrlecit Eisenpräparat mit Kupfer und Vitamin $B_1 + B_2$. *Dos.:* 3mal 30–40 Tropfen (1 ml = 66 mg Eisen) oder 3mal 1 Dragée zu 0,066 oder 1–2 Amp. i.v. zu 3,2 ml mit 0,04 oder 5 ml mit 0,0625 Eisen. Pro Kur nicht mehr als 0,7–1,0 Eisen. **Ferrlecit 100** mit erhöhtem Eisengehalt sowie Vitamin C statt B.

Ferro-Folgamma Eisenpräparat mit FOLSÄURE und Vit. B_{12}. *Dos.:* 3mal 1–2 Kapseln zu 0,1 FERROSULFAT.

Ferro-Folsan Eisenpräparat mit FOLSÄURE. *Dos.:* 3mal 1–2 Drag. zu 0,1 FERROSULFAT oder Teelöffel zu 0,3.

Ferro-Sanol Eisenpräparat. *Dos.:* 3mal 1–2 Drag. zu 0,04 Eisen oder Kapseln „duodenal« mit 0,1 Eisen oder 3mal 30 Tropfen (1 ml = 20 Tropfen = 0,03 Eisen). »B« mit Vitaminen der B-Gruppe, »intramuskulär« als Amp. zu 2 ml mit 0,1 Eisen i.m.

Ficortril Nebennierenrindenhormon, HYDROCORTISON, S. 101. *Dos.:* Suspension mit 0,025 in 1 ml zur intraartikulären Injektion und zur Instillation; zahlreiche äußerliche Anwendungsformen als Salbe usw.

Fibrin S. 115, 118.

Fibrinogen S. 115.

Fibrinolytika S. 118.

Fiebersenkende Mittel S. 15.

Finalgon Äußerliches Wärme-Reiz-Therapeukum, auftragen zur Erzielung eines Wärmeeffektes. Eigene Hände beim Auftragen schützen!

Fissan Zahlreiche lokale Zubereitungen und ein Hustensaft in unterschiedlicher Zusammensetzung. Außer dem Hustensaft dienen die Präparate der externen Therapie, die Anwendung ist aus dem Namen ersichtlich (z. B. **Fissan**-Teer-Schüttelmixtur, **Fissan**-Kinderbad usw.)

Flatudestal Mittel zur Darmentgasung. *Dos.:* 1–2 Tbl. gut zerkaut nach den Mahlzeiten.

Flaxedil Muskelrelaxans, S. 42. *Dos.:* Maximal 0,003 i.v. pro kg Körpergewicht und Tag; i.m. 0,04.

Fludilat, Durchblutungsförderndes Mittel, BENCYCLAN, S. 71. *Dos.:* 3mal 1(–2) Dragées, 1 Amp. i.m., 3–4mal 1–2 Amp. zu 5 ml langsam i.v. oder i.a. Maximal 10 Amp. in 24 Stunden.

Fluothane Inhalationsnarkotikum, S. 42.

Fluprim Grippemittel aus DEXTROMETHORPHAN, Antihistaminikum, EPHEDRIN, SALIZYLSÄURE, Vitamin A und C. *Dos.:* 1–3mal 2 Dragées unzerkaut nach dem Essen.

Folgamma Vitamin B_{12} und FOLSÄURE. Tbl. zu 25 gamma B_{12} und Amp. 1 ml zu 25 gamma sowie Amp. »forte« und Inj.-Flaschen 5 ml zu 100 gamma B_{12}.

Follikelhormon S. 104, 106.

Forapin Bienengift zur unspezifischen Reizkörpertherapie. Als lokale Formen zum Auftragen (und Einmassieren nach Auftreten des Reizes); Amp. in verschiedenen Stärken laut Vorschrift.

Fortabol Anabolikum mit Vitaminen. *Dos.:* 1–3 Kapseln.

Fortalidon gegen Schmerzen, Fieber und rheumatische Beschwerden; enthält AMINOPHENAZON, AZETYLSALIZYLSÄURE, CODEIN, COFFEIN und das Barbiturat BUTALBITAL. *Dos.*: 1-max. 6 Filmdragées täglich.

Fortecortin Nebennierenrindenhormon, DEXAMETHASON, S. 102. Tbl. zu 0,0005 und 0,0015; Kristallsuspension mit 0,004 oder 0,008 in 1 ml; Mono-Ampulle mit 0,004 oder 0,008 in 1 ml i.v., auch i.m., intraartikulär u.a.

Fortral starkes Analgetikum, PENTAZOCIN, S. 13. *Dos.:* 1 Kapsel 0,05 oder 1 Supp. 0,05, notfalls nach 3–4 Std. wiederholen. 1 Amp. 0,03 langsam i.v., i.m., s.c. *Besond.:* Sedierung möglich, bei Überdosis Atemdepression.

FRUCHTZUCKER s. LAEVULOSE

FRUKTOSE s. LAEVULOSE

Fulcin Antimykotikum, GRISEOFULVIN, S. 31. Tbl. »S« mikrofein 0,125. *Besond.:* Kopfschmerzen sowie Magendarmbeschwerden möglich.

Fungistatika S. 30.

Furacin Antibakterieller Wirkstoff, NITROFURAZON, S. 27. Lokale Anwendungsformen.

Furadantin Chemotherapeutikum für Harnwegserkrankungen, NITROFURANTOIN, S. 27. *Dos.*: 3mal 1–2 Tbl. zu 0,05 oder 0,1; auch Perlen zu 0,005, Kapseln «retard» zu 0,1, Saft mit 1,0 in 100,0, Tropfen mit 1,0 in 10,0; Ampullen zur Instillation mit 0,1 und DTI-Flaschen zur Dauertropfinfusion i.v. mit 0,18 pro Flasche.

Galle S. 84.

Gallo-Sanol Mittel gegen Gallenleiden aus Pflanzenauszügen, fel tauri, Menthol und Pfefferminzöl. *Dos.:* 2–3mal 1 Drag. vor den Mahlzeiten.

Gammabyk siehe Gammaglobulin.

Gammaglobulin (versch. Firmen) menschliches Gammaglobulin zur Prophylaxe und Therapie von Virusinfektionen. *Dos.:* Nach ärztl. Anweisung 1 Amp. zu 2, 5 oder 10 ml i.m. *Besond.:* Schmerzen an der Injektionsstelle für einige Stunden möglich.

Gamma-Venin Gammaglobulin (s. dort zur i.v. Gabe als Flasche zu 0,25 für 5 ml Lösung oder 0,5 für 10 ml.

Ganglienblocker S. 80.

Gantrisin Chemotherapeutikum, Sulfonamid, S. 29. Tbl., Sirup und Amp.; vorwiegend jedoch lokale Anwendung, wozu die Ampullenlösung mit 3 Teilen Wasser oder phys. NaCl verdünnt wird. Auch als Gel und Puder mit **Bepanthen** (s. dort) sowie als **Uro-Gantrisin** mit schmerzstillender Komponente.

Gasödem-Antitoxin in Amp. zu 20 und 50 ml zur i.v. Injektion (gewonnen vom Pferd).

Gastografin Wässerige Lösung einer jodhaltigen Substanz als Röntgenkontrastmittel für die Magendarstellung unter besonderen Bedingungen.

Gegengeschlechtliche Hormone S. 104/105.

Gelonida Fieber- und Schmerzmittel aus CODEIN, PHENAZETIN und AZETYLSALIZYLSÄURE, Supp. mit anders dosiertem Wirkstoffgehalt. *Dos.:* 1–4mal 1–2 Tbl. oder 1–2 Supp. pro Tag; Saft für Kinder.

Gelusil Antazidum, MAGNESIUM-ALUMINIUM-SILIKAT-HYDRAT, S. 83. *Dos.:* 1–6 Tbl. zwischen den Mahlzeiten lutschen oder kauen. **Gelusil-lac** in fettfreiem Milchpulver zum Auflösen in Wasser oder als Tablette, auch in Form von sofortlöslichem Granulat „LacQuick«. *Dos.:* mehrmals täglich zwischen den Mahlzeiten 1–2 Eßlöffel oder Tabletten.

GENTAMYCIN S. 26.

Gerikreon Aufbaupräparat aus Pankreon, Vitaminen, fel tauri, Eisensulfat und Cholin. *Dos.:* 3mal 1–2 Drag. während der Mahlzeiten.

Gerioptil Aufbaumittel aus Vitaminen, Glutaminsäure, Cholin, Hefe, Eisen und Spurenelementen. *Dos.:* 3–4mal 1 Kapsel. Auch als **Gerioptil + H_3** unter Zusatz von **Novocain** (i.m.) oder als Kapsel mit **Novocainzusatz**.

Germakellin Broncholytikum aus Khellin, THEOPHYLLIN und PHENOTHIAZIN in Amp. zu 2 ml s.c., i.m. oder sehr langsam i.v. Auch oral, 3mal 1–2 Dragées. *Besond.:* Nach Injektion $^1/_4$ Std. nicht aufstehen und $4^1/_2$ Std. keine ADRENALINabkömmlinge geben wegen Kollapsgefahr.

Gerobion Aufbaumittel für höhere Lebensalter aus lipotropen Wirkstoffen und Vitaminen. *Dos.:* 2–3 (–5) Kapseln.

Gerontabol Aufbau- und Anregungsmittel für höhere Lebensalter aus **Encephabol** (s. dort), Bromelin und Vitaminen. *Dos.:* 3mal 1–2 Kapseln. In der »compositum«-Form mit zusätzlichem Anabolikum.

Gestagene S. 105.

Gewöhnung S. 51.

Gilurytmal Rauwolfia-Alkaloid AJMALIN, S. 58. *Dos.*: 3mal 1–2 Dragées 0,05 oder 0,1 oder Kapsel-Supp.; Ampullen zu 2 ml mit 0,05 i.m.; Ampullen zu 10 ml mit 0,05 *langsam* unter EKG-Kontrolle i.v.

Gingicain M Oberflächenanästhetikum, TETRACAIN mit BENZALKONIUMCHLORID. S. 14. *Dos.:* 1–2 Spraystöße auf die Schleimhaut wirken nach 10–30 Sek. für 15–20 Min.

Gladixol Herzglykosid, AZETYLDIGOXIN 0,1 mg pro Tablette (S. 61) mit Kalium und Magnesium. *Dos.*: siehe Digitalisierung S. 62.

Gleitmittel S. 88.

Glucagon oder **Glukagon** Wirkstoff der alpha-Zellen der *Langerhans*schen Pankreasinseln, baut Leberglykogen zu GLUCOSE ab und erhöht so den Blutzuckerspiegel. Amp. zu 0,001 und 0,01 als Trockensubstanz mit Lösungsmittel zur s.c. und i.m., notfalls i.v. Injektion bei Hypoglykämie.

Gluko 50 Probetrunk: Flasche Saft mit 50,0 GLUKOSE zur GLUKOSEbelastung im Test. *Dos.:* 1–2 Flaschen oral.

Glucophage retard Orales Antidiabetikum, BIGUANID-verbindung METFORMIN, S. 93. *Dos.*: 1–2mal 1 Tablette 0,85.

Glukokortikoide; Glucocorticoide: S. 100.

GLUKOSE; GLUCOSE: Traubenzucker, DEXTROSE, Monosaccharid. Zur Kalorienzufuhr oder in hoher Konzentration zur Entwässerung, z.B. bei Hirnödem. Als Basislösung für Infusionen. Es liegen Lösungen von 5–40%ig vor. *Dos.:* Zur Entwässerung 40–100 ml der 40%igen Lösung i.v., hierbei kann die benutzte Vene thrombosieren und ist dann nicht mehr zu verwenden. Als Basislösung 5,25%ig mit 500–1500 ml pro Tag. Bei Diabetikern nur auf ausdrückliche Anordnung! Kaloriengehalt der 10%igen Lösung = 400 Kal/l.

Glutril, orales Antidiabetikum, GLIBORNURID, S. 93. *Dos.*: $^1/_2$–2(–3) Tbl. zu 0,025, nicht mehr als 2 Tbl. auf einmal.

GLYBENCLAMID S. 92.

Glykoside: S. 59, 99.

Gravibinon Hormonkombination aus PROGESTERON und etwas Östrogen gegen drohenden Abort.

Grippe-Impfstoff Amp. zu 1 ml von Asta und zu 0,5 von Behringwerke zur i.m. Injektion, gibt einjährigen Schutz vor den gängigen Virusstämmen. Nach Injektion für 1–$1^1/_2$ Tage lokales Spannungsgefühl möglich.

GRISEOFULVIN S. 31.

GUANETHIDIN S. 81.

Gujaphenyl Sekretlösendes und expektorierendes Mittel aus Guajakol. *Dos.:* 3mal 2 Drag.; auch Amp. 0,2 i.m. und Supp.

Gynäkosid Entspricht dem unter **Duogynon** Gesagten, S. 106.

Gynergen Sympathikolytikum, ERGOTAMIN, S. 69. *Dos.:* 2–3 Drag. oder 2–3mal 20 Tropfen (1 ml = 20 Tropfen = 0,001 = 1 mg); Amp. zu 0,0005 in 1 ml s.c. oder i.m.

Gyno-Sterosan Chinaldinverbindung gegen Fluor vaginalis, Vaginal-Tbl. zum Einführen.

Haemaccel Blutersatzflüssigkeit mit stickstoffhaltigen Molekülen aus Gelatineresten, NaCl, KCl und $CaCl_2$. *Dos.:* Ein- bis mehrmals eine Infusionsflasche 500,0 i.v.

Hämocura Heparinhaltige Salbe und Supp. zur Behandlung von Hämorrhoiden.

Hämostyptika S. 115.

Halbsynthetische PENICILLINE S. 24.

Halothan Inhalationsnarkotikum, S. 42.

Haloperidol Neuroleptikum, S. 47. Tropfen 0,002 in 1 ml, Kapseln 0,0005 (= 0,5 mg), Tbl. zu 0,001 und Amp. zu 0,005 in 1 ml nach ärztlicher Verordnung. *Besond.:* Nicht zusammen mit Barbituraten und Opiaten.

Harnstoffabkömmlinge S. 37.

Helfergin Hirnstoffwechsel anregendes Präparat, das zur erhöhten Glukoseaufnahme der Hirnzelle führt, CENTROPHENOXIN. *Dos.:* im akuten Zustand 2–4mal 1 Amp. zu 0,25 in 5 ml Lösungsmittel oder zu 0,5 in 10 ml. Bei chron. Zuständen morgens und mittags 2 Dragées zu 0,2. Auch Drag. zu 0,1 und Supp.

Helo-Acid Magensäure-Enzympräparat, S. 82. *Dos.:* 1–4 weiße Drag. zu den Mahlzeiten. In »comp.«-Form auch als braune

Dragées mit Pankreasfermenten und Galle, davon 1–2 unzerkaut nach dem Essen.

Hemmstoffe der Schilddrüse S. 109.

Hepabionta Lebertherapeutikum aus FOLSÄURE, OROTSÄURE, Vitamine B_1, B_6, B_{12}, NIKOTINSÄUREAMID und PANTOTHENYLALKOHOL in Mono-Ampullen, Drag. zusätzlich Vitamin B_2, E, BIOTIN, RUTIN u. andere. *Dos.*: 1 Amp. i.m. oder langsam i.v., später 2–3 Amp. pro Woche; 3mal 1 Dragée.

Hepaderichol Leber-Galletherapeutikum aus Cholin, Methionin, getrockneter Galle, Betain und Inosit. *Dos.:* 3mal 1–3 Kapseln zu den Mahlzeiten.

Hepagrisevit Lebertherapeutikum mit B-Vitaminen, vor allem B_{12}, als »forte« auch mit Vitamin C, als »SP« mit verdoppeltem Vitamin B_{12}-Gehalt (5000 gamma pro Ampulle). *Dos.:* Als »Depot« und »forte« den Inhalt beider Amp. zusammen aufziehen und tief i.m. injizieren, bei »SP« nur eine Ampulle. »Depot« und »SP« können auch i.v. gegeben werden.

Hepamerz Lebertherapeutikum, ORNITHINASPARTAT zur Ammoniakentgiftung. Als Kapsel mit Vitaminen, Pankreatin, ATP und Homocysteinthiolacton verstärkt. *Dos.*: Amp. i.v. oder besser als »Infusionskonzentrat« für den Zusatz zu Infusionen; 3mal 2 Kapseln.

Heparin S. 116.

Heparin Gerinnungshemmender Stoff, S. 116.

Hepaticum Lebertherapeutika verschiedener Firmen auf pflanzlicher Basis.

Hepatofalk Lebertherapeutikum aus OROTSÄURE, Aminosäuren, Vitaminen, fel tauri und Pflanzenextrakten. *Dos.:* 3mal 1–2 Drag. zu den Mahlzeiten. Pro Woche 1–7 Amp. »Intramuskulär« oder »zur Infusion« mit OROTSÄURE, ADENOSIN und Vitamin B_{12}.

Hepatrat Leberextrakt mit Vitaminen. *Dos.:* 3mal 1–2 Bohnen; als »forte« Amp. zu 2 ml tief i.m. 1–2mal wöchentlich, auch zur Infusion.

Hepsan Aminosäuren Methionin und Cholin, im Sirup außerdem B-Vitamine, in den Kapseln auch noch Hefeextrakt, Lecithin, Vitamin E, Spurenelemente und ungesättigte Fettsäuren. *Dos.:* 2–3 Kapseln oder Teelöffel; 1–2 Amp. zu 5 ml langsam i.v. oder 1–2 Amp. der Infusionslöstung mit 500–2000 ml einer Trägerlösung (z. B. LAEVULOSE) zur i.v.-Infusion.

Herbstzeitlose S. 34, 94.

HEROIN S. 52.

Herzglykoside S. 59.

Herzrhythmus S. 57.

Herzsympathikolytika s. Beta-Blocker S. 57.

Hexanitol Präparat gegen Durchblutungsstörungen aus Adenosin, Nikotinsäure-Salz, THEOPHYLLINverbindung und Inosit. *Dos.:* 1–2mal 1 Amp. zu 2 ml i.v. oder i.a., Amp zur Infusion.

HEXOBARBITAL-NATRIUM S. 38, 40.

Hexobion Vitamin B_6, S. 112. Tbl. zu 0,04; Drag. »forte« zu 0,3; Amp. zu 0,1 und 0,3 (»forte«) in 2 ml zur i.m. oder langsamen i.v. Injektion, Supp. 0,1.

HG-Insulin s. Insulinpräparate, S. 90/91.

Hirudoid Salbe mit Heparinwirkstoff aus Tierorganen, antithrombotisch. Täglich 1 (–2)-mal messerrückendick auftragen oder mittels Läppchen auflegen. Nicht reiben! Auch als Gel.

Höllenstein Silbernitrat, ARGENTUM NITRICUM, 0,5–20%ige Lösung zur Anwendung an Haut und Schleimhaut. Höhere Konzentrationen ätzen; verfärbt sich unter Lichteinwirkung schwarz.

Honvan Östrogener Wirkstoff, S. 105. *Dos.:* Anfangs 1–2 Amp. zu 5 ml i.v., dann Tabl.

Hopfen S. 36.

Hormocillin Antibiotikum, PENICILLIN, S. 16. Flaschen oder spritzfertige Ampullen zu 400 000 E, 1 000 000 E und 4 000 000 E (forte) i.m.

Hormo-Gerobion Aufbau- und Anregungsmittel für höhere Lebensalter aus **Gerobion***, TESTOSTERON, ÖSTRADIOL und Schilddrüsenhormon. Kapseln und Ampullenpaare, Amp. II ist in Amp. I aufzulösen zur i.m. Injektion. *Dos.*: 2–3 Kapseln täglich oder Injektionen wöchentlich.

Hormonantagonisten S. 79.

Hormone S. 34, 97.

Hostacain Lokalanästhetikum, S. 14. Zur Infiltrations- und Leitungsanästhesie in verschiedenen Handelsformen: Lösung 0,5 und 1%ig ohne und mit Suprarenin; »3% oV« = ohne Suprarenin für bestimmte Indikationen in der Zahnheilkunde; »forte« mit ARTERENOL, kreislaufstabilisierend für kurze Eingriffe; »forte S« für länger dauernde Eingriffe bis ca. 40 min.; »N-Arterenol« mit

PROCAIN und ARTERENOL für vasolabile Patienten; »spezial« mit PROCAIN und SUPRARENIN.

Hostacortin Nebennierenrindenhormon, PREDNISON, S. 101. Tbl. zu 0,005 (= 5 mg).

Hostacortin H Nebennierenrindenhormon, PREDNISOLON, S. 102. Tbl. zu 0,005 (= 5 mg); Kristallsuspension mit 0,01 und 0,025 in 1 ml zur intraartikulären Injektion oder Infiltration; »solubile« 0,025 zum Auflösen mit 1 ml Aqua dest. zu i.m. oder i.v. Injektion; Salbe.

Hostacyclin Chemotherapeutikum, Antibiotikum, TETRAZYKLIN, S. 25. Kapsel u. Drag. zu 0,25; Drag. »500« zu 0,5; Saft mit 0,25 in 1 Teelöffel (=5 ml); Tropfen mit 0,005 in 1 Tropfen (50 Tropfen = 0,25).

Hovaletten Beruhigungsmittel aus Hopfen und Baldrian, S. 36. »forte« mit Zusatz von Barbiturat. *Dos.:* mehrmals täglich 2 Drag.

Humanalbin s. Humanalbumin.

Humanalbumin Albuminanteil des menschlichen Blutplasma zur i.v. Infusion bei Albuminmangel, Blutverlust u. a. – Amp. und Flaschen zu 50–250 ml einer 5–20%igen Lösung. Kleine Mengen auch zur i.v. Injektion.

Human-Fibrinogen Proteinfraktion des menschlichen Plasmas mit 60–70% gerinnungsfähigem Fibrinogen. *Dos.:* 2–4 Flaschen zu 1,0 i.v. bei Fibrinogenmangel.

Humatin Chemotherapeutikum, oral nicht resorbierbares Antibiotikum, S. 27. *Dos.:* 3–6mal täglich 1 Kapsel öffnen und in NaCl- oder Glukoselösung aufgelöst durch die Schlundsonde eingeben. 1 Flasche Pulver entspricht 6 Kapseln, 10 ml Sirup entspricht 1 Kapsel. Dadurch werden die stickstoffbildenden Darmkeime abgetötet. **Humatin-S** Salbe mit HYDROCORTISON.

Hydantoine S. 48.

Hydergin Sympathikolytikum, Mischung dreier Mutterkornalkaloide, S. 69. *Dos.:* 3mal 8–40 Tropfen oder 2–6 Tbl. pro Tag; Amp. zu 1 ml s.c. oder i.m., Amp. 5 ml i.m. für Sonderfälle. *Besond.:* Verstopfte Nase und Magenbeschwerden möglich. Bradykardie und Blutdruckabfall können auftreten, Patienten nach i.m. Gabe kontrollieren!

Hydracillin Chemotherapeutikum, Antibiotikum, Depot-PENICILLIN zur i.m. Injektion, S. 21. Flaschen zu 400000 E, 600000 E und 1000000 E sowie »forte« zu 4000000 E mit Vitamin C-haltigem Lösungsmittel auflösen.

HYDROKORTISON S. 101.

Hydromedin Diuretikum, ETACRYNSÄURE, S. 79. *Dos.:* 1 Tbl. zum Frühstück, auf jeden Fall mit dem Essen; nüchtern treten Magenbeschwerden ein. Bei Auftreten wässeriger Diarrhoen absetzen. Wirkt rasch, oft schon nach 20–30 Min. Amp. 0,05 als Trockensubstanz zum Auflösen mit 50 ml physiolog. NaCl- oder 5% Glukoselösung zur i.v.-Gabe, 1 Amp. pro Tag. Alle 2–3 Tage eine Pause in der Therapie einlegen.

Hygroton Langzeit-Diuretikum, Antihypertensivum, Saluretikum, S. 78. *Dos.:* 2–3mal wöchentlich $^1/_2$–1 Tbl. 0,1 oder »mite« 0,05 Kaliumverarmung beachten. Wirkt bis zu 3 Tage!

Hylak Milchsäurehaltiges Stoffwechselprodukt von Bakterien zur Wiederherstellung der physiologischen Darmflora. *Dos.:* 3mal 40 Tropfen in Flüssigkeit, nicht Milch! »forte« mit weiteren Stoffwechselprodukten.

Hyperazidität S. 82.

Hypertensin Blutdrucksteigernde Substanz, mehrfach stärker als nor-Adrenalin, wirkt sehr rasch, dauernde Blutdruckkontrolle! *Dos.:* Als i.v. Infusion der Trockenampullen zu 0,0025 in NaCl, Ringer- oder GLUCOSE-lösung, nicht in Blut oder Plasma. Meist 0,001 bis 0,0025 pro Infusion. Die Tropfenzahl der Infusion muß auf 1–20 µg (= gamma g) pro Minute eingestellt werden. Zum Beispiel enthält eine Infusion von 0,0025 (= 2,5 mg) in 1 Liter (1000 ml) Lösungsmittel 2,5 gamma in 1 ml (= in 20 Tropfen).

Hypnotika Schlafmittel S. 36.

Hypophyse Hirnanhangdrüse S. 97.

Hypophysenhinterlappen, Hormone des S. 98.

Hypophysenvorderlappen, Hormone des S. 97.

ICHTH... Anfangssilbe von Medikamenten mit lokal durchblutungsfördernden Teerprodukten, z. B. **Ichthyol**, zur örtlichen Behandlung von Entzündungsprozessen.

Ildamen Koranwirksame Substanz, S. 64. *Dos.:* 3mal 1–2 Tabletten oder 15–40 Tropfen (vor dem Essen mit Zucker im Mund zergehen lassen). Auch Amp. 2 ml langsam i.v. und Zerbeißkapseln, im Anfall 1–2 Kapseln.

Ilon Abszess-Salbe aus Chlorophyll, Colophon., Ol. Terebinthi, TETRABROMKRESOL, Thymol u. a. zum lokalen Auftragen bei Abszessen, Furunkeln u. ä.

Ilvico Grippemittel aus Antihistaminikum **Ilvin**, Vit. C, Phenazonverbindg., SALIZYLAMID, CHININ und KOFFEIN. *Dos.:* 3mal 2 Drag., auch Saft und Kindersupp.

Immergrün S. 34.

Immunsuppresiva S. 35.

Impletol Lokalanästhetikum aus **Novocain** und KOFFEIN mit langer Wirkungsdauer zur Nervenblockade u. ä. als Amp. mit 2 und 5 ml i.c., s.c., i.m. und lokal, auch bis zu 1 ml i.v. *Dos.:* 0,5–2 ml, auch mehr, lokal injizieren.

Imurek Immunsuppressivum, AZATHIOPRIN, S. 34. Tbl. zu 0,05 und Flaschen mit 0,05 Trockensubstanz zur Injektion nach Auflösen. *Besond.*: Nur unter strenger ärztlicher Kontrolle anwenden.

Inactin Narkotikum, Barbiturat, S. 41. Amp. zu 0,5 und 1,0 mit Lösungsmittel zur i.v. Injektion für Kurz- und Langnarkosen oder als Basisnarkotikum.

Inalgon Analgetikum aus AMINOPHENAZON, KOFFEIN und PHENOBARBITAL. *Dos.:* 3mal 10–30 Tropfen, 1–3 Supp.

Inamycin Chemotherapeutikum, Antibiotikum, NOVOBIOCIN, S. 27. Kapseln 0,25 und Amp. 0,5 mit 5 ml Aqua dest. als Lösungsmittel.

Ingelan Juckreiz stillender Puder zur lokalen Anwendung aus Noradrenalin-Verbindung und Salizylsäure, auch als Salbe und als Gel.

INH ISONICOTINSÄUREHYDRAZID, Tuberkulostatikum, S. 28.

Insidon Psychopharmakon, S. 47. Beruhigend, stimmungshebend, stabilisierend. *Dos.:* ca. 3mal 1 Dragée. Gelegentlich Müdigkeit, Mundtrockenheit, Tachykardie oder Schwindel. Diese Zeichen verschwinden nach einigen Tagen; braucht nicht abgesetzt werden. Nicht mit MAO-Hemmern zusammen geben!

Inspirol Antiseptikum zum Gurgeln, Spülen usw. aus ätherischen Ölen wie Eukalyptus, Menthol, Pfefferminz u. a. *Dos.:* 10–20 Tropfen auf 50–100 ml Wasser. Auch als Inhalat, Nasensalbe, Pastillen und Lutschtabletten »**Inspiroletten**«.

Insulin S. 89.

Insulin zahlreiche Handelspräparate, S. 91.

Insulinallergie S. 90.

Insulindosierung S. 90.

Insulinresistenz S. 90.

Intal Antiasthmatikum zur Inhalation, DINATRIUM CROMOGLICICUM. Greift in den Mechanismus der allergischen Sofortreaktion durch Blockierung ein. *Dos.*: 4 (bis max. 8) Kapseln täglich durch ein besonderes Gerät inhalieren – nicht einnehmen! Auch als Kapseln »nasal« zum Einblasen in die Nase. *Besond.*: Nicht plötzlich absetzen. Kapseln vor Wärme schützen. Klumpiges Aussehen des Pulvers ohne Belang.

Intensain Koronarwirksame Substanz, S. 64. *Dos.*: 3mal 2 Kaps. 0,075 (rosa) oder 3mal 1 Kapsel »150« zu 0,15 (rosa); 1–2mal $^1/_2$–1 Amp. mit 4 ml Aqua dest. auflösen und i.m. oder langsam i.v. injizieren. Als Infusion 5 Amp. in 250 ml Laevulose oder NaCl nicht kürzer als in 4 Std. eintropfen lassen. Kein Blutdruckabfall, kann auch im akuten Zustand (Infarkt) gegeben werden. In der Form »Seda« (blaue Kapseln) ist Barbiturat beigegeben (PHENOBARBITAL). In Kombination mit DIGOXIN als **Intensain-Lanicor*** zu m 0,000125 und 0,00025 (= $^1/_8$ oder $^1/_4$ mg) DIGOXINgehalt. Dosierung hierbei wie **Lanicor***. Auch mit **Lanitop*** (BETA-METHYL-DIGOXIN) kombiniert, Gehalt pro Kapsel 0,0001 (= $^1/_{10}$ mg).

Intestin-Euvernil Darmspezifisches Sulfonamid, Chemotherapeutikum, S. 86. *Dos.:* 3mal 2 Tbl. oder Teelöffel Saft.

Intestopan Darmtherapeutikum aus bromhaltigen Verbindungen, S. 87. *Dos.:* 3mal 1–2 Kapseln und mehr bei Durchfällen, Enteritis u. ä.

Intravenöse Narkotika S. 40.

Invenol Orales Antidiabetikum, Solfonylharnstoff, CARBUTAMID, S. 92. Tabletten zu 0,5.

Ipesandrin N Expektorans und Hustensaft EMETIN, CODEIN, NARKOTIN, NARCEIN,

---

Wenn nichts anderes vermerkt ist, gelten alle Dosisangaben in Gramm pro Tag für einen durchschnittlichen Erwachsenen.

Hier fehlende Angaben sind aus dem 1. Teil ersichtlich.

PAPAVERIN und EPHEDRIN. *Dos.*: 4mal 2–3 Teelöffel oder 2–3 Drag. oder 20–30 Tropfen.

Ipharon Antihypertensivum aus **Haflutan** (s. dort), PHTHALAZINsalz (S. 81) und Rauwolfia. *Dos.:* Anfangs 2–3mal, später 1–2mal 1 Drag. unzerkaut zu den Mahlzeiten.

Irenat Thyreostatikum, S. 109. *Dos.:* 3–5mal 20 Tropfen, stets mit Wasser verdünnt, später Dosis reduzieren.

Irgamid Augensalbe mit Sulfonamid. Mehrmals täglich in den Bindehautsack einstreichen.

Irgapyrin Antiphlogistikum, Antirheumatikum, Analgetikum und Antipyretikum aus **Butazolidin** (s. dort) und AMINOPHENAZON (S. 11). *Dos.:* 1 Amp. zu 3 ml langsam i.m., als Ergänzung Drag. oder Supp. *Besond.:* Auf Absinken der Leukozyten achten. Schwindel und Tachykardie nach Injektion möglich.

Ismelin Antihypertensivum, S. 81. *Dos.:* 1 Tbl. zu 0,01 täglich, in der Folge evtl. um 1 Tbl. alle 4–6 Tage steigern. Auch als Tbl. zu 0,025 und als Ampulle für Sonderfälle. *Besond.:* Orthostatische Reaktionen sind möglich, Pat. nicht ohne Aufsicht aufstehen lassen! Tablettenwirkung setzt langsam ein und sinkt erst 1–3 (–5) Tage nach Absetzen ab.

Isocillin Chemotherapeutikum, Antibiotikum, orales PENICILLIN, S. 21. *Dos.:* 2–5mal 1 Tbl. zu 600000 E oder 1200000 E (»Mega-Tbl.«) auch Saft, 1 ml Saft enthält 60000 E, möglichst in den leeren Magen.

Isoket, Mittel zur Verbesserung der Coronardurchblutung, ISOSORBIDDINITRAT, S. 63. Tbl. 0,005 und »retard« 0,02; Tbl. »S« zu 0,005 mit 0,015 PHENOBARBITAL. *Dos.*: 1 Tbl. im Anfall unter der Zunge zergehen lassen oder 3–4 Tbl. vorbeugend unzerkaut schlucken; 1–2 retard Tbl. unzerkaut.

Isoptin Kalziumantagonist gegen Durchblutungs- und Rhythmusstörungen des Herzens, S. 65. *Dos.*: 3mal 1–2 Drag «40» oder 3mal 1 Drag. «80» und «S», letztere mit Barbiturat. Amp. zu 2 ml langsam i.v., bei zu rascher Injektion Blutdruckabfall möglich. Nur vom Arzt unter Beachtung der Kontraindikationen zu injizieren. Die Drageewirkung tritt nach 15–60 Min. ein, hält 2–8 Std. an.

Isozid Tuberkulostatikum, ISONIKOTINSÄUREHYDRAZID INH, S. 28. Tbl. zu 0,05, 0,1 und 0,2, sowie »comp.« zu 0,1, 0,2 und 0,3 mit Vit. B_6 und B_{12}.

Ispenoral Chemotherapeutikum, Antibiotikum, orales PENICILLIN, S. 21. Tbl. zu 200000 E und »Mega« zu 1000000 E.

Itridal Schlafmittel aus **Dominal** (s. dort), Barbiturat und in der Ampullenform zusätzlich Pyrazolon. *Dos.:* 1–2 Tbl. 1/2 Std. vor dem Schlafengehen. Amp. 2 ml i.m. für schwere Fälle, notfalls i.v., nicht in der Mischspritze!

Ituran Chemotherapeutikum, NITROFURANTOIN, S. 27. Drag. zu 0,05; Tropfen mit 0,003 pro Tropfen.

Iversal Lutschtabletten, THIOSEMICARBAZONE-Verbindung, gegen Infektionen der Mundhöhle. »A« mit Anästhetikum. *Dos.:* 3–5mal 1 Tablette lutschen.

Jacutin Mittel gegen Läuse zum Einreiben nach Packungsprospekt. Emulsion, Gel und Puderspray.

Jadit Äußerliches Mittel gegen Pilzerkrankungen der Haut aus BENZOESÄURE-BUTYLAMIDverbindung und SALIZYLsäure. Auch als »P« mit 0,25% PREDNISOLON. *Dos.:* Mehrmals täglich in den verschiedenen Anwendungsformen aufbringen.

Jatropur TRIAMTEREN, Diuretikum, S. 79. *Dos.:* 2mal 1–2 Kaps.

Jellin Nebennierenrindenhormon-Antibiotikum-Kombination zur äußerlichen Anwendung als Salbe auf Vaselinebasis und abwaschbare Creme sowie ohne Antibiotikum als abwaschbare Lotio, Schaum, Salbe. und Creme »s. N.«. Auch mit höherem Hormongehalt ohne Antibiotikum als »gamma S.N«-Creme und als »ultra«-Creme. *Dos.*: 2–3mal lokal anwenden. Nicht am Auge!

Jetrium Starkwirkendes Analgetikum, S. 13, 52. *Dos.:* 1 Tbl. zu 0,0069 (= 6,9 mg), evtl. bis maximal 8mal 2 Tbl. steigern. Auch als Amp. zu 0,0069 und 0,0138 (= 6,9 bzw. 13,8 mg) in 1 ml s.c. oder i.m. und als Suppositorien. *Besond.*: Auch bei oraler Gabe möglichst am liegenden Patienten und vor dem Essen verabreichen. Nicht nach Kiefrhöhlenoperationen und Zahnextraktionen. Nicht zusammen mit Präparaten, die negativ auf das Atemzentrum wirken können. Schlafmittel zusätzlich nur in halber Dosis. Unterliegt der Betäubungsmittelordnung.

Jod In kleinen Dosen gegen Arteriosklerose

sowie Herz- und Kreislauferkrankungen, zur Bremsung der Schilddrüse vor Operationen in höherer Dosierung (s. **Endojodin**), in Jodmangelgegenden gegen Kropfbildung, äußerlich in verschiedenen Zubereitungen gegen Furunkel u. ä. Zahlreiche Handelspräparate.

Judolor Analgetikum, Antineuralgikum, S. 13. *Dos.:* 3mal 1 Drag. und mehr unzerkaut während der Mahlzeiten. »comp.« Tbl. mit PYRAZOLONverbindung. Auch in Salbenform.

Kabikinase Streptokinase, gerinnselauflösendes Medikament, S. 118. Zur Infusion.

Kalinor Kaliumsalze zur Erhöhung des Kaliumspiegels im Blut. Bei saurer Stoffwechsellage als Brausetabletten, bei basischer Ausgangslage als Dragées. «Retard» mit langsamer Freisetzung von KALIUMCHLORID.
Dos.: jeweils 3mal 1. Nicht bei Anurie, Schock und Kollaps! 1 Tbl. = 40 mVal, 1 Drag. = 13,4 mVal Kalium. 1 retard-Drag. = 13,4 mVal Kalium.

Kaliumverbindungen zum Kaliumersatz liegen in folgenden Formen vor:

KALIUMBIKARBONAT:	10,01%ige Lösung i. v., 1 ml = 1 mVal K.
KALIUMCHLORID:	Drag. und Lösungen z. B. 7,45%ige Lösung i.v., 1 ml = 1 mVal K.
KALIUM CITRICUM:	Dragées, 1 Drag. = 9,2 mVal K.
KALIUM CLORATUM:	Granulat, 1,0 Granulat = 9,42 mVal K.
KALIUM JODATUM	Compretten, hier ist in erster Linie die Jodkomponente wirksam.
KALIUMLAKTAT	12,81%ige Lösung i.v. 1 ml = 1 mVal K.
KALIUMSULFID	*nicht* zum Kaliumersatz, sondern zur Kupferbindung bei Krankheiten mit erhöhtem Kupferspiegel.

Kalzan Calciumhaltiges Präparat zur Substitution bei Kalkmangel. *Dos.:* 3mal 2 Tbl. Auch als Pulver und in Kombinationen mit Vitaminen.

Kamillosan Lokal entzündungsdämpfender Kamillenauszug als Tropfen für Spülungen und Gurgeln, auch als Salbe.

KANAMYCIN S. 26.

Kanamycin Chemotherapeutikum, Antibiotikum, S. 26. Amp. zu 1,0 in 3 ml i.m.

Kanamyson Antibiotische und entzündungshemmende Salbe aus KANAMYCIN und HYDROCORTISON; s. die Einzelbestandteile.

Kanamytrex Chemotherapeutikum, Antibiotikum, KANAMYCIN, S. 26. Augentropfen und Augensalbe.

Kardiaka S. 57.

KATECHOLAMINE S. 66, 81.

Kathepsin S. 84.

Katovit Kreislauf- und Anregungsmittel, Stammhirnanaleptikum aus einer Verbindung mit zentral erregendem Effekt und Vitaminen B und C. *Dos.:* Morgens und mittags 1 Drag. bei Hypotonie und Leistungsschwäche. Nicht bei Hypertonie (Hochdruck), Thyreotoxikose (Überfunktion der Schilddrüse) und schwerer Herzinsuffizienz.

KCl-retard Zyma Kaliumpräparat mit langsamer Freisetzung von KALIUMCHLORID. 1 Dragée enthält 0,6 KCl entspr. 8 mval = 0,315 Kalium. *Dos.*: 1–3 Drag.

Kefspor Chemotherapeutikum, Antibiotikum, CEPHALORIDIN, S. 25. *Dos.*: 2–4 Inj.-Fl. zu 0,5 oder 1,0, entweder mit 2 ml Aqua dest. oder physiol. NaCl aufgelöst i.m. oder in 10 ml i.v. *Besond.*: Ampullen in der Hand körperwarm werden lassen zwecks besserer Auflösung. Gleich injizieren, bei Kristallbildung schütteln und nochmals erwärmen. Gelegentlich Schmerzen an der Injektionsstelle nach i.m. Gabe.

Keldrin Broncholytikum und Antiasthmatikum aus PAPAVERIN, DIPHENHYDRAMIN, THEOPHYLLIN, KHELLIN und EPHEDRIN pro Dragée, etwas anders zusammengesetzt als Kapsel oder Supp. *Dos.:* 3mal 1–2 Drag.

Kinetin Gewebsauflockerndes Enzym, Hyaluronidase; soll durch Herabsetzen der Hyaluronidase-Viskosität bindegewebsauflockernd wirken. Zur beschleunigten Resorption großer Flüssigkeitsmengen 1 Amp. Trockensubstanz mit beigegebenem Lösungsmittel auflösen, s.c. oder i.m. spritzen und danach Infusion anschließen.

Klinomycin, Antibiotikum, MINOCYCLIN, S. 25. *Dos.*: Beginn mit 0,2 = 2 Tbl., dann

2× 1 Tbl. Auch als Sirup mit 0,05 pro Meßlöffel zu 5 ml.

Kobalt-Ferrlecit Kombinationspräparat zur Anämiebehandlung aus Eisen, Kobalt, Kupfer, Mangan und Vitamin B-Komplex. Eisengehalt: 1 ml Tropfen 0,066, 1 Drag. 0,066, 1 Amp. zu 3 ml i.v. 0,04. *Dos.:* 3mal 1 Drag. oder 30 Tropfen, 1 Amp. bis insgesamt 15–25 Amp. pro Kur.

Kohle-Compretten Adsorbens, Tierkohle, S. 86. *Dos.:* 3–6mal 1–2 Compr.

Kollobar Röntgenkontrastmittel, BARIUMSULFAT. 100,0 mit 100,0–400,0 Wasser zum Trinken. Am besten am Tag vor der Untersuchung ansetzen.

Kombetin Herzglykosid, STROPHANTHIN, S. 61. Amp. zu 0,00025 und 0,000125 (= 1/4 bzw. 1/8 mg) i.v.; Supp. zu 0,0005.

Kompensan Antazidum, ALUMINIUMKARBONAT-Verbindung. S. 83. *Dos.:* 1–2 Tbl. und mehr zwischen den Mahlzeiten langsam im Mund zergehen lassen. Auch als Suspension »liquid«.

Kompetition S. 2.

Kompetitive Hemmung S. 2, 43.

Konakion Vitamin K, S. 113. 10 Tropfen oder 1 Kaudragée oder 1 Amp. zu 1 ml (i.v., i.m.) enthalten 0,01 (= 10 mg). Amp. zu 0,5 ml mit 0,001 (= 1 mg) für Neugeborene.

Konjugierte Östrogene S. 105.

Kontrazeptiva, empfängnisverhütende Mittel, S. 106.

Korodin Mildes Herz- und Kreislaufmittel aus Menthol., Kampfer, Convallaria, Crataegus und Baldrian. *Dos.:* 3mal 5 Tropfen, nicht mit Wasser.

Kortikosteroide S. 99, 100.

KORTISON S. 101.

Kreislaufmittel S. 67.

Kumulation S. 3.

Kurznarkose S. 40.

Lacarnol Gefäßaktiver Wirkstoff, Extrakt aus Warmblüterorganen. *Dos.:* 1–3mal 10–25 Tropfen oder 1 Amp. »forte« zu 10 ml i.v.

Lachgas S. 42.

LACTOFLAVIN Vitamin B_2, S. 111.

Laevadosin Energiespender aus ATP, ADP, Adenosin, Guanosin, Inosin, Uridin und anderen. *Dos.:* 1–5 ml i.m. aus der Inj.-Flasche zu 10 ml, auch i.v. und i.a. Zur Nachbehandlung Tbl. »buccal«, davon 4–6-mal 1 Tbl. im Mund zergehen lassen.

Laevadosin »2« Amp. 2 ml zur intraartikulären Anwendung.

Laevohepan Leberextrakt. *Dos.:* 3mal 2 Drag. *Besond.:* Nicht im akuten Stadium von Leberkrankheiten.

Laevoral 60%iges LAEVULOSE-Konzentrat.

Laevosan 20– und 40%ige Laevulose-Lösung, s. Laevulose.

LAEVULOSE, Fruchtzucker, FRUKTOSE. Monosaccharid, das im Gegensatz zu GLUCOSE (Traubenzucker) auch beim Diabetiker gut verwertet werden kann. LAEVULOSElösungen dienen in niedriger Konzentration als Trägerlösungen für i.v. Infusion, in höheren Konzentrationen (20–40%ig) gilt das unter GLUCOSE gesagte. Außerdem gilt LAEVULOSE als gut verwertbarer Energiespender bei Leberkrankheiten.

Lamuran Durchblutungsförderndes Rauwolfia-Alkaloid gegen periphere Durchblutungsstörungen. *Dos.:* 3mal 2 Dragées; 1–2 Ampullen langsam i.v. Auch als «DTI» zur Infusion mit 500 ml Laevulose oder NaCl-Lösung i.v. Infusionsdauer bei 1 Amp. pro Infusion mindestens 2 Stunden, bei 2 Amp. in der Infusion 3 Stunden. **Card-Lamuran** enthält pro Dragée zusätzlich 0,000125 (= 1/8 mg) Digoxin.

Lanibion Herzglykosid LANATOSID C (S. 61) mit THEOPHYLLIN und B-Vitaminen. 1 Drag. oder 20 Tropfen (= 1 ml) enthalten 0,00025 (= 1/4 mg) LANATOSID C.

Lanicor Herzglykosid DIGOXIN, S. 61. Tabletten zu 0,00025 (= 1/4 mg), Tropfen mit 0,00075 (= 3/4 mg) in 1 ml, 15 Tropfen = 0,00025 (= 1/4 mg). Amp. zu 0,00025 (= 1/4 mg) in 1 ml zur i.v. Injektion; Supp. 0,0005. Als **Theo-Lanicor** auch zu 0,000125 (= 1/8 mg) unter Zusatz von THEOPHYLLIN.

Lanimerk Herzglykosid LANATOSID C, S. 61. Drag. zu 0,00025 (= 1/4 mg) und Tropfen mit 0,001 = 1 mg in 1 ml = 30 Tropfen.

Lanitop, Herzglykosid β-METHYL-DIGOXIN, S. 61. Tbl. 0,0001 (= 0,1 mg), Ampullen 0,0002 (= 0,2 mg) in 2 ml i.v., Tropfen mit 0,0006 (= 0,6 mg) in 1 ml (= 45 Tropfen), 15 Tropfen entsprechen 2 Tbl. Als **Theo-Lanitop** Dragées 0,0001 (= 0,1 mg) mit 0,075 THEOPHYLLIN und als **Intensain-Lanitop** bzw. **Intensain 150-Lanitop** mit jeweils 0,0001 (= 0,1 mg) pro Kapsel.

Larodopa L-Dopa, Aminosäure, zur Behandlung des Parkinsonismus. Tbl. 0,5. *Dos.:*

nach ärztl. Anordnung. *Besond.:* Nicht verwechseln mit α-methyl-Dopa, einem Antihypertensivum. Siehe auch S. 50.

Laroxyl Psychopharmakon, Antidepressivum, S. 47. Drag. zu 0,01 und 0,025; Amp. zu 2 ml mit 0,05 tief i.m. oder langsam i.v. nach Verdünnung mit 20 ml physiol. NaCl. *Dos.:* Anfangs um 0,3 oral, später weniger. *Besond.:* Bei i.m. Injektion Injektionsstelle massieren. Müdigkeit, Tachykardie, Tremor und Mundtrockenheit möglich. Therapieeffekt erst nach 2–10 Tagen.

Lasix Diuretikum, FUROSEMID, S. 79. Tbl. 0,04 und 0,5; Amp. 0,02 in 2 ml i.v., Infusionslösung 0,01 pro ml. *Dos.*: Jeden 2. Tag 1 Tbl. 0,04. Zu Behandlungsbeginn und in Spezialfällen mehr. *Besond.*: Nicht in Mischspritzen! Nur unter strenger ärztlicher Aufsicht anwenden.

Lasonil Heparin- und Hyaluronidase-haltige Salbe zur lokalen Therapie von Prellungen u. ä. 2–3mal täglich auftragen, bei Venenentzündung nicht einmassieren!

Laxans... Abführmittel verschiedener Hersteller, meist pflanzlicher Herkunft.

Laxantien S. 87.

Leber S. 85.

Lederkyn Chemotherapeutikum, Sulfonamid, S. 29. *Dos.:* Anfangs 2, dann 1 Tbl. zu 0,5 oder 10 ml Sirup. Auch als Tropfen zu 0,125 pro ml. Reichlich trinken lassen.

Ledermycin Chemotherapeutikum, Antibiotikum, TETRAZYKLIN S. 25. *Dos.*: 4mal 1 Tablette zu 0,15 und mehr, auch als Sirup zu 0,075 in 5 ml und als Tropfen mit 0,06 in 1 ml (20 Tropfen).

Lefax Entblähendes Mittel, POLYSILOXANverbindung, S. 87. *Dos.:* 1–2 Tbl. zerkaut nach den Mahlzeiten und abends.

Leitungsanästhesie S. 13.

Lenotan Depot-Antiemetikum aus Spasmolytikum, Antihistaminikum und Vitamin B_6. *Dos.:* 2 Drag. unzerkaut vor dem Zubettgehen; Wirkstoffe werden gegen Morgen freigegeben.

Leo-Pillen Abführmittel aus Aloe, Rhabarber, Myrrhe, Faulbaum, Olibanum u.a. *Dos.*: 1–2 Pillen morgens nüchtern oder abends unzerkaut mit etwas Wasser.

Lespenephryl Zur Erhöhung der Ausscheidung harnpflichtiger Substanzen; senkt den Reststickstoff. Extrakt aus der Pflanze Lespezeda capitata. *Dos.:* 3mal 50–150 Tropfen in Wasser vor den Mahlzeiten, später niedrigere Erhaltungsdosis. Tropfen »forte«: 1 Tropfen entspricht 5 Tropfen des einfachen **Lespenephryl**.

Leukase Lokaltherapeutikum mit andauender und antibiotischer Wirkung aus Trypsin und FRAMYCETIN in verschiedenen Formen wie Pastille, Kegel, Plombe, Puder, Salbe oder Lösung.

Leukeran Zytostatikum, S. 33. Tbl. zu 0,002 und 0,005.

Leukomycin Chemotherapeutikum, Antibiotikum, CHLORAMPHENICOL, S. 25. Die oralen Formen haben Vitaminzusatz. Drag. 0,25; Kapseln »500« und »500 S« zu 0,5; Saft mit 0,1 in 4 ml; Inj. Flasche zu 1,0 zum Auflösen mit 10 ml Aqua dest. zur i.v. oder i.m. Injektion; auch als Puder, Salbe, Ohren- und Augentropfen, Augensalbe und Kinderkapseln. *Dos.:* 1,0–2,0 über den Tag verteilt.

Librax Librium (s. dort) und ein Parasympathikolytikum als Drag. gegen Magenkrankheiten. *Dos.*: 3mal 1–3 Drag. *Besond.*: Keinen Alkohol; nicht an Autofahrer.

Librium Psychopharmakon, S. 47. Beruhigend, äußere Reizeinwirkungen dämpfend, Angst und Spannung lösend, etwas muskelrelaxierend. Drag. zu 0,005 und 0,025 (= 5 bzw. 25 mg, **Librium** »5« bzw. »25«; Kapseln zu 0,01 (= 10 mg, **Librium** «10»), Tbl. zu 0,025 (= 25 mg, **Librium Tabs**.) *Besond.:* In den ersten Tagen gelegentlich Müdigkeit; nicht an Autofahrer; keinen Alkohol dazu; bei hohen Dosen Ataxie möglich. Kapseln nicht öffnen.

LIDOCAIN S. 13.

Likuden M Chemotherapeutikum gegen Fadenpilze, S. 31. Tbl. zu 0,125 (M = mikrofein).

Limbatril Psychopharmakon aus 0,0125 AMITRIPTYLIN (S. 47) und 0,005 CHLORDIAZEPOXID (**Librium**), Kapseln und «Tabs»; Kapseln «F» mit jeweils doppelter Menge. *Dos.*: 2mal 1 bis 3mal 2.

Lipase S. 84.

Lipiodol Ultra-Fluid Jodhaltige Fettverbindung als Kontrastmittel zur Lymphographie. Amp. zu 5 und 10 ml.

Lipofundin S 10 und 20%ig, fetthaltige Infusionslösung aus Sojaöl u. a., 100 bzw. 200 g Fett pro Liter zur i.v. Infusion. Im Kühlschrank aufbewahren!

Lipogeron Medikament für höhere Lebensalter aus essentiellen Phospholipiden, TESTOSTERON, ÖSTRADIOL und Vitaminen. *Dos.:* 3mal 1 Kapsel unzerkaut vor den Mahlzeiten. Auch als Kapseln »300« mit ungefähr doppeltem Wirkstoffgehalt.

Lipostabil Klärsubstanz für den Fettstoffwechsel, essentielle Phospholipide (DI-GLYCERID-ESTER mit ungesättigten Fettsäuren) unter Zusatz von Vit. B_6 und E. Kapseln »forte« und Saft »flüssig« zusätzlich mit THEOPHYLLIN, Amp. mit Adenosin, NIKOTINSÄURE und Vitamin B_6. *Dos.*: 3mal 1–2 Kapseln oder $^1/_2$ Meßbecher = 10 ml oder 1–2 Amp. zu 5 oder 10 ml i.v. Dabei nicht mischen! Notfalls auch i.m. Gabe möglich; dabei können aber Schmerzen an der Inj.-Stelle auftreten.

Liquemin Gerinnungshemmende Substanz, Heparin, S. 116. Amp. zu 10000 E in 1 ml und 20000 E in 1 ml i.v., Amp.-Fl. zu 25000 E in 5 ml i.v. und Depot-Amp. zu 40000 E in 1 ml mit EPHEDRIN s.c., evtl. i.m. Auch in Amp. zu 1 ml mit 2500 E s.c., i.m. oder i.v. gegen Arteriosklerose und Hyperlipämie; in dieser Dosis nicht zur Embolieprophylaxe.

Liquisorb Verschieden zusammengesetzte Elektrolyt- und Vitaminpulver zum Herstellen von Trinklösungen mit $^1/_4$–$^1/_2$ l Wasser pro Beutel.

Liquocillin Chemotherapeutikum, Antibiotikum, PENICILLIN, S. 21. Amp.-Flasche mit 4 Millionen E zum Auflösen mit 5 ml Aqua dest. und zur i.m. Injektion.

LITHIUMCARBONAT S. 45.

Lithium Duriles, Mittel gegen manisch-depressive Zustände, LITHIUMSULFAT, S. 45. Tbl. 0,33 entsprechen 0,24 LITHIUM (= 6 mval). *Dos.*: Individuell. *Besond.*: Bei Langzeitbehandlung kann eine Struma (Kropf) entstehen.

Litrison Lebertherapeutikum aus Methionin, Cholin, Vitaminen B und E. *Dos.:* 1–3mal 1–3 Drag.

Lobelin Atemanregendes Mittel, greift zentral an der Medulla oblongata und peripher am Karotissinus an. *Dos.:* 1 Amp. zu 0,01 oder 0,003, größte Einzelgabe 0,02, größte Tagesgabe 0,1. Injektion s.c., i.m. oder i.v. Wirkt ungefähr 10–15 Min.

Locacorten Nebennierenrindenhormon zur Lokalbehandlung als Salbe und Creme mit NEOMYCIN sowie als Lotio, Schaum, Salbe und Creme ohne dieses Antibiotikum. Auch mit dem antibakteriellen VIOFORM als Creme, Paste und Salbe.

Lokalanästhetika S. 13.

Lokalantibiotika S. 27.

Lonarid Analgetikum, Antipyretikum, Antiphlogistikum aus Barbiturat, Aminophenolverbindung, Spasmolytikum, KOFFEIN und CODEIN. *Dos.:* 1–3mal 1–2 Tbl.; 1–3 Supp./Tag.

Long-Insulin s. unter Insulin, S. 91.

Longum Chemotherapeutikum, , SULFALEN, Sulfonamid mit einwöchiger Wirkung. S. 29. *Dos.*: Einmal pro Woche 1 Tbl. zu 2,0 in 1 Glas warm. Wasser. Auch Tropfen mit 0,01 pro Tropfen und Sirup mit 0,1 pro Meßbecher.

Longum-etten wie **Longum**, jedoch Tabl. 0,2.

Lorfan Morphin-Antagonist zur Aufhebung der atemdepressorischen Wirkung von MORPHIN, **Dolantin, Polamidon, Palfium, Jetrium, Dromoran, Pantopon,** CODEIN u. a. *Dos.:* Flasche mit 0,001 (= 1 mg) in 1 ml i.v., anfangs 0,5–2 ml, wenn nach 5–10 Min. keine ausreichende Wirkung auftritt, erneute i.v. oder i.m. Gaben mit 0,5–1 ml.

Luminal Barbiturat, PHENOBARBITAL, S. 39. Motorisch dämpfend, sedativ. *Dos.:* $^1/_2$–3 Tabletten zu 0,1; 1–2 Amp. zu 1 ml mit 0,2 tief i.m. *Besond.*: Tbl. stets mit reichlich Flüssigkeit (raschere Wirkung).

Luminaletten wie **Luminal**, aber nur 0,015 pro Tbl. *Dos.:* 2–8 Tbl. über den Tag verteilt.

Lyndiol Ovulationshemmer, S. 107. *Dos.:* 22 Tage Einnahme, dann 6 Tage Intervall.

Lysthenon Muskelrelaxans für Narkosen am intubierten Patienten; S. 44. Verschiedene Stärken von 0,5–5% zur i.v. Gabe nach ärztlicher Anweisung.

Macalvit Vitamin C und Calcium als Brausetablette, Kautablette »K«, Sirup und Amp. zu 10 ml i.v.

Macocyn Antibiotikum, TETRAZYKLIN, S. 25. Kapseln »250« zu 0,25 und »500« zu 0,5.

Macrodex Volumenersatzmittel mit antithrombotischer Wirkung zum Auffüllen des Kreislaufs, POLYGLUCOSElösung zur i.v. Infusion bei Schock, Apoplex u. ä. Als 6%ige Lösung mit NACL oder Elektrolyten *Dos.*: 500–1000 ml.

Madopar, Anti-Parkinson-Mittel S. 49. L-DOPA und BENSERAZID im Verhältnis

4:1. Tbl. »125« mit 0,1 L-DOPA (blau) und »250« mit 0,2 L-DOPA (blau-braun). *Dos.*: nach ärztlicher Anweisung.

Madribon Chemotherapeutikum, Sulfonamid, S. 29. *Dos.:* Zunächst 2, dann 1 Tbl. bzw. 2,5 ml Tropfen oder 10 ml Sirup.

Männliche Keimdrüsenhormone S. 103.

Magensäure S. 82.

Magensaft S. 82.

Mallebrin Adstringens und Antiseptikum, Chlor und Sauerstoff abspaltende Lösung von $Al(ClO_3)_3$. *Dos.*: 5–20 Tropfen auf 1 Glas Wasser zum Gurgeln oder Spülen; Salbe. **Mallebrinetten** Lutschtabletten, zusätzlich mit ätherischen Ölen u.a.

Mannitlösung 10 und 20%ig zur Senkung des osmotischen Druckes und zur Anurieprophylaxe als i.v. Infusion von 250 und 500 ml.

Mannitol-Lösung wie Mannitlösung.

Marcumar Antikoagulans, S. 118. Tbl. zu 0,003; Amp. zu 0,01 mit Lösungsmittel (1 ml) zur i.v. Injektion, erste Gaben evtl. auch i.m. *Besond.:* Oral nach 36–48 Std. optimal wirksam, nach Absetzen Normalisierung des Quickwertes nach 7–14 Tagen. Vorübergehender Haarausfall möglich. Gabe auch während der Menstruation möglich. Gegenmittel: Vitamin K.

Masigel Antazidum, DI-MAGNESIUM-ALUMINIUM-TRISILIKAT. *Dos.:* 2 Tabletten oder Kautabletten (mit Geschmackszusatz) mit wenig Flüssigkeit 1 Stunde vor dem Essen.

Maxifen, PIVAMPICILLIN, Antibiotikum mit dem Effekt von AMPIZILLIN. S. 24 Kapseln 0,35 mit 0,25 AMPIZILLIN und Kapseln **M** zu 0,175 mit 0,125 AMPICILLIN.

Mazur A Magentherapeutikum aus METHYLZELLULOSE, MAGNESIUMPEROXID, BISMUTUM SUBNITRICUM, PAPAVERIN, Barbiturat und ATROPIN gegen Hyperazidität. *Dos.:* 3mal 1 Beutel mit etwas Flüssigkeit zwischen den Mahlzeiten.

Mediment Äußerlich durchblutungsförderndes Mittel zum Einreiben.

Medomin Schlafmittel, Barbiturat, S. 39. Wirkt nach 1/2–1 Std. *Dos.:* 1/2–1–2 Tbl.

Megacillin Chemotherapeutikum, Antibiotikum, PENICILLIN, S. 21. Depoteffekt über 24–72 Stunden, zur i.m. Injektion. Trokkenamp. oder Spritzampullen zu 1000000 E. und als »forte« zu 4000000 E. *Besond.*: Trotz des beigefügten Lokalanästhethikums ist ein Schmerz an der Injektionsstelle möglich, der einige Stunden anhalten kann. *Dos.:* Meist 1 Amp. täglich.

Megagrisevit Vitamin-Anabolikum-Kombination. Die Amp. mit roter Lösung enthalten Vitamin B_6 und B_{12}, die mit milchiger Suspension Anabolikum, FOLSÄURE und NIKOTINSÄUREAMID. Beide Amp. vor Verabreichung mischen und 1–3mal wöchentlich tief i.m. injizieren. Auch als Dragées.

Megaphen Neurovegetatives Sedativum, PHENOTHIAZINverbindung, CHLORPROMAZIN, S. 47. Wirkt sympathiko- und parasympathikolytisch, spasmolytisch, sedativhypnotisch, antiemetisch, antikonvulsiv und antipyretisch. Drag. und Tabletten zu 0,025; Drag. zu 0,1; Tropfen mit 0,001 (= 1 mg) in 1 Tropfen; Supp. 0,025 und 0,1; Amp. zu 5 ml mit 0,5 und 2 ml mit 0,025 i.m., i.v. nur verdünnt. *Dos.*: 0,075–0,15, auch mehr. *Besond.*: Blutdruckabfall und Somnolenz, Mundtrockenheit und Ausschläge möglich. Nicht mischen mit Barbituraten, Muskelrelaxantien, hochprozentiger NaCl (10%) – und GLUCOSE (30%)-Lösung, fällt sonst aus. Als »comp.« zusammen mit **Atosil** und RESERPIN.

Melabon Analgetikum, Antipyretikum aus Phenazonverbindung, KOFFEIN, AETHOXYBENZAMID und Mandelsäurebenzylester. »Kopfschmerztabletten« aus SALIZYLAMID, PHENAZETIN und KOFFEIN. *Dos.:* 1–2 (–5) Tbl. bzw. Kapseln pro Tag.

Melleril Neurovegetatives Sedativum, PHENOTHIAZIN, S. 47. Drag. zu 0,025 und 0,1; »retard« Tbl. 0,03 und 0,2 mit 12-Stunden-Effekt. *Dos.*: 0,05–0,6 täglich.

Melleretten wie **Melleril**, nur geringere Dosierung. Drag. zu 0,01 und Saft mit 0,01 in 5 ml sowie Tropfen mit 0,01 in 10 Tropfen.

Menstruationsverschiebung S. 108.

Menthoneurin Antirheumatikum, Analgetikum aus SALIZYLSÄURE – und NIKOTINSÄUREverbindungen zur äußerlichen Anwendung; Tbl. aus PYRAZOLON und SALIZYLAMID.

Meprocompren Psychopharmakon, MEPROBAMAT, S. 47. Compr. zu 0,2.

Mercurochrom Äußerlich anzuwendendes quecksilberhaltiges Desinfektionsmittel für Haut- und Schleimhautverletzungen.

Merbentul Weibliches Hormon zur gegengeschlechtlichen Behandlung, S. 105. *Dos.:* Anfangs 2, dann 1 Tbl.

Merfen Lokales Desinfektionsmittel, Quecksilberverbindung. Als farblose und gefärbte alkoholische Lösung sowie als Lutschtabletten.

Mesantoin Antiepileptikum, Hydantoinverbindung, S. 48. Tbl. 0,1. *Dos.:* Anfangs $^1/_2$ Tbl., dann langsam erhöhen bis auf maximal 6 Tbl. *Besond.:* Blutbildkontrollen nötig.

Mestinon Cholinesterase-Hemmer, Parasympathikomimetikum, S. 72. *Dos.*: 2–3 Tbl. zu 0,01; 1–6 Drag. zu 0,06; 1–2 Amp. und mehr zu 1 ml mit 0,001 (= 1 mg) s.c., i.m. oder i.v. Auch Amp.-Flaschen mit 0,025 in 5 ml. *Besond.*: Verstärkt Barbituratwirkung auf das Doppelte!

Metalcaptase D-PENICILLAMIN, S. 96. Kapseln 0,15, Tbl. 0,3 *Dos.*: bis 1,2 pro Tag. Inj. Flasche 1,0 in 10 ml Speziallösungsmittel auflösen, für Sonderfälle.

Methergin uterustonisierender Stoff, S. 69. *Dos.:* 2–3mal 1–2 Drag. oder 10–20 Tropfen; $^1/_4$–1 ml s.c., i.m. oder i.v. Wirkt i.v. nach 1 Min., i.m. nach 5 Min. für 4–8 Stunden. Nie in der Eröffnungsphase, macht Dauerkontraktion!

Methyl-Curarin Muskelrelaxans für Operationen, S. 43.

Mexaform plus Mittel gegen Darmstörungen aus HYDROXY-CHINOLINverbindungen. *Dos.*: 3mal 1–2 Drag. *Besond.*: Bei längerdauernder Anwendung sind Nervenschäden vorgekommen.

Mexaform S wie **Mexaform plus**, aber jodhaltig, stört noch monatelang den Radiojodtest.

Mexase Darmtherapeutikum aus **Mexaform** (s. dort), Verdauungsenzymen und DEHYDROCHOLSÄURE. *Dos.:* 3mal 1–2 Drag. zu den Mahlzeiten.

Mexase plus wie **Mexase**, aber mit **Mexaform plus**.

Micoren Atemanregendes Mittel. *Dos.:* 3mal 1–3 Perlen; ein- bis mehrfach $^1/_3$–1–2 Amp. s.c., i.m. oder langsam i.v.

Microgynon, Ovulationshemmer mit besonders niedrigem Hormongehalt, S. 107.

Micronovum, orales Antikonzeptivum, Gestagen ohne Östrogen, NORETHISTERON, S. 108. Tbl. mit 0,00035 (= 0,35 mg). *Dos.*: 1 Tbl. pro Tag.

Migräne-Kranit Migränemittel aus Belladonnaalkaloiden, PAPAVERIN, KOFFEIN, THEOPHYLLIN, CHININ, PHENAZETIN, Barbiturat und AMINOPHENAZON. *Dos.:* mehrmals 1–2 Tabletten oder Supp.

Milgamma Vitaminpräparat aus B-Vitaminen und Adenosin (dieses nicht in den Dragées). *Dos.:* 3–4mal 1 Dragée oder 1 Kapsel mit 250 gamma B_{12}; mehrmals wöchentlich 1 Amp. zu 2 ml mit 1000 gamma B_{12} i.m.

Millevit Vitamin B_{12}, S. 112. 1 ml enthält 1000 gamma, Injektion i.m., s.c. oder langsam i.v.; Supp. zu 500 gamma.

Millicorten Nebennierenrindenhormon, DEXAMETHASON, S. 102. Tbl. zu 0,0005 und 0,001 (= $^1/_2$ bzw. 1 mg).

Miltaun Psychopharmakon, MEPROBAMAT, S. 47. *Dos.:* 1–3mal 1 Drag. zu 0,4.

Miltaunetten wie **Miltaun,** jedoch Dragées zu 0,2.

Milzbrandserum 20–40 ml und mehr i.m. zur Prophylaxe u. Therapie.

Mineralokortikoide S. 103.

Mirapront N Appetithemmer D-nor-PSEUDOEPHEDRIN. Kapseln zu 0,02. *Dos.*: 1 Kapsel nach dem Frühstück, Depotwirkung. *Besond.*: Vereinzelt Mundtrockenheit und Schweißneigung möglich.

Miroton Herz- und Kreislaufmittel für leichte Fälle aus Scilla, Convallaria, Oleander und Adonis. *Dos.:* mehrmals tägl. 10–30 Tropfen perlingual oder 1–2 Drag.

Mischspritzen S. 119ff.

Migital Äußerlich anzuwendendes Krätzemittel zum Einreiben.

Mixtura Solvens Compretten Expektorans aus AMMON. CHLORAT., Süßholzsaft, BENZOESÄURE, Campher, Anis. *Dos.:* Mehrmals 1 Compr. lutschen oder aufgelöst einnehmen.

Mobilat Äußerliches Antitheumatikum aus Nebennierenextrakt, MUCOPOLYSACCHARIDverbindung und SALIZYLSÄURE zum Einreiben bei Gelenkerkrankungen.

Modenol Antihypertensivum aus THIAZIDverbindung, Rauwolfia und RESERPIN (S. 80) *Dos.:* 2–3mal 1 Drag. nach dem Essen. Wirkungsbeginn innerhalb 2 Tagen, nach 10–14 Tagen Vollwirkung, klingt langsam ab. Bei Diabetikern Stoffwechsellage kontrollieren.

Moduretik, kaliumsparendes Diuretikum, AMILORID plus HYDROCHLOROTHIAZID, S. 79. *Dos.*: 1–2(–4) Tbl. täglich. *Besond.*: keine zusätzlichen Kaliumangaben!

Mogadan Psychopharmakon mit Schlafmittelwirkung, S. 47. Schlafdauer 6–8 Stunden. *Dos.*: 1–2 Tbl. zu 0,005 oder 1 ml (20 Tropfen) zu 0,005 20–30 Min. vor dem Zubettgehen zerkaut bzw. in Flüssigkeit. Ältere Personen weniger!

Molevac Mittel gegen Oxyuren, S. 32. *Dos.:* 1 Teelöffel Suspension oder bei magenempfindlichen Patienten 1 Dragée pro 10 kg Körpergewicht auf einmal. *Besond.:* Färbt Stuhl hellrot! Nicht auf Kleider schütten!

Monocortin Nebennierenrindenhormon, PARAMETHASON, S. 102. Tbl. zu 0,002 und 0,006 (= 2 bzw. 6 mg); Depot-Amp. mit 0,02 und 0,04 in 1 ml i.m. oder ins Gewebe; »S« Amp. mit 0,01 auf 2 ml für i.m., i.v. oder lokale Gabe.

Monotrean Mittel gegen Schwindel aus CHININ und PAPAVERIN. *Dos.:* 1–3mal 1 Drag.

Moronal Antimykotikum, Fungistatikum, S. 31. Gegen Soor- und andere Hefepilzerkrankungen. Drag. 500000 E; Ovula 100000 E, Salbe, Puder, Suspension und Reinsubstanz. Als **Moronal V** in Salbenform mit NEOMYCIN, GRAMICIDIN und TRIAMCINOLON (s. dort).

MORPHIN S. 51.

MORPHINderivate S. 52.

MORPHINUM HYDROCHLORICUM Ampullenform des MORPHIN, S. 51. Als Amp. zu 0,01 – 0,03 s.c., zum Teil mit Zusätzen wie 0,0005 ATROPIN zum Aufheben parasympathikomimetischer Begleiteffekte. *Besond.:* s. Text S. 54.

Movellan STRYCHNINpräparat. Erhöht durch Hemmung an den Nervenübergangsstellen die Ansprechbarkeit des Zentralnervensystems auf exogene und endogene Reize. Muskeltonus und Empfindlichkeit der Sinnesorgane werden gesteigert. *Dos.:* 2–3 Tage eine Tablette zu 0,0075 (= 7,5 mg) als Testdosis, dann 1–3mal 1 Tbl., nach 6–8 Tagen 2–3 Tage Pause einlegen! Auch Amp. zu 0,0105 (= 10,5 mg) i.m., evtl. auch i.v. oder s.c. *Besond.:* Ampulleninhalt keinesfalls oral geben!!

Mucolytikum Lappe Schleimlösendes Mittel. *Dos.:* 0,5–10 ml 1–3mal als Aerosol inhalieren oder öfters 1–2 ml durch Trachealkatheter instillieren.

Multibionta Vitaminpräparat, S. 114. Neben den dort angegebenen Kapseln auch Tropfen, Saft, Granulat, Ampullen und Brausetabletten sowie Kapseln «forte» mit erhöhtem Wirkstoffgehalt. *Dos.*: 1–3 Kapseln, 3mal 10–20 Tropfen, 1–2 Brausetbl., 1 Amp. in 500 ml Infusionslösung i.v.

Muskelrelaxantien S. 42.

Mutterkornalkaloide S. 69.

Multi-Vicotrat Vitaminkombination, S. 114.

Multivitamin verschiedener Firmen, Vitaminkombination, s. auch S. 114.

Myacyne Lokalantibiotikum, NEOMYCIN, S. 27. Verschiedene lokale Anwendungsformen, auch als Tbl. »compositum« mit Sulfonamid zur Darmsterilisierung (wird nicht resorbiert).

Myambutol, Tuberkulostatikum, ETHAMBUTOL, S. 27. *Dos.*: 1,0–2,5; oral in einer Gabe morgens nach dem Frühstück. Tbl. zu 0,1 und 0,4 sowie als **INH-I** zu 0,5 ETHAMBUTOL und 0,1 INH und **INH-II** mit 0,3 bzw. 0,1 dieser Substanzen. Störungen im zentralen und peripheren Nervensystem als Nebenwirkung möglich. Injektionslösung 5 und 10%ig zur i.v.-Infusion, i.m. Injektion und Instillation, Störungen der Sehfunktion möglich.

Mydrial Mydriatikum zur kurzzeitigen diagnostischen Pupillenerweiterung. *Dos.:* 1–2 Tropfen in das Auge einträufeln.

Mydriaticum Roche Pupillenerweiterndes Mittel, Parasympathikolytikum mit Zusatz einer Quecksilberverbindung als Antiseptikum. *Dos.:* 1 Tropfen zur Pupillenerweiterung, eine Stunde lang alle 10 Min. 1 Tropfen zur Akkomodationslähmung. Jeweils in den Bindehautsack einträufeln.

Mydriatikum Pupillenerweiterndes Mittel.

Mylepsinum Antiepileptikum, S. 48. Tbl. 0,25.

Myleran Zytostatikum, S. 33. Tabletten zu 0,0005 und 0,002 (= 1/2 bzw. 2 mg). *Dos.:* 0,004–0,006, nach Rückgang der Leukozytenzahl bei myeloischer Leukämie Dosis auf einen Erhaltungswert einstellen.

Myocardon Herzmittel aus **Euphyllin,** Barbiturat, PAPAVERIN, ATROPIN und NITROGLYCERIN; Supp. in anderer Zusammensetzung. *Dos.:* 1–3mal 1/2–1 Tbl. Auch als **Myocardetten** in niedrigerer Dosierung.

Mysteclin Kombination aus TETRAZYKLIN (S. 25) und AMPHOTERICIN B (S. 31). 1 Kapsel enthält 0,25 TETRAZYKLIN, 5 ml Sirup 0,125. Auch als Ovula zum Einführen in die Scheide und als Vaginalcreme.

Nadisan Orales Antidiabetikum, S. 92. Tbl. zu 0,5.

NALIDIXINSÄURE S. 27.

Narkose S. 40.

Narkotika S. 40.

Nasentropfen S. 68.

Nasicortin **Nasivin** (s. dort) mit BETAMETHASON (s. dort).

Nasivin Abschwellende Nasentropfen, 1–3mal 2–3 Tropfen oder 1 Spray in jedes Nasenloch. Das Aerosol entspricht dem Spray. Auch in Einzeldosen verpackt als **Nasivinetten**.

Nasoral Orales Schnupfenmittel. *Dos.:* 3mal 1–2 Drag. mit etwas Flüssigkeit unzerkaut nach den Mahlzeiten.

Natabec Vitamin-Kalk-Präparat, besonders für Schwangerschaft und Stillzeit aus CALCIUMCARBONAT, Eisen, Vitaminen A, B-Komplex, D_2 und C. Kapseln »F« mit Fluorzusatz. *Dos.*: 1 Kapsel täglich.

NATRIUMBICARBONAT säurebindende Infusionslösung zur i.v.-Gabe bei Azidose. Als 4%ige Lösung von *Braun* mit 477 mVal HCO_3 pro Liter; 8,4%ige Lösung von *Salvia* mit 1000 mVal HCO_3 pro Liter.

NATRIUM CITRICUM verhindert als Zusatz zu Blut dessen Gerinnung durch Ausfällung von Calcium-Ionen. Zur Bestimmung der BKS 0,4 ml NATRIUM CITRICUM auf 2 ml Blut, zur Bestimmung der Thromboplastinzeit nach *Quick* 0,4 auf 4 ml Blut.

NATRIUMCHLORID, NaCl, Kochsalz. Die 0,9 %ige Lösung, sogenannte »physiologische Kochsalzlösung«, kann als Flüssigkeitsersatz bis zu mehreren l tägl. unter Elektrolytbestimmung i.v. oder s.c. infundiert werden. Höherprozentige Lösungen dienen der Anhebung zu niedriger Na- oder Cl-Spiegel.

NATRIUMLAKTAT Zur Therapie der Azidose in bestimmten Fällen, im allgemeinen nicht beim Diabetiker. Zur i.v. Infusion, auch als Konzentrat von *Salvia* mit 11,2%iger Lösung (1 mVal pro ml). Dosierung nach Kontrolle des Blut-pH.

Natulan Zytostatikum, besonders gegen *Hodgkin*'sche Krankheit. Kapseln zu 0,05 (nicht öffnen). *Besond.:* In den ersten Tagen Appetitlosigkeit, Übelkeit möglich, die meist abklingt, ohne daß abgesetzt werden muß. Auf Abfall der Leukozyten und Thrombozyten achten. Barbiturat- und PHENOTHIAZINwirkung wird verstärkt.

Navidrex Diuretikum, Saluretikum, S. 78. *Dos.* 1/2–1 (–2) Tbl. pro Tag.

Nebacetin Lokalantibiotikum aus NEOMYCIN und BACITRACIN, S. 27. Zahlreiche Handelsformen zur lokalen Therapie. Außerdem Tabletten, die im Darm nicht resorbiert werden und zur Abtötung von Darmkeimen dienen. *Dos.:* 8 Tabletten pro Tag.

Nebennierenmark S. 99.

Nebennierenrinde S. 99, 101.

Nembutal Schlafmittel, Barbiturat, S. 39. Kapseln zu 0,05 und 0,1 sowie Lösung zur Injektion. *Dos.*: 0,05–0,1 oral, 2 ml i.v., 5–8 ml i.m. *Besond.*: Steigert MORPHINwirkung erheblich. Schon kleine Mengen Alkohol zusätzlich beeinflussen Verkehrstauglichkeit.

Neobar Bariumsulfat, Röntgenkontrastmittel zur Magen-Darmuntersuchung. »rektal« für Kontrasteinlauf.

Neogynon 21, Ovulationshemmer. Auch als »28« mit 7 wirkstofffreien Dragées.

NEO- s. unter dem zugehörigen Beiwort, zum Beispiel **Neo-Erycinum** unter **Erycinum**.

NEOMYCIN S. 27.

Neoteben Chemotherapeutikum gegen Tuberkulose, INH, S. 28. Tbl zu 0,05, 0,1 und 0,2; Amp. zu 0,1 in 2 ml i.m. und Flasche mit 50 ml zur lokalen Anwendung (5%ig). *Dos.:* 0,3–0,4, anfangs weniger. *Besond.:* Vorübergehend Kopfschmerzen, Schwindel und Obstipation möglich. Oft Appetitzunahme. Keinen Alkohol! Vor Operationen absetzen!

Nepresol Antihypertensivum, S. 81. *Dos.:* einschleichend 3mal 1/2–2 Tbl. *Besond.:* Kopfschmerzen, Herzklopfen und Tachykardie möglich.

Neurobion Vitaminpräparat aus Vit. B_1, B_6 und B_{12}. *Dos.:* 3mal 1–2 Dragées; 3–7mal wöchentlich 1 Amp. i.m. oder langsam i.v. Vit. B_{12}-Gehalt: Drag. 20 gamma, Amp. 1000 gamma.

Neurocil Psychopharmakon, Neuroleptikum, S. 47. Auch gegen schwere Schmerzen und zum Potenzieren von Analgetika. *Dos.:* einschleichend zunächst 15–45 Tropfen (1 Tropfen = 0,001 = 1 mg), dann Übergang auf Tabletten zu 0,025 oder 0,1, bis zu 0,6 pro Tag. Auch als Amp. zu 1 ml mit 0,025 i. m.

Neurogrisevit Vitamine B_1, B_6 und B_{12}, von letzterem pro Amp. 1000 gamma, pro

Schichttabl. 100 gamma. *Dos.:* 1–3mal pro Woche eine Amp. Nr. I mit 1 ml (B_{12}) und eine Amp. Nr. II mit 2 ml (B_1 und B_6) mischen und tief i.m. injizieren, oder 3mal 1–2 Tbl.

Neuroleptika S. 45.

Neurotrat Vitamine B_1, B_6, B_{12} und Leberextrakt. *Dos.:* 3mal 1–2 Bohnen zu 10 gamma B_{12} zu oder nach den Mahlzeiten; 1 Amp. zu 300 gamma B_{12} tief i.m. oder Supp. zu 1000 gamma. Hochdosiert als »forte« zur Schmerzbekämpfung, 1 Amp. zu 3 ml langsam tief i.m., auch 3 × 1 Dragée.

Neutrilac Antazidum, S. 83; aus ALUMINIUMHYDROXID, CALCIUMCARBONAT, MAGNESIUMTRISILIKAT, WISMUTCARBONAT und Milchpulver. *Dos.:* Je nach Anwendungsform mehrmals täglich kauen, lutschen oder trinken, möglichst zwischen den Mahlzeiten.

Nevimycin Antibiotikum, CHLORAMPHENIKOL, S. 26. Kapseln »500 S« zu 0,5, Inj.-Flaschen zu 1,0 i.m., i.v. oder s.c.

Niconacid NIKOTINSÄURE, durchblutungssteigernde Substanz, S. 70. Tabletten zu 0,05 und 0,25 (»forte«), retard-Tbl. zu 0,25 mit verlängerter Wirkung, Amp. zu 2 ml mit 0,05 und Infusionsampullen zu 1,0 in 10 ml zur i.v. oder i.a. Infusion mit den üblichen Infusionslösungen. *Dos.:* 2–3 × 1 Tablette; bei i.v. Infusion zunächst kleine Dosen (0,2–0,5), dann steigern bis zu mehreren Gramm. *Besond.:* Gesichts- und Körperröte, Hitzegefühl und Kribbeln können auftreten.

NICOTINSÄUREAMID S. 111.

NIKOTIN S. 70.

NIKOTINSÄURE S. 70.

NITROGLYCERIN S. 63.

NITROFURANE S. 27.

Nitrolingual gegen coronare Durchblutungsstörungen, NITROGLYCERIN. *Dos.:* Rote Kapseln mit Soforteffekt: 1–2(–3) Kapseln zerbeißen und Flüssigkeit im Mund zergehen lassen, Kapsel ausspucken. Grüne Kapseln »mite«: wirken entweder auch sofort wie oben oder aber nach 4 Stunden, wenn sie unzerkaut geschluckt werden. Auch Depot-Kapseln (2mal 1 Kapsel unzerkaut) und Spray (im Anfall auf die Zunge sprühen, nicht inhalieren).

Nitro-Mack Retard Koronarerweiternde Substanz NITROGLYCERIN in Depotform. *Dos.:* 2mal 1 Kapsel unzerkaut mit Flüssigkeit.

Nobrium Psychopharmakon, BENZODIAZEPINverbindung mit entspannender und entlastender Wirkung zur Anwendung auch am Tage. Kapseln zu 0,005 und 0,010 als **Nobrium 5** bzw. **10**. *Dos.:* 1–3 Kapseln.

Noludar Schlafmittel, S. 38. *Dos.:* 1–2 Tbl., wirkt nach $^1/_2$ Std. für 4–7 Stunden. *Besond.:* Verstärkt den zentral sedativen Effekt von Psychopharmaka, Analgetika und Narkotika. Nicht mit Alkohol; Wirkung nicht vorhersehbar.

Noracyclin Ovulationshemmer, S. 107. Packung zu 22 Tbl. zur entsprechenden Einnahme mit anschließend 1 Woche Einnahmepause.

NORADRENALIN S. 67.

Norphen Kreislaufmittel, ähnlich NORADRENALIN, S. 67. *Dos.*: 2–3mal 1–2 Konzentretten vor dem Essen zerbeißen und Inhalt oder 2–3mal 10–20 Tropfen im Mund zergehen lassen; 1–2-retard-Dragées, 1 Amp. zu 1 ml i.m. oder s.c. bis alle 4–6 Stunden. Infusionsampullen zu 10 ml zur i.v. Infusion in 500 ml DEXTROSE oder NaCl bei Schock u. a.

Nortensin, blutdrucksenkendes Mittel aus FUROSEMID und RESERPIN (siehe diese). *Dos.*: 1 Dragée oder weniger.

Nortrilen trizyklisches Antidepressivum, NORFENEFRIN mit psychostimulierenden Eigenschaften. Drag. 0,01 und 0,025. *Dos.*: Individuell, 0,03–0,1 (–0,225) und höher, ab 0,075 stationär.

Novadral Kreislaufmittel, ähnlich NORADRENALIN, S. 67. *Dos.*: 3–4mal 1 Drag. oder 10 Tropfen; 1–3 »retard« Drag. oder »retard forte« Drag. (mit 3facher Dosis) mit 7–8-stündiger Wirkung; Amp. zu 1 ml s.c., i.m. oder notfalls mit GLUCOSE- oder NaCl-Lösung verdünnt i.v. (i.m. Wirkungseintritt nach 1–3 Min. s.c. Wirkungseintritt nach 5 Min. mit 1–$1^1/_2$ Stundeneffekt). »Depot«-Ampullen i.m. oder s.c. mit 5–7 Stunden Wirkung. Zur i.v. Infusion keine Depot-Amp. verwenden, sondern 1 Amp. zu 5 ml auf 500 ml irgendeiner Trägerlösung und auf 70 bis 100 Tropfen pro Minute einstellen.

Novalgin Analgetikum, Antipyretikum, Spasmolytikum, Antirheumatikum, S. 12. *Dos.:* 3–4mal 1–2 Tbl. zu 0,5 oder 20–40 Tropfen; Amp. zu 2 ml i.m. oder i.v. und Amp. zu 5 ml nur i.v.; 1–3mal 1 Supp. Auch Sirup mit 0,05 pro ml. *Besond.*: Überempfindlichkeit auf Pyrazolone nicht selten. Blutbild kontrollieren.

Noveril Psychopharmakon, S. 46. Drag. zu 0,08 und »mite« zu 0,04 Tbl. »240« zu 0,24 mit verzögerter Wirkstofffreigabe, Amp. zu 0,04 und 0,12 i.m. oder i.v. *Dos.*: Innerhalb von 3 Tagen auf hohe Dosis gehen, dann 2–12 Wochen beibehalten, danach langsam wieder ausschleichen. *Besond.*: Anfangs oft deutlich sedativ wirksam.

Novocain Lokalanästhetikum, PROCAIN, S. 13. Die 1 und 2%ige Lösung (= 0,01 bzw. 0,02 in 1 ml) ohne Zusätze in Amp. und Flaschen verschiedener Größe dient therapeutischen Zwecken zur Nervenblokkade, die $^1/_2$–4%ige Lösung mit Zusatz von **Suprarenin** dient der Lokalanästhesie I = 0,5%, E = 2%). *Dos.*: $^1/_2$–1–2 ml und mehr lokal injizieren. *Besond.*: Spritzenbestecke peinlich sauber halten von Seife, Soda, **Lysol** und **Lysoform; Novocain** wird dadurch wirkungslos. Lösung auch bei Gelbstich noch verwendungsfähig.

Novocamid Mittel gegen Herzrhythmusstörungen, S. 58. Drag. zu 0,25, Injektionslösung 10%ig i.m. oder i.v. (i.v. unter EKG- und Blutdruckkontrolle!).

Novodigal Herzglykosid, AZETYL-DIGOXIN, S. 61. Tbl. 0,0002 = 0,2 mg und «mite» mit der halben Menge. **Novodigal** i.v. ist DIGOXIN, Amp. zu 2 ml mit 0,0004 = 0,4 mg; siehe unter DIGOXIN S. 61.

Novothyral Schilddrüsenhormone in Tablettenform, Dosierung nach individueller Anweisung. «**mite**» in schwächerer Dosierung.

Nutrizym Enzympräparat mit Bromelin, Pankreatin und fel tauri, S. 85. *Dos.*: 1 Dragée zu den Mahlzeiten.

Nyxanthan Sedierendes und durchblutungsförderndes Kombinationspräparat aus THEOPHYLLIN, PAPAVERIN, PHENOBARBITAL. *Dos.*: 3mal 1–2 Dragées oder 1–3mal 1 Supp.

N_2O STICKOXYDUL, Lachgas, Narkosegas, S. 42.

Oberflächenanästhesie S. 13, 114.

Obron Vitaminkombination, S. 114. *Dos.*: 2–6 Kapseln.

Octadon Analgetikum aus SALIZYLAMID, AMINOPHENAZON, KOFFEIN, PHENAZON, PHENAZETIN und LACTYLPHENETIDIN. *Dos.*: 1–3mal 1–2 Tabletten. Tbl. »N« mit PARACETAMOL anstelle der 3 letzten Substanzen.

Octapressin Synthetisches Polypeptid mit der Wirkung des Hypophysenhinterlappenhormones VASOPRESSIN, S. 98. Amp. zu 1 ml mit 5 E.

Östrogen Holzinger STILBENverbindung mit der Wirkung des Follikelhormones, S. 105. Amp. zu 0,001, 0,003 (»forte«) und 0,01 (»fortissimum«) in jeweils 1 ml i.m. oder s.c.; auch Lingualtabletten, Tropfen und Vaginaltabletten sowie Salbe.

Östrogene S. 104.

Oleandocyn Chemotherapeutikum, Antibiotikum, OLEANDOMYCIN. Kaps. zu 0,25, *Dos.*: 1,0–2,0. Auch als Amp. zu 0,5 in 10 ml 5% Glukose- oder physiol. NaCl-Lösung i.v. oder in 7,5 ml 1–2% PROCAIN-Lösung i.m.

Omca Psychopharmakon gegen Angst- und Spannungszustände, S. 47. *Dos.*: 1 Drag. zu 0,001 (= 1 mg). **Omca Nacht** zusätzlich 0,1 Pentobarbital. *Besond.*: Keine Dauereinnahme wegen möglicher Nebenwirkungen.

Omeril Antihistaminikum, S. 75. *Dos.*: 2–6 Drag. 0,05.

Omnacillin PENICILLIN (s. dort) und **Omnadin** s. dort). Amp. zu 400000 E PENICILLIN G i.m. und Amp. »forte« mit 300000 E PROCAIN-PENICILLIN plus 100000 E PENICILLIN G i.m.

Omnadin Unspezifisches Reizkörpertherapeutikum zur Steigerung der körpereigenen Abwehrmechanismen, bestehend aus Pilzeiweißen, animalischen Fetten und Gallebestandteilen. Nur in Kombinationspräparaten enthalten.

Omnamycin S PENICILLIN 500000 E, DIHYDROSTREPTOMYCIN 0,5 und **Omnadin** in Trockenampullen mit besonderem Lösungsmittel, zur i.m. Injektion, auch spritzfertig als »Manoject« und »Manole«; s. die Einzelbestandteile.

Opiate S. 50, 54.

Opium S. 53.

Wenn nichts anderes vermerkt ist, gelten alle Dosisangaben in Gramm pro Tag für einen durchschnittlichen Erwachsenen.

Hier fehlende Angaben sind aus dem 1. Teil ersichtlich.

Optalidon Analgetikum aus Barbiturat, AMINOPHENAZON und KOFFEIN. *Dos.:* 1–3mal 1–2 Drag.; 1–3 Supp.

Optalidon Spezial wie **Optalidon**, dazu DIHYDROERGOTAMIN gegen gefäßbedingte Kopfschmerzen (Föhnbeschwerden).

Orabilix Orales jodhaltiges Gallenkontrastmittel. *Dos.:* 6 Kapseln am Abend vor der Untersuchung nach einem leichten Abendessen, danach bis zur Untersuchung nüchtern bleiben, nicht trinken.

Oracef Antibiotikum, Cephalosporin, CEPHALEXIN, S. 25. Kapseln 0,25; Suspension mit 0,25 in 5 ml; Tropfen mit 0,1 in 1 ml sowie überzogene Tabletten zu 0,5 (»500«) und 1,0 (»1000«). *Dos.*: 1,0–4,0–(–6,0) pro Tag.

Oragallin Kombinationspräparat gegen Gallenleiden aus einem Choleretikum, Pankreatin und Zellulase. Als »S« zusätzlich mit Spasmolytikum. *Dos.:* 3mal 1–2 Drag. zu den Mahlzeiten.

Orale Antidiabetika S. 92.

Orale Kontrazeptiva S. 106.

OralPENICILLINE S. 21.

Oral-Virelon Poliomyelitis-Impfstoff zur Schluckimpfung aus abgeschwächten, vermehrungsfähigen Stämmen der Typen I, II und III.

Orasthin Hypophysenhinterlappenhormon, synthetisches OXYTOCIN, S. 99. Zur Wehenanregung und Förderung der Uteruskontraktion. Amp. zu 1 ml mit 3 E und 10 E (»stark«) i.m. oder i.v. *Dos.:* 0,5–2 E, in der Nachgeburtsperiode 3 E.

Orchibion Hodenextrakt, S. 103. *Dos.:* 5–10 Tropfen perlingual morgens nüchtern und abends.

Orgastyptin Weibliches Hormon ÖSTRIOL zur Blutstillung, S. 116. *Dos.:* 1 Amp. oder mehr i.m., i.v. bei parenchymatösen (nicht größeren bedrohlichen) Blutungen.

Oricillin Orales PENICILLIN, PROPICILLIN, S. 21. Tabl. zu 400000, 600000 (gelb) sowie 1000000 E (weiß, »MEGA«), Saft mit 150000 E pro Meßlöffel (7,5 ml). Die Pakkung »plus« enthält gelbe und weiße Tabletten.

Orisul Chemotherapeutikum, Sulfonamid, S. 29. *Dos.:* 2mal 2, nach 1–3 Tagen 2mal 1 Tbl. oder 1 Amp. zu 5 ml i.v. oder i.m. anstelle von 2 Tbl. Auch 10%iger Sirup, Augensalbe und Gel.

Ornicetil, KETOGLUTARAT der ORNITHINSÄURE, Präparat zur Entgiftung bei Leberkrankheiten durch AMMONIAKbindung. Als Pulver zum Auflösen mit aqua dest., Flasche 2,0 i.m. oder i.v., 5,0 zur i.v. Infusion. *Dos.*: nur durch den Arzt. *Besond.*: Nicht mischen mit PENICILLIN, Vitamin K_1, RIFAMYCIN, MEPROBAMAT, DIAZEPAM (**Valium**)

Orlest Ovulationshemmer, S. 107. In Packung zu 21 Tbl. oder als **28-Fe** mit 7 weiteren, hormonfreien, aber eisenhaltigen Tbl. mit je 0,075 Eisenfumarat zur pausenlosen Einnahme.

Ortho-Novum Ovulationshemmer, S. 107.

Osadrin Antirheumatikum aus Pyrazonkörper, AMINOPHENAZON und PROCAIN (in der Ampulle) bzw. PARAAMINOBENZOESÄURE (in den Dragées). *Dos.:* 3–4mal 2–3 Drag. (–2) Amp. i.m.

Osbil Jodhaltiges orales Gallenkontrastmittel. *Dos.:* 4 Tbl. nach dem Abendessen, danach bis zur Röntgenaufnahme (nach 12–14 Std.) nüchtern bleiben, nicht trinken, nicht rauchen. Das beigegebene Granulat aus Sorbit und Eigelb kann als Reizmahlzeit verwendet werden.

Ospolot Antepileptikum mit spezieller Indikation, SULTIAM, Tbl. 0,2 und »mite« 0,05, S. 49. *Besond.*: Zu Therapiebeginn Kribbeln im Gesicht und an den Extremitäten möglich, evtl. Atemstörungen. Blutbild- und Urinkontrollen!

Osspulvit Vitamin-Mineralienkombination gegen Kalkmangel jeder Art. *Dos.*: 3mal 2–3 Drag. vor dem Essen, auch als Pulver.

Osyrol Aldosteronhemmer, SPIRONOLACTON, S. 79. Drag. 0,05 und 0,1; Inj.Flasche 0,2, mit 20 ml aqua dest auflösen für i.v.-Injektion. *Dos.*: 3–6 Tage 0,2–0,4, danach 0,05–0,2.

Otalgan Ohrentropfen aus wasserfreiem GLYCERIN mit Pyrazolon- und PARAAMINOBENZOESÄUREverbindung. *Dos.:* Mehrmals täglich 1–2 Tropfen in den Gehörgang.

Otriven Schleimhautabschwellendes Mittel, IMIDAZOLINverbindung. 0,1 und 0,05%ige Lösung zum Eintropfen in Nase oder Bindehautsack, auch als Nasenspray. Auch in Verbindung mit **Millicorten** (s. dort).

Ovarialextrakte S. 104.

Ovestin Natürliches Östrogen, weibliches Keimdrüsenhormon, S. 105. Tbl. zu 0,00025 und Amp. zu 0,001 in 1 ml.

Ovibion Ovarialextrakt, S. 104. *Dos.*: 5–10 Tropfen morgens nüchtern und abends.

Ovocyclin M Follikel-Reinhormon, ÖSTRADIOLBENZOAT, S. 105. Amp. mit 0,01 in 1 ml i.m. Zahlreiche verschiedene Dosierungsmöglichkeiten.

Ovulationshemmer S. 107.

Ovysmen, orales Kontrazeptivum mit geringem Östrogenanteil, S. 107. 2 Formen mit wenig (0,0005) Gestagen als »0,5/35« und mehr Gestagen (0,001) als »1/35«. *Dos.*: 1 Tbl. pro Tag.

OXACILLIN S. 21.

OXYTETRAZYKLIN S. 25.

OXYTOCIN S. 98.

Oxytocin Hypophysenhinterlappenhormon, Dosisangaben wie unter **Orasthin** angeführt.

Oxyuren S. 32.

Palfium, starkes Analgetikum, D-MORAMID, S. 52. Tbl. zu 0,0069. *Dos.*: 1(–14) Tbl., vor den Mahlzeiten. *Besond.*: Nur bei starken Schmerzen unter strenger ärztl. Kontrolle, unterliegt der Betäubungsmittelverschreibung.

Palliacol Antacidum, ALUMINIUMHYDROXID mit verschiedenen Zusätzen, S. 83. Als »compositum« mit Spasmolytika. *Dos.*: 2–3 Tbl. vor dem Essen lutschen oder kauen, »comp.«-Tbl. 1–2 mit möglichst wenig Wasser 1/2 Std. nach dem Essen.

Pallidin Chemotherapeutikum, Sulfonamid, S. 29. *Dos.*: 2mal 1 Tbl. oder 5 ml Saft (= 1 Meßlöffel), nach 3 Tagen Dosis reduzieren. Auch örtlich als Gel.

Pancortex Nebennierenrinden-Gesamtextrakt, S. 103. *Dos.*: 1–2 Amp. zu 1 ml i.m., i.v. oder bis zu 10 ml als Zusatz zu i.v. Infusionen.

Pandigal Herzglykoside, LANATOSIDE A, B und C, S. 61. 0,0004 (= 0,4 mg) sind enthalten in Drag. oder Drag. »forte« mit erhöhtem Wirkstoffgehalt.

Panflavin Lutschpastillen zur Desinfektion der Rachenhöhle, enthalten keine Antibiotika oder Sulfonamide.

Pankreatan Pankreas-Enzympräparat mit Lipase, Amylase und Trypsin, als »comp.« auch mit Gallensäuren. *Dos.*: 3mal 1–2 Tabletten und mehr zu den Mahlzeiten.

Pankreatin S. 84.

Pankreon. Pankreas-Enzympräparat als Ganulat, Pulver und Dragée mit Lipase, Amylase und Protease, als «700» mit 3–4fach erhöhtem Gehalt, als «compositum» zusätzlich mit Gallensäuren, als «forte» mit Gallensäure und erhöhtem Wirkstoffgehalt. *Dos.*: 1–3 Tbl. oder «forte»-Dragées zu den Mahlzeiten.

Pankreoflat, entschäumendes Verdauungspräparat aus **Pankreon** (s. dort) und DIMETHYL-POLYSILOXAN. *Dos.*: 1–2 Drag. oder 1–2 Meßlöffel Granulat zum Essen.

Panpeptal Verdauungspräparat aus **Pankreatan** (s. dort) und Pepsin.

Pansan Verdauungspräparat aus Pepsin und einer Aminosäure bei Säure- und Enzymmangel. *Dos.*: 3mal 1 Drag. oder 1 Teelöffel Saft zu den Mahlzeiten.

Pan-Sedon Sedierendes und vegetativ dämpfendes Kombinationspräparat aus Belladonnaextrakt, Barbiturat und einem Sympathikolytikum. *Dos.*: 3mal 1–2 Drag.

Pan-Setard entspricht **Pan Sedon** (s. dort), jedoch mit Langzeitwirkung. *Dos.*: 1–2 Drag. unzerkaut.

Panthesin Ganglienblocker und Reflexabschirmer, LEUCINOCAIN, dämpft motorische, sensible und vegetative Reflexe und verhütet beim Schock die übermäßige Sympathikuswirkung. Auch lokal schmerzlindernd als Balsam.

Panthesin-Hydergin Mittel gegen Kreislaufschock, s. die Einzelkomponenten. *Dos.*: 1–2 Amp. zu 4 ml i.m. oder i.v. Dauertropf. *Besond.*: Zunächst Volumenmangel durch Infusionen bekämpfen!

Pantocain Lokalanästhetikum zur Schleimhautanästhesie, S. 14. Blaue 2%ige Lösung zum Pinseln oder Sprühen. Die Anwendung zur Infiltrations- oder Leitungsanästhesie und als Sonderform (PP und PPP) nur nach genauer ärztlicher Anweisung in Sonderfällen.

Pantopon Opium-Gesamtalkaloide, S. 53. Enthält 50% MORPHIN. Tbl. zu 0,01; Amp. zu 1 ml mit 0,02 s.c., i.m. oder langsam i.v.; Tropfen mit 0,02 in 1 ml; Supp. mit 0,02; *Dos.*: Mittlere Einzeldosis 0,02, am Tag nicht mehr als 0,1 *Besond.*: Unterliegt der Betäubungsmittelordnung.

Panzynorm Verdauungspräparat aus Pankreatin, Magenextrakt mit Pepsin und Kathepsin, Fel tauri und Pylorusextrakt mit Intrinsic Factor, als «forte» mit erhöhtem Fermentgehalt und Aminosäuren statt Pylorusextrakt. *Dos.*: 1–2 Drag. zu oder nach den Mahlzeiten. In Pulverform nur aus Pankreatin.

PAPAVERIN S. 52.

PAS PARA-AMINO-SALIZYLSÄURE S. 28.

Paracodin Hustenstillendes Mittel, DIHYDROKODEIN, S. 56. *Dos.*: 1–3 Tabletten oder 20–25 Tropfen mehrmals täglich; auch als Sirup. Unterliegt nicht der Betäubungsmittelordnung.

Parasympathikolytika S. 66, 72.

Parasympathikomimetika S. 57, 66, 71.

Paraxin Chemotherapeutikum, CHLORAMPHENIKOL, S. 25. Die oralen Zubereitungsformen enthalten nebenher Vitamin B-Zusatz. Drag. und Kapseln zu 0,25 sowie Kapseln »250 S« und »500 S« mit 0,25 bzw. 0,5 in Spezialzubereitung; Trockensaft mit 0,1 in 1 Meßlöffel (= 4 ml) zubereitetem Saft; Ampullen zu 1,0 (mit 5 ml Aqua dest. auflösen) zur i.m. und i.v. Injektion; Salben und andere lokale Anwendungsformen. *Dos.*: 1,0–2,0 pro Tag.

Parkemed Analgetikum, Antiphlogistikum, Antipyretikum, Kapseln zu 0,125 und 0,25; Suspension mit 0,01 in 1 ml; *Dos.*: 1,0 täglich.

Parmanil Gefäß (besonders koronar-) erweiternde Substanz aus THEOPHYLLINverbindung und adenosinhaltigem Extrakt aus Warmblüterorganen. Meist in Verbindung mit Herzglykosiden.

Parmanil-Digoxin s. die Einzelkomponenten. Enthält 0,00025 (= 1/4 mg) DIGOXIN pro Dragée, 2 ml Injektionslösung und 2 ml Tropfen. Auch als **Parmanil-Digoxin** 1/8 mit der halben DIGOXINdosis.

Paspertin Zur zentralen Regulierung der Verdauungsmotorik, METOCLOPRAMID, Antiemetikum, gegen Entleerungsstörungen des Magens, Übelkeit, Erbrechen u. ä. Tabl. 0,01; Tropfen mit 0,04 in 1 ml (= 12 Tropfen); Saft mit 0,05 in 5 ml. *Dos.*: 2–3mal 1 Tbl. oder Amp. mit 0,01 in 2 ml i.m. oder i.v.

Pectamed Broncholytikum. *Dos.*: 3mal 15–20 Tropfen, auch zum Inhalieren.

Pelerol Spasmolytikum, Atropinabkömmling und zwei Pyrazolonverbindungen. *Dos.*; 2–3mal 1–2 Kapseln, bei Koliken 1/2–1 Amp. i.m. oder langsam i.v.; auch als Supp.

Pen 200 Chemotherapeutikum, Antibiotikum, orales Penicillin, S. 21. Tabl. zu 200000 E und 2,5 ml Suspension zu 100000 E.

Pen-Bristol Chemotherapeutikum, Antibiotikum, AMPICILLIN, S. 24. Kapseln zu 0,25 und 0,5; Tbl. zu 0,5 und 1,0 Inj.-Flaschen zu 0,5, 1,0 und 2,0 sowie 5,0 zur i.v.-Infusion.

Penbrock entspricht **Pen-Bristol**, s. dort und S. 24. Auch als Saft »forte« mit 0,25 in 5 ml (1 Meßlöffel) aufgelöstem Granulat.

Penicillin-Präparate S. 21, 24.

Pentrium Kombination aus **Librium** (s. dort) und dem koronarerweiternden PETN. *Dos.*: 2–3mal 1 Tbl. unzerkaut vor den Mahlzeiten mit etwas Flüssigkeit.

PENTAERYTHRYL-TETRANITRAT, PETN, koronarerweiterndes Mittel.

Pepsin S. 84.

Percorten Mineralokortikoid, S. 103 Amp. »M« mit 0,025 in 1 ml Kristallsuspension zur i.m.-Injektion; Amp. »wasserlöslich« mit 0,05 in 5 ml i.v.

Peremesin Antiemetikum, PIPERAZINverbindung + KOFFEIN. *Dos.*: 2 Dragées, die 12 Stunden und länger wirken, auch als Suppositorien.

Pergalen Salbe gegen Entzündungen und Verletzungen mit heparinartiger Substanz zur lokalen Anwendung.

Peripherin Gefäßaktive Wirkstoffe, THEOPHYLLIN-EPHEDRINverbindungen, gegen zerebrale Mangeldurchblutung, Kreislaufregulationsstörungen u. a. *Dos.*: 1/2–1 Amp. zu 1 ml s.c., i.m. oder langsam i.v. mehrmals täglich; 2–3mal 2–4 Tropfen und mehr; Tbl., 4 Tropfen entsprechen 1 Tbl.

Periston N Hochmolekulare Infusionslösung, POLYVINYLPYRROLIDIN in physiol. Salz-Lösung. Das Kolloid **Periston** wandert nicht rasch durch die Gefäßwände, sondern bleibt mehrere Stunden im Kreislauf. Durch seine Wasserbindungsfähigkeit wird das Kreislaufvolumen aufgefüllt. Außerdem werden verschiedene Stoffe adsorptiv gebunden und dadurch nierengängig gemacht. *Dos.*: Flasche zu 100 ml ein- bis mehrfach täglich i.v. zur Entgiftung und Entwässerung., auch s.c. unter Vorspritzen von Hyaluronidase (**Kinetin**) *Besond.*: die Flaschen sollen auf Körpertemperatur erwärmt werden. Wasserlösliche Medikamente können in die Infusion gegeben werden.

Perivar Venenmittel aus Besenginster (SPAR-

TEIN) gegen Krampfaderbeschwerden. *Dos.:* 4mal 1 Drag. und mehr; Salbe.

Perphyllon Antiasthmatikum, Broncholytikum aus THEOPHYLLINverbindungen, PAPAVERIN, ATROPINverbindung und Barbiturat (dieses nicht in den Ampullen). *Dos.:* 1–2 Amp. zu 2 ml i.m. oder langsam i.v., nicht s.c.! 2–3mal 1 Tbl. mit etwas Flüssigkeit nach dem Essen; 1–2 Supp.

Persantin Koronarwirksames Medikament, S. 64. *Dos.:* 1–2 Amp. zu 2 ml i.m. oder langsam i.v.; 3mal 1–2 Drag. oder Drag. »forte« auf leeren Magen. *Besond.:* Höhere Dosen erweitern nicht nur die Koronargefäße, sondern alle Blutgefäße und können dadurch zu Blutdruckabfall führen.

Perspiran Broncholytikum, Antiasthmatikum aus THEOPHYLLIN, EPHEDRIN und Barbiturat. *Dos.:* 3mal 1 (–2) Tbl., möglichst nicht nüchtern oder Tbl. »protrahiert« mit Depoteffekt, unzerkaut mit Flüssigkeit oder während des Essens.

Persumbran Kombinationspräparat aus **Adumbran** und **Persantin**, s. diese. *Dos.:* 3mal 1 Dragée.

Petinutin Antiepileptikum, S. 49. Individuell dosieren.

Phanodorm Schlafmittel, Barbiturat, S. 39. *Dos.:* $^1/_2$–1 Tbl. *Besond.:* Kumulationsgefahr beachten!

Phebrocon Grobdesinfektionsmittel zur lokalen Anwendung gegen Pilzerkrankungen.

Phenaemal entspricht **Luminal**, s. dort.

PHENAZETIN Analgetikum, Antipyretikum, S. 11. *Dos.:* 2–3mal 0,25–0,5 oral; meist in Kombinationspräparaten.

PHENOBARBITAL, Barbiturat, S. 39.

Phenolsulfonphthalein, Phenolrot, Farbstoff zur Nierenfunktionsprüfung. Amp. zu 10 ml i.v., 1 Stunde nach Einnahme von 1 l Tee spritzen, vorher Blase entleeren. 15 Min. danach erneut Urin gewinnen.

PHENOTHIAZINE S. 45, 47.

PHENYLBUTAZON S. 11; vgl. **Butazolidin*** S. 16.

PHENOLPHTHALEIN S. 88.

Pilocarpin Parasympathikomimetikum, S. 72. Zur Anwendung als Augentropfen zur Pupillenverengung.

Pinimenthol Broncholytikum aus Kampfer, Menthol, Eukalyptus u. a. in verschiedenen Anwendungsformen zum einmassieren, auftragen, inhalieren oder baden.

PIPERAZINverbindungen S. 47.

PIPERIDINabkömmlinge S. 38.

Pitressin Hypophysenhinterlappenhormon, VASOPRESSIN, S. 98. Amp. zu 1 ml mit 20 E s.c., i.m. oder als i.v. Infusion in 5%iger GLUCOSElösung. Auch als **Tannat** in Amp. zu 1 ml mit 5 E zur i.m. Injektion mit Langzeitwirkung 36–72 Stunden (nie i.v.!) *Besond.:* **Tannat**-Amp. vor Injektion erwärmen und schütteln.

Plantival Sedativum aus Hopfen, Baldrian und anderen Pflanzenauszügen. *Dos.:* 3mal 10 Tropfen oder 1–2 Dragées. Auch als »plus«-Tabletten mit CARBROMAL und DIPHENHYDRAMIN, wirkt als Schlafmittel.

Plasmin Wirkstoff der Fibrinauflösung, S. 118.

Plasminogen Vorstufe von Plasmin, S. 118.

Plastulen Eisenpräparat, 1 Kapsel enthält 0,102 Eisen sowie MAGNESIUMOXID und Hefeextrakt. *Dos.:* 1–3mal 1 Kapsel.

Plenosol Reizkörper- und Tumortherapeutikum, Pflanzenextrakt aus Viscum album in den Stärken 0, I und II. *Dos.:* Bei Gelenkerkrankungen beginnend mit 0,2 ml der Stärke 0 und steigern bis 0,8 ml der Stärke II, jeweils s.c. Bei Tumoren auch in den Tumor zu injizieren.

Plimasin Antiallergikum, TRIPELENNAMIN und METHYLPHENIDAT, S. 74. *Dos.*: 2–3mal 1 Dragée. *Besond.*: Kann müde machen.

Podophyllium S. 34.

l-Polamidon starkes Analgetikum, S. 52. *Dos.:* 1–2 (–3) ml s.c.; 1 (–5) ml langsam i.v.; 1–2 Tbl.; 10–20 Tropfen; 1–2 Supp. Oral gegeben, tritt Wirkung nach 20–30 Min. ein. *Besond.:* Unterliegt der Betäubungsmittelordnung. Bei nicht bettlägerigen Patienten Zeichen des Vagusreizes möglich: Übelkeit, Schwindel, Bradykardie.

l-Polamidon C wie oben, jedoch mit einem ATROPINartig wirkenden Körper zur Dämpfung mögl. parasympathischer Impulse.

Poliomyelitis-Impfstoffe. Abgeschwächte Poliomyelitis Viren zur oralen Gabe (Schluckimpfung) oder inaktivierte Erreger zur i.m. oder s.c. Injektion gegen die Typen I, II und III der Kinderlähmung.

Polybion Vitamin-B-Komplex, S. 111. *Dos.:* 3mal 1 Dragée oder »forte« Dragée mit erhöhtem Wirkstoffgehalt, 3mal 15–20 Tropfen; 1 Amp. zu 2 ml i.m. oder langsam i.v.

Ponderax Appetitzügler, FENFLURAMIN, *Dos.*: 1–6 Drag., jeweils 1–2 Stunden vor den

Mahlzeiten, niedrig beginnen. *Besond.*: kann müde machen, nicht an Autofahrer!

Postacton Hypophysenhinterlappenhormon, VASOPRESSIN, S. 98. *Dos.*: 1–2mal 1/2–1 Amp. zu 10 E s.c. oder i.m.

Potenzierung S. 2.

Prämedikation (bei Narkose) S. 42.

Prednisolon s. S. 102. Nebennierenrindenhormon.

Prednison s. S. 101, Nebennierenrindenhormon.

Presinol Antihypertensivum, S. 81. *Dos.*: anfangs 1–2, später bis 8 Tbl. täglich. Ampullen für Sonderfälle. *Besond.*: Anfänglich etwas sedierend. Geringe orthostatische Wirkung; Vorsicht beim Aufstehen! Vereinzelt Fieber, Depressionen und Dunkelfärbung des Urins.

Presomen Weibliches Keimdrüsenhormon, konjugierte Östrogene, in Ampullen als Hämostyptikum, S. 116 und oral als Östrogen S. 105. Drag. zu 0,00125 und »mite« zu 0,0003 (= 0,3 mg). Als »spezial« in Dragées zu 0,00125 (orange), zu 0,0009 (gelb) und 0,0006 (weiß), wobei in dieser Reihenfolge je eine Woche lang täglich 1 Dragée einzunehmen ist.

Priatan Broncholytikum, Antiasthmatikum auch Bromsalze, ätherische Öle u. a. *Dos.*: 1/2–3 Tbl.; mehrmals 1–2 Teelöffel Saft; 1 (–3) Amp. zu 1 ml i.v., i.m. oder s.c.; außerdem Hustensaft, Inhalat und Supp.

Prigenta Analgetikum, Antirheumatikum, S. 10 Ampullen i.m. und i.v. zu 5 ml, *Dos.*: 1–2 Amp.

Primobolan Anabolikum, METENOLON S. 104. Amp. 0,02, Tbl. 0,005, Tbl. »S« 0,025; »Depot«-Amp. 0,1 in 1 ml und »Depot mite« mit 0,05 in 1 ml. *Dos.*: meist alle 2–3 Wochen 1 Depot-Amp. i.m., andere Formen nach Anweisung.

Primodian Kombinationspräparat aus Androgen und Östrogen (s. dort); beim weiblichen Klimakterium und gegen Osteoporose sowie Durchblutungsstörungen bei Mann und Frau. *Dos.*: 1 Depot-Amp. i.m. alle 2–6 Wochen; 2–3 Tbl. pro Tag und mehr.

Primogeron Kombinationspräparat für höhere Lebensalter aus TESTOSTERON, ÖSTRADIOL, Leberextrakt und Vitaminen. *Dos.*: 3mal 1 Kapsel für 3–4 Wochen.

Primosiston Hormonkombination aus PROGESTERON und ÖSTRADIOL, S. 105 bei dysfunktionellen Blutungen und zur Menstruationsverschiebung. *Dos.*: 3mal 1 Tbl. über 10 Tage oder individuell, auch als Amp. zu 1 ml i.m.

Priscol Gefäßerweiternder Stoff, Sympathikolytikum, S. 71. *Dos.*: anfangs 1/4 Tbl. täglich, dann steigern bis ca. 4 Tbl. Auch als Amp. zu 1 ml für s.c., i.m., i.v. und i.a. Injektion; Lösung, Salbe und Augensalbe. *Besond.*: Tbl. während oder unmittelbar nach den Mahlzeiten nehmen. Vorübergehender Blutdruckabfall möglich.

Privin Lokal abschwellendes Mittel als Spray und Lösung 1 : 2000 für Nase und Auge. Lösung 1 : 1000 für diagnostische Zwecke.

PROCAIN Lokalanästhetikum, S. 13.

PROCAINAMID Mittel gegen Herzrhythmusstörungen, S. 58.

PROCAIN-PENICILLIN Antibiotikum, S. 21.

PROGESTERON weibl. Hormon, S. 105.

Progresin Durchblutungsförderndes Präparat, MAGNESIUMDEHYDROCHOLAT und MAGNESIUMNIKOTINAT. *Dos.*: 1/2–1 Amp. zu 1 ml i.m. 1–2mal täglich i.m., auch langsam i.v. und i.a. Danach übergehen auf 1 retard-Dragée oder die doppelt so starken Tbl. »fortard«. Auch in Amp. zu 10 ml für Infusionen.

Progynon Weibliches Keimdrüsenhormon, S. 105. ÖSTRADIOLverbindung. Als »B oleosum« in Amp. zu 1 ml mit 0,005 i.m. oder als Depot-Ampullen »10 mg«, »40 mg« und »100 mg« mit der entsprechenden Wirkstoffmenge zur i.m. Gabe (jeweils in 1 ml). Tabletten »C« mit 0,00002 (= 0,02 mg) und Tabletten »M« mit 0,0002 (= 0,2 mg). *Dos.*: nach ärztlicher Anweisung. *Besond.*: »Depot 100« und Tbl. »M« sind zur gegengeschlechtlichen Therapie des Prostatakarzinoms gedacht.

Prohepar Lebertherapeutikum, Leberextrakt mit Aminosäuren und Vitamin B_{12}, S. 85. *Dos.*: 3mal 1–2 Bohnen oder Teelöffel Sirup. Auch zur Injektion i.m. oder verdünnt langsam i.v.

Prolixan 300 Antiphlogistikum, Antirheumatikum, AZAPROPAZON. *Dos.*: 2–4mal 1 Kapsel 0,3 zu den Mahlzeiten.

Proluton Weibliches Hormon der zweiten Zyklushälfte, PROGESTERON, S. 105. Amp. zu 1 ml mit 0,01 i.m. und Depot-Amp. mit 0,25 in 1 ml sowie 0,5 in 2 ml i.m. *Dos.*: Nach ärztlicher Anweisung.

Prominal Motorisch dämpfendes und sedierendes Präparat, Barbiturat, S. 39. *Dos.*: 1/2 bis 3 Tbl. zu 0,2, am besten mit etwas Wasser zerfallen lassen und mit reichlich Tee oder Zuckerwasser einnehmen (Vorsicht beim Diabetiker).
nach ärztlicher Anweisung. Auch als Kapseln. *Besond.*: Leukozyten kontrollieren.

Prospan Efeuextrakt gegen Husten aller Art. *Dos.*: 8mal 45 Tropfen. Auch Supp. und Tabletten (**Prospanetten**).

Prosplen Milzextrakt gegen allergische Zustände. *Dos.*: 3mal 2 Drag. oder 20–30 Tropfen, auch 1–2 Amp. zu 2 ml i.m.

Prostatakarzinom, gegengeschlechtliche Behandlung des; S. 105.

Prostigmin Cholinesterase-Hemmer, Parasympathikomimetikum, NEOSTIGMIN, S. 72. *Dos.*: 0,012–0,3 am Tag oral oder 2–5 Amp. s.c., i.m. oder i.v.; Tbl. zu 0,004 (= 4 mg) und 0,015, Amp. zu 0,0005 (= 1/2 mg). Auch als Augentropfen und Salbe.

PROTAMIN Hemmstoff von Heparin, S. 117.

Protamin Gegenmittel gegen Heparin, S. 117. Als **Protamin** 1000 zur i.v. und als **Protamin** 5000 zur i.m. Injektion.

Prothrombin Vorstufe von Thrombin, s. Blutgerinnung S. 115.

Protovita Vitaminkombination mit den Vitaminen A, B-Komplex, C, D_2 und E. *Dos.*: 1–6 Kapseln oder 24–72 Tropfen.

Proviron Androgen, MESTEROLON, männl. Keimdrüsenhormon. Tbl. zu 0,01 und 0,025. *Dos.*: nach ärztl. Anweisung.

Provitamin D S. 112.

Proxen Antirheumatikum, S. 16, *Dos.*: 2mal 1 Kapsel 0,25 oder mehr mit den Mahlzeiten.

Psoil äußerlich anzuwendendes Mittel gegen mehr chronische Stadien der Psoriasis (Schuppenflechte), HYDROCORTISONhaltig. Salbe 3 und 5%ig, nur nach genauer ärztlicher Anweisung.

Psychopharmaka S. 44.

Psyquil Antiemetikum, Tranquilizer, PHENOTHIAZINverbindung, TRIFLUPROMAZIN, S. 47. Drag. zu 0,01, 0,025 und 0,05, Amp. zu 1 ml mit 0,01 und 0,02 (= 10 bzw. 20 mg), Emulsion mit 0,01 pro ml, Supp. *Dos.*: 3mal 0,01–0,02 oral; 0,02 i.m.; 0,005–0,01 i.v. *Besond.*: Potenziert die Wirkung von Opiaten und Barbituraten. Auch als »**comp**« mit MEPERIDIN zur starken Sedierung und bei Schmerzen, unterliegt der Betäubungsmittelverordnung. *Dos.*: 1 Amp. zu 2 ml i.m.

Puraeton Antiasthmatikum und Broncholytikum in verschiedenen Zubereitungsformen. Pulver »E« enthalten KOFFEIN, EPHEDRIN, ATROPIN, THEOPHYLLIN, THEOBROMIN, Guajakol, PAPAVERIN, KHELLIN, PHENAZETIN, Pyrazolonverbindung und Brom-Baldrianverbindung. Auch als Ampullen zu 1 ml, Hustensaft und Hustentropfen in anderer Zusammensetzung. *Dos.*: 1–4 Pulver.

Purinderivate S. 77.

Puri-Nethol Zytostatikum, S. 33. Tabletten zu 0,05. Dosierung nach ärztlicher Angabe.

Pursennid Abführmittel aus Sennesblättern, S. 88. *Dos.*: 2–4 Dragées nach dem Abendessen.

Pyramidon Analgetikum, Antiphlogistikum, Antipyretikum, AMINOPHENAZON, S. 11 *Dos.*: 2–3 × 1 Tablette zu 0,1 oder 0,3. Auch als Suppositorium. *Beson.*: Rotfärbung des Urins durch harmlose Abbauprodukte möglich. Auf Blutbildveränderungen und Magendarmstörungen achten!

Pyrazolabkömmlinge, Pyrazolgruppe, S. 11.

PYRIDOXIN Vitamin B_6, S. 112.

Quadronal Analgetikum aus Pyrazolonverbindung, PHENAZETIN, PHENETIDIN und KOFFEIN. *Dos.*: 1–3mal 1–2 Tbl. oder Dragées; 1–3 Supp.

Quatro-Virelon Kombinationsimpfstoff gegen Poliomyelitis, Stämme I, II und III, Diphtherie, Keuchhusten u. Tetanus, Amp. zu 1 ml i.m. *Dos.*: 3 Ampullen im Abstand von 4–6 Wochen, nach einem Jahr 1 Amp. zur Auffrischung.

Quellstoffe S. 88.

Quickwert S. 117.

Quinto-Virelon wie **Quatro-Virelon**, jedoch unter Zusatz von Masernimpfstoff.

Radioaktives Jod S. 110.

Rabro Magentabletten aus dem Antazidum BISMUTUM SUBNITR., Süßholzsaft, MAGNESIUMKARBONAT, NATRIUMKARBONAT, Faulbaumrinde und Rhiz. Calami. *Dos.*: 3mal 1–2 Tbl. nach den Mahlzeiten lutschen oder zerkleinert mit Flüssigkeit einnehmen.

Rastinon Orales Antidiabetikum, S. 92. Tabletten zu 0,5 und 1,0 sowie Ampullen zu 20 ml mit 1,0 für den i.v. Glucosetoleranztest (**Rastinon**test).

Rauschnarkotika S. 46, 52.

Rauwolfia S. 80.

Reactivan Kräftigungsmittel aus NORCAMPHAN-Verbindung und Vitaminen. *Dos.:* 1–2 Drag., auch als Saft. Nicht nachmittags oder abends einnehmen wegen möglicher Schlafstörungen.

Realin Antirheumatikum aus OXYPHENBUTAZON (**Tanderil**) und PREDNISOLON. *Dos.*: 3–4mal 1 Kaps. oder 2× Supp. täglich, nach 1 Woche reduzieren. *Besond.*: Nebenwirkungen und Kontraindikationen der Steroidbehandlung beachten, S. 100.

Reasec Antidiarrhoikum aus ATROPIN und DIPHENOXYLATverbindung gegen Durchfälle. *Dos.:* 3mal 2 Tbl. vor dem Essen. *Besond.:* Größere Dosen unterliegen der Betäubungsmittelordnung.

Recorsan Herzmittel, Auszüge aus Crataegus mit zahlreichen, meist pflanzlichen Zusätzen. *Dos.:* 2–3mal 1–2 Drag. oder 10–30 Tropfen; $^1/_2$–1 cm Salbenstrang über der Herzgegend in die Haut einmassieren.

Reducdyn Entgiftende Substanzen, schwefelhaltige Verbindungen zur Stabilisierung lebenswichtiger Fermentsysteme, vor allem der Leberzelle. *Dos.:* 2mal 1 Amp. zu 10 ml langsam i.v.; 3mal 3 Bohnen. *Besond.:* Bei Infusionen mit Reducdyn darf Vitamin B erst kurz vor Ende zugegeben werden. **Reducdyn** hat einen charakteristischen Geruch.

Redul Orales Antidiabetikum, S. 92. Tabletten zu 0,5 und als **Redul 28** zu 1,0. Auch Ampullen mit 1,0 in 20 ml zur i.v. Gabe zu Testzwecken.

Redul Plus = **Redul** + BIGUANID, S. 93.

Refagan Grippemittel aus SALIZYLAMID, PHENAZETIN, KOFFEIN und dem Antiallergikum **Omeril***. *Dos.:* 3mal 1–2 Tbl.

Refobacin Antibiotikum, GENTAMYCIN, S. 26. Amp. zu 0,04 in 1 ml, 0,08 sowie 0,12 zur i.m. und i.v.-Gabe; auch als Crème und Puder und als **Refobacin-L** in Trockenampullen zu 0,001 und 0,005, mit 1 ml aqua ad inj. aufzulösen zur Injektion in die Rückenmarkflüssigkeit.

Regelan N 500 Mittel gegen erhöhte Blutfettwerte, CLOFIBRAT, S. 95. *Dos.*: pro Tag. *Besond.*: Bei gleichzeitiger Antikoagulantientherapie kann deren Dosis reduziert werden.

Regenon Mittel gegen Fettsucht, AMFEPRAMON mit Spurenelementen. Als **Regenon A** mit Abführmittel kombiniert. *Dos.*: 1–3 Perlen bzw. Dragées oder 1 Kapsel »retard« 2 Stunden vor dem Mittagessen als Appetitzügler.

Regitin Sympathikolytikum, PHENTOLAMIN, Amp. zu 1 ml mit 0,01. *Dos.*: Als Diagnostikum bei Verdacht auf Phaeochromozytom 0,005 i.v., auch therapeutisch anwendbar. *Besond.*: Wegen der Gefahr massiver Blutdrucksenkungen nur vom Arzt anzuwenden.

Rekawan Kaliumverbindung zum Kaliumersatz. *Dos.*: 1–3mal 1–2 Tabletten oder Briefchen zu 13,4 mVal Kalium.

Reparil Mittel gegen Schwellungen, Ödeme u. a. *Dos.*: 1–2 Amp. zu 0,005 mit 5 ml derbeigegebenen Lösung auflösen für i.v.-Injektion; 3mal 1–2 Dragées, Gel zur örtlichen Anwendung.

Repicin Antihypertensivum, Saluretikum aus RESERPIN, THIAZID und KALIUM. *Dos.:* 2 Tbl. und mehr.

Repocal Schlafmittel, Barbiturat. *Dos.:* 1 Tablette oder Kapsel $^1/_4$ Std. vor dem Schlafengehen.

Reptilase Blutstillendes Mittel, Ferment aus getrocknetem Schlangengift brasilianischer Otternarten gegen flächige Blutungen. Amp. zu 1 ml s.c., i.m. oder i.v.

Reserpin Reinalkaloid aus Rauwolfia, sedierend und blutdrucksenkend, S. 81. Tbl. zu 0,0001 und 0,00025. *Dos.:* 0,002–0,0014 pro Tag zur Blutdrucksenkung (möglichst nicht bei Personen über 60 Jahren); 0,008–0,01 pro Tag bei Psychosen zur Sedierung.

Resochin Antirheumatikum, Malariamittel, S. 17 Tabletten zu 0,25 und Amp. zu 0,25 in 5 ml. *Dos.:* Bei chron. Rheumatismus 1 Tbl. über Monate. *Besond.:* Wirkung tritt erst nach Wochen ein. Möglichst nicht zusammen mit Gold oder PHENYLBUTAZON (S. 10). Haarverfärbung möglich. Bei Flimmern oder Schleier vor den Augen absetzen.

Resorption S. 1, 59.

Resorptionsquote S. 61.

Resulfon Chemotherapeutikum, SULFAGUANIDIN, S. 87. Tbl. zu 0,5 oder Saft »S« zu 0,5 in 5 ml. *Dos.:* Anfangs 10, dann weniger Tabletten.

Reverin Chemotherapeutikum, Antibiotikum, ROLI-TETRAZYKLIN, S. 25. Zur i.v. Gabe Flaschen mit 0,275 und 10 ml Aqua dest.

zum Auflösen oder 0,110 und 5 ml Aqua dest. Für i.m.-Injektionen beide in 2 ml aqua dest. auflösen. 0,275 der TETRAZYKLINverbindung entsprechen 0,250 reinem TETRAZYKLIN, 0,110 entsprechen 0,1 Reinsubstanz.

Revonal Schlafmittel, METHAQUALON, kein Barbiturat, S. 38. *Dos.:* 1 Tbl. oder 1 »retard«-Tablette (mit Langzeitwirkung) kurz vor dem Schlafengehen. Normaltabletten wirken nach 10–20 Min. für mehrere Stunden, Retard-Tbl. bis zu 10 Stunden.

Rexiluven Venenmittel aus DIHYDROERGOCRISTIN, AESCULIN und RUTIN. *Dos.:* 3 mal 1 Drag. täglich, später weniger.

Rheomacrodex Blutersatzflüssigkeit, 10%ige kochsalzhaltige POLYGLUCOSElösung mit und ohne Zusatz von Sorbit sowie mit und ohne Kochsalz. *Dos.*: ohne Sorbit beim Volumenmangelschock u. a. 500–1000 ml i.v., die ersten 500 ml innerhalb 15–30 Min., dann nicht unter 40 Tropfen pro Minute. Mit Sorbit zur Entwässerung 500–1000 ml i.v. ungefähr 70 Tropfen pro Minute.

Rhythmochin Mittel gegen Herzrhythmusstörungen aus CHINIDIN, PROCAINAMID und CRATAEGUS (s. S. 58). Dragées I ohne und II mit Zusatz von Barbiturat. *Dos.:* 1–3mal 1–3 Dragées; Amp. i.m. oder langsam i.v.

RIBOFLAVIN Vitamin B_2, S. 111.

RIFAMPICIN. Antibiotikum, Tuberkulostatikum. S. 28. *Dos.*: Zwischen 0,45 und 0,75 auf nüchternen Magen. In der Regel Kombination mit anderen Tuberkulostatika. *Besond.*: Urin und Sputum können sich rot färben.

Rifa 150 und **300** RIFAMPICIN 0,15 und 0,3, s. dort.

Rimactan RIFAMPICIN, s. dort. Kaps. 0,15 und »300« zu 0,3.

Rimifon Chemotherapeutikum, Tuberkulostatikum, INH, S. 28. Tabletten zu 0,1 und 0,2. *Dos.*: 0,3–0,6 pro Tag. Tabletten nach den Mahlzeiten verabreichen.

Ringer-Lösung Allgemeine Infusionslösung mit NaCl, KCl, $CaCl_2$ und teilweise auch HCO_3- als Basisinfusion zur Flüssigkeitszufuhr und als Trägerlösung für Medikamente i.v.

Rivanol Chemotherapeutisches Antiseptikum zur äußerlichen Behandlung von Wunden, Infektionen u. ä., kein Antibiotikum, Tabletten zum Auflösen in 1 l Wasser, keinesfalls NaCl -Zusatz. Tbl. zu 1,0 für allgemeine Zwecke und zu 0,1 für Blasenspülungen.

Rizinusöl S. 88.

Rocmalat Lebertherapeutikum, ARGININ und ÄPFELSÄURE zur i.v.-Gabe. Konzentrat 50 ml mit 250–500 ml Basislösung (z. B. Fruktose) verdünnen; auch als fertige Lösung zu 250 und 500 ml sowie mit Natriumzusatz zu 250 und 500 ml. *Dos.*: 2–3mal 500 ml, auf 60–80 Tropfen pro Minute einstellen.

Rocmaline Lebertherapeutikum, Arginin und ÄPFELSÄURE als Injektions- und Trinklösung sowie Granulat. *Dos.*: Bei Leberkoma 2 Amp i.v. und/oder 3–5mal täglich 1–2 Flaschen oder 2 Beutel trinken lassen. Zur Nachbehandlung Trinklösung »F« mit Fruktosezusatz.

Rodavan Antiemetikum aus dem Antihistaminikum **Systral**, einer THEOPHYLLINverbindung und KOFFEIN. *Dos.:* 2–3mal 1–2 Dragées oder 3–4mal 1 Supp. Vorbeugend gegen Reisekrankheit 1–2 Drag. 1 Stunde vor Reisebeginn.

Rollkur S. 82.

Rollkur Goedeke besteht aus **Targesin**, S. 83.

Rondomycin Chemotherapeutikum, TETRAZYKLINverbindung, METHACYCLIN, S. 25. *Dos.*: 2mal 0,3 als Kapsel. Auch als Saft (5 ml enthalten 0,075).

Ronicol Vasodilatator, durchblutungsförderndes Mittel und Lipidsenker, S. 70 und S. 95. *Dos.*: 3–4mal $^1/_2$–2 Tabletten; 1–2 Amp. zu 2 ml mit 0,1 s.c., i.m. i.a. oder langsam i.v.; Amp. zu 10 ml mit 0,5 zur i.v.-Tropfinfusion in 200–500 ml phys. NaCl-Lösung, in 1–3 Stunden eintropfen lassen. Drag. »retard« mit mehrstündiger Wirkung, 2mal 1–2 Drag. *Besond.:* Rötung der Haut, besonders der oberen Körperregion, ist harmlos und geht vorüber. Bei Diabetikern Zuckerstoffwechsel kontrollieren! Kontakt mit der Ampullenlösung kann in seltenen Fällen zu allergischen Reaktionen führen.

Rovigon Vitamine A + E. *Dos.:* 2–3mal 1 Kaudragée zu oder nach den Mahlzeiten.

Rubriment Äußerliches Reizmittel zur lokalen Durchblutungsförderung als Salbe, Tinktur, Essenz und Öl. *Dos.:* 1–2 Eßlöffel Essenz in 5 l Wasser; einreiben oder aufpinseln. *Besond.:* Beim Einreiben Handschuhe anziehen!

Ruticalcon Blutstillendes Mittel aus RUTIN, KALZIUMZITRAT und den Vitaminen C und D_3. *Dos.:* 3mal 2 Tbl. 1/2 Std. vor den Mahlzeiten.

RUTIN Vitamin P, S. 113.

Sab Entblähendes Mittel u. Antazidum, als **Sab simplex** nur entblähend. *Dos.*: 1–2 Kautabletten oder Teelöffel liquidum (gut schütteln!) nach den Mahlzeiten und vor dem Schlafengehen.

Sättigungsdosis S. 62.

Salidiuretika S. 78.

Salinische Abführmittel S. 88.

Sali-Presinol Antihypertensivum, **Presinol** (s. dort) und Saluretikum. *Dos.:* 2–6 Tabletten.

Salizell Antitheumatikum, Antiphlogistikum, Analgetikum, S. 12. *Dos.:* 6–10 Tbl.; 1–2 Amp. zu 1,0 in 5 ml i.v. oder 1–3 Supp.

SALIZYLSÄURE und Abkömmlinge S. 12.

Saltucin, THIABUTAZID, Saluretikum, S. 78. *Dos.*: (1-)2(–3) Tbl. 0,005.

Sanatrichom, Mittel gegen Trichomonaden METRONIDAZOL, S. 32. Es gilt das unter **Clont** Gesagte.

Sandolanid Herzglykosid, AZETYLDIGOXIN, S. 61. Tbl. zu 0,0002.

Sandoscill Herzglykosid aus Scilla PROSCILLARIDIN, S. 61. Drag. zu 0,00025 und 0,0005 (= 1/4 bzw. 1/2 mg). Auch als »c. Th.« mit THEOPHYLLINzusatz.

Sandosten-Calcium Kombiniertes Antiallergikum. *Dos.:* 1–6 Brausetabletten pro Tag; die helleingepackten Tbl. enthalten KOFFEIN, die dunkel verpackten nicht (geeignet zur nächtlichen Therapie). Auch als Amp. zu 10 ml langsam i.v. und Salbe.

Sanoma Muskelspasmen lösendes Mittel. *Dos.:* 3mal 1 (–2) Tbl. 1 Tbl. wirkt 30 Min. bis 6 Stunden. *Besond.:* Macht bei manchen Patienten müde, hat gewisse psychisch sedierende Wirkung, S. 48. Nicht für Autofahrer.

Sanomacortin Sanoma (s. dies) mit **Decortin-H** (s. dort).

Saridon Analgetikum aus Pyrazolonverbindung, PHENAZETIN und KOFFEIN. *Dos.:* mehrmals 1–2 Tbl.

Saroten Psychopharmakon, Antidepressivum, S. 49. Drag. zu 0,01 und 0,025; Injektionslösung mit 0,05 in 2 ml zur i.m. Injektion. *Dos.:* individuell. *Besond.:* Anfangs Tachykardie und Blutdruckabfall möglich, auch Mundtrockenheit, Obstipation und Akkomodationsstörungen. Wirkt auch antihistaminisch, spasmolytisch und verstärkt Alkohol und Barbiturate. **Saroten retard** mit Langzeitwirkung, Kapseln 0,025 und 0,075.

Scandicain Lokal- und Leitungsanästhetikum, S. 14. 0,5, 1 und 2%ige Lösung ohne und mit (»1:200000«) ADRENALIN; 2%ige Lösung »A« mit erhöhtem ADRENALINgehalt; »N« mit 2%igem und »N3« mit 3%igem NORADRENALIN-Zusatz. Auch in Sonderformen als »S-Gel« zur Schleimhautanästhesie in der Endoskopie und »4% hyperbar« zur Lumbalanästhesie und in weiteren Sonderformen.

Scheriproct Salbe und Suppositorien gegen Hämorrhoiden aus PREDNISOLON, dem schmerzlindernden CINCHOCAIN, dem antibakteriellen HEXACHLOROPHEN und dem entzündungsdämpfenden CLEMIZOL. *Dos.:* 1–3mal Supp. und Salbe verabfolgen.

Scherisolon Nebennierenrindenhormon, PREDNISOLON, S. 102. Kristallsuspension mit 0,01 in 1 ml zur Infiltration; Tbl. zu 0,005 (= 5 mg) und Augentropfen.

Scheroson F Nebennierenrindenhormon, HYDROCORTISON, S. 101. Kristallsuspension 0,025 in 1 ml; comp.-Salbe mit HEXACHLOROPHEN und andere örtliche Anwendungsformen.

Schilddrüsen-Hemmstoffe S. 109.

Schilddrüsenhormone S. 108.

Schlangengift-Serum s. Spezialprospekt.

Schmerzstillende Mittel S. 11.

Scilla Herzglykosidhaltige Pflanze, S. 61.

Scillaren Herzglykosid aus Scilla, S. 61. Drag. zu 0,0008 (= 0,8 mg), Tropfen mit 0,0008 in 20 Tropfen = 1 ml, Amp. zu 0,0005 in 1 ml i.v., Supp. zu 0,001.

Scilloral Herzglykosid aus Scilla, S. 61. Drag., Tropfen. *Dos.*: 3–6mal 15–20 Tropfen, 2–3mal 1–2 Dragées.

Scophedal Zur Schmerzbekämpfung, psychischen Beruhigung und Narkosevorbereitung. Aus SCOPOLAMIN, **Eukodal** und **Ephetonin**, S. 67, 73. *Dos.:* 0,5–1 ml langsam i.v., pro Minute nicht mehr als 0,5 ml! Auch s.c. oder i.m. möglich (1 Amp. zu 1 ml). Amp. »forte« mit doppelter Wirkstoffmenge nur zur i.m. oder s.c. Gabe!! *Besond.:* Patient wird schläfrig, bleibt aber ansprechbar. Das

Präparat unterliegt der Betäubungsmittelordnung.

SCOPOLAMIN S. 73.

Sedapersantin Persantin mit PHENOBARBITAL, (s. diese).

Sedapon Sedativum aus MEPROBAMAT, YOHIMBASÄURE und Belladonna-Reinalkaloiden. *Dos.*: 3mal 1 Tbl. oder Drag. »D«.; Supp.

Sedaraupin Antihypertensivum und Sedativum, RESERPIN, S. 80. Tbl. zu 0,0002 und 0,001; Amp. zu 0,00025 und 0,001. *Dos.*: In Dosen von 0,0002–0,0014 pro Tag, blutdrucksenkend, möglichst nicht bei Patienten über 60 Jahren. Zur Behandlung psychischer Störungen 0,008–0,01 pro Tag. *Beachte*: nicht bei Asthma, Ulcus ventriculi (Magengeschwür) und Barbituratrausch, keine Kombination mit Opiaten und **Scophedal**.

Sedativa S. 36.

Sefril, Antibiotikum, CEFRADIN S. 25. Kapseln 0,5; Granulat für orale Suspension mit 0,05 pro ml (Flasche für 60 ml); Inj.-Flaschen 1,0 und 2,0 zur Auflösung mit 10 ml aqua pro inj. für 1,0 als i.v. Lösung oder mit 4 g Wasser pro 1,0 zur i.m. Gabe (beide innerhalb 2 Std. verwenden). *Dos.*: nach ärztl. Anweisung. *Besond.*: Als Infusion nur mit 5% Glucose oder isotonischer Kochsalzlösung. Vor Licht geschützt aufbewahren.

Segontin Präparat zur Förderung der Koronardurchblutung. Drag. zu 0,06, »S« Drag. zu 0,015 und Supp. »S« mit 0,015 bzw. 0,025 PHENOBARBITAL. *Dos.*: 0,12–0,18 pro Tag.

Selectomycin Antibiotikum, SPIRAMYCIN, S. 26. Kapseln zu 0,25.

Selvigon Hustenstillendes Mittel; *Dos.*: 3mal 1–2 Drag. oder 15–25 Tropfen oder 1 Supp.

Sembrina Antihypertensivum, S. 81. *Dos.*: 2–8 Dragées. Identisch mit **Presinol**, s. dort.

Serpasil Antihypertensivum und Sedativum, RESERPIN, S. 36, 80. Tbl. zu 0,00025 und 0,001; Amp. zu 1 ml mit 0,001 und 0,0025 zur i.m. oder vorsichtigen i.v. Injektion. Tropfen zu 0,0005 pro ml (30 Tropfen). Dos. usw. unter **Sedaraupin.**

Sigmamycin Antibiotikum, TETRAZYKLIN und OLEANDOMYCIN, Kapseln zu 0,05 und 0,25; Ampullen zu 0,5 i.v., Sirup.

Silomat Hustenstillendes Mittel, S. 56. *Dos.*: 3mal 1–2 Drag. oder 20–40 Tropfen; 1–3 Amp. zu 2 ml i.v., i.m. oder s.c. Auch als Bronchialelixir mit Sekretolytikum.

Silubin retard Orales Antidiabetikum, BUFORMIN, S. 93. Drag. zu 0,1. Mehr als 0,3 täglich sind ohne zusätzlichen Effekt.

Sinquan Antidepressivum, DOXEPIN, S. 49. Kapseln zu 0,01 (»10«), 0,025 (»25«) und 0,05 (»50«). *Dos.*: individuell, meist 0,03–0,075 pro Tag.

Sintrom Antikoagulans, CUMARIN-Verbindung, S. 118. Tbl. zu 0,004 (= 4 mg). *Dos.*: Individuell, S. 117. Keine s.c. oder i.m. Injektionen während der Behandlung!

Siogeno Geigy Mundpastillen, CHINALDINverbindung, kein Antibiotikum. Alle 2 Stunden eine Pastille im Mund zergehen lassen.

Solosin Gefäßaktiver Wirkstoff, THEOPHYLLIN, S. 77. *Dos.*: 1 (–2) Amp. i.m. oder langsam i.v.; 2–3mal 10–15 Tropfen nach den Mahlzeiten. *Besond.*: Tropfen können zu Magenbeschwerden führen. **Solosin** regt die Diurese an.

Solu-Decortin H Injizierbares **Decortin H** (s. dort) in Amp. zu 0,01, 0,025, 0,050 und 0,25 mit Lösungsmittel (Aqua dest.) für i.v., i.m., i.a. und andere Injektionen sowie Infiltration, Inj.-Fl. 1,0 mit 10 ml aqua dest. i.v. bei lebensbedrohenden Zuständen.

Somnifen Schlaf- und Beruhigungsmittel, zwei Barbituratverbindungen. *Dos.*: 20–30 Tropfen vor dem Schlafengehen.

Soventol Antihistaminikum, S. *Dos.*: 1–2 Tbl. 0,05. Auch als »C« mit Analeptikum sowie örtlich als Creme »H« mit HYDROCORTISON.

SP 54 Präparat gegen erhöhte Blutfettwerte, Arteriosklerose, Herzinfarkt und Thrombosen, PENTOSANPOLYSULFOESTER. Amp. zu 0,1, Drag. zu 0,025, Supp. zu 0,1. *Dos.*: nach ärztlicher Angabe.

Wenn nichts anderes vermerkt ist, gelten alle Dosisangaben in Gramm pro Tag für einen durchschnittlichen Erwachsenen.

Hier fehlende Angaben sind aus dem 1. Teil ersichtlich.

Spalt-Tabletten Analgetikum, Antipyretikum aus BENZYL. AMYGDAL., KOFFEIN, Pyrazolon-Salizylverbindung und SALIZYLAMID. *Dos.:* 1–3mal 1–2 Tbl.

Spartocine Eisenpräparat, 1 Pulver für Erwachsene enthält 0,35 Eisen-Aspartat. *Dos.:* 2mal 1 Pulver über 12–14 Tage.

Spasmalfher Spasmolytikum und Analgetikum. *Dos.:* 1–2 Amp. i.m. oder langsam i.v., nie s.c.! nie s.c.! 3mal 1–2 Dragées oder Supp. *Besond.*: kann zu Blutdrucksenkung führen, besonders nach i.v. Gabe.

Spasmo-Cibalgin Spasmolytikum und Analgetikum aus AMINOPHENAZON, Barbiturat und Spasmolytikum. *Dos.:* 1–3mal 1–2 Dragées; 1–3 Supp. Auch als »compositum« mit CODEIN, gleiche Dosierung.

Spectacillin, Antibiotikum der AMPICILLIN-reihe, EPICILLIN, S. 25. Kapseln 0,5; Saft mit 0,25 in 5 ml; Inj.Fl. zu 1,0 in 10 ml aqua dest. zur i.v.- (auch i.m.;)Inj., zu 2,0 und 5,0 für i.v.-Infusionen. *Dos.*: 1,5–6,0 pro Tag und mehr. *Besond.*: Inj.-Lösung innerhalb einer Stunde verwenden!

Speda Schlafmittel, Barbiturat, S. 39. *Dos.:* 1 Tablette 1/2 Stunde vor dem Schlafengehen.

Stapenor Antibiotikum, penicillinasefestes Staphylokokken-PENICILLIN, S. 21. Kapseln zu 0,25 und Amp. Flaschen zu 0,5 mit 5 ml Aqua dest. zum Auflösen und i.m. sowie i.v. Injektion.

Staurodorm Schlafmittel, nicht barbiturathaltig, aus BENACTYZIN, METHAQUALON und CARBROMAL. *Dos.:* 1/4 Stunde vor dem Schlafengehen 1–2 Tabletten.

Steclin 500 Antibiotikum, TETRAZYKLIN, S. 25. Kapseln 0,5.

Steridil orales Kontrazeptivum, versch. Formen, s. S. 107.

Stepin Mittel gegen Akne als Tinktur, Lotio, Paste und Puder. Tinktur zur Alleintherapie bei leichten Fällen, schwere Fälle zusätzlich nachts Lotio. Paste für tiefreichende Bezirke, Puder zur Nachbehandlung.

Steroidhormone S. 99, 100.

Steuerhormone S. 97.

STICKOXYDUL s. Narkotika S. 42.

STILBENE s. weibl. Hormone S. 105.

Streptase Fibrinolytikum, Streptokinase, S. 118. Flaschen mit 100000, 250000 und 750000 E zur i.v. Infusion.

Streptokinase Fibrinolytikum, S. 118.

Streptomycin Chemotherapeutikum, Antibiotikum, S. 28. Flaschen zu 1,0 und 5,0 zur i.m. Injektion oder i.v. Infusion.

Streptothenat STREPTOMYCIN in besonderer Verbindung, S. 28. Anwendung und Dosierung: wie STREPTOMYCIN (»s«-solutum, spritzfertig gelöst).

STROPHANTHIN Herzglykosid, S. 60.

k-Strophanthin Herzglykosid, S. 60, 61. Amp. zu 0,000125 und 0,00025 (= 1/8 bzw. 1/4 mg) für i.v. Injektion. Auch für Sonderzwecke in Amp. zu 0,0005 (= 1/2 mg) i.v.

Stutgeron Mittel zur Förderung der zerebralen Durchblutung, CINNARIZIN. *Dos.:* 3mal 1 Tbl. 0,025 oder Kapsel »forte« zu 0,075.

Styptobin Vitamin-Hämostyptikum, S. 116. Vitamine C, P und K. *Dos.:* 3mal 1 (–2) Tbl.; 1–2 (–3) Amp. i.m. oder i.v.

Subazidität S. 82.

SUCCINIMIDverbindungen S. 44.

Succinyl Muskelrelaxans, S. 44. 1, 2, und 5%ige Lösungen i.v. oder zur i.v. Infusion nach ärztlicher Angabe.

Sucht S. 51.

Sulfa-, oder Sulfo-, häufige Vorsilbe für Schwefel(Sulfur-)haltige Verbindungen.

Sulfactin Mittel gegen Schwermetallvergiftungen, DIMERCAPTOPROPANOL. Bei akuten Vergiftungen mit Arsen, Quecksilber, Gold, Wismut, Antimon und Kobalt 4–6 Amp. zu 2 ml i.m. *Besond.:* Nicht bei nässenden Hautausschlägen und akuten Vergiftungen mit Eisen oder Blei.

Sulfa-Kohle-Compretten Mittel gegen Durchfälle aus Tierkohle und einer Schwefelverbindung. *Dos.:* 4mal 4 Compretten. *Besond.:* Stuhl wird schwarz.

Sulfonamide oder Sulfanilamide S. 29.

Sulfuno Sulfonamid, S. 29. Tabletten zu 0,5, Saft mit 0,5 in 5 ml, Amp. 10 ml mit 2,0 i.v.

Sulmycin Chemotherapeutikum, Antibiotikum, GENTAMYCIN, S. 26. Amp. mit 0,04 in 1 ml und 0,08 in 2 ml sowie Amp. zu 0,01 in 1 ml für Kinder, jeweils i.m. oder i.v. Auch als Creme sowie Creme und Salbe mit dem Nebennierenrindenhormon **Celestan V**.

Sultanol Antiasthmatikum, Beta-Rezeptoren-Stimulator, SALBUTAMOL, S. 68. Tropfen zur Inhalation, auch Tabletten 0,002. *Dos.*: 3–4mal 1–2 Tbl.

Supracillin 500000 E. PENICILLIN und 0,5 STREPTOMYCIN (s. diese). Amp. zur i.m. Injektion.

Supradyn Vitaminpräparat. *Dos.:* 1 Kapsel oder Brausetablette.

Supral, pilztötendes Antibiotikum, VARIOTIN S. 31. Salbe und Flüssigkeit zur äußerlichen Anwendung.

Supramycin Chemotherapeutikum, Antibiotikum, TETRACYCLIN S. 25. Trockenspritzampullen 0,25 i.m. mit Lokalanästhetikum und Speziallösungsmittel; zur i.v.-Infusion 0,5 Trockensubstanz mit Vitamin C. Dragées »N« zu 0,5 und Kapseln »N« zu 0,25, Saft »N« mit 0,125 in 5 ml, Tropfen »N« mit 0,1 in 1 ml (= 20 Tropfen). *Dos.*: 1,0 pro Tag und mehr.

Suprarenin Nebennierenmarkhormon, S. 99.; synthetisch hergestelltes ADRENALIN. Verwendet wird meist die sogenannte »Stammlösung« 1:1000. Diese enthält 0,00025 (= $^1/_4$ mg) in 0,25 ml bzw. 0,0005 (= $^1/_2$ mg) in 0,5 ml. Schwach rosa gefärbte Lösungen sind noch brauchbar, nicht dagegen gelblichbraune oder getrübte. Die Lösung darf nicht i.m. gegeben werden, sehr schmerzhaft! Die Handelsampulle zu 1 ml darf nur s.c. gegeben werden, i.v. nur nach 10facher Verdünnung (mit 10 ml alkalifreier NaCl-Lösung). Meist wird **Suprarenin** als Zusatz zu Lokalanästhetika gegeben; dabei nimmt man z. B. 20 Tropfen der Stammlösung auf 100 ml des Lokalanästhetikums.

Supristol, Chemotherapeutikum, S. 30 Tbl. zu 0,4 SULFAMOXOL und 0,08 TRIMETHOPRIM. *Dos.*: zunächst 2 Tbl., dann alle 12 Std. 1 Tbl.

Suxinutin Antiepileptikum, ETHOSUXIMID, S. 49. *Dos.:* zunächst 2 Kapseln oder 10 ml Saft pro Tag, danach wöchentlich um 1 Kapsel oder 5 ml Saft steigern bis Effekt ohne Nebenwirkungen erreicht ist.

Symmetrel Virostatikum und Antiparkinsonmittel, AMANTADIN, S. 31 und S. 50; Kaps. 0,1.

Sympathikolytika oder Sympatholytika S. 68.

Sympathikomimetika oder Sympathomimetika S. 66.

Sympatol Herz- und Kreislaufmittel, S. 67. *Dos.:* 3mal 20–30 Tropfen auf Zucker vor (wichtig) den Mahlzeiten. Noch besser: im Mund zergehen lassen, jedoch bitterer Geschmack! Auch als Amp. i.m., s.c. oder i.v. *Besond.:* Überdosierung kaum möglich.

Synacthen Synthetisches Polypeptid mit ACTH-Wirkung, S. 98. Ampullen mit 0,00025 (= 0,25 mg) = 25 E nach dem III. Int. Standard zu i.v. Infusionen oder als «Depot» in Amp. zu 0,001 in 1 ml und Injektionsflaschen zu 0,002 in 2 ml (0,001 = 1 mg = 100 E) zur i.m. Injektion.

Synpen Antihistaminikum, S. 75. Drag., Salbe und Amp. zu 2 ml. *Dos.:* 2–3mal 1 Dragée.

Synthetische Opiate S. 52.

Syntocinon Vollsynthetisches Hypophysen-Hinterlappen-Hormon, entspricht OXYTOCIN, S. 99. Amp. zu 1 ml mit 3 und mit 10 E, auch als Spray. *Dos.:* Zur Geburtseinleitung z. B. alle $^1/_2$–1 Std. $^1/_2$–1 E i.m., bei atonischen Nachblutungen 3–10 E i.v. Auch als i.v. Infusion, meist 5 E auf 500 ml 5%ige GLUCOSElösung, davon 8 Tropfen pro Minute zur Weheneinleitung. Die Sprayform wirkt durch Einsprayen in die Nase.

Syntometrin = **Syntocinon** + **Methergin** als Ampullen zu 1 ml i.m. oder i.v.; s. die Einzelkomponenten.

Systral Antihistaminikum, S. 75. Als Dragées, Amp. zu 1 ml i.m. oder langsam i.v., Salbe, Gelee, Saft und »C«-Dragées mit Koffein gegen die müde machende Wirkung. *Dos.*: 2–3mal 1–2 Drag., 2–3mal 1 Amp. i.m.

Systraletten wie **Systral**, aber mit schwächerer Wirkung (entspricht $^1/_4$ Dragée **Systral**).

TAB-Impfstoff Zur aktiven Immunisierung gegen Typhus und Paratyphus. Je 1 Amp. zu 1 ml s.c. im Abstand von 4 Wochen.

Tacholiquin Netzmittel zur Verhinderung und Beseitigung von Sekretstauungen in den Atemwegen. Lösung zu 1% und 0,1% als Aerosol, Instillat, Spray. Zur Inhalation. *Dos.:* zur Kurzinhalation 4 ml der 1%igen Lösung über mehrere Stunden.

Tachostyptan Gerinnungsförderndes Mittel, Phospholipid-Komplex aus dem Hirn von Schlachttieren, S. 115. *Dos.:* Alle 1–3 Stunden 1–2 Amp. zu 5 ml i.v., auch als Dauertropf. *Besond.:* wird sehr rasch inaktiviert, wirkt sehr kurz (nur wenig länger als die Injektion dauert).

Talusin Herzglykosid, PROSCILLARIDIN, S. 61. Drag. zu 0,00025 und 0,0005 (= $^1/_4$ bzw. $^1/_2$ mg).

Taluvian **Talusin** (s. dies, in beiden Stärken) + **Isoptin** (s. dort).

Tanderil Antiphlogistikum, S. 16. Drag. zu 0,1; Supp. zu 0,25 und 0,1 (für Kinder). *Dos.:* 0,4–0,6, später weniger. *Besond.:* grundsätzlich zu den Mahlzeiten geben. Blutbild kontrollieren, Leukopenie (Verminderung der Leukozyten) möglich.

Tannalbin Mittel gegen Durchfälle, Gerbsäure-Eiweiß-Verbindung, S. 86. *Dos.:* 1–2stünd-1–2 Tabletten. Auch Pulver, wobei 3 Messerspitzen 1 Tbl. entsprechen.

Tantum Antiphlogistikum, BENZYDAMIN, S. 16. Kein Pyrazolon- oder SALIZYLSÄURE-abkömmling. *Dos.*: 4mal 1 Drag. 0,05 oder 20 Tropfen (= 1 ml = 0,05) während oder nach den Mahlzeiten, sonst Magenunverträglichkeiten möglich. Auch 1–3mal 1 Amp. zu 5 ml mit 0,025 i.m. Kapseln »biotic« enthalten zusätzlich 0,25 TETRAZYKLIN.

Taractan Psychopharmakon, Neuroleptikum, S. 47. Drag. zu 0,005, 0,015 und 0,05; Amp. zu 2 ml mit 0,03 i.m. oder i.v. *Dos.*: 0,1–0,8 oral, individuell. *Besond.*: Amp. vor Licht schützen. Nicht bei Kreislaufkollaps und akuten Intoxikationen.

Tardamide Chemotherapeutikum, Sulfonamid. S. 29. *Dos.:* am ersten Tag 4 Tbl. oder Meßlöffel Saft, dann die Hälfte.

Tardocillin Chemotherapeutikum, Antibiotikum, Langzeit-PENICILLIN, S. 21. Saft mit 300000 E pro 5 ml; Flaschen »1200« mit 1,2 Millionen E in 4 ml; »comp.« mit 600000 E pro Flasche oder Fertigampulle, alle Spritzen i.m. zu verabreichen, Wirkung hält 3 Tage an. *Besond.*: Trotz des beigefügten Lokalanästhetikums wird die Injektion häufig als schmerzhaft empfunden.

Targophagin anästhesierende Lutschtabletten aus **Targesin** und Anästhetika. *Dos.:* 3–8 Tbl., nicht länger als 4 Wochen ununterbrochen.

Tasnon Wurmmittel gegen Askariden und Oxyuren, Tbl. zu 0,25 und Elixier zu 0,16 pro 1 ml. *Dos.:* Bei Askariden: 3mal 5 Tbl. 2 Tage lang zu den Mahlzeiten. Bei Oxyuren: 2mal 4 Tbl. 7 Tage lang.

Taumasthman Antiasthmatikum aus Pyrazolonverbindung, THEOPHYLLIN, COFFEIN, EPHEDRIN, ATROPIN und ACID. AGARIC. Als Kapseln mit Barbiturat, jedoch ohne COFFEIN. *Dos.:* 1–2 Tbl. oder Kapseln, auch als Supp.

Tavegil Antihistaminikum, CLEMASTIN, S. 75. *Dos.*: 2mal 1 Tbl. oder 1–2 Eßlöffel Sirup. Auch Amp. 5 ml zu 0,002 i.v.

Tebesium Tuberkulostatikum, S. 28. Verschiedene Zubereitungen aus INH (s. dies), Vitaminen, OROTSÄURE u.a. INH-Gehalt pro Dragée 0,05, 0,1 und 0,2; pro Depot-Dragée 0,3 und 0,5.

Tegretal Antiepileptikum mit Wirkung auf die Psyche. *Dos.:* anfangs 1–2 Tabletten, dann steigern bis maximal 6 Tbl.

Terbolan Antihypertensivum aus **Lasix** und RESERPIN, s. diese. *Dos.:* 2mal 1–2 Tbl., später weniger.

Terracortril HYDROCORTISON und **Terramycin,** s. diese. Äußerliche Anwendungsformen als Salbe, Spray und Spritzamp. mit zusätzlich POLYMYXIN nur zur Instillation (z. B. Kieferhöhle), nicht zur Injektion!

Terramycin Chemotherapeutikum, Antibiotikum, OXY-TETRAZYKLIN, S. 25. Kapseln zu 0,05, 0,25 und 0,5; Sirup mit 1,5 in 60 ml; Salbe, Puder, Puderspray, Augensalbe und Vaginaltabletten. Als »SF« mit Vitaminzusatz, als »Depot« in Amp. zu 3 ml mit 0,25 i.m.

Terravenös i.v. Form des **Terramycin,** s. dort. Amp. zu 0,25 i.v.

TESTOSTERON Männliches Hormon, S. 103.

Testosteron männliches Keimdrüsenhormon, S. 103. Von verschiedenen Firmen als Amp. mit öliger Lösung zu 0,005 bis 0,05 i.m.

Testoviron Männliches Keimdrüsenhormon, TESTOSTERONverbindung, S. 103. Amp. zu 1 ml mit 0,01, 0,025 und 0,05 i.m., Depot-Amp. zu 0,05, 0,1 und 0,25 einer öligen Lösung i.m.

Tetanol Tetanus-Impfstoff zur aktiven Immunisierung. *Dos.:* 2mal 0,5 ml (1 Amp.) im Abstand von 6–12 Wochen i.m., Auffrischungsimpfung mit 1 Amp. i.m. nach einem Jahr.

Tetanus-Hyperimmun-Globulin Antitoxin zur passiven Immunisierung gegen Tetanus. Amp. mit 250 I. E. in 1 und 2 ml. *Dos.*: 250 I. E. zur Prophylaxe.

Tetatoxoid entspricht **Tetanol,** s. dort.

TETRACAIN Lokalanästhetikum, S. 14.

TETRAZYKLIN Antibiotikum S. 25.

THALIDOMID S. 38.

Theo ... häufige Vorsilbe für Kombinationspräparate mit THEOPHYLLINgehalt; s. unter dem Hauptnamen (**Theo-Lanicor** unter **Lanicor** usw.).

THEOPHYLLIN gefäßaktiver Wirkstoff S. 64, 77.

Theralene Psychopharmakon, PHENOTHIAZINverbindung, S. 47. *Dos.:* 0,005–0,01 pro Tag, das sind 1–2 Tbl. oder 2–4 Teelöffel Sirup oder 5–10 Tropfen. Die Amp. zu 5 ml (= 0,025) für i.v., i.m. Injektion oder in die Infusion i.v. werden auch zur Narkose-Prämedikation verwendet. Auch als »pectoral«-Sirup mit ÄTHYLMORPHIN, EPHEDRIN und Ammoniumverbindung.

THIAMIN Vitamin B_1, S. 110.

Thianeuron Fettlösliches Vitamin B_1, S. 110. Drag. zu 0,05 und Drag. »forte comp.« zu 0,1 mit SALIZYLAMID, PHENYLBUTAZON u. a. *Dos.:* 3mal 1–2 Dragées nach dem Essen.

THIAZID Diuretikum, S. 78.

Thio-Tepa Zytostatikum, S. 33. Amp. zu 0,015 nach ärztlicher Anweisung.

Thomapyrin Analgetikum aus SALIZYLSÄURE, PHENAZETIN und KOFFEIN. *Dos.:* 1–3mal 1–2 Tbl. oder Tbl. »N«, diese enthalten PARACETAMOL statt PHENAZETIN.

Thrombin Wirkstoff der Blutgerinnung, S. 115.

Thrombokinase Wirkstoff der Blutgerinnung, S. 115.

Thromboplastin Wirkstoff der Blutgerinnung, S. 115.

Thrombophob Gerinnungshemmende Substanz, Heparin, S. 116. Amp. zu 5000 E in 1 ml i.v. oder anfangs s.c., Salbe mit **Rubriment**, s. dort, Gel »S« mit hohem Heparingehalt, Salbe »20000« und Gel mit HEXACHLOROPHEN.

Thybon Schilddrüsenhormon, L-TRIJODTHYRONIN, S. 108. Tabletten zu 20 gamma und »forte«-Tabletten zu 100 gamma. *Dos.:* Individuell, anfangs 20–60 gamma, dann vorsichtig steigern und Erhaltungsdosis suchen. Im norddeutschen Küstengebiet niedrigere, im Alpenvorland höhere Dosen nötig.

Thymeretika S. 46.

Thymoleptika S. 46, 47.

Thyratrop Thyreotropes (= die Schilddrüse steuerndes) Hormon des Hypophysenvorderlappens. *Dos.:* 1–2mal aus der 5 ml-Ampulle i.m.

Thyreocordon Substanz zur verringerten Bildung von Schilddrüsenhormon, S. 109. *Dos.:* 1–3 Tabletten, dann steigzrn bis 10, individuell abstimmen. *Besond.:* Zusätzlich sedativer und analgetischer Effekt, keine Einwirkung auf die Knochenmarksfunktion.

Thyreoidin Schilddrüsenhormonhaltiger Trockenextrakt aus Tierdrüsen, S. 109. *Dos.:* individuell: Drag. zu 0,1.

Thyreostatika S. 109.

Thyreotropes Hormon Schilddrüsen-steuerndes Hormon des Hypophysenvorderlappens.

THYROTHRYCIN Lokalantibiotikum, S. 27.

THYROXIN Schilddrüsenhormon, S. 108.

Ticarda Antitussikum, MORPHINabkömmling, S. 56. *Dos.:* 15 Tropfen oder 1 Tablette, Tropfen auf Zucker oder mit reichlich Flüssigkeit. *Besond.:* Unterliegt der Betäubungsmittelordnung.

TINCTURA OPII S. 53.

TOCOPHEROL Vitamin E, S. 113.

Tofranil Antidepressivum, Thymoleptikum, S. 47. Drag. zu 0,025 und 0,05 oder »mite« zu 0,01; Amp. zu 0,025 in 2 ml i.m. *Dos.:* Anfangs 0,025–0,2, Erhaltungsdosis 0,05–0,1. Langsam ein- und ausschleichen. *Besond.:* Wirkung tritt erst nach ca. einer Woche ein. Parasympathikolytische Begleiterscheinungen möglich. Nicht mit MAO-Hemmern kombinieren!

Togal Antirheumatikum, Antipyretikum, Grippemittel; aus CHININ, LITHIUMCITRAT und ACERYLOSALICYLSÄURE; als Liniment oder Supp. in anderer Zusammensetzung. Auch als Bad und als Spray. *Dos.:* 3mal 2–3 Tabletten.

TOLBUTAMID orales Antidiabetikum, S. 92.

Tollwut-Immunserum Ampullen mit 5 ml Serum vom Pferd zur Tollwutprophylaxe (200 I. E pro ml). Anwendung i.m. und lokal.

Tomanol Antirheumatikum aus Pyrazolon- und Pyrazolidinabkömmlingen. *Dos.:* Anfangs 1 Amp. zu 3 ml i.m. oder zu 5 ml i.m. oder i.v. bzw. 3mal 2 Dragées; später reduzieren. Auch Supp., Balsam und Salbe mit NIKOTINSÄUREverbindung.

Tonoftal Lokales Antimykotikum, TOLNAFTAT, S. 31. 2mal täglich dünn lokal anwenden. Creme »N« mit NYSTATIN.

Topostasin Blutstillendes Mittel, Thrombin aus Rinderplasma, S. 115, als Trockensubstanz, Beutel, Stäbchen und Streifen zur äußerlichen Anwendung auf blutende Flächen, Beutel per os in $^1/_2$–1 Glas warmes (nicht heißes) Wasser eingerührt gegen Magenblutungen. Niemals i.v. geben!

Torecan Antiemetikum, PHENOTHIAZINabkömmling. *Dos.:* 1–3 Drag. oder 1 Amp. zu

1 ml s.c., i.m. oder i.v.; auch als Supp. *Besond.:* Nicht bei Patienten unter 15 Jahren wegen evtler. extrapyramidaler Störungen.

Totocillin Antibiotikum, **Binotal*** und **Stapenor***, Kapseln zu 0,3 AMPICILLIN und 0,2 DICLOXACILLIN, Kapseln »250« mit halbem Gehalt und Tropfen. Ampullenflaschen mit 0,06, 0,3 und 0,9 AMPICILLIN in 0,1, 0,5 bzw. 1,5 ml mit 0,04, 0,2 und 0,6 OXACILLIN zur i.v.- und i.m.-Gabe. Auch hochdosiert mit 3,0/2,0 und 6,0/4,0 der beiden Substanzen zur i.v.-Infusion. *Besond.*: Mischbarkeit mit Infusionslösungen prüfen: Lösungen nicht länger als 2 Std. stehen lassen!

Toxogonin Reaktivator der Cholinesterase zur Behandlung von Vergiftungen mit phosphororganischen Schädlingsbekämpfungsmitteln, zum Beispiel E 605. Amp. zu 1 ml nach ärztl. Angabe.

Traline Magenpräparat, Spasmolytikum, S. 83. *Dos.*: morgens und abends 1 Tbl. retard.

Tranquilizer S. 44, 47.

Tranquo-Buscopan beruhigendes Spasmolytikum aus **Buscopan*** und **Adumbran***. *Dos.:* 3–4mal 1 Dragée.

Transpulmin Mittel gegen katarrhalische Infekte, Husten und Bronchitis aus CHININ, Eukalyptus, Menthol und Kampfer, Hustensaft aus **Selvigon***, **Andantol*** (s. diese), ätherischen Ölen, Guajakol u. a. *Dos.:* 1–2mal 1–2 Amp. zu 2 ml streng i.m.; 4mal 2 Teelöffel Hustensaft; 1–3 Supp. Balsam auf Brust und Rücken einreiben. *Besond.*: Die Einreibungen bewirken eine ständige Einatmung der daraus aufsteigenden Dämpfe.

Transpulmycin **Transpulmin*** mit CHLORAMPHENIKOL (S. 25). Kapseln zu 0,25 und 0,5 CHLORAMPHENIKOL.

Trapanal Narkotikum, Barbiturat, S. 42. Amp. zu 0,5 und 1,0; Flaschen mit 2,5 und 5,0 für 100 ml Lösung. *Dos.:* Individuell i.v.

Trasicor Beta-Rezeptoren-Blocker, OXPRENOLOL, S. 58. Tbl. 0,04 und Amp. 0,002 zum Auflösen in 5 ml Lösungsmittel, langsam i.v. *Dos.*: individuell.

Trasylol Proteinasen-Inhibitor, S. 85. Amp. zu 5 ml mit 100000 E und zu 10 ml mit 200000 E i.v. oder zur i.v. Infusion sowie Trockensubstanz 500000 E zum Auflösen für i.v.-Infusionen. *Dos.:* 25000–500000 E täglich in verschiedenen Lösungen, nicht aber in Blutkonserven. Mehr als 100000 E nicht mehr als Injektion, sondern infundieren.

Traubenzucker s. GLUCOSE.

Trenimon Zytostatikum, S. 33. Kapseln und Amp., diese streng i.v., intrapleural oder intraperitoneal nach ärztlicher Anweisung.

Trental Durchblutungsförderndes Mittel, PENTOXIFYLLIN, S. 71. *Dos.*: 3mal 2 Drag., später reduzieren. 1 Amp. 0,1 in 5 ml langsam i.v., auch i.a., Infusionsamp. 0,3 in 15 ml.

Treupel Analgetikum, Antipyretikum aus CODEIN, PHENACETIN und ACETYLOSALICYLSÄURE. *Dos.:* 3mal 2 Tabletten oder 1–3 Supp. (für Erwachsene, Kinder oder Säuglinge). **Treupel-N** aus CODEIN, SALICYLAMID und PARACETAMOL.

Triaminic Orales Schnupfenmittel. *Dos.:* 2mal 1 Manteltablette unzerkaut, Auch Tropfen, die im Gegensatz zu den Tabletten kein COFFEIN enthalten.

Trivastal, Durchblutungsförderndes Mittel, S. 71, *Dos.:* zunächst 1 Dragée, dann steigen bis auf 4mal 1 nach den Mahlzeiten. *Besond.*: Unruhe und Übelkeit möglich.

Tri-Virelon Impfstoff gegen Poliomyelitis, Diphterie und Tetanus. Amp. zu 1 ml i.m. oder tief s.c. *Dos.:* Je 1 Amp. im Abstand von 4–6 Wochen, nach 7–12 Monaten 1 weitere Amp.

Trizymal Verdauungsfermente (Pankreasenzyme, Pilzenzyme, fel tauri). *Dos.:* 1–2 Drag. zu den Mahlzeiten.

Trolovol, D-PENICILLAMIN, S. 96, *Dos.* 1–4 Tbl. zu 0,3.

Tromexan Gerinnungshemmende Substanz, Cumarinverbindung, S. 118.

Trommcardin KALIUM-MAGNESIUM-ASPARTAT, Elektrolyte zur Verwertung an der geschädigten Herzmuskelzelle. *Dos.*: 1–2 Infusionsflaschen i.v. (mit SORBIT) oder Infusionsflaschen K 120 ohne SORBIT oder 3–5 Amp. in 250–500 ml einer beliebigen Trägerlösung i.v.; 1–2 Amp. langsam i.v.; zur Weiterbehandlung 3mal 1–2 Drag. oder Tbl. »forte« mit ungefähr doppeltem Wirkstoffgehalt oder 2mal 1 Supp.

Trophicard entspricht **Trommcardin**, s. dort.

Tropodil gegen zerebrale Durchblutungsstörungen aus männl. und weibl. Hormonen, Durchblutung und Kreislauf anregenden

Substanzen, als Dragée und in Ampullen i.m. oder i.v.

Truxal Psychopharmakon, CHLORPROXITHEN, S. 47. Wirkt zentral dämpfend, kataleptisch, parasympathikolytisch, sympathikolytisch, antihistaminisch und temperatursenkend. Drag. zu 0,015 und 0,05; Saft und Tropfen mit 0,02 in 1 ml; Amp. zu 1 ml mit 0,05 i.m. oder nach Verdünnung mit 2–4 ml Aqua dest. i.v.; **Truxaletten** Drag. mit 0,005 und Saft mit 0,0025 in 1 ml. *Dos.*: ca. 2–3mal 0,015–0,03 oral oder 1–2mal 1–2 Amp. i.m. *Besond.*: nicht bei akuten Vergiftungen mit Alkohol, Opiat und Barbiturat. Tachykardien oder Blutdrucksenkungen sind möglich.

Trypsin S. 84.

Tryptizol Psychopharmakon, Antidepressivum, S. 47. Entspricht **Saroten**, jedoch Inj.-Flasche zu 0,1 in 10 ml i.v. oder i.m.

Trypure Novo stabilisiert Enzympräparat, Trypsin, S. 84. Zur enzymatischen Sekretlösung für Wundflächen oder Instillationen; hierbei muß die Lösung aber anschließend wieder abgesaugt werden. *Dos.*: 0,05 in 15 ml Lösungsmittel auflösen zur Instillation, als Aerosol 0,01, lokal auch als Puder oder Spray.

Tuberkulin Diagnostikum zum Nachweis der Tuberkulose-Allergielage, gereinigtes Tuberkulin. Als Amp. zu 0,1, 1, 10, 100 und 1000 E zum Auflösen in jeweils 1 ml Lö-Lösungsmittel, wobei mit der schwächsten Dosis zu beginnen ist, Injektion streng i.c. Auch als Salbe zum Einreiben (erbsengroßes Stück) sowie als »**Tine-Test**« zum kurzen Eindrücken in die Haut.

Tyrosolvetten Lutschpastillen aus TYROTHRICIN, S. 27, CETYLPYRIDINIUMCHLORID und PARAAMINOBENZOESÄURE-ÄTHYLESTER, auch mit Vitamin C-Zusatz als **Tyrosolvetten-C**. *Dos.:* 1–2stündlich 1 Tablette lutschen.

Tyrosolvin Lokalantibiotikum (S. 27) aus TYROTHRICIN, CETYLPYRIDINIUMCHLORID und GLUCOSE in verschiedenen lokalen Anwendungsformen.

Tyzine Abschwellendes Mittel gegen Schnupfen zur lokalen Anwendung in der Nase, S. 68. Spray, Spray »compositum« mit PREDNISOLON und NEOMYCIN, Tropfen mit METHYLZELLULOSE und Sorbit. *Dos.*: alle 4 Stunden in jede Nasenöffnung 1–2 Tropfen oder 2–3 Sprays.

Ulcumel Magentherapeutikum aus PROCAIN, Barbiturat, ATROPIN und GLUCOSE (Ampullenform) bzw. aus BENZOCAIN, Barbiturat, Belladonnaextrakt und BISMUT. ALUMINAT. als Antazidum (Tablettenform). Kapseln »**S retard**« enthalten SKOPOLAMIN und ein Barbiturat. *Dos.*: 1 Amp. i.v. oder 3mal 1–2 Tbl. vor den Mahlzeiten.

Ultracorten PREDNISON, Nebennierenrindenhormon, S. 101. Tbl. zu 0,005 und 0,05. **Ultracorten-H** ist PREDNISOLON, S. 74. Tbl. zu 0,005 und wasserlöslich in Amp. mit 0,025 und 0,05 zum Auflösen mit dem beigegebenen Lösungsmittel (Aqua dest.) für i.v. und i.m. Gabe.

Ultralan Nebennierenrindenhormon, FLUOCORTOLON, S. 102, Tabl. zu 0,005, 0,02 und 0,5; Kristallsuspension 0,025 in 1 ml zur Infiltration; sowie zahlreich lokale Formen wie Salbe, Creme, Milch und Fettspray.

Ultraproct Mittel gegen Hämorrhoiden aus Nebennirenrindenhormon, Lokalanästhetikum, Antiseptikum, Antihistaminikum; als Supp. und Salbe.

Unguentolan Lebertransalbe. Lokal dick auf Wunden und zur Gewebsheilung anwenden.

Unibaryt Bariumsulfat in verschiedenen Formen als Röntgenkontrastmittel des Intestinaltraktes.

Unverträgliche Arzneimittelmischungen S. 119.

Uralyt U Zur Auflösung von Uratsteinen in den Harnwegen und zur Rezidivprophylaxe. Reine ZITRONENSÄURE und deren Kalium- und Natriumsalze. *Dos.:* morgens 1, mittags 1 und abends 2 Meßlöffel (2,5) Granulat. *Besond.:* mittels des beigegebenen Indikatorpapiers muß die Ansäuerung des Urins kontrolliert werden. Die Steinauflösung gelingt nicht immer.

Urbason Nebennierenrindenhormon, 6-METHYL-PREDNISOLON, S. 102. Tabletten zu 0,004 und 0,04 (= 4 bzw. 40 mg); Kristallsuspension mit 0,02 in 0,5 ml oder 0,04 in 1 ml (auch spritzfertig als Manolette) für i.m. oder intraartikuläre Injektion sowie Infiltration; Amp. »solubile« zu 0,02 und 0,04 für i.v. oder i.m. Gabe, Amp. »Depot« mit 0,06 in 1 ml öliger Lösung zur tiefen i.m.-Injektion für Langzeiteffekt; »solubile forte« 1000 für sehr hohe Gaben (bis 2,0) bei Schock; Drag. mit Langzeitwirkung zu

0,003 (»retard mite«) und 0,008 (»retard«) (= 4 bzw. 8 mg).

Urografin Jodhaltiges Röntgenkontrastmittel in Amp. mit 30%iger, 60%iger und 76%iger Lösung für i.v. oder i.a. Injektion. Höhere Konzentrationen zur i.v. Pyelographie und Angiographie, niedrigere zur retrograden Pyelographie.

Urosin, ALLOPURINOL, Mittel gegen Gicht, S. 94, Tbl. 0,1 und 0,3. *Dos.:* 0,3 pro Tag.

Urovison Jodhaltiges Röntgenkontrastmittel zur i.v. Pyelographie und Angiographie in Amp. zu 25 ml i.v. oder i.a. und als »R« in Amp. zu 10 ml für besondere Zwecke (retrograde Urographie). Auch als Infusionsflasche zu 250 ml i.v.

Uvilon Mittel gegen Würmer, S. 32. Tabletten und Saft. *Dos.:* Bei Askariden (Spulwürmer): 3 Teelöffel oder 9 Tbl. auf einmal nach dem Abendessen und nochmals am nächsten Morgen, im Lauf des Tages abführen. Bei Oxyuren (Madenwürmer): 4 Tage lang 3mal 1 Teelöffel oder 3mal 3 Tabletten.

Vaccinia-Antigen Impfstoff aus inaktiviertem Vaccinia-Virus zur vorbeugenden Gabe gegen zu heftige Reaktionen auf die Pockenschutzimpfung. *Dos.:* 8–14 Tage vor der Pockenschutzimpfung 1 Amp. zu 1 ml i.m.

Vaccinia-Immunglobulin, Gammaglobulin mit Vaccinia-Antikörpern zur Verhütung zu starker Reaktion bei der Pockenschutzimpfung. *Dos.*: Ca. 2 ml i.m. gleichzeitig mit der Schutzimpfung.

Valdispert Sedativum, Konzentrat aus Baldrianwurzel, S. 36. *Dos.:* 1–6mal 1–3 Drag.

Valamin Schlafmittel S. 37.

Valium Psychopharmakon, BENZODIAZEPIN-Verbindung, S. 47. Hat eine entspannende, vegetativ stabilisierende, beruhigende, muskelrelaxierende und schlaffördernde Wirkung, ist aber kein Schlafmittel! *Dos.:* Ambulant bei Erregung oder Spannung 2–3mal 1 Tbl. zu 0,002 oder 0,005 (= 2 bzw. 5 mg); bei Schlafstörungen abends 1 Tbl. zu 0,01 (= 10 mg); in der Klinik 1 Amp. zu 2 ml mit 0,01 (= 10 mg) i.m. oder sehr langsam i.v., notfalls bis zu 0,03 i.m. (= 30 mg oder 3 Amp.). Auch als Sirup zu 0,002 in 5 ml sowie Supp. 0,005 und 0,01. Darüber hinaus hat VALIUM in zahlreichen Indikationen mit Spezialdosierung Anwendung gefunden, z. B. bei Herzleiden, Hypertonie, Rheumatismus, Eklampsie, in der Geburtshilfe, bei chirurgischen Eingriffen und Tetanus. Dosierung und Besonderheiten siehe Firmenprospekt. *Besond.*: Stets allein injizieren, da mit zahlreichen Medikamenten unverträglich. Verstärkt die Wirkung anderer Psychopharmaka und von Hypnotika, Analgetika und Narkotika. Ältere und schwächliche Pat. können stärker auf **Valium** reagieren. Keinen Alkohol unter **Valium**!

Valmane Wirkstoffe aus Baldrianwurzel, Sedativum, S. 36. *Dos.:* 3mal 1–2 Dragées.

Valoron, starkes Analgetikum, TILIDIN, S. 12. *Dos.*: bis zu 4mal täglich entweder 20 Tropfen (= 0,05) unverdünnt auf Zucker oder 1 Kapsel 0,05 oder 1 Amp. zu 1 ml mit 0,05 i.v., i.m., s.c. Auch in Amp. zu 2 ml mit 0,1 und Supp. 0,075.

Varidase Enzympräparat, Streptokinase und Streptodornase, zur enzymatischen Verflüssigung von Exsudaten und Blutkoagula auf Wunden und in Höhlen. Flaschen verschiedener Stärke zur lokalen Anwendung und Inhalation; auch oral 4mal 1 Tablette.

Vasculat Gefäßerweiternde Substanz, BAMETHAN, S. 71. *Dos.*: 3–6mal 20–25 Tropfen oder 1/2 Tablette zu 0,025; 1–2mal 1 Depot-Tablette zu 0,01. Amp. zu 0,05 in 1 ml nach Anweisung.

VASOPRESSIN Hormon des Hypophysenhinterlappens, S. 98.

Vasotonin Venenmittel aus Kastanien und Arnikaextrakt mit B-Vitaminen. *Dos.:* 3mal 1(–2) Kapseln oder 8–12 Tropfen; 1(–2) Amp. i.m. oder langsam i.v. (Amp. ohne Vitamin B, dafür mit HESPERIDIN). Auch Gel, Salbe und »Serol« zur örtlichen Anwendung sowie »forte« mit Pyrazolonverbindung, BUTAZONverbindung und HESPERIDIN.

Vegetative Pharmaka S. 65.

Velbe Zytostatikum, VINBLASTINSULFAT, Alkaloid aus Immergrün, S. 34. Amp. zu 0,01 streng i.v., aufgelöst mit physiol. NaCl oder Aqua dest. im Kühlschrank 30 Tage haltbar. *Besond.:* Thrombosen der benutzten Venen möglich. Bei paravenöser Injektion lokal Hyaluronidase (z. B. **Kinetin**) injizieren und Wärme auflegen.

Venoplant Venenmittel aus Roßkastanienextrakt und SILYMARIN. *Dos.*: 2mal täglich ein Dragée »retard«.

Venopyronum Venenmittel mit herzstärkender Komponente aus Kastanienextrakt, **Miroton** und RUTIN.

Venoruton Venenmittel aus Rutosidverbindungen in verschiedenen Formen als »300« und »P 4«. *Dos.*: 2mal 1 Kapsel »300« oder Dragée »retard«, 3mal 2 Kapseln oder 40 Tropfen »**P 4**«; 1 Amp. i.m. oder langsam i.v.

Venostasin Venenmittel aus Roßkastanienextrakt und, außer in den Ampullen, Vitamin B_1. *Dos.*: 3mal 2 Kapseln oder Dragées »forte«; 1–2 Amp. i.v.; auch als Supp., Salbe und Tropfen. Wird auch zur Entwässerung bei Schädelverletzungen und beim Lungenödem empfohlen, dabei wesentlich höhere Dosen i.v.

Veramon Analgetikum aus Pyrazolon- und Barbitursäureverbindungen. *Dos.*: 3mal 1–2 Tabletten.

Veriazol Kreislaufmittel aus **Cardiazol** und **Veritol**, s. diese. *Dos.*: mehrmals 10–20 Tropfen; Amp. zu 1 ml langsam i.v., i.m. oder s.c. nach Anweisung.

Veritol Kreislaufmittel, Sympathikomimetikum, S. 67. *Dos.*: mehrmals 15–30 Tropfen $^1/_2$–2stündlich 1 Amp. zu 1 ml i.m., s.c., langsam i.v. oder in die i.v. Infusion.

Vermicompren Wurmmittel, Piperazinverbindung. *Dos.*: Bei Askariden (Spulwürmern): morgens 3, abends 4 Compretten (Ein-Tages-Kur).

Verteilung eines Stoffes im Körper S. 1.

Vertigoheel Mittel gegen Schwindel aus verschiedenen organischen Extrakten in homöopathischer Dosierung. 3–4mal 1 Tbl. lutschen oder 8–10 Tropfen einnehmen. Auch Amp. zu 1,1 ml für i.m., i.v., s.c. und i.c.-Gabe.

Vesparax Schlafmittel, barbiturathaltig. *Dos.*: $^1/_2$–1 Tbl. oder »mite«-Tablette $^1/_2$ Stunde vor dem Zubettgehen.

Vibramycin, Antibiotikum, DOXYCYCLIN, S. 25. *Dos.*: Anfangsdosis 2 × 1 Kapsel zu 0,1 oder 10 ml Saft, danach 0,1.

Vibravenös, Zusammensetzung und Dosierung wie **Vibramycin**, jedoch zur i.v.-Anwendung. Amp. 5 ml mit 0,1. *Besond.*: Injektion sehr langsam, nicht unter 2 Minuten pro Amp. i.v.

Vicotrat Firmennamen für Vitaminkonzentrate, der Kennbuchstabe des Vitamins wird dabei vorangestellt, z. B. B_{12}**Vicotrat**.

Vigantol Vitamin D_3, S. 113. Ölige Lösung mit 0,0005 (= $^1/_2$ mg) bzw. 20000 E in 1 ml (30 Tropfen) zur oralen Anwendung; **Vigantol 10000** mit 10000 E (= 0,00025) pro Tablette; **Vigantol forte**. Tbl. zu 0,005; Tropfkapseln mit 0,01; Amp. mit 0,015 in 1 ml; **Vigantoletten**: Tbl. zu 0,000025 (= 0,025 mg) bzw. 1000 E.; **Vigantoletten 500** Tbl. zu 0,0000125 (= 0,0125 mg) bzw. 500 E. *Dos.*: S. 113.

Vigorsan D_3 Vitamin D_3, S. 113. Tbl. zu 0,000025 (= 0,025 mg) bzw. 1000 E und »forte«-Tabletten zu 0,005 bzw. 200000 E., Tbl. »500« zu 500 E. *Dos.*: S. 113.

Viocin Antibiotikum, Tuberkulostatikum, S. 29, VIOMYCIN. Amp. mit 1,0 Trockensubstanz zum Auflösen für i.m.-Injektion.

Vioform Antiseptikum, JODCHLOR-HYDROXYCHINOLIN als Pulver zur äußerlichen Behandlung von Wunden.

Virelon Poliomyelitis-Impfstoff aus inaktiven Viren der Typen I, II und III. Amp. zu 0,5 ml s.c. oder i.m. Zweitimpfung nach 4–6 Wochen, Auffrischung nach 7–12 Monaten.

Virostatika S. 31.

Visadron Augentropfen aus PHENYLEPHRIN in BORSÄURElösung mit BORAX, 1–3 Tropfen mehrmals in den Bindehautsack einträufeln.

Visken Beta-Rezeptoren-Blocker, PINDOLOL, S. 58, Tbl. 0,005; Tropfen mit 0,005 in 1 ml (= 20 Tropfen); Amp. 0,0004 (= 0,4 mg) in 2 ml langsam i.v. *Dos.*: siehe S. 58.

Vitamine S. 110.

Vitaminpräparate S. 110, 114.

Viterra Vitaminpräparat mit Spurenelementen, S. 114. *Dos.*: 1–2 Tbl.

Vogan Vitamin A, S. 110. Kapseln zu 50000 E, Lösung mit 50000 E in 1 ml = 30 Tropfen, mit Wasser mischbar.

Volon Nebennierenrindenhormon, TRIAMCINOLON, S. 102. Tabletten zu 0,001, 0,004, 0,008 und 0,016 (= 1, 4, 8 und 16 mg).

Volon A wie **Volon**, nur in anderer chemischer Bindung. Als Spray, Tinktur mit SALIZYLSÄURE u. a., Haftsalbe und Kristallsuspension «A 10» und «A 40» mit entsprechendem mg-Gehalt in Amp. zu 1 ml i.m. oder intraartikulär bzw. «A 80» mit 0,08 in 2 ml. Auch in folgenden Formen mit Lokalantibiotika: Salbe, Lotio, Augensalbe und Tinktur mit SALIZYLSÄURE und BENZALKONIUMCHLORID.

Volonimat Steroid-Antibiotikum – Salbe und Creme aus **Volon** und den Lokalantibiotika NEOMYCIN und GRAMICIDIN.

Voltaren Antirheumatikum, S. 16. *Dos.*: 3mal 1–2 Drag. 0,025 unzerkaut zu oder nach den Mahlzeiten.

Vomex A Antiemetikum, DIMENHYDRAT, Depot-Drag. 0,2; Supp. 0,15; Sirup 0,033 in 10 ml; Amp. 0,065 in 10 ml i.v. und 0,1 in 2 ml i.m.; Drag. 0,05 mit 0,01 KOFFEIN; retard-Kapseln 0,15 mit Vitamin B; häufigste *Dos.*: 3–4mal 1 Supp. oder 1–3 Depot-Dragées (wirken 8–10 Stunden); 1–2 Amp.

Wasserhaushalt S. 77.

Weckmittel S. 46, 67.

Weibliche Keimdrüsenhormone S. 104.

Wurmmittel 32.

Xylestesin Lokalanästhetikum, S. 14. 2%ige LIDOCAINlösung mit 0,004% NORADRENALIN. Auch als »S« (spezial), wobei das NORADRENALIN zur Hälfte durch ADRENALIN ersetzt wird; als »F« (forte) in 3%iger Lösung sowie als Salbe und Spray ohne ADRENALINkörper.

Xylocain Lokalanästhetikum, LIDOCAIN, S. 14. Lösung 0,5, 1 und 2%ig und Salbe ohne Zugaben. Darüber hinaus mit ADRENALINzusatz (»**mit Ephinephrin**«) in 0,5, 1 und 2%igen Lösungen und zahlreichen Spezialzubereitungen wie Gel, Salbe, Spray, »schwer 5%« (zur Spinalanästhesie), viskös und andere. *Besond.*: **Xylocain** bewährt sich in der 2%igen Lösung ($^1/_2$–1 Amp. zu 5 ml mit 0,1) langsam i.v. oder besser als i.v. Infusion gegen Herzrhythmusstörungen ähnlich wie das PROCAINAMID, auch als Infusionszusatz in 10%igen Lösungen, dabei 2 Spezialspritzen zu 0,5 in 5 ml auf 500 ml Infusionsflüssigkeit, Tropfgeschwindigkeit 20–40 pro Minute (entspricht 0,002–0,004); S. 58.

Yohimbin Roborans, Aphrodisiakum und Antihypertensivum. *Dos.:* 1–3 Tabletten zu 0,005 oder 1–2 Amp. zu 0,01 oder 0,0015 s.c., i.m. oder langsam i.v. Das Mittel bewirkt über eine parasympathikomimetische und sympathikolytische Wirkung eine stärkere Durchblutung der Beckenblutgefäße.

YOHIMBINUM s. unter **Yohimbin***.

Yomesan Bandwurmmittel. *Dos.:* Bei Obstipation vor der Kur abführen. 4 Tbl. auf einmal fein zerkauen und schlucken. Keinen Alkohol während der Kur trinken. Bei Schweinebandwurm hinterher abführen. Der Bandwurmkopf wird oft verdaut ausgeschieden und ist dann im Stuhl nicht zu finden.

Yxin Augentropfen, gleiche Substanz wie **Tyzine***, nur schwächer. *Dos.:* 1–2 Tropfen alle 4–6 Stunden.

Zentrale Erregung S. 46, 67.

Zentromid Analgetikum, Antineuralgikum aus Hydantoinverbindung (S. 49) und COFFEIN. *Dos.:* 1–6 Drag.

Zentropil Hydantoinverbindung, S. 49, gegen Epilepsie, Trigeminusneuralgie, zentral bedingte Sprachstörungen u. a. *Dos.:* 1–3mal 1 Tablette oder 1 Supp. *Besond.*: hemmt die Erregungsausbreitung in den motorischen Hirnzonen, kann auch bei bestimmten Herzrhythmusstörungen angewandt werden. Bei hoher Dosis sind möglich: Schlaflosigkeit, Schwindel, Doppeltsehen, Flimmern vor den Augen.

Zephirol Desinfektionsmittel. Für Hände und Instrumente 1%ig (10 ml auf 1 l Wasser), zur Schnelldesinfektion der Hände unverdünnt. Zu Vaginalspülungen und Körperdesinfektion 0,5%ig. *Besond.:* Instrumente können rosten, deshalb werden Tabl. NATRIUMNITRIT mitgeliefert als Rostschutz bei der Aufbewahrung (in den Behälter legen).

Zufuhr von Medikamenten S. 1.

Zyloric ALLOPURINOL, S. 94, Mittel gegen Gicht. Tbl. 0,1 und 0,3 (»**Zyloric 300**«). *Dos.*: 0,1–0,8 pro Tag, häufigste Dosis 0,3.

Zytostatica S. 33.